MIRA®

Der Preis dieses Bandes versteht sich einschließlich
der gesetzlichen Mehrwertsteuer.

Umwelthinweis:
Dieses Buch wurde auf chlor- und säurefreiem Papier gedruckt.

Die Insel Sameland als auch alle Personen dieses Romans sind frei erfunden. Ähnlichkeiten mit lebenden oder verstorbenen Personen sind nicht beabsichtigt und wären rein zufällig.

Susanne Schomann

Bernsteinsommer

Roman

MIRA®

MIRA® TASCHENBUCH
Band 25582
1. Auflage: April 2012

MIRA® TASCHENBÜCHER
erscheinen in der Harlequin Enterprises GmbH,
Valentinskamp 24, 20354 Hamburg
Geschäftsführer: Thomas Beckmann

Konzeption/Reihengestaltung: fredebold&partner gmbh, Köln
Umschlaggestaltung: pecher und soiron, Köln
Redaktion: Daniela Peter
Titelabbildung: Thinkstock / Getty Images, München; Susanne Schomann
Autorenfoto: © by Sabine Kayser, Fotostudio Blendenspiel, Hamburg
Satz: GGP Media GmbH, Pößneck
Druck und Bindearbeiten: CPI – Ebner & Spiegel, Ulm
Printed in Germany
Dieses Buch wurde auf FSC®-zertifiziertem Papier gedruckt.
ISBN 978-3-86278-303-8

www.mira-taschenbuch.de

Für Kurt
Freund, Spaßmacher, Held meiner Kindheit
Ich liebe Dich, Paps!

1. KAPITEL

Das Haus war zweifellos eine Überraschung.

Finn Andersen blieb fast ein wenig verblüfft neben seinem Wagen stehen und betrachtete eingehend das imposante Gebäude, in dem er die nächsten Wochen logieren würde. Erst nach einer ganzen Weile löste er den Blick von dem Haus und sah sich um. Er betrachtete die schöne, wild anmutende Umgebung nicht etwa neugierig oder gar begeistert, sondern viel eher abschätzend und mit der erforderlichen Gründlichkeit, die ihm in den vergangenen Jahren zu eigen geworden war.

Das Rauschen des Meeres, das wilde Geschrei der Möwen und das im heftigen Wind wogende Dünengras mit seinen dekorativen getreideähnlichen Ähren nahm er hingegen kaum wahr.

Schließlich blieb sein Blick am spitz zulaufenden Dach eines anderen Hauses hängen, das er deutlich erkennen konnte, wenn er sich nur ein Stückchen Richtung Norden wandte. Von hier aus betrachtet wirkte das hübsche kleine Haus allerdings viel näher, als es in Wirklichkeit war. Und zu Fuß würde es mindestens noch fünfzehn Minuten dauern, bis man es erreichte. Es lag einsamer in den Dünen als all die anderen Inselhäuser, aber das kam vielleicht daher, dass es das nördlichste Gebäude auf Sameland war.

Die kleine Insel sah auf der Landkarte aus wie ein leicht verformter Halbmond, dessen südliche Spitze sich dem Festland entgegenreckte. Dort am Anleger war Finn selbst vor etwa zwanzig Minuten mit der kleinen Fähre angekommen, die regelmäßig zwischen dem Festland und Sameland verkehrte.

Wenn man einmal von dem kleinen Dorf direkt am Fähranleger absah, gab es nur noch wenige Häuser auf der Insel, aber jedes für sich stand zum Schutz gegen das manchmal unberechenbare Wasser auf einer sanft ansteigenden Anhöhe. Dazwischen lag nur flaches Land – sehr flaches Land, eingerahmt von Dünen, Deichen und schließlich dem Meer, der Ostsee.

Finn wusste, dass die junge Frau, auf die er wartete, noch nicht eingetroffen sein konnte. Sie würde erst mit der nächsten Fähre in zwei Stunden ankommen. Er zog kurz in Erwägung, sich das Haus am Ende der Straße noch einmal genauer anzusehen, verwarf den Gedanken dann jedoch. Wenn alles nach Plan verlief, würde er noch genügend Gelegenheiten erhalten, um sich dort in aller Ruhe umzusehen. Und natürlich würde alles nach Plan verlaufen, dafür würde er schon sorgen, denn das war schließlich sein Job.

Finn wandte sich um und zog eine große Reisetasche aus schwarzem Nylon vom Rücksitz seines Jeeps. Mit einer lässigen Bewegung warf er sich die prall gefüllte Tasche über die rechte Schulter, griff nach seinem kleinen, flachen Aktenkoffer, in dem auch sein Laptop war, und ging auf die Eingangstür seiner neuen Unterkunft zu.

Ein Ferienhaus sieht normalerweise anders aus, wunderte er sich noch einmal. Dieses prächtige Anwesen wirkte viel eher wie das luxuriöse Wohnhaus einer mindestens sechsköpfigen Familie und hätte auch in jeder besseren Wohngegend seiner Heimatstadt stehen können. Es war aus schneeweißem Kalksandstein erbaut worden und hatte hohe, ebenfalls weiße Sprossenfenster und Türen. Das mächtige Walmdach war mit schiefergrauen Schindeln gedeckt, die in der Sonne glänzten. Finn schätzte, dass es bei Weitem das größte Haus hier auf der Insel war. Nun ja, dachte er, es gehörte schließlich auch einem sehr reichen Mann.

Langsam stieg er die drei halbrunden Stufen bis zur Eingangstür empor und zog den Schlüssel aus der Tasche, den er erst vor zwei Tagen von seinem Arbeitgeber erhalten hatte. Drinnen roch es ein wenig nach abgestandener Luft und Staub. Er ließ seine Reisetasche auf die rostroten Fliesen des Eingangsbereichs fallen und stieß die nächste Tür auf. Mit Ausnahme des relativ kleinen Windfangs und der Gästetoilette, die direkt von dort abging, bestand das gesamte untere Geschoss offenbar aus einem einzigen riesigen Raum, der für Finns Geschmack viel zu modern eingerichtet war. Ohne große Gefühlsregung sah er sich um.

Auf der rechten Seite trennte ein breiter brusthoher Frühstückstresen aus hellem Pinienholz die integrierte Küche vom Wohnbereich ab. Vor dem Tresen standen vier Hocker, die mit dem gleichen weinroten Leder bezogen waren wie die hufeisenförmige Couch im Wohnbereich. In der Mitte dieses Hufeisens befand sich ein schwarzer Steinquader, der als Couchtisch diente. Die Lampen und alle weiteren Möbel – ein paar Beistelltische, Vitrinen und Kommoden – bestanden überwiegend aus Glas und Chrom.

Finn ging quer durch den Raum zu der übergroßen Fensterfront hinter der Couch und öffnete eine der hohen Flügeltüren. Sie führten hinaus auf eine weitläufige Terrasse, die eine wirklich grandiose Aussicht direkt auf die Ostsee bot. Finn warf nur einen ganz kurzen Blick hinaus und schnappte sich erneut seine Reisetasche, um sich im oberen Stockwerk des Hauses häuslich einzurichten. Ohne länger darüber nachzudenken, entschied er sich schließlich für das größte der drei Schlafzimmer, nicht zuletzt, weil es ein eigenes und sehr komfortables Badezimmer besaß. Das Zimmer selbst war erstaunlich einfach eingerichtet, eher wie ein x-beliebiges Hotelzimmer, doch die beinahe unpersönliche Note der dunklen, schlichten Möbel kam Finn zurzeit sehr entgegen.

Auch hier öffnete er als Erstes ein Fenster, um die frische Seeluft einzulassen. Danach stellte er seine Reisetasche aufs Bett und begann, die wenigen persönlichen Sachen, die er mitgebracht hatte, im Kleiderschrank und in der Kommode zu verstauen und seine Toilettenartikel auf der Ablage im Badezimmer nebenan unterzubringen. Schließlich schloss er seinen Laptop an, fuhr ihn hoch und rief das Programm auf, das er für seine Arbeit benötigte. Nach einer kurzen Überprüfung war er zufrieden und ging wieder nach unten.

Erleichtert stellte er fest, dass der Kühlschrank gut gefüllt war – vor allem mit Flüssigem. Er nahm sich ein Bier und öffnete es mit dem Flaschenöffner, der unübersehbar auf dem Tresen lag. Direkt daneben fand er auch eine Nachricht, die für ihn bestimmt war. Er las sie, schmunzelte leicht und setzte die offene Flasche an die Lippen, um sie in einem einzigen Zug fast bis zur Hälfte auszutrinken.

Kira Lengrien fuhr auffallend langsam von der kleinen Fähre herunter, die sie vom Festland herübergebracht hatte. Sie öffnete das Seitenfenster ihres Autos, und sofort stieg ihr der typische Geruch nach Seetang und Meerwasser in die Nase. Und das Geschrei der Lach- und Silbermöwen wurde fast ohrenbetäubend. Es war immer ein ganz besonderer Augenblick für Kira, wenn sie nach längerer Zeit nach Sameland zurückkam. Sie liebte diese Insel, liebte sie sogar mehr als jeden anderen Ort, an dem sie bereits gelebt hatte. Nun hatte sie dem nachhaltigen Drängen ihres Vaters nachgegeben und endlich die Kraft gefunden, sich von all ihren anderen Verpflichtungen zurückzuziehen, um fast den gesamten Sommer hier verbringen zu können.

Seit sie vor vier Wochen aus den Vereinigten Staaten zurückgekehrt war, hatte ihr Vater mehrmals versucht, sie dazu zu überreden, mal wieder für einen längeren Aufenthalt hierher zu fahren. „Du besitzt dort das schöne kleine Haus, das du so gernhast“, hatte er gesagt, „und du liebst es doch, auf der Insel zu sein. Fahr hin, Kira! Genieße dort den Sommer und die Seeluft! Du wirst sehen, wie gut dir das tun wird.“

Das waren seine Worte gewesen, und jetzt war sie ihm dankbar dafür, dass er nicht lockergelassen hatte. Aus eigenem Antrieb wäre sie wohl auch dieses Jahr noch nicht wieder nach Sameland gekommen.

Außer ihrem Vater wusste kaum jemand, dass sie überhaupt hier war – und das war auch gut so. Nur Christina, ihrer besten Freundin, hatte sie natürlich mitgeteilt, wo sie sich die nächsten Wochen aufhalten würde. Aber Kira hatte sie auch gebeten, es nicht unbedingt jedermann auf die Nase zu binden.

Sie freute sich unsagbar auf das kleine reetgedeckte Haus, ihr Haus – das Haus, das ihr Vater ihr geschenkt hatte, kurz bevor sie damals, direkt nach ihrem Studium, noch einmal zu ihrer Mutter nach Louisiana gezogen war. Er hatte gewollt, dass sie hier auf der Insel, wo sie schon als Kind so glückliche Zeiten verlebt hatte, ein eigenes Zuhause besaß – ein Heim, zu dem es sie immer wieder ziehen würde, wie er damals gesagt hatte. Seither waren es jedoch oft nur ein paar Tage gewesen, die sie hatte erübrigen können. Doch dieses Mal sollten es ganze drei Monate sein. Und der Gedanke daran machte sie zufrieden und dankbar.

Kira musste lächeln, als sie an den kleinen Häusern vorbeifuhr, die direkt am Fähranleger von Sameland lagen. Fast jeden der Bewohner kannte sie persönlich oder vom Sehen. Viele Gesichter waren ihr sogar schon aus frühen Kindertagen vertraut. Der alte Doktor Sander zum Beispiel. Er hatte ihr viel zu häufig eine kühlende Salbe auf schmerzhafte Quallenverbrennungen streichen müssen, denn in ihrer Kindheit hatte es manches Jahr in der Ostsee vor Feuerquallen nur so gewimmelt. Oder Magda Quint, die noch heute den kleinen Inselladen führte. Auch sie hatte schon dort gelebt, als Kira noch ein kleines Mädchen gewesen war. Magda hatte immer diese kleinen Kirschlutscher an die Kinder der Insel verteilt, weshalb Kira noch heute den wunderbaren Geschmack von Kirschbonbons liebte. Sie musste dann immer sofort an Sameland und die einzigartige Magda Quint denken. Als Kira langsam erwachsen geworden war, war Magda immer mehr zu einer lieben Freundin geworden. Kira schätzte die ältere Frau sehr.

Dann gab es noch die Zwillinge Torben und Olaf Brockmann sowie ihre kleine Schwester Anna. Das waren in jedem Sommer, den Kira auf der Insel verbracht hatte, ihre liebsten Spielkameraden gewesen. Nach einigen Jahren der Ausbildung auf dem Festland hatte es Torben und nur wenig später auch Olaf schließlich doch wieder hierher verschlagen. Seit geraumer Zeit betrieben die Zwillingsbrüder nun zusammen den einzigen Gasthof, den es auf der Insel gab und der zuvor auch schon ihren Eltern gehört hatte.

Kiras Lächeln vertiefte sich noch ein wenig, als sie weiterfuhr und die kleine Ortschaft von Sameland hinter sich ließ. Sie würde noch genug Zeit haben, all diese Menschen wiederzusehen. Später! Erst einmal wollte sie in aller Ruhe ihr eigenes kleines Häuschen genießen.

Den großen blonden Mann, der zur gleichen Zeit im Schatten einer Toreinfahrt direkt gegenüber der Anlegestelle stand und ihre Ankunft auf der Insel beobachtete, bemerkte Kira indes nicht. Vor lauter Aufregung ging sein Atem viel zu schnell. Und er massierte sich mit beiden Händen kräftig die Schläfen, als er ihren Kleinwagen von der Fähre und kurz darauf auch an der Häuserreihe vorbeirollen sah. Dann lächelte er zufrieden, ja fast glückselig.

„Endlich bist du da!“, murmelte er kaum hörbar in sich hinein.

Er wartete noch, bis ihr Auto aus seinem Blickfeld verschwand, erst dann wandte er sich ab, um sich wieder seinen täglichen Aufgaben zu widmen.

Nur eine schmale Sandstraße wies den Weg aus dem Dörfchen hinaus in das Hinterland der Insel. Gesäumt von wilden Rosen führte sie an den wenigen, weit auseinanderstehenden privaten Ferienhäusern vorbei, die allesamt die meiste Zeit des Jahres leer standen. Als Kira an dem großen Haus ihres Onkels vorbeikam, ging sie vom Gas und stutzte. In der Auffahrt stand ein kleiner himmelblauer Geländewagen.

„Komisch“, sagte sie laut zu sich selbst, „Onkel Werner wollte doch niemals an Fremde vermieten.“ Sie nannte Werner Martinelli ihren Onkel, obwohl er eigentlich nur der beste Freund und Geschäftspartner ihres Vaters war. Aber sie wusste, dass er selbst nicht auf der Insel weilte, denn sie hatte erst tags zuvor mit ihm gesprochen. Er kam nur noch selten hierher und trug sich sogar seit einiger Zeit mit dem Gedanken, das schöne große Haus zu verkaufen. Kira musste schlucken, wenn sie daran dachte, denn auch dieses Haus war ihr sehr ans Herz gewachsen. Hier im weitläufigen Anwesen ihres geliebten Onkels Werner hatte sie als Kind ihre schönsten Sommertage verbringen dürfen.

Während Kira sehr langsam an dem Gebäude vorbeifuhr, wanderte ihr Blick hinauf zu den Fenstern im ersten Stock. Dort konnte sie deutlich erkennen, dass sich hinter einer der Gardinen ein großer Schatten bewegte. Sie wollte kein Risiko eingehen und beschloss, ihren Onkel sofort anzurufen, um ihn zu fragen, wen er dort wohnen ließ. Schließlich gab es überall auf der Welt Kriminelle, warum also nicht auch an einem so abgelegenen Ort wie diesem? Sicher ist sicher, sagte sie sich, denn selbst auf einer kleinen, nahezu unbekannten Ostseeinsel gibt es letztlich keine Garantie für ewigen Frieden und ungestörte Glückseligkeit.

Finn sah Kiras silberfarbenem Kleinwagen nach und stieß ein kurzes Schnauben aus, als er sich vom Fenster seines Schlafzimmers abwandte. Nun war sie also angekommen, die wohlbehütete Tochter seines Arbeitgebers. Und damit war er von dieser Minute an offiziell im Dienst.

Finn Andersen arbeitete erst seit gut einem Jahr für Edgar Lengrien, aber er hatte sich trotzdem sehr schnell das absolute Vertrauen seines Chefs erworben, sein Vertrauen und sogar seine Freundschaft – und das beruhte durchaus auf Gegenseitigkeit. Finn mochte Edgar Lengrien sehr, und das, obwohl der Mann immens reich und überaus geschäftstüchtig war.

Edgar war einer der beiden Inhaber einer der größten Handelsgesellschaften Europas.

In den späten Fünfzigerjahren hatte alles mit einer kleinen und ziemlich unbedeutenden Kaffee- und Kakaorösterei angefangen, die Edgar Lengrien zusammen mit seinem Freund und Partner Werner Martinelli gegründet hatte. Heute stand der Name „Lengrien & Martinelli" für ein gewaltiges Wirtschaftsimperium. Die beiden Männer waren offenbar ein unschlagbares Team, denn inzwischen gab es sogar eine bekannte Restaurantkette, die den Namen „Lengrien & Martinelli" trug.

Reichtum und Erfolg hatten aber durchaus auch ihre Schattenseiten. Edgar und sein Partner bekamen seit einiger Zeit in unregelmäßigen Abständen Drohbriefe. Natürlich hatten sie sofort die Polizei eingeschaltet, aber mit den Briefen allein ließ sich nicht viel anfangen. Offenbar waren die unliebsamen Botschaften allesamt auf einem Computer verfasst und dann mithilfe eines handelsüblichen Druckers ausgedruckt worden. Verwertbare Fingerabdrücke gab es nicht; der Inhalt ließ ebenfalls keine Rückschlüsse auf den Absender zu.

Werner Martinelli hatte keine Familie, um die er sich zu sorgen brauchte, aber bei Edgar sah das anders aus, besonders seit seine geliebte Tochter vor einigen Wochen wieder aus Amerika zurückgekommen war. Es gab Feinde und Neider – und gegen die musste man sich und seine Lieben schützen. Nur deshalb war Finn Andersen jetzt auf dieser Insel.

Kira Julie Lengrien war sein neuer Auftrag.

Finn erinnerte sich noch sehr gut an den Tag, an dem ihm das Angebot von „Lengrien & Martinelli“ ins Haus geflattert war. Es war sein dreiunddreißigster Geburtstag gewesen. In seiner Stammkneipe hatte er mit ein paar Kollegen darauf angestoßen und war aus diesem Grunde etwas angetrunken nach Hause gekommen. Den Brief hatte er deshalb auch nicht sofort geöffnet, doch als er ihn am nächsten Morgen schließlich las, war ihm der Inhalt vorgekommen wie ein nachträgliches Geburtstagsgeschenk. Seine Bewerbung für diesen Job hatte er ein paar Wochen zuvor eigentlich nur aus einer Laune heraus abgeschickt. Im Grunde rechnete er noch nicht einmal mit einer Antwort. Doch nun bot man ihm tatsächlich einen der besten Jobs an, die er sich in seiner Situation überhaupt vorstellen konnte – und damit auch die zuverlässigste und einfachste Möglichkeit, sein früheres Leben endlich ganz hinter sich zu lassen.

Einige Wochen später hatte er bereits seinen alten Beruf aufgegeben und war stattdessen der persönliche Bodyguard von Edgar Lengrien geworden. Nach weiteren drei Monaten hatte Lengrien ihm die Leitung seiner gesamten Sicherheitscrew übergeben. Inzwischen waren sein Arbeitgeber und er Freunde geworden. Das war eigentlich auch der Grund, warum Finn jetzt auf dieser Insel festsaß. Er hatte es einfach nicht fertiggebracht, Edgar diese spezielle Bitte abzuschlagen.

Kira Lengrien kannte ihn nicht, kannte noch nicht einmal seinen Namen. Sie war aus den Staaten zurückgekehrt, als Finn gerade seinen mehrwöchigen Jahresurlaub in der Karibik genossen hatte. Die Ausgangslage war also perfekt. Inzwischen wusste Finn, dass Edgar dafür gesorgt hatte, ja, dass es sogar Teil seines Plans gewesen war. Niemand im Haus durfte auch nur Finns Namen erwähnen, nachdem Kira Lengrien eingetroffen war. Alle Angestellten befolgten die Anweisungen ihres Chefs mit gewohnt verlässlicher Loyalität. Kaum war Finn aus seinem Urlaub zurückgekehrt, tauchte Edgar bei ihm zu Hause auf, weihte ihn in seinen Plan ein und bat ihn, persönlich auf Kira achtzugeben, solange sie allein auf der Insel lebte. Er sollte sich sogar möglichst mit ihr anfreunden, damit er sie, so gut es eben ging, im Auge behalten konnte. Zwar hielt es niemand für wahrscheinlich, dass Kira hier auf Sameland wirklich etwas zustoßen könnte, aber Edgar machte sich trotzdem Sorgen um die Sicherheit seiner einzigen Tochter – und er hatte nun einmal volles Vertrauen zu Finn.

So hatten sie auf die Schnelle einen weitergehenden Plan entwickelt, und Finn Andersen war in das Ferienhaus von Werner Martinelli gezogen. Aber auch für Finn hatte die Sache durchaus ihren Reiz. Endlich hatte er mal wieder die Möglichkeit, mit den Händen zu arbeiten. Sein handwerkliches Geschick konnte er immer nur privat unter Beweis stellen, und dazu gab es viel zu selten Gelegenheit. Er liebte es einfach, mit allerlei Werkzeug zu hantieren und etwas zu schaffen, was wirklich von Nutzen war.

Werner Martinelli hatte in einem früheren Gespräch einmal erwähnt, dass er gerne das Zimmer im Dachgeschoss seines Ferienhauses renovieren lassen würde. Das brachte Finn auf die Idee, diese Arbeit zu übernehmen. Martinelli war begeistert, und so hatte ihr Plan den letzten Schliff bekommen.

Da Finn wusste, mit welcher Fähre Kira Lengrien ankommen würde, hatte er zuvor bereits knapp zwei Stunden auf dem

Dachboden des Martinelli-Hauses zugebracht. Jetzt knöpfte er sich allerdings sein Arbeitshemd auf und zog es aus. Gerade hatte er einen Anruf von Edgar Lengrien erhalten. Alles war nach Plan verlaufen. Wie erwartet, hatte Kira ihren Onkel sofort angerufen, nachdem sie Finns Auto in der Auffahrt des Hauses hatte stehen sehen. Sie telefonierte noch immer mit Werner Martinelli, ohne zu wissen, dass ihr eigener Vater ihm dabei gegenübersaß und in der Zwischenzeit bereits Finn informierte.

Es wird langsam Zeit für eine Dusche, dachte Finn, nachdem er aufgelegt hatte. Schließlich konnte es jetzt nicht mehr sehr lange dauern, bis Edgars Töchterlein feststellte, dass sie dringend einen Handwerker benötigte.

Kira kuschelte sich mit angezogenen Beinen in die dicken weichen Kissen ihres Sofas, während sie mit Werner Martinelli telefonierte. Sie fühlte sich wunderbar entspannt.

„Ein Bekannter mit handwerklichen Fähigkeiten also?"

„Ja. Er renoviert mir das Dachzimmer und erholt sich gleichzeitig ein wenig von seinem Alltag in der Großstadt. Der Junge ist nett, du wirst ihn mögen, Kira."

„Ich denke, ich werde nicht sehr viel mit ihm zu tun haben, Onkel Werner. Ich habe vor, in Ruhe zu arbeiten, weißt du."

„Schon klar."

„Mir wird es hier auf Sameland sowieso niemals langweilig. Ich war viel zu lange weg, wenn du mich fragst. Außerdem freue ich mich schon auf Magda und die Brockmanns."

„Na, dann genieße das Wiedersehen mit deinen Freunden, die gute Luft und das Meer."

„Darauf kannst du wetten. Richte meinem Papa doch bitte liebe Grüße aus und sag ihm, ich bin jetzt echt froh, dass ich auf ihn gehört habe und hergefahren bin."

„Werde ich ausrichten, Kleines. Bis bald. Melde dich zwischendurch mal."

Kira legte auf und sah sich lächelnd um. Das Häuschen strahlte eine unglaubliche Gemütlichkeit aus. Sie hatte es absichtlich mit alten friesischen Möbeln eingerichtet, weil das ihrer Ansicht nach viel besser hierher passte als die moderne und eher nüchterne Einrichtung, die ihr Onkel für sein Haus bevorzugt hatte. Kiras Wohnzimmer war nicht sehr groß, besaß aber einen kleinen Kamin, und sie freute sich darauf, an den einsamen Abenden vor einem gemütlichen Feuer sitzen zu können. Es war zwar schon Mitte Mai, aber trotzdem noch nicht sehr warm. Der frische Wind hatte ihr vorhin tüchtig das Haar zerzaust. Kira erhob sich und ging hinüber in ihre kleine Küche. Die Küchenzeile in ihrem Haus war direkt in den Wohnbereich integriert, so wie es hier auf der Insel in den meisten Ferienhäusern üblich war.

Es wurde Zeit für eine ausgiebige Dusche, bevor sie sich um ihr Abendessen kümmerte. Also stieg sie die leicht geschwungene hölzerne Treppe hinauf ins Obergeschoss. Hier oben gab es nur ein kleines Schlafzimmer mit Dachschrägen und ein Badezimmer von angenehmer Größe, auf das sie besonders stolz war. Die Badewanne war ein antikes, aber vollkommen unversehrtes Stück, das auf Klauenfüßen stand und goldglänzende Hähne besaß. Sie schien sie regelrecht anzulächeln.

„Gut, überredet", sagte Kira laut zu sich selbst, „ein langes, heißes Bad könnte mir jetzt wirklich gefallen."

Sie öffnete die Hähne und schüttete schon einmal eine ordentliche Portion von ihrem duftenden Badeöl ins Wasser. Dann ging sie zurück in ihr Schlafzimmer, um sich mit frischen Handtüchern und einem großen Badelaken zu versorgen. Erst als sie wieder neben ihrer Wanne stand, bemerkte sie, dass das Wasser vollkommen kalt aus den Hähnen lief. Kira fluchte laut und nicht sehr damenhaft, nachdem sie einige Male vergeblich versucht hatte, die Flamme im Gasboiler in Gang zu bringen. Doch nichts geschah.

Ihr erster Gedanke war, noch einmal hinunter zum Anleger zu fahren, um Hilfe zu holen, doch dann fiel ihr der Mann in Werner Martinellis Haus ein.

„Mhm, ein Handwerker, also … und so nah."

Da Finn die Terrassentür weit geöffnet hatte, hörte er schon frühzeitig das Motorengeräusch, das ein nahendes Fahrzeug ankündigte. Mit seiner halb leeren Bierflasche in der Hand stand er entspannt am Küchentresen und wartete darauf, dass es klingelte. Bereits eine Minute später wurde sein Warten belohnt.

Er kannte Kira Lengriens Gesicht von den Fotos, die auf dem Schreibtisch seines Chefs standen, und war durchaus auf eine Begegnung mit ihr vorbereitet gewesen. Doch als er dann die Haustür öffnete und die Frau leibhaftig vor sich sah, hätte er am liebsten laut und vernehmlich nach Luft geschnappt. Finn war allerdings viel zu beherrscht, um diesem Impuls so einfach nachzugeben, und verzog kaum eine Miene. Sie hingegen lächelte ihn an – und dieses unglaubliche Lächeln traf ihn genau dort, wo es ganz und gar nichts zu suchen hatte.

„Entschuldigen Sie bitte die Störung. Herr Andersen?"

Er nickte. „Der bin ich."

Eine Stimme in seinem Kopf ermahnte ihn zur Höflichkeit. Deshalb lächelte auch er jetzt so einnehmend, wie es ihm möglich war. Schließlich sollte Edgar Lengriens Tochter ihn ja von Anfang an für einen äußerst sympathischen Kerl halten. Also streckte er ihr seine rechte Hand entgegen. „Finn Andersen."

Kira ergriff seine dargebotene Hand und schüttelte sie leicht. „Freut mich sehr. Mein Name ist Kira Lengrien. Ich bin Ihre nächste Nachbarin." Sie drehte sich halb um und zeigte in die Richtung ihres Hauses.

„Ja, ich weiß. Werner Martinelli hat mir von Ihnen erzählt."

„Gleichfalls." Sie lachte kurz auf und er musste sich räuspern. „Ich habe ein kleines Problem, und da dachte ich …", ihr Blick glitt von seinen Augen kurz zu seinem Mund und wieder zurück, „… Sie könnten mir vielleicht dabei helfen, es aus der Welt zu schaffen."

Auch weil er den zwingenden Drang verspürte, sich zu bewegen, trat er beiseite und bat sie ins Haus. „Kommen Sie doch erst einmal herein. Ähm … kann ich Ihnen vielleicht etwas anbieten?"

„Oh … nein danke, wirklich nicht."

Er ging voraus zum Küchentresen und griff nach der Bierflasche, die dort noch immer auf ihn wartete. Seine Kehle war plötzlich wie ausgedörrt, und deshalb brauchte er dringend einen Schluck.

Kira sah ihm nach und folgte ihm dann zögernd. Natürlich war ihr auf Anhieb aufgefallen, wie ungemein attraktiv der Mann war. Und sie erkannte auch sofort, dass diese Attraktivität vor allem mit seiner fast schon unverschämt maskulinen Ausstrahlung zu tun hatte. Sein fester Händedruck passte ebenso zu ihm wie sein leicht federnder Gang. Finn Andersen sah auf eine interessante Weise geradezu fantastisch aus, war aber sicherlich nicht im klassischen Sinne ein schöner Mann. Nein, er sah nicht einmal annähernd perfekt aus. Seine Gesichtszüge waren etwas zu scharf geschnitten, sein Kinn zu kantig und der Mund mit den auffallend sinnlichen Lippen war vielleicht eine Spur zu breit. Finns linke Augenbraue wurde von einer dünnen hellen Narbe geteilt, und eine zweite sichelförmige Narbe verlief von seinem rechten Mundwinkel bis hin zur Mitte seines Kinns und endete dort in einem winzigen, aber unübersehbaren Grübchen. Ein ungewöhnliches Detail in diesem doch eher harten Gesicht, das Kira vielleicht gerade deshalb auch sofort ins Auge gesprungen war.

Als er ihr die Tür geöffnet hatte, war sie für einen kurzen Moment sogar ein wenig irritiert gewesen, hatte sich aber zum Glück sehr schnell wieder gefangen. Fasziniert sah sie nun zu, wie er die halb volle Flasche an seine Lippen setzte und sie in einem Zug leerte.

Er trug ein einfaches weißes T-Shirt, das die ausgeprägte Muskulatur seines Oberkörpers nicht verbergen konnte, sondern eher noch betonte. Seine Jeans schmiegten sich so eng um seine schmalen Hüften, dass es fast schon eine Zumutung war. Das knappe T-Shirt reichte ihm gerade bis zum Hosenbund, und als er den Arm hob, um zu trinken, wurden über seinem Gürtel kurz ein Stück sonnengebräunte Haut und ein schmaler Streifen dunkler Haare sichtbar. Nachdem er die leere Flasche wieder abgesetzt hatte, fuhr er sich mit beiden Händen durch das goldbraune Haar. Es war noch feucht. Offensichtlich hatte er gerade erst geduscht. Kira musste schlucken, und ihr wurde plötzlich unangenehm warm.

Meine Güte, Kira, nimm dich zusammen, ermahnte sie sich in Gedanken selbst, du bist doch kein unreifer Teenager mehr!

„Tut mir leid, ich habe bis vor Kurzem gearbeitet und hatte wirklich Durst“, sagte er lächelnd. „Sie wollen wirklich nichts trinken, Frau Lengrien?“

Sie atmete tief ein und schüttelte den Kopf. „Danke, nein.“

„So, wo drückt denn nun der Schuh?“

Einige Minuten später schraubte Finn bereits an dem Gasboiler herum. Er wusste natürlich, was er zu tun hatte, um schon nach wenigen Handgriffen als Kira Lengriens ganz persönlicher Held dazustehen. Es war nur eine Kleinigkeit.

„Vielen Dank“, sagte Kira glücklich lächelnd, als er fertig war und wieder heißes Wasser aus den Hähnen ihrer Badewanne lief. „Wie kann ich das nur wiedergutmachen?“

Finn winkte ab. „Ach, das war doch selbstverständlich. Normale Nachbarschaftshilfe, mehr nicht. Machen Sie sich keine Gedanken, Frau Lengrien.“

Sie zog nachdenklich ihre Augenbrauen hoch. „Was halten Sie davon, wenn ich Sie heute Abend dafür ein bisschen bekoche, Herr Andersen? Kommen Sie schon, das dürfen Sie mir nicht abschlagen!“

Innerlich jubelte Finn. Das ging ja leichter, als er vermutet hatte. Einen Augenblick tat er so, als würde er noch überlegen, doch dann nickte er zustimmend. „Gut. Zu einem Abendessen sag ich nicht Nein. Aber ich bringe den Wein mit.“

„Einverstanden. So gegen sieben?“

„Passt mir gut. Also bis in …“, Finn warf einen Blick auf seine Armbanduhr, „… gut einer Stunde.“

„Ja, bis dann. Und … verkleiden Sie sich ja nicht unnötig, Herr Andersen. Jeans sind okay.“

Kira sah ihm nach. Jetzt stieg er wieder in seinen Geländewagen und setzte zurück. Nachdem er ihr noch einmal zugewinkt hatte, bog er in die Sandstraße und fuhr davon.

Finn trommelte mit den Fingerkuppen auf seinem Lenkrad. Er hatte bereits in der Auffahrt des Martinelli-Hauses geparkt, stieg aber noch nicht aus. Leise, allerdings ziemlich unflätig, fluchte er vor sich hin. Er hatte nur den Bruchteil einer Sekunde gebraucht, um festzustellen, dass Kira Lengrien ihm als Frau wirklich gefährlich werden könnte, und damit hatte er nun weiß Gott nicht gerechnet. Sie ist nicht schön, dachte er, sie ist … schlichtweg hinreißend, umwerfend und einfach atemberaubend sexy. Außerdem hatte er schon immer eine besondere Schwäche für Frauen mit langen, dunkelroten Haaren gehabt.

Nixenhaare!

Die Sonnenuntergänge in der Südsee waren ihm durch den Kopf gegangen, als er ihr vorhin die Tür geöffnet hatte. Warmes Rot und dunkles Blau – das leuchtende Rot ihrer Haare und dazu das intensive und klare Ozeanblau ihrer Augen. Von ihrem Mund mal ganz abgesehen, der war ohne Frage eine erotische Sensation.

Der kleine Esstisch in ihrem Wohnzimmer sah perfekt aus, und Kira war sehr zufrieden mit sich. Sie hatte darauf geachtet, es nicht allzu romantisch erscheinen zu lassen. Es brannten zwar Kerzen, aber sie standen nicht direkt auf dem Tisch, sondern auf der Anrichte, ein paar Schritte weit entfernt. Sie hatte sich für Steaks, einen gemischten grünen Salat und Kräuterbaguette entschieden. Ein kraftstrotzender Mann wie Finn Andersen braucht viel rotes Fleisch, hatte sie gedacht und sich bei diesem etwas lüsternen Gedanken königlich über sich selbst amüsiert.

Die Steaks warteten bereits darauf, in der Pfanne zu landen, als es an der Haustür klingelte.

Zu ihrer Freude trug er tatsächlich noch immer Jeans, aber er hatte das einfache T-Shirt gegen ein schlichtes hellblaues Oberhemd getauscht, dessen Ärmel lässig bis zu seinen Ellenbogen hochgekrempelt waren. Über einem Arm hing eine dunkelblaue Windjacke, und in den Händen hielt er je eine Flasche Rotwein. Mit einem breiten Grinsen im Gesicht hob er sie ihr entgegen.

„Ich bin extra zu Fuß hergekommen. Ist roter recht?"

„Perfekt!", entgegnete sie und grinste ebenfalls, als sie einen Blick auf die beiden Flaschen warf. „Kommen Sie herein. Die Steaks sind gleich fertig."

„Steaks? Klasse! Ich liebe rotes Fleisch."

Kira lachte unwillkürlich auf, schüttelte den Kopf und kümmerte sich schleunigst um die besagten Fleischstücke.

Eine gute Stunde später saßen sie satt und entspannt bei ihrem zweiten Glas Wein. Erst vor wenigen Minuten hatten sie beschlossen, sich zu duzen. Finn hatte eine Weile fasziniert zugehört, wie sie von der Zeit erzählte, die sie bei ihrer Mutter in einer kleinen Stadt in Louisiana gelebt hatte. Kiras Eltern hatten sich bereits nach zwei Jahren Ehe wieder getrennt. Ihre Mutter, eine waschechte Südstaatenschönheit mit Cajunblut in den Adern, war daraufhin zurück zu ihrer Familie gegangen. Aber sie hatte auch niemals etwas dagegen einzuwenden gehabt, dass Kira mehrere Monate im Jahr bei ihrem geliebten Vater in Deutschland verbrachte.

„Wie hast du denn das mit der Schule hinbekommen?", fragte Finn interessiert.

„Oh, ich bin nur bei meiner Mutter, in Baton Rouge, in eine richtige Schule gegangen. Während der Monate hier bei meinem Vater hatte ich einen Privatlehrer. Das ging ganz gut. Später, während des Studiums, habe ich dann wieder überwiegend in Deutschland gelebt und bin nur während der Semesterferien zu meiner Mutter geflogen. Jetzt habe ich allerdings beschlossen, für immer in Deutschland zu bleiben. Meine Mutter hat vor einiger Zeit wieder geheiratet und ist damit gut beschäftigt." Sie lachte kurz auf. „Ich bin nicht besonders traurig darüber, wenn ich ehrlich bin, denn ich habe meine Heimat und meine Freunde in den letzten Jahren immer stärker vermisst, sobald ich wieder drüben war. Außer meiner Mutter hält mich dort nicht viel. Als ich noch ein Kind war, machte mir das deutlich weniger aus."

„Hmm. Ich stelle mir das gerade für ein Kind oder auch Teenager irgendwie anstrengend vor. Ich meine, ständig hin und her über den Atlantik fliegen zu müssen."

Kira winkte ab. „Halb so schlimm. So häufig war das ja gar nicht, und man gewöhnt sich auch ziemlich schnell daran. Es wäre damals viel schlimmer für mich gewesen, auf einen der beiden verzichten zu müssen, verstehst du?"

„Ja, du hast wahrscheinlich recht."

Finn schenkte ihnen Wein nach, und sie blieben eine Weile still. Die Gesprächspause machte weder sie noch ihn verlegen, was sie beide als sehr angenehm empfanden.

„Finn Andersen", sagte Kira schließlich. „Das klingt ziemlich nordisch."

Er nickte. Die Art, wie sie seinen Namen ausgesprochen hatte, ließ seinen Magen ein wenig kribbeln. „Stimmt. Mein Vater ist Däne. Eigentlich heiße ich Finnegan." Er lachte. „Meine dänische Großmutter sagte immer, das wäre ein guter alter Wikingername. Aber komm ja nicht auf die Idee, mich jemals so zu nennen."

„Keine Sorge. Finnegan kommt wirklich nicht so flüssig über die Lippen wie Finn. Bist du in Dänemark geboren?"

Finn schüttelte den Kopf. „Nein. Mein alter Herr ist bereits als Kind nach Hamburg gekommen, weil mein Großvater dort Arbeit bekommen hatte. Ich beherrsche noch nicht einmal die Sprache und war höchstens mal in den Ferien dort."

„Oh wie schade! Ich finde, die dänische Sprache klingt immer so … niedlich." Wieder perlte dieses erotische Lachen über ihre Lippen, und wieder fühlte er sich davon beinahe körperlich berührt.

„Du siehst nicht unbedingt aus wie ein Nordmann, Finn Andersen."

„Oh, das ist das Erbe meiner Mama. Sie ist eher ein dunkler Typ. Von ihr habe ich auch meine Augenfarbe geerbt. Die Augen meines Vaters sind so blau wie der Himmel über Jütland."

Ihr Lachen würde ihn noch umbringen.

„Na, davon bist du ja hier auf Sameland nicht sehr weit entfernt, oder? Was machst du eigentlich beruflich, Finn? Werner hat angedeutet, dass du im wirklichen Leben kein Handwerker bist."

Finn runzelte die Stirn, und seine tiefbraunen Augen wurden noch eine Spur dunkler. „Im Augenblick mache ich mal dies und mal das. Verschiedene Jobs eben. Ich lasse mich nur ungern festnageln, weißt du."

Kira stutzte. „Hast du keinen Beruf erlernt?"

Er wusste nicht, warum er in dieser Sekunde den starken Drang verspürte, ihr auch in diesem Punkt die Wahrheit zu sagen, aber er kam nicht ganz dagegen an, und so musste er es zumindest bis zu einer vertretbaren Grenze tun. „Ich war mal Polizist."

„Polizist? Du?"

Er grinste über die ungespielte Überraschung, die er von ihrem Gesicht ablesen konnte.

„Ja. Ich war bei der Kripo in Hamburg."

„Wow, Kripo! Warum hast du hingeschmissen?"

Obwohl er sich ein wenig darüber freute, dass sie gar nicht erst annahm, man könnte ihn entlassen haben, stieß er innerlich einen Fluch aus. Das Thema behagte ihm ganz und gar nicht.

„Ich wollte einfach nicht mehr."

Kira sah deutlich, dass ein Schatten über sein Gesicht huschte und sein Blick sich sichtbar verschleierte. Mit einem angedeuteten Nicken akzeptierte sie, dass er über diesen Teil seines Lebens offenbar nicht sprechen wollte. Was blieb ihr auch anderes übrig, als es hinzunehmen. Sie kannten sich schließlich erst seit wenigen Stunden. Wie konnte sie da erwarten, dass er ihr so viel Vertrauen entgegenbrachte?

„Und jetzt lebst du also von Gelegenheitsjobs?"

„So ist es – nun ja, zumindest zurzeit ist es so. Und du zeichnest, hab ich recht?", lenkte er geschickt wieder von sich ab und deutete auf ihre Arbeitsutensilien, die sie auf dem Couchtisch abgelegt und vorhin dort vergessen hatte.

„Ja. Ich mache überwiegend Illustrationen für Kinderbücher. Christina Sommer, eine sehr bekannte Kinderbuchautorin, ist eine gute Freundin von mir. Um genau zu sein, ist sie sogar meine beste Freundin und gleichzeitig auch meine einträglichste Auftraggeberin. Wir sind schon seit frühester Kindheit unzertrennlich, daran hat auch der große Atlantik niemals etwas ändern können. Sie und ich sind praktisch zusammen aufgewachsen. Ihre Eltern wohnten in einem kleinen Haus auf dem Grundstück meines Vaters. Christinas Vater war unser Gärtner, und ihre Mutter führte Papa schon den Haushalt, als er und meine Mutter noch zusammenlebten. Leider sind ihre Eltern schon seit mehreren Jahren tot, aber Christina ist irgendwie immer Bestandteil unserer Familie geblieben. Sie ist inzwischen wirklich sehr erfolgreich mit ihren Büchern. Jetzt soll sogar eine Geschichte von ihr verfilmt werden. Hast du schon mal von ihr gehört?"

Finn schüttelte lächelnd den Kopf, dabei massierte er sich gedankenverloren mit der linken Hand seinen rechten Bizeps. Als ihr Blick sofort dorthin wanderte, zog Finn schnell die Hand fort und griff noch einmal nach seinem Glas. „Tut mir leid, ich lese nur selten Kinderbücher."

Wieder lachte sie. „Ach Finn!"

Mit einer nervös anmutenden Bewegung schob sie sich eine Haarsträhne hinter das rechte Ohr und bedachte ihn mit einem intensiven Blick. Innerhalb von Sekunden war die Stimmung zwischen ihnen umgeschlagen. Wie gebannt verfolgte Finn nun seinerseits jede ihrer Bewegungen. Als sie ebenfalls einen Schluck von ihrem Wein nahm und sich anschließend über die Unterlippe leckte, spürte er bereits, wie sein Blut zu kochen begann. Die greifbare Spannung zwischen ihnen wurde ihm langsam zu viel, denn inzwischen war unübersehbar, dass Kira Lengrien offen mit ihm flirtete. Unter normalen Umständen hätte er jetzt innerlich laut „Bingo" gerufen und wäre voller Freude auf ihren Flirtversuch eingegangen. Aber dies hier war nun einmal keine normale Situation. Jedenfalls nicht für ihn. Kira Lengrien war sein Job – mehr durfte er in ihr nicht sehen. Also drückte er sein Rückgrat durch und erhob sich bedächtig.

„Ich denke, es wird langsam Zeit für mich."

Ihre meerblauen Augen blickten ihn ein wenig erschrocken an. „Schon? Es ist doch noch nicht einmal halb zehn."

„Das Dachgeschoss. Ich will früh aufstehen."

Seine Stimme klang plötzlich so kühl und distanziert, dass Kira sich sofort fragte, ob sie in den letzten Minuten etwas Falsches gesagt haben könnte, aber ihr mochte nichts einfallen. Etwas ratlos erhob auch sie sich und folgte ihm zur Haustür. Noch vor wenigen Augenblicken hätte sie schwören können, dass sie in Finn Andersens Augen echtes männliches Interesse gesehen hatte. Trotzdem zweifelte sie für einen Moment, ob dieser Eindruck tatsächlich richtig gewesen war, doch schon in der nächsten Sekunde verwarf sie diesen Gedanken wieder. Sie hatte sich das Verlangen in seinem Blick nicht eingebildet, dessen war sie sich ganz sicher. Nur wusste sie nicht, warum er sich plötzlich so seltsam unnahbar benahm. Schließlich hatte sie doch wohl genug Signale ausgesendet, oder?

Jetzt standen sie nebeneinander in ihrem schmalen Flur, und sie reichte ihm seine Jacke. Völlig verunsichert stellte sie fest, dass Finn inzwischen sogar ihrem Blick auszuweichen schien. Als Kira einen Schritt nach vorne machte und sich vorbeugte, um ihm die Tür zu öffnen, streifte ihre Hüfte leicht seine Hand. Er zuckte merklich zurück, räusperte sich heftig und schlüpfte rasch in seine Jacke.

„Es war ein sehr schöner Abend. Gute Nacht, Kira", sagte er mit rauer Stimme und ohne sie noch einmal direkt anzusehen, während er schon nach draußen ging.

Ja, er wich ihr aus, das spürte sie jetzt ganz genau. Ein wenig fassungslos sah sie ihn zwei, drei Schritte hinaus in die Dunkelheit machen, dann erst reagierte sie.

„Finn!"

Hätte er ihr nicht schon den Rücken zugekehrt, und wäre es nicht so dunkel gewesen, hätte sie sehen können, dass er in diesem Moment entnervt die Lider schloss und die Hände zu Fäusten ballte.

Ganz langsam nur drehte er sich schließlich wieder zu ihr um. Dennoch konnte sie in der Dunkelheit sein Gesicht auch jetzt kaum erkennen. Kira jedoch stand direkt unter der kleinen Laterne, die neben ihrer Haustür hing – und Finn konnte alles von ihr sehen. Den fragenden Blick in ihren hinreißenden Augen ebenso wie ihren mehr als einladenden Mund. Ihr Haar leuchtete flammend rot, und ihre helle, zarte Haut ließ sie zerbrechlicher wirken, als sie in Wirklichkeit war. Als er sie jetzt noch einmal ansah, wusste er bereits, dass er den Kampf gegen sein Verlangen verlieren würde. Trotzdem wollte etwas in ihm noch immer nicht ganz aufgeben. Es lag ihm nicht, so schnell das Handtuch zu werfen.

„Ja?"

„Ist alles in Ordnung, Finn?"

„Ja." Seine Stimme klang sogar in seinen Ohren, als hätte irgendjemand seine Stimmbänder mit Schmirgelpapier bearbeitet.

Sie lächelte leicht, aber sie konnte nicht genau erkennen, ob er überhaupt zurücklächelte. Stattdessen hörte sie ihn einen leisen, aber unüberhörbar heftigen Fluch ausstoßen, dann war er wieder bei ihr.

Im nächsten Moment schon schob er die Hände unter ihr Haar. Sie spürte seine Daumen links und rechts über ihre ausgeprägten Wangenknochen streichen. Einen unendlich intensiven Moment lang sah er ihr in die Augen.

„Du willst also einen Gutenachtkuss!", flüsterte er kaum hörbar.

„Ja", hauchte sie atemlos.

Sein Mund presste sich zu schnell und zu hart auf ihre Lippen. Kira hatte kaum Zeit, um angemessen zu reagieren, doch genau in dem Augenblick, als seine Zunge ihre Lippen auseinanderzwang, verlor sie jegliches Gefühl für alles andere in ihrem Leben. Das Letzte, was ihr Verstand gerade noch zustande brachte, war ein heftiges Erschrecken über diese allzu starke Empfindung, dann übernahm ihr Körper die Kontrolle. Nie zuvor hatte sie etwas Vergleichbares gefühlt! Dabei war er noch nicht einmal wirklich zärtlich, und Zärtlichkeit war ihr bei einem Mann doch immer so besonders wichtig gewesen. Finns Kuss war jedoch anhaltend unnachgiebig, gierig und heiß.

Rücksichtslos und beherrschend schien er ihr mit diesem Kuss sein Zeichen einzubrennen.

Mehr! Finn! Nicht aufhören! Oh Gott!

Das war alles, was sie noch denken konnte. Ihr Blut schien zu kochen, ihr Puls raste – und sie spürte augenblicklich die feuchte Hitze zwischen den Oberschenkeln.

Obwohl Finn sich ziemlich sicher war, dass er gerade dabei war, den wohl größten Fehler seines Lebens zu begehen, konnte er einfach nicht mehr von ihr ablassen. Sein Herz trommelte wie wild gegen seine Rippen, sodass er schon befürchtete, sie würde es spüren.

Sie schmeckte süß wie wilder Honig, und ihre Lippen waren himmlisch weich und unglaublich voll. Er hörte sie leise aufstöhnen. Und das brachte ihn noch mehr um den Verstand. Gierig erkundete seine Zunge ihre Mundhöhle, versuchte jeden Winkel dieses süßen Raumes zu erreichen. Ein wildes Verlangen danach, ihren Körper hier und jetzt vollständig in Besitz zu nehmen, erfasste ihn und ließ ihn heftig erschauern.

Mit seinem ganzen Körpergewicht presste er sie gegen die Haustür. Er löste die rechte Hand von ihrem herrlichen Gesicht, glitt tiefer und berührte ihre Brust. Besitzergreifend umfasste er sie. Durch den dünnen Stoff der Bluse fühlte er, wie sich ihre Brustknospe hart in seine Handfläche drückte, und von rasendem Verlangen gepeinigt, stöhnte er hörbar auf. Erst das heftige Pochen hinter dem Reißverschluss seiner Jeans, das ihm zunehmend Schmerzen verursachte, brachte seinen Verstand letztlich wieder ein wenig in Gang. Allein deshalb schaffte er es auch, seinen Mund ein kleines Stück von ihrem zu lösen.

Ihr wildes Keuchen drang nun in sein Bewusstsein, und er konnte fühlen, wie sie unter seinen Händen erbebte. Eine Art Hochgefühl durchströmte ihn, weil ihm nun endgültig klar wurde, dass er sie hier und jetzt besitzen könnte, wenn er nur wollte – oh Gott, er wollte! Aber er durfte es nicht!

Nur küssen, dachte er voller Verzweiflung, Himmel, gönn mir nur noch ein bisschen diesen wunderbaren Mund. Mehr werde ich mir nicht nehmen!

„Finn."

„Sei still!" Als er sie erneut küssen wollte, wich sie ihm stöhnend aus.

„Finn, wir stehen hier unter einer Laterne in meiner Haustür. Komm mit mir. Komm rein."

Bei ihren letzten Worten jagten erneut heiße Wellen der Begierde durch seinen Körper. Aber er wusste nur allzu gut, dass er sich dagegen zur Wehr setzen musste.

„Kira, wir … sollten … Oh Gott, es tut mir leid."

„Finn! Bleib einfach hier heute Nacht. Bei mir."

Noch während er mit den Händen begierig ihren Körper streichelte, schüttelte er heftig den Kopf und wünschte sie und ihren Vater, aber vor allem sich selbst zum Teufel.

„Nein!"

„Finn!"

Ihre weichen Lippen suchten erneut seinen Mund, aber er entzog sich ihr, indem er den Kopf hob. So küsste sie sein Kinn und seinen Hals. Ihr warmer Atem und ihre Zunge zu spüren erhitzten seine Haut, und er ersehnte verzweifelt die Willenskraft, die er brauchen würde, um sich ganz von ihr zu lösen.

„Kira …" Zischend sog er die Luft ein, als er ihre Hände auf seiner nackten Brust fühlte, denn er hatte noch nicht einmal bemerkt, dass sie ihm das Hemd aufgeknöpft hatte.

„Kira", sagte er noch einmal und umfasste ihre Oberarme, um sie endgültig aufzuhalten – sie und nicht zuletzt auch sich.

„Was? Was ist denn los mit dir?", fragte sie schwer atmend.

„Wir sollten uns damit noch ein wenig Zeit lassen, okay?"

„Warum? Wir sind erwachsen und wollen es beide. Warum, um Himmels willen, willst du warten?"

Natürlich stellte sie genau die Frage, die er unter anderen Umständen auch gestellt hätte. Er wusste selbst, dass ihr seine Reaktion untypisch erscheinen musste. Und sie hatte absolut recht damit. Er war normalerweise nicht der Mann, der in so einer Situation zögerte. Und genau in diesem Augenblick verursachte sein Körper, der so vehement nach Erlösung verlangte, ihm Höllenqualen. Vor allem, weil sie sich schon wieder an ihn drückte.

„Berühr mich! Fass mich an, Finn!"

„Himmel, Kira, was machst du mit mir!"

2. KAPITEL

Er hatte es verbockt, das war ihm klar.

Er hatte es so sehr verbockt, wie man es nur verbocken konnte. Und er hatte nicht die geringste Ahnung, wie er das Edgar Lengrien erklären sollte. Erschüttert und gleichzeitig zornig starrte Finn in seinen Kaffee. Er hatte eine schlaflose Nacht verbracht. Vollkommen schlaflos – und das aus mehreren Gründen. Maßlose Wut auf sich selbst und ungestilltes und ungezügeltes Verlangen nach Kira waren nur zwei der Gründe. Allein diese beiden Ursachen wären schon genug gewesen, um ihn nicht schlafen zu lassen.

Niemals würde er ihren Blick vergessen, als er sich mit einem Ruck, fast gewaltsam, von ihr losgerissen hatte und einfach fortgegangen war, so schnell es nur ging.

Die Sache war ihm vollkommen aus dem Ruder gelaufen.

Hirnloser Idiot!

Sicherlich fühlte sie sich unglaublich erniedrigt und zurückgestoßen, im wahrsten Sinne des Wortes. Er kannte die Frauen. Keine Frau konnte mit so einer Zurückweisung umgehen. Dabei hatte er doch angefangen, mein Gott! Wie hatte er nur so weit gehen können? Niemals hätte er Kira Lengrien küssen dürfen! Niemals! Nicht so!

Aber es war geschehen – und nun musste er sehen, ob noch irgendetwas zu retten war. Was, zum Teufel, sollte er ihr sagen, wenn er ihr das nächste Mal begegnete?

Vielleicht, dass er verheiratet war und sich nur für einen Moment vergessen hatte? Finn lachte bitter auf. Nein! Er wusste selber, dass er diese Lüge niemals über die Lippen bringen würde. Da könnte er ja gleich behaupten, in Wahrheit homosexuell zu sein. Genauso lächerlich!

Finn stieß einen lauten Fluch aus und schob seine leere Kaffeetasse weg. Wenn Kira Lengrien jetzt beschloss, nie wieder ein einziges Wort mit ihm zu wechseln, konnte er ihr das noch nicht einmal verübeln. Das Problem war nur, dass er ihrem Vater versprochen hatte, auf sie aufzupassen, so gut es eben ging. Möglichst Tag und Nacht. „Sieh zu, dass du dich mit ihr anfreundest, mein Junge. Sie darf um Himmels willen nur nicht erfahren, dass ich dich geschickt habe, das ist deine oberste Priorität. Sobald sie herausfindet, dass wir uns kennen, wird sie eins und eins zusammenzählen. Sie hat es schon immer gehasst, wenn ich zu sehr auf sie aufpassen wollte. Kira ist ein aufgeschlossenes Mädchen. Sie wird von ganz allein viel Zeit mit dir verbringen wollen, wenn sie dich erst mag. Und sie wird dich mögen, das weiß ich“, hatte Edgar leichthin gesagt.

Sehr witzig, Edgar! Wirklich sehr witzig! Bei Tag und bei Nacht! Du hast nur vergessen zu erwähnen, dass deine Tochter das aufreizendste Geschöpf auf dieser Erde ist – und dass ich, wahrscheinlich bis zu meinem Tode, kein erotischeres Geräusch mehr hören werde als ihr leises Lachen.

Auch Kira hatte nicht geschlafen. Und die Gründe dafür waren denen von Finn sehr ähnlich. Dennoch hätte Finn Andersen sich wahrscheinlich sehr gewundert, wenn er ihre derzeitigen Gedankengänge hätte verfolgen können, denn sie war nicht so wütend auf ihn, wie er annahm.

Sicher, er hatte sie zutiefst enttäuscht und sexuell frustriert zurückgelassen. Und, ja, sie hatte Finn Andersen die halbe Nacht auf den Mond gewünscht, doch dann hatte sie unglücklicherweise ein wenig genauer über den Abend nachgedacht und letztlich auch damit angefangen, sich selbst zu verwünschen.

Sie hatte sich ihm regelrecht an den Hals geworfen!

Das empfand Kira inzwischen als unverzeihlich. Er war schließlich schon im Begriff gewesen zu gehen. Sie hatte einfach zu heftig auf seinen Abschiedskuss reagiert – viel zu heftig! Dieser Kuss! Finn hatte damit ihren Verstand schlichtweg ausgeknipst. Oh ja, sie war schon immer viel zu emotional gewesen, zu temperamentvoll und zu leidenschaftlich! Ihre Mutter hatte ihr deshalb oft genug mahnende Vorträge gehalten. Trotzdem gab es kaum etwas in ihrem Leben, das ihr so peinlich war wie ihr Verhalten am gestrigen Abend. Was würde Finn Andersen jetzt nur von ihr denken? Sie hatte sich unmöglich benommen.

Das Klingeln des Telefons riss sie aus ihren trüben Gedanken. Einen winzigen Augenblick hoffte sie, es könnte Finn sein, aber dann schüttelte sie über sich selbst den Kopf. Der Mann würde den Teufel tun …

Kira seufzte kurz auf und meldete sich schließlich.

„Huhu, Inselschönheit!"

„Christina!"

„Wollte mal fragen, wie es dir so ergeht auf deinem Eiland."

Kira lächelte in sich hinein. Christina und sie hatten sich vor drei Tagen zum letzten Mal gesehen, aber eine eigenartige, fast telepathische Verbindung zwischen ihnen schien irgendwie niemals abzureißen. Ihre Freundin hatte offenbar die Gabe, irgendwelche Wellen zu empfangen, wenn es Kira nicht gut ging. Umgekehrt war es allerdings ähnlich.

„Tina, ich bin gerade mal einen einzigen Tag weg."

„Uhuu, störe ich dich etwa gerade bei irgendwas? Du klingst ein wenig garstig, meine Liebe. Zeichnest du? Kochst du grad Quallen und Inselkräuter in deiner Hexenküche? Oder bist du gar Robinson begegnet?"

Kira lachte laut auf. „Ich glaube es ja nicht! Wie kommst du denn auf Robinson?"

„Hm, nur so eine Idee. Immer, wenn du auffallend garstig wirst, steckt irgendein Kerl dahinter."

„Wer ist hier wohl die Hexe, wie?"

Da Kira aus Erfahrung wusste, dass es vollkommen sinnlos sein würde, ihrer Freundin etwas zu verheimlichen, erzählte sie ihr von ihrer Begegnung mit Finn Andersen. Obwohl sie sich seit jeher auch intime Details anvertraut hatten, fiel es ihr unerwartet schwer, Christina von dem Kuss zu erzählen. Schließlich tat sie es doch, ging dabei aber nicht so sehr ins Detail, weil es ihr noch immer peinlich war, dass Finn sie mit einem einzigen Kuss praktisch vollkommen um den Verstand gebracht hatte.

„Wow, klingt äußerst spannend. Ist er attraktiv?"

„Mhmm, sehr sogar. Er hat einen fantastischen Mund und …"

„Ist er dunkelhaarig? Oh, sag bitte Ja! Ich liebe dunkle Männer!"

Kira lachte in den Hörer. „Er ist kein Latin Lover, Tina. Sein Haar hat eher die Farbe von … kandierten Nüssen oder … diesem etwas dunkleren Honig. Goldbraun eben, nicht zu kurz, aber durchaus modisch geschnitten. Obwohl er sich ziemlich oft mit den Fingern hindurchfährt, sieht es irgendwie immer toll aus."

„Oh Kira, du solltest dich hören. Der Mann hat dich doch schon im Sack. Welche Farbe haben seine Augen? Ich wette, eine nähere Beschreibung seiner Augen aus deinem Munde könnte mir Spaß machen, Schatz."

„Du übertreibst mal wieder maßlos. Also gut, seine Augen sehen aus wie … Zartbitterschokolade in der Sonne. Zufrieden, du alte Klatschtante?"

„Herrje, ein Mann mit Schokoaugen! Sag jetzt nicht, er hat auch noch ordentlich Muskeln!"

„Oh doch, die hat er. Und was für welche! Allein für die Oberarme würdest du morden, mein Herz."

Zu ihrer großen Belustigung hörte Kira ihre Freundin am anderen Ende der Leitung tief aufseufzen. Dann lachten sie beide.

„Der sagenhafte Typ bastelt also an Werners Haus rum, ja?"

„Stimmt. Er renoviert das Dachzimmer."

„Ach, wie witzig. Als ich dich einmal im Sommer auf Sameland besuchen durfte, haben wir doch dort oben geschlafen, oder?"

„Ja, du hast recht, Tina. Genau dieses Zimmer renoviert Finn jetzt."

Wieder seufzte Christina laut. „Erzähl mir jetzt noch, dass er dort mit freiem Oberkörper schuftet und dabei einen ledernen Werkzeuggürtel um die sexy Hüften trägt, und ich werde die ganze Nacht kein Auge zutun!"

Am frühen Nachmittag bemerkte Finn, dass ihm der Holzleim ausgegangen war. Da Werner Martinelli ihm versichert hatte, man würde fast alles zum Leben im Inselladen von Magda Quint bekommen können, zog er sich ein Hemd über und schwang sich hinter das Steuer seines Jeeps.

Der gut sortierte Inselladen war tatsächlich so etwas wie eine Überraschung – und die ältere Dame hinter dem Verkaufstresen war es noch mehr. Finn wusste aus Erzählungen, dass die Frau schon seit mehr als vierzig Jahren diesen Laden führte, also musste sie um die sechzig Jahre alt sein. Trotzdem war sie gertenschlank, und ihre ganze Erscheinung wirkte ausgesprochen jugendlich und sehr sportlich. Sie trug Jeans, weiße Segelschuhe und ein weites, weißes Männerhemd. Ihr raspelkurz geschnittenes Haar war dunkelblond mit nur wenigen eisgrauen Strähnen darin. Sie schien stets fröhlich zu sein, denn um die Augen zeigten sich lauter feine Lachfältchen, die ihr ganzes Gesicht zum Strahlen brachten. Ehe Finn sich versah, hatte Magda Quint ihn in eine Unterhaltung verwickelt, die ihm auch noch immensen Spaß bereitete, wie er insgeheim zugeben musste.

„Wenn Ihnen abends mal nach Gesellschaft und einem gut gezapften Bier sein sollte, schauen sie ruhig bei den Brockmanns vorbei, junger Mann. Der Gasthof ist recht gemütlich, und es geht dort immer sehr lustig zu. Besonders am Samstagabend, dann trifft sich dort nämlich fast alles, was auf der Insel zwei Beine hat. Mhmm, jetzt werden ja auch bald wieder ein paar Gäste mehr auf Sameland sein. Das Wetter wird besser."

Finn nickte. „Stimmt, der Sommer kommt. Heute am Vormittag war es sogar richtig warm. Sagen Sie, Frau Quint, wie viele Einwohner gibt es eigentlich auf Sameland?"

Sie lachte. „Ganze dreiundsiebzig Köpfe zurzeit. Allerdings ist das Mädchen von Hänschen schwanger. Sie haben erst im Februar geheiratet."

„Hänschen?"

„Ja, Hans Morten. Er ist sozusagen unser Bürgermeister. Letztes Jahr haben wir ihn gewählt. Der Junge ist in Ihrem Alter, also noch jung genug – und irgendwer muss ja den Job machen, nicht wahr? Hans ist übrigens ein Nachkomme einer der dänischen Familien, die schon vor Jahrhunderten über das Meer hierher gefunden haben. Die Legende sagt, ein ganzes Dorf hätte sich seinerzeit vor kriegerischen Horden in Sicherheit bringen müssen. Sie haben Holzboote gebaut und sind damit dann hier gelandet. Na ja, die Dänen waren ja seit jeher recht gute Seefahrer. Und obwohl wir geografisch zu Deutschland gehören, ist die Nähe zur großen Insel Seeland doch noch immer deutlich spürbar, finden Sie nicht?"

Ihr unverfälscht lautes und fröhliches Lachen erinnerte ihn entfernt an das seiner Mutter. Finn grinste, auch weil er ganz plötzlich ein seltsames Gefühl von Geborgenheit empfand. „Und Feriengäste? Wie viele Ferienhäuser gibt es hier eigentlich?"

„Es sind nur acht. Zwei davon stehen allerdings zum Verkauf. Da wird also wohl diesen Sommer niemand wohnen. Aber … es gibt auch noch ein paar private Ferienwohnungen, und die Brockmanns haben an die zwanzig Zimmer in ihrem Gasthof, die sie vermieten. Man soll es nicht glauben, aber die sind in den Sommermonaten meistens ausgebucht. Gott sei Dank ist Sameland auf dem Festland zwar kaum jemandem ein Begriff, aber diejenigen, die die Insel einmal kennengelernt haben, kommen immer wieder."

„Ja." Finn holte tief Luft. „Es ist auch wirklich schön hier."

„Sie müssen unbedingt lange Spaziergänge durch die Dünen im Norden machen. Dort, ganz an der Nordspitze von Sameland, ist es so einsam, dass Sie glauben könnten, Sie wären ganz allein auf der Welt, und Sie sehen ganz so aus, als hätten sie das bitter nötig, Junge."

Er stutzte. „Wie kommen Sie denn darauf?"

„Och, ich weiß nicht. Nur so ein Gefühl, das sich mir aufdrängt, wenn ich in Ihre hübschen Augen sehe." Weil er immer noch ein wenig verständnislos, aber auch verwundert aussah, fuhr sie fort: „Traurigkeit, Schmerz – ja, ein Schmerz. Ich sehe Leid in Ihren Augen. Tiefes Leid sogar, wenn ich mich nicht irre." Sie atmete kurz durch und schüttelte sich ein wenig. „Gehen Sie in die Dünen im Norden und schauen Sie, so oft es nur geht, mindestens eine Stunde lang auf das Meer, Finn. Lassen Sie sich vom Wind mal tüchtig durchpusten und öffnen Sie all Ihre Sinne für die wilde Natur dort oben. Das ist die großartigste Therapie der Welt. Glauben Sie mir, was auch immer

Sie quält, Sie werden es schon nach wenigen Tagen viel leichter ertragen können."

Noch bevor er auf diese eigenartig nachdrücklichen Worte von Magda Quint eingehen konnte, kam ein neuer Kunde in den Laden. Schweigend bezahlte Finn seine zwei Flaschen Holzleim und die Stange Zigaretten.

„Wenn Sie etwas Ungewöhnlicheres benötigen als einfachen Holzleim, sagen Sie rechtzeitig Bescheid, damit ich es Ihnen bestellen kann. Das Versorgungsschiff kommt nämlich nur einmal die Woche", sagte sie, als sie ihm sein Wechselgeld reichte.

Er nickte. „Ich werde es mir merken, danke, Frau Quint."

„Magda", sagte sie knapp und lächelte.

„Danke, Magda", entgegnete er und ging.

Als Finn den Inselladen verließ, wehte ein kräftiger Nordostwind, der ihm ordentlich das Haar zerzauste. Der Parkplatz, auf dem Finns Auto stand, lag geradewegs gegenüber von Magda Quints Laden. Die Straße dazwischen war kaum befahren und verhältnismäßig schmal. Finn ging hinüber zu seinem Wagen, warf die kleine Papiertüte mit seinen Einkäufen auf den Beifahrersitz und blickte sich noch einmal um. Der Fähranleger, direkt neben dem Parkplatz, lag einsam und verlassen da. Auf der anderen Straßenseite formierten sich die Häuser des Inseldorfes zu einer kleinen Gruppe, die, aus der Luft betrachtet, wahrscheinlich ein unregelmäßiges Oval darstellen würde. Der Gasthof, von dem Magda Quint gesprochen hatte, lag unmittelbar neben ihrem Laden, ein lang gezogenes dreistöckiges Gebäude aus dunklem Backstein. Die unvermeidliche Bierreklame baumelte an einem schmiedeeisernen Haken neben der Eingangstür. Der Haken hatte natürlich die Form eines Ankers. Finn wollte sich gerade abwenden und ins Auto steigen, als sich die schwere Eichentür des Gasthofs öffnete und Kira heraustrat. Sie war in Begleitung eines großen, strohblonden Mannes, der locker einen Arm um ihre Schultern gelegt hatte. Finn spürte ein kurzes, aber heftiges Aufflammen von Eifersucht und schüttelte sich innerlich, um dieses unangenehme, vor allem aber unangebrachte Gefühl wieder loszuwerden.

Kira erspähte Finn fast im selben Augenblick. Zu ihrer großen Bestürzung bemerkte sie, dass ihr die Knie ein wenig weich wurden, als sie ihn auf der anderen Straßenseite an seinem Auto stehen sah. Als er ihr knapp zunickte, hob sie ihre Hand und winkte grüßend, bereute diese vertrauliche Geste aber sofort, denn Finn stieg einfach nur in sein Auto und fuhr sofort los.

„Wer ist das?“, fragte Torben Brockmann, der neben ihr stand und ihr nachdenkliches Gesicht betrachtete.

„Äh … das ist Finn Andersen. Er wohnt zurzeit im Martinelli-Haus.“

„Werner hat vermietet?“

„Nein, hat er nicht. Finn erledigt für Werner ein paar Renovierungsarbeiten.“

„Aha. Kennst du ihn aus Hamburg?“

„Nein, ich bin ihm hier zum ersten Mal begegnet. Ich wusste gar nicht, dass er hier auf Sameland ist.“

„Hast du dich bei Werner rückversichert, Kira? Dort oben an der Nordspitze bist du praktisch allein mit ihm.“

„Natürlich, Torben, mach dir keine Sorgen. Es ist alles in Ordnung. Ich habe mit Onkel Werner gesprochen. Finn Andersen ist absolut in Ordnung. Wenn es dich beruhigt, er war sogar mal Polizist.“

„Gut.“ Sein Blick ruhte auf ihrem Gesicht. „Kommst du am Samstag?“

„Ich weiß noch nicht. Ich brauche erst mal Ruhe.“

„Ruhe also. Nun gut.“

Ein Lachen stieg in Kira auf. Die Menschen hier waren normalerweise alle keine großen Redner, und Torben Brockmann bildete da keine Ausnahme, ebenso wenig wie sein Zwillingsbruder Olaf. Eine Unterhaltung mit den beiden Männern fiel immer sehr knapp aus und war stets auf das Wesentliche beschränkt. Kira mochte das irgendwie.

„Mach’s gut, Torben. Bis bald dann. Grüße an Olaf und Anna.“

„Mhmm. Tschüss.“

Kaum hatte sie sich von Torben verabschiedet, bemerkte sie, dass der Wind auffrischte und die frühsommerliche Wärme der ersten Tageshälfte endgültig vertrieb. Sogar das unvermeidliche Geschrei der Möwen war kaum noch zu hören. Sie war vorhin den Weg zum Dorf zu Fuß durch die Dünen gegangen, weil sie nach dem Frühstück ein starkes Bedürfnis nach frischer Seeluft verspürt hatte. Nun nahm sie den kürzeren Rückweg über die Straße, weil es zunehmend kälter und windiger wurde. Bis sie an Finns Refugium vorbeikam, war sie schon fast eine volle Stunde unterwegs. Inzwischen hatte sich der Himmel immer mehr verdunkelt, und sie musste ganz schön gegen die aufkommenden Sturmböen ankämpfen. Als sie heute Mittag das Haus verlassen hatte, war es noch ungewöhnlich warm gewesen, und deshalb trug sie nur ein leichtes, hauchdünnes Twinset aus Baumwolle. Jetzt war ihr lausig kalt, denn zu allem Überfluss fielen nun auch noch dicke Tropfen vom Himmel.

Finn blickte aus dem Fenster im Küchenbereich und sah Kira die Straße heraufkommen. Eine heftige Bö riss an ihren Haaren, und sie hielt frierend die Arme vor der Brust verschränkt, während sie sich gegen den Wind und den immer stärker werdenden Regen stemmte, um möglichst schnell voranzukommen. Ohne zu überlegen ging er durch den kleinen Flur des Hauses nach vorne und öffnete die große Haustür.

„Komm rein, um Himmels willen! Du bist ja jetzt schon bis auf die Knochen durchgefroren!" In diesem Moment blitzte und donnerte es, und Kira zuckte heftig zusammen, bevor sie ihren Kopf hob und ihn ansah. „Vielleicht könntest du mir eine Jacke leihen. Eine Windjacke oder Ölzeug."

„Rede keinen Unsinn, Kira! Komm rein! Nach einem heißen Tee wirst du dich wie neu geboren fühlen. Ich fahre dich zu deinem Haus, sobald du wieder trocken und warm geworden bist."

Sie mussten bereits schreien, damit der Sturm ihre Worte nicht ungehört davontrug. Die verlockende Aussicht auf eine warme Behausung und eine schöne Tasse heißen Tee ließ Kira all ihre Bedenken vergessen. Sie nickte stumm. Schließlich stand sie neben Finn im Windfang.

„Herrgott, du schlotterst am ganzen Körper."

„Ja." Ihre Zähne schlugen aufeinander.

„Zieh deine Schuhe aus, die sind ja pitschnass."

Sie tat es und folgte ihm in das warme Wohnzimmer. Finn ging hinter den Küchentresen und setzte einen Wasserkessel auf den Herd. „Ich mach dir einen Tee." Er betrachtete sie einen kurzen Moment. Dann fiel ihm der Laptop oben in seinem Schlafzimmer ein. In diesem Augenblick war er wirklich froh, dass er ihn zugeklappt hatte, bevor er vorhin hinunter zum Anleger gefahren war. „Die nassen Sachen müssen runter, Kira, sonst erkältest du dich."

„Aber ich ..."

„Komm mit", befahl er, bevor sie noch etwas erwidern konnte. „Ich gebe dir was zum Anziehen. Dann können wir deine Sachen trocknen, während du den Tee trinkst. Alles klar?"

„Ja." Sie versuchte sich an einem Lächeln und freute sich auf eine fast kindische Weise, als er zurücklächelte.

Kurze Zeit später stand Finn mit der Frau, nach der er sich verzweifelt gesehnt hatte, im Schlafzimmer vor seinem breiten Bett. Sofort wurde die Erinnerung an die lange und sehr einsame Nacht in ihm wach, die hinter ihm lag. Sein Magen schien sich zu verknoten, aber sein Gesicht blieb nahezu unbewegt. Mit langen Schritten ging er hinüber zum Kleiderschrank und zog ein flauschiges, blaurot kariertes Flanellhemd heraus.

„Ich habe keinen Bademantel dabei, aber das Hemd wird es auch tun. Ich bin ja fast einen Kopf größer als du, und es reicht selbst mir bis über die Hüften. Warme Socken findest du dort in der Schublade. Deine Jeans können wir unten in den Trockner werfen, dann hast du sie in einer halben Stunde wieder, einverstanden?" Sie nickte. „Komm runter, wenn du fertig bist. Sollte es dich zuerst nach einer heißen Dusche verlangen, tu dir keinen Zwang an. Im Badezimmer findest du alles, was du brauchst."

Kira räusperte sich. „Danke ... danke, Finn."

Seine Hände rutschten in die Vordertaschen seiner Jeans, denn er hatte gerade beschlossen, dass sie dort wohl am sichersten aufgehoben waren. Er nickte. „Ich mach dann mal den Tee", sagte er nur noch, dann verließ er das Zimmer.

Finn saß rauchend am Frühstückstresen, als Kira eine gute Viertelstunde später wieder unten erschien, und um ein Haar hätte er laut aufgestöhnt, als er sie sah. Der Saum seines Flanellhemdes reichte ihr gerade einmal bis zur Hälfte ihrer Oberschenkel. An den Füßen trug sie dicke Wollsocken, und offensichtlich hatte sie tatsächlich geduscht. Ihre Haut war rosig und ihr Haar zwar noch recht feucht, aber nicht mehr so zerzaust. In der Hand hielt sie ihre nassen Kleidungsstücke. Ihr Anblick war insgesamt unglaublich sexy.

„Ich habe keinen Föhn gefunden", sagte sie.

„Ich … habe keinen, tut mir leid." Er fuhr sich durchs Haar und lächelte breit. Sein Lächeln hatte etwas Jungenhaftes und ließ ihr schon wieder die Knie weich werden. „Ich lass es immer so trocknen. Setz dich und trink den Tee. Ich kümmere mich um deine Sachen."

„Okay, danke, Finn."

Er nahm ihr die nassen Sachen aus der Hand und deutete auf die dampfende Teekanne, die er auf ein Stövchen gestellt hatte. „Bedien dich. Ich bin gleich zurück."

Unten im Keller stopfte er ihre Jeans in den Trockner. Als er das roséfarbene Twinset ausschüttelte, um es auf die Heizung zu legen, fiel ein zarter, ebenfalls roséfarbener Büstenhalter heraus. „Herrgott!" Finn hob das zarte Wäschestück vom Boden auf. Er konnte nicht anders und betrachtete es einen Moment lang voller Faszination. Beinahe hätte er dem unwiderstehlichem Drang nachgegeben und daran gerochen, doch die Vorstellung erschien ihm plötzlich so abwegig, dass er es dann doch nicht fertigbrachte. Noch einmal ließ er die zarte Spitze durch seine Finger gleiten, dann legte er den Büstenhalter zum Twinset auf die warme Steinplatte des elektrischen Heizkörpers.

Wieder oben, zog er sich wortlos einen der Tresenhocker heran und setzte sich ihr gegenüber. Es erschien ihm sicherer, den Tresen zwischen sich und Kira zu wissen, denn nun musste er ständig daran denken, dass sie noch nicht einmal mehr einen Büstenhalter unter seinem Hemd trug. Diese Vorstellung und die Erinnerung an das zarte rosafarbene Wäschestück spannten seine Nerven aufs Äußerste an.

„Tut mir leid", sagte sie plötzlich in die anhaltende Stille hinein.

„Was? Was tut dir leid?" Er hustete.

„Du weißt schon, Finn. Die Sache gestern Abend." Sie konnte sehen, dass seine Augen noch eine Spur dunkler wurden.

„Ich muss mich entschuldigen", widersprach er. „Mein Verhalten dir gegenüber war … unverzeihlich. Wir haben uns gerade erst kennengelernt und ich …"

„Äh … ich habe dich … herausgefordert, denke ich. Ich …"

„Hör auf, Kira! Wir vergessen die ganze Sache, okay!"

Der Schmerz traf sie wie ein Dolchstoß. Fast wäre sie zusammengezuckt. Er wollte diesen Kuss vergessen?

„Warum hast du mich geküsst, Finn? So geküsst?" Ihre Stimme verriet nicht im Mindesten, dass er sie gerade verletzt hatte.

Er sah zu ihr auf, betrachtete eine Weile ihr Gesicht im Ganzen, dann senkte sich sein Blick auf ihren Mund und verweilte dort. Kira erschauerte innerlich und biss sich nervös auf ihre Unterlippe. Finn senkte nur kurz die Lider, um ihr dann sofort wieder in die Augen zu schauen.

„Weil ich es wollte, Kira. Weil ich es in diesem verrückten Augenblick mehr wollte, viel mehr als alles andere, wonach es mich jemals in meinem Leben gelüstet hat", sagte er schließlich leise. Und es war auch für Kira offensichtlich, dass er die volle Wahrheit sagte.

„Du hast …" Sie brach ab, entschloss sich dann aber doch fortzufahren, weil es jetzt auch nichts mehr ausmachen würde, ihm gegenüber vollkommen offen zu sein. „Du hast mein Begehren geweckt. Du solltest eine Frau nicht auf diese Weise küssen, wenn du nicht mehr von ihr willst als nur einen netten kleinen Gutenachtkuss. Eigentlich sind es doch üblicherweise die Männer, die uns Frauen stets davor warnen, Begehrlichkeiten zu wecken, oder? Du als Mann solltest doch …“

„Kira, hör auf. Bitte!“ Seine Stimme blieb leise und erstaunlich ruhig. „Der Kuss war ein Fehler. Vergiss ihn!“ Nur weil er jetzt deutlich den Schmerz in ihren Augen sah, stand er auf und ging zu ihr um den Tresen herum. Obwohl es eine weitere Herausforderung für ihn darstellte, sie zu berühren, umfasste er ihre Schultern. „Ich … Es wird nicht wieder passieren, Kira.“

„Du … willst mir sagen … dass du kein Interesse hast?“

„So ist es!“

„Bist du verheiratet, Finn? Wartet zu Hause eine Frau auf dich?“

Er lachte dunkel auf, weil sie damit genau die lächerliche Ausrede erwähnte, die ihm selbst durch den Kopf gegangen war. Aber auch, weil sie ihm ganz offensichtlich nicht abnahm, dass er sie nicht mehr begehrte.

„Nein, ich bin nicht verheiratet, und es gibt auch sonst keine andere Frau in meinem Leben.“ Ihre Haut war hell und absolut makellos. Auf der Nase erkannte er einige wenige Sommersprossen. So ganz ohne Make-up fand er sie hinreißend schön.

„Oh Finn. Bist du … krank? Ist es das? Bist du …“ Sie erschrak zu Tode bei ihrem nächsten Gedanken. „Bist du etwa HIV-positiv?“

Keuchend stieß er die Luft aus. „Nein, verflucht noch mal, ich bin nicht krank! Und ich bin ganz und gar nicht HIV-infiziert. Das weiß ich zufällig ganz genau, weil ich mich vor knapp vier Wochen einem Bluttest unterzogen habe und seitdem … Hör zu, wir … wir beide passen einfach nicht zusammen, verstehst du? Der Kuss tut mir leid und ist nur einer vorübergehenden Laune entsprungen. Nimm es hin!“

Ihre Augen waren in dieser Sekunde so unverschämt blau, dass es ihm schier den Atem raubte. Aufgewühlt zog er die Hände zurück und wandte sich ab. „Verzeih mir“, sagte er leise.

„Nimm es hin, Kira“, wiederholte er, ohne sich zu ihr umzudrehen, „aber alles, was ich dir im Augenblick anbieten könnte, ist meine Freundschaft.“

In Wahrheit glaubte er im Leben nicht mehr daran, dass sie

ihm nach dieser Erniedrigung auch nur die geringste Chance dazu geben würde – und sie hätte damit verdammt recht gehabt. Meine Güte, er hatte sie gestern Abend wie ein Wahnsinniger geküsst und versuchte ihr jetzt tatsächlich weiszumachen, dass er nicht das Geringste dabei empfunden hatte. Was er ihr antat, war unverzeihlich. In Gedanken sah er sich schon den Telefonhörer abnehmen und Edgar anrufen, um ihm mitzuteilen, dass er absolut keinen Zugang zu Kira finden konnte, weil sie offenkundig nicht auf einer Wellenlänge waren. Irgendetwas in dieser Art würde ihm schon einfallen.

Kira selbst war wirklich tief verletzt, da hatte Finn recht. Aber es gab etwas, das sie davon abhielt, sich sofort und für alle Zeiten diesen Mann aus dem Kopf zu schlagen: Sie glaubte ihm einfach nicht. Außerdem hatte sie ein gesundes Selbstbewusstsein, das sie davor bewahrte, seine Abfuhr allzu persönlich zu nehmen. Finn Andersen konnte ihr nichts vormachen. Er hatte sie genauso gewollt wie sie ihn. Daran zweifelte Kira nicht im Geringsten, egal was der Mann jetzt erzählte. Gut, das änderte nichts an dem Schmerz, den sie bei seinen Worten empfunden hatte, aber ihr Gefühl für ihn war stark genug, um trotzdem nicht sofort aufzugeben.

Gerade als sie ihm eine Hand auf die Schulter legen wollte, machte er einen weiteren Schritt von ihr weg, und so fiel ihre Hand ins Leere. Kira sah auf seinen breiten Rücken und atmete tief ein.

„Gut. Also Freunde."

Er drehte sich langsam wieder zu ihr um und sah sie erstaunt an.

„Heißt das, du nimmst es hin?"

„Ja, aber da gibt es noch etwas, Finn, das du von mir wissen solltest." Ihre Stimme klang plötzlich überraschend fest und sehr nachdrücklich.

„Und das wäre?"

„Ich hasse Lügen. Und ich verabscheue nichts und niemanden auf der Welt so sehr wie Lügner."

„Ich verstehe."

Sein Magen schien sich erneut zu verknoten, aber dieses Mal aus einem anderen Grund. Wenn das hier vorbei ist, sagte er sich, wenn mein Auftrag beendet ist, wird Kira Lengrien mich höchstwahrscheinlich hassen. Davon war er jetzt überzeugt, denn es blieb ihm ja nichts anderes übrig, als sie weiterhin zu belügen. Etwas zu verschweigen war in seinen Augen nicht besser als zu lügen. Er wusste instinktiv, dass Kira das genauso sehen würde. Weitere Lügen würden folgen müssen, weil er ihr nicht die ganze Wahrheit sagen durfte. Er würde immer weiter lügen und ihr wehtun müssen und dabei ihr Vertrauen missbrauchen. Und doch konnte er es nicht ändern.

„Und du glaubst, wir kommen damit zurecht?", fragte sie nach einer Weile.

„Womit?"

„Mit diesem Kuss?"

„Vergiss ihn einfach, Kira!"

Kira lachte bitter auf. „Finn Andersen! Meinst du nicht, da verlangst du jetzt ein bisschen zu viel von mir? Das kann ich dir nicht versprechen. Tut mir leid, aber ich bin hier nicht der Problemfall, mein Lieber!"

Ihre letzte Bemerkung klang herausfordernd und kam einer Art Kampfansage nahe, das wusste er. Trotzdem verzog er keine Miene. „Trink deinen Tee."

Gehorsam nahm sie einen großen Schluck aus ihrem Becher. Finn setzte sich wieder zurück auf seinen Platz und studierte eine Weile ihr Gesicht.

„Wer war der Mann?"

„Welcher Mann?" Kira zog die Augenbrauen hoch.

„Stell dich nicht dumm, Kira. Wer war er? Du weißt genau, wen ich meine." Sein Gesicht blieb noch immer vollkommen unbewegt, aber Kira sah am Glitzern in seinen Augen, dass er absolut nicht so gleichgültig war, wie er vorgab. Der Gedanke, Finn könnte womöglich eifersüchtig sein, nur weil er sie mit einem anderen Mann gesehen hatte, beflügelte sie.

„Oh, das war Torben Brockmann. Er ist ein alter Freund von mir."

„Soso, ein alter Freund. Ist er … ein enger alter Freund?“, fragte er mit betont gleichgültiger Stimme.

Insgeheim jubelte sie. Finn schien tatsächlich eifersüchtig zu sein. „Mhm, seit ewigen Zeiten schon. Er war es zum Beispiel, der mir gezeigt hat, wie man Quallen und anderes Meeresgetier am besten seziert. Als ich diese Aufgabe dann endlich zu seiner Zufriedenheit erledigte, machte er mir spontan einen Heiratsantrag.“

Finn drückte sein Rückgrat durch, und sein Mund wurde schmal.

Kira grinste ihm herausfordernd ins Gesicht. „Ich glaube, ich war damals ganze sieben Jahre alt. Torben muss so ungefähr neun oder zehn gewesen sein.“

Finn atmete tief durch, aber wirkliche Erleichterung wollte sich noch nicht einstellen.

„Hast du seinen Antrag je angenommen?“

Es wurde Zeit, noch eins draufzusetzen, beschloss Kira. Die Sache fing langsam an, ihr richtig Spaß zu machen. „Nein, ich musste ihm leider einen Korb geben. Ich war nämlich viel zu sehr in seinen Bruder verliebt.“

„In seinen Bruder?“

Finn hielt es jetzt nicht mehr auf seinem Hocker, er stand wieder auf. Erschüttert bemerkte er, dass er sie in diesem Moment am liebsten gepackt und geschüttelt hätte, aber er holte nur tief Atem und stemmte seine Hände in die Hüften. Seine derzeitige Verfassung war nicht nur einfach unlogisch, sondern vollkommen kindisch, das wusste er selbst am besten. Trotzdem gelang es ihm nicht, dagegen anzugehen.

„Ja. Olaf, sein Zwillingsbruder. Sie sind zweieiig und sehen sich nur bedingt ähnlich“, erklärte Kira mit einer Stimme, die jetzt fast ein wenig gelangweilt klang. „Olaf ist der Hübschere, weißt du. In meiner Teenagerzeit war er der Held in meinen Träumen.“

Einen Augenblick lang starrte er sie so wütend an, dass sie schon glaubte, sie wäre mit ihrer Neckerei zu weit gegangen, auch wenn das bei ihrem derzeitigen Verhältnis ziemlich albern gewesen wäre. Sie waren schließlich kein Paar. Und sie waren es nicht, weil er es angeblich nicht wollte. Auch Finn schien sich das plötzlich klarzumachen, denn seine Miene entspannte sich wieder. Er wandte sich kurz von ihr ab, um seinen Becher in die Spüle zu stellen, dann kam er langsam um den Tresen herum, bis er wieder vor ihr stand. Sein Blick bannte den ihren, bis Kira seufzend Atem holte und ihre Lider schloss.

„Sieh mich nicht so an, Finn!"

„Versuche nicht noch einmal, auf diese Art mit mir zu spielen, Kira. Es wird nichts zwischen uns ändern." Seine Stimme klang eine Spur belegt.

Ihr Blick senkte sich auf seinen breiten und sehr sinnlichen Mund, und am liebsten hätte sie ihn geküsst oder ihn gebeten, nein, darum gebettelt, dass er sie noch ein einziges Mal so küsste, wie er es am Abend zuvor getan hatte. Natürlich verkniff sie sich beides, denn sie würde sich eine Zurückweisung nicht noch einmal freiwillig antun.

Ruckartig drehte er ihr den Rücken zu. „Ich sehe mal nach deinen Sachen", sagte er schroff und war nach wenigen Schritten aus ihrem Blickfeld verschwunden.

Danach sprachen sie kaum noch miteinander. Auch nicht, als Finn Kira eine halbe Stunde später zu ihrem Haus fuhr. Sie warf ihm von der Seite nur einen kurzen Blick zu, bevor sie aus seinem Wagen ausstieg. „Bis bald dann", sagte sie leise, „und danke noch mal für deine Hilfe", aber er nickte nur und erwiderte ihren Blick nicht, sondern sah starr auf seine Hände, die fest das Lenkrad umklammerten.

Als Finn einige Minuten darauf wieder im Martinelli-Haus ankam, genehmigte er sich als Erstes einen sehr großen Wodka mit viel Eis und einem winzigen Spritzer Orangensaft. Er stürzte den Drink so gierig herunter, dass er sich fast verschluckte und ein wenig husten musste. Doch seine Hände zitterten noch immer, als er das leere Glas auf den Tresen knallte. Zum wiederholten Male fragte er sich wütend, was eigentlich mit ihm los war, aber die einzige Erklärung, die ihm einfiel, war das starke sexuelle Verlangen, das ihn zurzeit beherrschte.

Meine Güte, er kannte die Frau doch erst seit gestern Nachmittag!

Gerade als er sein Glas zum zweiten Mal füllen wollte, klingelte das Telefon. Er ging ran und meldete sich.

„Edgar hier."

Finn unterdrückte ein unwilliges Schnauben. „Tag, Eddie."

„Wie sieht's aus, Finn? Läuft alles nach Plan?"

Gar nichts lief hier nach Plan!

„Alles bestens. Das mit dem Boiler hat wunderbar funktioniert. Wir haben gestern Abend zusammen gegessen. Dein Töchterchen hat Steaks für mich gebraten."

„Na, das hört sich doch gut an, mein Junge! Und? Was hältst du von der einzigen Frucht meiner Lenden?"

Finn schloss die Augen und schüttelte sich leicht. „Sie hat ein kluges Köpfchen und … sie ist wirklich sehr hübsch, Edgar."

„Na, und ob sie das ist! Pass gut auf sie auf, Finn. Versprich mir das!"

„Deshalb bin ich ja hier. Niemand wird Kira auch nur ein Haar krümmen, wenn ich es verhindern kann." *Auch ich nicht*, fügte er in Gedanken noch hinzu. „Die Männer haben wirklich gute Vorarbeit geleistet. Kiras Haus ist vollkommen verkabelt. Ich kriege also sofort mit, wenn eine weitere Person das Haus betreten sollte. Mein Computer läuft rund um die Uhr. Außerdem werde ich vom Festland aus über jedes Lebewesen informiert, das die Fähre nach Sameland besteigt. Jedes Auto, das zu Kiras Haus will, muss obendrein auch noch an meinem vorbei, aber du kennst ja die Örtlichkeiten hier."

„Ja, die kenne ich. Das klingt alles wirklich gut, Finn. Funktioniert der Chip in deiner Armbanduhr?"

„Ja, alles perfekt und einwandfrei. Die Jungs haben es ausprobiert, bevor ich hergekommen bin. Sie haben mir eine entsprechende Nachricht hinterlassen. Das Programm arbeitet absolut zuverlässig. Wie gesagt, sobald sich mehr als eine Person in Kiras Haus befindet, bekomme ich sofort ein Signal über den Chip in der Uhr, auch wenn mein Computer mal nicht laufen sollte. Es war übrigens absolut richtig, dass du veranlasst hast, die Männer mit einem eigenen Boot direkt in den Norden der Insel zu fahren, Eddie. Am Fähranleger wäre ihre Anwesenheit sicherlich nicht unbemerkt geblieben. Jedenfalls hatten sie so die besten Voraussetzungen, um alles perfekt zu installieren."

„Trotzdem traue ich dieser ganzen Technik nur bedingt. Nur zu dir habe ich vollstes Vertrauen. Sieh zu, dass du, sooft es geht, in ihrer Nähe bist, dann weiß ich wenigstens, dass sie in den besten Händen ist. Und vergiss nicht: Wenn sie sich außerhalb ihres Hauses aufhält, hast du kaum Kontrolle über sie. Es ist die einzige Schwachstelle in unserem System."

Finn musste sofort daran denken, wie sie am Morgen plötzlich mit dem Kerl aus dem Gasthof kam, und seufzte auf. „Klar, Chef."

„Kira kann dich doch leiden, oder?"

„Ja. Ja, ich denke schon." Leichte Übelkeit stieg jetzt in ihm auf. Sehnsüchtig starrte er auf das leere Glas, das er noch immer in seinen Händen hielt.

„Dann mach mit ihr lange Spaziergänge oder unternimm sonst was Nettes mit ihr. Dir wird schon was einfallen, Finn."

Dir würde gar nicht gefallen, was mir zuallererst einfällt, wenn ich an dein schönes Töchterchen denke, Eddie!

„Ich weiß, was ich zu tun habe, Edgar."

„Natürlich weißt du das – wie immer. Ich melde mich in ein paar Tagen wieder. Bis dann, Finn."

„Bis dann, Chef."

Auch Kira telefonierte.

Gleich nachdem sie nach Hause gekommen war, hatte sie sich etwas Bequemeres angezogen und Christina Sommer angerufen.

„Er hat dich also vor einem Unwetter bewahrt und dir Tee gekocht? Wie süß!", hörte sie Christina flöten.

„Ja, das war nett von ihm, aber was hältst du von dem Rest, Tina?"

Christinas Stimme klang ernst, als sie antwortete. „Keine

Ahnung. Ich weiß wirklich nicht, was ich davon halten soll. Tut mir leid, Liebes. Vielleicht … ist es einfach eine Masche, eine etwas andere Art der langsamen Verführung. Könnte doch sein, oder?"

„Ich weiß nicht, Tina, in meinen Augen ist er nicht unbedingt der Typ Mann, der diese Tricks nötig hätte. Nein – ganz und gar nicht."

„Er wirkt also aufrichtig auf dich?"

„Mhmm. Ja …"

„Du hast gezögert, Kira. Ich kenne dich. Du traust ihm nicht vollständig, nicht wahr?"

Kira holte hörbar Luft. „Wenn ich ganz ehrlich bin, nein. Ich möchte es ja gerne, aber … irgendwas ist da. Ich kann allerdings noch nicht sagen, was es ist. Irgendwas ist da in der Art, wie er mich manchmal ansieht. Es hat so was … Schuldbewusstes. Und ich reagiere ja immer etwas überempfindlich, sobald ich das Gefühl habe, dass jemand nicht ehrlich zu mir ist."

„Sei vorsichtig, Mädchen, sonst holt dich noch der böse Wolf." Christina hatte wieder ihren Schalk in der Stimme, und Kira lachte.

„Mach dir keine Sorgen um mich. Du weißt sehr gut, dass ich mich nicht so leicht zum Narren halten lasse. Mach's gut, Tina."

„Tschau, Prinzessin."

Finn hielt es für besser, wenn er sich für eine Weile rarmachte. Es war nicht nur, weil er selbst eine Pause von der Verlockung brauchte. Sicher, er musste dringend seinen Kopf freibekommen – und das gelang ihm nun mal am besten, wenn er sich als Handwerker betätigen konnte –, aber wenn er ehrlich war, reizte es ihn auch zu wissen, wie lange Kira warten würde, bis sie von sich aus wieder Kontakt zu ihm aufnahm. Außerdem konnte er noch immer kaum fassen, dass sie ihn nicht sofort zum Teufel geschickt hatte.

Zwei Tage lang verließ er sich gegen die Anweisung seines Chefs allein auf die Technik.

Zwei Tage lang arbeitete er fast pausenlos im Dachzimmer.

Zwei Tage lang dachte er beinahe ohne Unterbrechung an Kira Lengrien.

Am Morgen des dritten Tages gestand er sich ein, dass die körperliche Arbeit ihm dieses Mal nicht unbedingt zu helfen schien. Außerdem schlief er kaum – und das war für ihn wirklich ein Problem, denn er war einer dieser Menschen, die ihren Nachtschlaf dringend benötigten, um vernünftig funktionieren zu können.

Nach dem Frühstück beschloss er, den Umbau im Dachzimmer ein wenig ruhen zu lassen, stattdessen den nachdrücklichen Rat von Magda Quint zu befolgen und sich eine Weile in den Dünen herumzutreiben. Also schnappte er sich einen leichten Pullover, warf ihn sich über die Schultern und verließ das Martinelli-Haus.

Hier, an ihrem nördlichen Ende, war die Insel recht schmal. Die Häuser von Werner Martinelli und Kira Lengrien standen jeweils einsam auf ihren Anhöhen. Die schmale Sandstraße, die die beiden Grundstücke miteinander verband, war gleichzeitig auch der einzige Verkehrsweg zum Dorf, sobald man die südliche Richtung einschlug.

Finn marschierte zunächst ein gutes Stück die Straße entlang, bevor er den Zufahrtsweg zu Kiras Haus verließ und einfach querfeldein ging. Schon nach wenigen Minuten erreichte er den Deich und dahinter schließlich die Dünen und einen schmalen Strandstreifen. Einige Minuten lang hielt er inne und sah hinaus auf das Meer, doch dann richtete sich sein Blick wieder nach Norden. Er verließ den Strand und stieg auf den Deichrücken zurück, um dort oben, wo es sich leichter laufen ließ, weiter bis zur Nordspitze von Sameland zu spazieren.

Für Kira begann dieser Tag spät. Sie hatte wieder einmal eine unruhige Nacht hinter sich und war erst am frühen Morgen eingeschlafen. Es war schon fast Mittag, als sie endlich mit schweren Lidern an ihrem Küchentisch saß und ihre erste Tasse Kaffee schlürfte. Sie trug noch immer ihr ärmelloses, weißes und knöchellanges Batistnachthemd – und sie war äußerst schlecht gelaunt, das hatte sie schon gespürt, als sie aufgewacht war. Es war das erste Mal, dass sie sich in diesem Haus einsam und nicht, wie sonst, geborgen fühlte. Unzufrieden und mit störrischer Miene stand sie schließlich auf und schüttete den Rest ihres Kaffees in die Spüle. Nach einem kurzen, strafenden Blick auf das Telefon fragte sie sich, ob der starke Wind der letzten zwei Tage nachgelassen hatte und ging, so wie sie war, nach draußen, um nachzusehen.

Die Frühlingssonne schien von einem wolkenlosen Himmel, und es war wieder deutlich wärmer geworden. Einige Minuten lang hielt sie ihre Nase in den sanften Wind und atmete tief ein. Die Luft roch würzig, nach Tang und Salzwasser. Kira liebte diesen speziellen Geruch, er hob ihre Stimmung sofort. Noch einmal zog sie tief die Luft in ihre Lungen, hob dabei ihre Arme hoch über den Kopf und schloss die Augen. Der Wind bauschte ihr Nachthemd auf und spielte mit ihrem Haar.

Finn stand wie gebannt oben auf dem Rücken des Deiches und beobachtete sie. Seine Hände schoben sich in die Vordertaschen seiner Jeans, und wieder einmal fluchte er leise in sich hinein. Fast hatte er ein schlechtes Gewissen, sie so zu betrachten, ohne dass sie eine Ahnung davon hatte. Doch auf der anderen Seite wusste er auch, dass sie nur den Kopf in eine andere Richtung zu drehen brauchte, und sie würde ihn entdecken. Schließlich versteckte er sich ja nicht. Sein Mund wurde trocken, als sie ihre Arme über ihren Kopf hob und einige Sekunden lang verharrte, als wollte sie den Wind einfangen. Durch den leicht transparenten Stoff ihres Nachthemdes zeichneten sich selbst auf diese Entfernung die Konturen ihres Körpers deutlich ab. Ihr rotes Haar leuchtete in der Sonne und war noch zerzaust vom Schlaf. In ungezähmten Wellen wallte es ihr bis weit über die Schultern und den Rücken hinab. Finn musste wieder an das Bild einer Nixe denken, das er irgendwo einmal gesehen hatte. Eine Nixe, die ihren schlanken Körper aus der weißen Gischt des Meeres reckte und mit erhobenen Armen der Sonne entgegenlachte.

Kiras lilienweißes, fast bodenlanges Hemdchen, das sich im warmen Wind um ihren Körper bauschte, unterstützte diesen Eindruck nur noch mehr. Eine rothaarige Nixe, die über Zauberkräfte verfügt und sie an mir ausprobiert, dachte er. Denn sie hatte ihn verzaubert, das war nur allzu offenkundig. Er hatte in seinem bisherigen Leben schon viele Frauen gekannt – einige hatte er gehabt und wieder verlassen. Finn Andersen, der Mann, der sich normalerweise keinen Flirt entgehen ließ, der Mann, der es gewohnt war und auch stets in vollen Zügen genossen hatte, dass die meisten Frauen ihn begehrlich ansahen, stand hier wie ein hirnloser Idiot auf einem Deich und konnte den Blick nicht von dieser einen Frau abwenden. Er war völlig verrückt nach dieser Nixe.

Das Fluchen wird langsam zu einer neuen Angewohnheit, dachte er grimmig.

Allein ihr Anblick versetzte ihn schon in einen bejammernswerten Zustand. Seine Fantasie ging völlig mit ihm durch. Und er war zutiefst erleichtert, als sie sich schließlich umdrehte, im Haus verschwand und somit den Bann brach. Finn rührte sich noch immer nicht von der Stelle. Er war psychisch ebenso erregt wie physisch und deshalb verdammt wütend auf sich selbst. Vielleicht sollte er Edgar Lengrien doch bitten, jemand anderen herzuschicken, überlegte er. Aber dann verwarf er den Gedanken sofort wieder. Edgar würde es nicht verstehen. Außerdem wollte er, Finn, niemand anderem mehr diese Aufgabe überlassen.

Sie gehört mir!

Er musste schlucken, als ihm klar wurde, was er da dachte, und er fragte sich sofort, ob er sich tatsächlich am Rande einer ausgewachsenen Psychose befand. Finn wusste selbst nur zu genau, dass er keinem Menschen je eine ernsthafte Beziehung mit ihm zumuten würde. Das wollte er niemandem antun, und Kira schon gar nicht, denn, von ihrer sexuellen Anziehungskraft einmal ganz abgesehen, mochte er sie auch noch. Er mochte sie wirklich. Ungeachtet dessen würde sie ihm jedoch sowieso niemals gehören. Sie spielte nicht in seiner Liga. Und sie würde ihn gnadenlos, ja, mit Schimpf und Schande fortjagen, sollte sie je erfahren, wer er wirklich war – und was er wirklich war. Darauf wäre Finn jede Wette eingegangen.

Bedrückt wandte er sich schließlich ab und machte sich wieder auf seinen Weg zur Nordspitze der Insel. Es interessierte ihn, ob Magda Quint recht behielt und er sich besser fühlen würde, wenn er dort eine Weile aufs Meer gestarrt hatte.

Finn ahnte nicht, dass sich zur gleichen Zeit noch ein anderer Mann im Norden der Insel aufhielt und sowohl ihn als auch Kira beobachtet hatte.

Der andere Mann stand im Schatten einer kleinen Baumgruppe, unweit von Kiras Haus entfernt. Er fluchte stumm in sich hinein, seit Finn Andersen wieder aus seinem Sichtfeld verschwunden war. Es war nicht zu übersehen gewesen, wie gebannt Finn dort oben auf dem Deichrücken gestanden und Kira angestarrt hatte, und das brachte ihn, den anderen Mann, schier um den Verstand vor Wut.

Dieser fremde Kerl aus dem Martinelli-Haus störte ihn gewaltig. So hatte er sich das nicht vorgestellt. Sein ursprünglicher Plan wäre viel unkomplizierter umzusetzen gewesen, wenn er hier, im Norden der Insel, mit Kira Lengrien ganz allein gewesen wäre. Jetzt musste er umdenken und aufpassen, dass er nicht entdeckt wurde. Schließlich war er unterdessen ganz auf sich allein gestellt, und das machte die Sache nicht unbedingt einfacher.

Er kniff die Augen zu schmalen Schlitzen zusammen, während er durch das große Terrassenfenster die schöne rothaarige Frau beobachtete, die nun seltsam unruhig und mit auffallend fahrigen Bewegungen im Untergeschoss ihres Hauses hin- und herlief und hier und da etwas zurechtrückte, bis sie sich schließlich selbst die nackten Oberarme rieb und dann im Obergeschoss verschwand, und damit auch aus seinem Blickfeld.

Der Mann atmete tief ein, und seiner Kehle entglitt ein leises Stöhnen. Sekundenlang gestattete er sich die Vorstellung von Kira Lengrien, die wahrscheinlich gerade in ihrem Schlafzimmer oder in ihrem hübschen kleinen Badezimmer stand und sich das durchscheinende Nachthemd über den Kopf zog, das sie soeben noch getragen hatte. Aber dann schüttelte er diese viel zu aufreizenden und irritierenden Gedanken wieder ab. Es wird Zeit, dachte er bei sich, ich muss meinen Plan noch einmal sorgfältig überdenken, damit nichts schiefgeht. Er durfte und wollte in dieser Sache nichts dem Zufall überlassen.

Zwanzig Minuten nachdem Kira wieder in ihrem Haus verschwunden war und er seinen Weg fortgesetzt hatte, genoss Finn bereits den wahrlich atemberaubenden Anblick, den die Ladeninhaberin ihm versprochen hatte. Selbst die harten Gräser der Dünen hatten es in dieser ursprünglichen Gegend schwer und wuchsen nur noch spärlich. Sameland schloss hier oben in einer Art Felsenlandschaft ab, die in einer spitz zulaufenden Form kahl und nahezu weiß im Meer endete. Fast wirkte es, als würde hier der große Bug eines gesunkenen Ozeanriesen aus dem Wasser ragen. Ohne Frage hatte dieser einsame und naturbelassene Ort eine ganz besondere Ausstrahlung, der man sich nur schwer entziehen konnte, das wurde auch Finn auf Anhieb bewusst.

Er suchte sich auf einem der weißen Felsen einen windgeschützten Sitzplatz und blickte hinaus auf die Ostsee. Das Meer war heute sehr ruhig, und die Sonne ließ die Wasseroberfläche silbrig glitzern. Sanfte Wellen brachen sich an den Felsen und machten dabei leise, klatschende Geräusche. Zusammen mit den Schreien der Möwen waren das die einzigen Laute, die Finn hören konnte. Er schloss die Augen und lehnte sich zurück an den halbhohen Felsen in seinem Rücken.

Der Gedanke an Michael Grendler kam sofort.

Das war unvermeidlich, und er hatte im Grunde schon damit gerechnet.

Er war stets gegenwärtig, wenn Finn auch nur im Ansatz versuchte, sich diesem immer wiederkehrenden Schmerz zu entziehen und seiner Seele ein wenig Ruhe zu gönnen. Er würde es niemals loswerden, dieses grauenvolle Bild. Sein ganzes Leben lang würde er an diesen Tag zurückdenken müssen, an den Tag, der einen so furchtbaren Schlusspunkt unter das Leben seines besten Freundes Mike gesetzt hatte.

Finn hob die Lider und schaute abermals auf das Meer, um das Bild wieder zu verdrängen, aber in seinem Kopf lebte es weiter, nein, es quälte ihn weiter. Er würde es immer sehen, Tag für Tag. Und es war das pure Grauen, das er sah. Das viele Blut und die Hirnmasse auf dem Asphalt, der leblose Körper seines Freundes, der Kopf nur noch ein ekelerregend blutiger Klumpen ohne Gesicht.

Und dann schließlich das Schlimmste: der Moment, als er zum ersten Mal danach wieder in die Augen von Lena Grendler, Michaels Frau, schauen musste.

Lena war gerade mit ihrem zweiten Kind schwanger gewesen. Mike und sie hatten bereits einen Sohn, Jonas, damals fünf Jahre alt, und Jonas Grendler war Finns Patenkind.

Lena hatte Finn gleich am nächsten Tag in der Klinik besucht, in die seine Kollegen ihn vorsichtshalber verfrachtet hatten, nachdem er vor Schmerz und Trauer über den Tod seines Freundes getobt hatte wie ein Verrückter und dann schließlich zusammengeklappt war wie eine Marionette, der man die Fäden gekappt hatte. Natürlich hatte Lena ihm nicht die Schuld an Michaels Tod gegeben. Sie war schon immer viel zu sanft und verständnisvoll gewesen, wenn es um Finns Fehler und Schwächen ging.

Finn hingegen wusste es besser. Er allein war schuld daran, dass das Glück einer jungen Familie zerstört worden war, denn er selbst hätte an diesem Tag sterben sollen, nicht Mike.

Nach Mikes Tod hatte er sich einer Therapie unterziehen müssen, denn sonst hätte man ihn nicht mehr im Polizeidienst arbeiten lassen. Ein halbes Jahr später wurde er vom Polizeipsychologen wieder dienstfähig geschrieben, nachdem Finn selbst wiederholt darauf gedrängt hatte. Er war davon überzeugt, dass die Therapie ihm sowieso nichts brachte.

Finn hatte die Abteilungen gewechselt, um nicht wieder in

das Büro zurückzumüssen, in dem er zusammen mit Mike gesessen hatte. Doch der Wechsel von einem Kommissariat in das nächste half ihm ebenso wenig wie die Therapie. Seine neuen Kollegen schätzten zwar seine Arbeit, mieden aber ansonsten den Kontakt mit ihm. Finn konnte es ihnen noch nicht einmal verübeln, da er ohnehin meist missgestimmt und wortkarg war.

Dann hatte er irgendwann verzweifelt damit begonnen, nach einer Möglichkeit zu suchen, wie er den Polizeidienst ganz quittieren konnte. Ihm selbst hätte es nichts ausgemacht, einfach zu kündigen, aber er brauchte unbedingt eine echte Alternative, eben einen gut bezahlten Job, um Lena und die Kinder unterstützen zu können. Meine Güte, wenn er an diese Zeit zurückdachte …

Ein knappes Jahr nach Mikes Tod hatte er Lena sogar angeboten, sie zu heiraten, weil er damals der festen Überzeugung gewesen war, es wäre allein seine Aufgabe, sich um Mikes Familie zu kümmern – und zwar mit allen Konsequenzen. Lena hatte es damals wahrlich nicht leicht mit ihm gehabt, doch seither wusste Finn, welche Kraft wirklich in dieser zierlichen Person steckte.

Anfangs hatte sie sich auch noch gegen seine finanzielle Unterstützung gewehrt, doch darüber hatte er nicht mit sich reden lassen. Inzwischen akzeptierte sie stillschweigend die Überweisungen, die regelmäßig auf ihrem Konto eingingen. Wahrscheinlich hatte sie einfach eingesehen, dass es für Finn selbst fast noch wichtiger war als für sie und die Kinder, seine finanziellen Zuwendungen entgegenzunehmen.

Edgar Lengrien war einer der wenigen Menschen, die seine Geschichte kannten, und trotzdem war der ältere Mann für Finn in vielerlei Hinsicht zu einer Art Retter geworden. Edgar hatte ihm nicht nur einen lukrativen Job verschafft, sondern er belohnte Finns Loyalität inzwischen auch noch mit echter Freundschaft und unerschütterlichem Vertrauen. Erst seit er für Edgar Lengrien arbeitete, schien sich seine Seele ein wenig zu erholen, auch wenn die Wunde, tief in seinem Inneren, sicher niemals ganz heilen würde. Er würde diese Schuld nicht abschütteln können – und es ist vollkommen egal, dachte er, wie lange ich auf dieses gottverfluchte Meer starre.

Trotzdem blieb Finn noch fast zwei Stunden auf dem kahlen Felsen sitzen und tat nichts anderes.

3. KAPITEL

Am späten Nachmittag saß Kira mit untergeschlagenen Beinen auf ihrem Sofa und versuchte zu arbeiten. Für das neue Buch von Christina fehlten noch immer ein paar letzte Zeichnungen, aber es fiel Kira heute ungewöhnlich schwer, sich in den kleinen, sehr müden Biber hineinzuversetzen, dem in der aktuellen Geschichte die Hauptrolle zugedacht war. Sie seufzte, schob ein wenig ihren Zeichenblock zur Seite und beugte sich vor, um einen ordentlich großen Schluck Kaffee zu trinken. Dann lehnte sie sich zurück und kaute nachdenklich auf dem Ende ihres Bleistifts herum. Erst nach einer ganzen Weile zog sie ihren Zeichenblock wieder zurück auf ihren Schoß und begann zu zeichnen. Sie ließ sich Zeit. Mit konzentrierter Miene erschuf sie Konturen, Schatten und den richtigen Ausdruck. Es dauerte fast eine volle Stunde, bis sie den Bleistift wieder beiseitelegte, um ihr Werk eingehend zu betrachten. Es war gelungen, fand sie sofort – ihre Zeichnung zeigte eindeutig das markante Gesicht von Finn Andersen. Mehrere Minuten lang schaute sie es an, dann legte sie ihre Zeichenutensilien beiseite und zog sich das Telefon heran.

„Ich habe mich in ihn verliebt, Tina."

„Was?"

„Ich sagte, ich habe mich in den Mann verliebt, der Werners Dachzimmer renoviert. Es ist die einzige Erklärung, die mir einfällt, auch wenn ich es selbst kaum fassen kann. Ich kann es nicht glauben; der Kerl macht mir klar, dass er auf diesem speziellen Gebiet nichts von mir wissen will, und ich zeichne ihn, obwohl ich deinen blöden Biber zu Papier bringen wollte."

„Upps! Da ich annehme, dass dieser Traumtyp nur wenig Ähnlichkeit mit einem müden Babybiber hat, ist die Lage also ernst."

„Absolut."

„Was willst du tun?"

„Ich dachte, das könntest du mir sagen."

„Machst du Witze? Ich? Die Frau, die keinen Kerl länger als

zwei Tage in ihrer Nähe erträgt? Tut mir leid, Prinzessin, du weißt genau, dass du da die vollkommen falsche Person zurate ziehst."

Kira stöhnte missmutig in den Hörer. „Du bist meine beste Freundin, du Nichtsnutz! Wen soll ich denn – bitte schön – sonst fragen?" Sie hörte Christina leise lachen.

„Du bist süß wie Kristallzucker, Liebes. Du wirst dieses Leckerli schon noch um den Finger wickeln, da mach ich mir überhaupt keine Sorgen."

„Ich mach mir aber nun mal welche. Er ist nämlich völlig anders als andere Männer. Du kennst ihn eben nicht, Tina."

„Aber du kennst ihn, ja? Nach knapp einer Woche, einem gemeinsamen Abendessen und einer Kanne Tee bei Gewitter! Na klar!"

„Du hast den Kuss vergessen."

„Pardon, dass ich so gedankenlos war."

„Jedenfalls haben die paar Tage ausgereicht, um mich gründlich in ihn zu verlieben, da beißt der Biber keinen Faden ab."

Finn lag vollkommen angezogen auf seinem Bett und starrte an die Decke. Er war seltsam erschöpft von seinem Ausflug und auch hungrig, denn seit dem Frühstück hatte er nichts mehr gegessen. Eigentlich hatte er vorgehabt, ein Nickerchen zu halten, doch nun merkte er, dass er mal wieder nicht zur Ruhe kommen würde. Das war nichts Neues für ihn. Ächzend rollte er sich zur Seite und erhob sich. Sein Magen knurrte immer lauter, und seine Laune war auf dem Nullpunkt angelangt. Leise vor sich hin fluchend ging er nach unten, um nach etwas Essbarem zu suchen. Gerade als er die Kühlschranktür öffnete, klingelte sein Telefon.

Während er weiterhin im Kühlschrank herumkramte, klemmte er sich den Hörer zwischen Ohr und Schulter und meldete sich.

„Isst du mit mir?"

Sein Pulsschlag beschleunigte sich sofort. „Kira."

Na endlich, dachte er, konnte sich aber nicht entscheiden, ob er sich darüber freuen sollte oder besser nicht.

„Was ist, Finn? Hast du etwa schon gegessen?"

„Äh ... nein. Ich wollte mir grad was machen."

„Na dann. Ich hab eine Bolognese gekocht."

„Kira ..."

„Na, essen musst du doch, oder? Du kannst dich ja mal bei Gelegenheit revanchieren, wenn du willst."

Finn zögerte noch immer, dachte dann aber an Edgar Lengrien und dessen mahnende Worte. Edgar würde natürlich von ihm erwarten, dass er Kiras Einladung annahm, daran zweifelte Finn nicht im Mindesten.

„Ist noch Wein da?"

„Wenn du dich dann besser fühlst, kannst du gerne noch 'ne Flasche mitbringen, Finn."

„Gut. Ich komme erst einmal mit dem Wagen, bin heute schon genug gelaufen. Gib mir ... fünfzehn Minuten, okay? Ich will vorher noch schnell unter die Dusche springen."

„Kein Problem, bis gleich." Sie legte auf.

Langsam ließ Finn den Hörer sinken, erst dann bemerkte er, dass er noch immer vor der geöffneten Kühlschranktür stand.

„Scheiße! Scheiße! Scheiße!"

Sein Fluchen dröhnte durch das ganze Haus. Mit einem lauten Knall warf er die Kühlschranktür zu und ging nach oben, um zu duschen.

Kira ließ den Hörer sinken und lächelte zufrieden in sich hinein. Sie hatte bereits geduscht und sich von Kopf bis Fuß mit duftender Lotion eingerieben. Nachdem sie das Mobilteil ihres Telefons aufs Bett geworfen hatte, wandte sie sich wieder ihrem Kleiderschrank zu. Es war heute Abend besonders wichtig, dass sie mit Bedacht wählte und dann die richtige Entscheidung traf. Ihre Kleidung durfte auf der einen Seite nicht zu eindeutig wirken, musste aber auf der anderen Seite verführerisch genug sein, um Finn Andersen auf die richtigen Gedanken zu bringen. Bereits nach wenigen Minuten hatte sie sich entschieden.

Als sie schließlich angezogen vor ihrem großen Spiegel stand, war sie sehr zufrieden mit sich. Die vier Jahre ihres Lebens, die sie während ihres Studiums als Zeichnerin in einem kleinen Modeatelier gearbeitet hatte, zahlten sich wirklich aus. Damals hatte sie auch so ganz nebenbei gelernt, mit welchen Mitteln sie ihr Aussehen ins rechte Licht setzen konnte. Sie hatte sich für eine eng anliegende, mausgraue Baumwollhose entschieden, die wie eine Röhrenjeans geschnitten war und ihre langen Beine betonte. Dazu trug sie ein raffiniert geschnittenes schwarzes Oberteil, das zwischen den Brüsten leicht gerafft war und sie somit unauffällig betonte. Der Ausschnitt zeigte gerade so viel vom Ansatz ihres Busens, wie nötig war, um die Fantasie eines Mannes anzuregen.

„Ob du es nun willst oder nicht, Finn Andersen", sagte sie lächelnd zu ihrem Spiegelbild, „du wirst dich irgendwann von mir verführen lassen – jede Wette."

Er war pünktlich. Zu ihrer großen Überraschung drückte er ihr zur Begrüßung sogar einen freundschaftlichen Kuss auf die Wange. „Du siehst toll aus", bemerkte er anerkennend.

„Danke. Komm doch rein. Das Essen ist gleich so weit. Du kannst den Wein für uns öffnen, wenn du willst. Den Korkenzieher findest du dort auf der Anrichte."

Sein Blick folgte ihr, als sie sich wieder umdrehte, um in der Küche zu verschwinden. Nach einem tiefen Atemzug ging er schließlich hinüber zur Anrichte und griff nach dem besagten Korkenzieher.

„Das war die tollste Bolognese, die ich jemals gegessen habe, Kira." Finn lächelte ihr über den Tisch hinweg zu und griff nach seinem Glas, um ihr zuzuprosten. „Puh, ich bin pappsatt."

„Das freut mich, Finn." Kira schob ihren Stuhl zurück und stand auf, um die Teller abzuräumen. Sofort erhob auch er sich. „Warte, ich helfe dir."

„Nein, nein. Setz du dich in Ruhe aufs Sofa und genieße deinen Wein. Sei so lieb, und nimm bitte auch schon mal mein Glas mit rüber. Ich brauche jetzt dringend einen Kaffee. Wie sieht's mit dir aus?"

„Nein, keinen Kaffee für mich, danke." Finn runzelte die Stirn und seufzte leise in sich hinein. Es passte ihm gar nicht, auf das Sofa umzuziehen. Hier an Kiras kleinem Esstisch fiel es ihm leichter, den richtigen Abstand zu ihr einzuhalten. Sie sah wirklich zum Anbeißen aus heute Abend, und er wollte nicht noch mehr in Versuchung geraten, nicht ein weiteres Mal die Kontrolle verlieren. Mit gemischten Gefühlen trug er die beiden Gläser hinüber zum Couchtisch und ließ sich auf dem samtweichen nachtblauen Sofa nieder. Insgeheim ärgerte er sich noch eine Weile darüber, dass sie keinen einzeln stehenden Sessel besaß, in den er sich hätte setzen können, doch dann griff er erneut nach seinem Glas und versuchte sich ein wenig zu entspannen.

Kira kam mit einem kleinen Tablett zurück und setzte es auf dem Couchtisch ab. Bevor sie sich neben ihm niederließ, schenkte sie sich eine Tasse Kaffee ein.

„Du willst wirklich keinen Kaffee, Finn?"

„Nein danke, wirklich nicht. Ist mir zu spät für Koffein."

„Ich kann ohne Kaffee nicht leben", erklärte sie lächelnd. „Ich trinke ihn zu jeder Tageszeit."

„Hmm, ich habe früher auch viel mehr Kaffee getrunken – als ich noch bei der Polizei war."

„In welcher Abteilung hast du gearbeitet?"

„Die meiste Zeit war ich bei der Drogenfahndung", antwortete er kurz.

Kira nickte. Obwohl er das Thema Polizei von sich aus angeschnitten hatte, überkam sie erneut das Gefühl, dass er nicht gerne über diese Zeit in seinem Leben sprach. Da es ihr aber wichtig war, dass er sich heute Abend wohlfühlte, entschied sie sofort, nicht noch ein weiteres Mal nachzuhaken.

„Wie hast du eigentlich Werner Martinelli kennengelernt?", wechselte sie stattdessen das Thema.

Finn zuckte innerlich ein wenig zusammen, und in seinem Magen machte sich ein nervöses Kribbeln breit. Er wusste, dass jetzt der Moment kommen würde, wo er ihr zum ersten Mal offen ins Gesicht lügen musste. Bisher hatte er ihr nur einige

Dinge verschwiegen oder sie ein wenig beschönigt, aber nun konnte er es nicht mehr weiter hinausschieben. Er hatte geahnt, dass dieser Augenblick nicht mehr lange auf sich warten lassen würde. Jetzt würde er ihr also die Geschichte erzählen, auf die er sich zusammen mit Edgar Lengrien und Werner Martinelli geeinigt hatte.

„Durch einen gemeinsamen Bekannten", sagte er. „Einen Anwalt. Ich habe sein Arbeitszimmer renoviert. Neue Bücherregale eingebaut und so weiter. Er ist im selben Golfklub wie Werner Martinelli."

„Kennst du eigentlich auch meinen Vater, Finn?"

In Finns Magen schien sich langsam aber sicher eine Ameisenkolonie anzusiedeln, aber äußerlich war ihm nicht die kleinste Regung anzusehen, dessen war er sich sicher.

„Ich habe ihn mal im Fernsehen gesehen, aber ich weiß natürlich, dass er und Martinelli Geschäftspartner sind."

Kira lachte auf. „Geschäftspartner sind sie, das ist wohl wahr. Aber vor allem ist Werner Martinelli auch ein Freund der Familie. Er war immer da – auch für mich."

„Du magst ihn also sehr?"

„Oh ja. Er ist ein paar Jährchen jünger als mein Vater und hat mir oft viel mehr Verständnis entgegengebracht. Als ich noch ein Teenager war, habe ich sogar mal eine Zeit lang regelrecht für ihn geschwärmt. Ich denke, ich sollte als Tochter wohl ein schlechtes Gewissen haben, denn etwas später, als diese Jungmädchenschwärmerei ein Ende gefunden hatte, habe ich mir manchmal gewünscht, der tolle Onkel Werner wäre mein Daddy und nicht dieser nervige Typ, der sich ständig übertriebene Sorgen um mich machte und mir dauernd seine Wachhunde auf den Hals hetzte, egal wo ich mich auch gerade aufhielt." Wieder lachte sie. „Versteh mich jetzt nicht falsch, Finn. Ich liebe meinen Vater sehr. Auch er hat inzwischen dazugelernt. Heute sieht er zum Glück vieles gelassener, wenn es um mich geht. Ich habe ihm irgendwann ordentlich den Kopf gewaschen. Er hat unterdessen eingesehen, dass es ziemlich nervtötend sein kann, wenn man ständig das Gefühl haben muss, dass diese Dobermänner einem auf Schritt und Tritt an den Fersen hängen."

„Dobermänner?" Finn zog die Augenbrauen hoch.

„Ja, so nenne ich diese komischen Typen … du weißt schon, ich meine die Bodyguards."

„Dobermänner also", wiederholte Finn und unterdrückte ein Schmunzeln.

„Du solltest diese Typen mal sehen! Ganz im Ernst, Finn, die meisten von denen sehen tatsächlich aus wie Wachhunde. Kantige, leere Köpfe – nur lauter Muskeln. Furchtbare Gestalten, sag ich dir."

„So so." Finns leichte Belustigung verschwand. Stattdessen musste er plötzlich den brennenden Wunsch unterdrücken, die Männer zu verteidigen, die ihm unterstellt waren. Kira urteilte nicht gerecht, und das ärgerte ihn. Die meisten seiner Männer bestanden durchaus nicht nur aus Muskeln, sondern hatten kluge Köpfe und waren hervorragende Strategen. Der Beruf des Personenschützers war eine ernst zu nehmende und verantwortungsvolle Tätigkeit, die man wirklich keinem hirnlosen Muskelprotz aufbürden durfte. Er war davon überzeugt, dass Kira niemals ernsthaft darüber nachgedacht hatte, dass diese Männer unter gewissen Umständen sogar ihr eigenes Leben für die Person riskierten, die sie beschützten.

„Ich denke, Bodyguards tun auch nur ihren Job", sagte er und schluckte all die harten Erwiderungen herunter, die er ihr am liebsten entgegengeschmettert hätte.

Kira lächelte ein wenig. „Klar. Ach, einige von diesen Typen sind ja auch gar nicht so schlimm", wiegelte sie ab. „Natürlich ist ihr Job auch nicht gerade leicht. Es ist nur so, dass … na ja, die Dobermänner haben wohl immer all den Unmut abbekommen, der sich eigentlich gegen meinen Vater richtete. Schließlich war er es, der sie erst auf mich angesetzt hat."

„Mhmm." Finns Magen wollte sich einfach nicht beruhigen.

Am liebsten hätte er ihr in dieser Sekunde ins Gesicht gebrüllt, dass auch er einer von diesen Dobermännern war. Sogar der Ober-Dobermann, wenn man es genau nahm. Alles in ihm drängte danach, dieser Farce hier und jetzt ein schnelles Ende zu machen. Er fühlte sich miserabel. Niemals – das wurde ihm spätestens jetzt bewusst –, niemals würde er bei Kira Lengrien auch nur die geringste Chance haben, wenn sie ihn unter anderen Umständen kennengelernt hätte.

Aber er brüllte sie nicht an. Er blieb stumm und ließ sich nicht das Geringste anmerken – und zu seiner großen Erleichterung wechselte sie das Thema.

„Hast du eigentlich immer in Hamburg gelebt, Finn?“

Er nickte. „Ja. Ich kann mir auch nicht vorstellen, irgendwo anders leben zu müssen. Hamburg ist meine Stadt. Ich habe schon viele Städte gesehen, aber … keine ist wie sie. Diese Stadt hat irgendwie … die Nase im Wind.“

Kira lächelte sanft. „Stimmt“, sagte sie schlicht. „In welchem Stadtteil bist du groß geworden?“

„Meine Eltern leben in einem kleinen Häuschen am westlichen Stadtrand und genießen inzwischen ihren wohlverdienten Ruhestand, aber früher, als junger Mann, ist mein Vater zur See gefahren. Später dann, nachdem meine Mutter uns Kinder bekommen hatte, blieb er in Hamburg und arbeitete als Hafenlotse.“ Ein angedeutetes Lächeln huschte über sein Gesicht. „Als ich nicht mehr ganz so klein war, bin ich oft bei ihm auf dem Lotsenboot gewesen. Praktisch immer, wenn ich Ferien hatte. Mein Vater hat oft gesagt, ich sei eine waschechte Hafenratte – ganz anders als meine Geschwister.“

Auch Kira lächelte. „Du hast also Geschwister?“, fragte sie.

„Ja. Eine ältere Schwester und einen jüngeren Bruder. Wir sind alle ziemlich genau ein Jahr auseinander.“

„Und? Gibt es Neffen und Nichten?“

Über Finns Gesicht huschte ein Grinsen. „Zum großen Leidwesen meiner Mutter gibt es sie nicht. Meine Schwester Mareike ist zwar glücklich verheiratet, aber eine echte Karrierefrau. Sie ist eine äußerst erfolgreiche und hoch angesehene Thoraxchirurgin und arbeitet als Oberärztin in einer Spezialklinik für Lungen- und Herzkrankheiten. Ihr Mann ist ebenfalls Mediziner und hat eine eigene Praxis. Es war von Anfang an klar, dass sie zugunsten ihrer Karrieren auf Kinder verzichten würden."

„Und dein jüngerer Bruder?"

„Lukas?" Wieder lachte er. „Oh, unser Lukas ist Lehrer für Deutsch und Geschichte an einer Privatschule. Außerdem ist mein kleiner Bruder der jüngste Literaturprofessor an der Hamburger Universität und damit der ganze Stolz unserer lieben Eltern. Nur leider …", Finn zuckte mit den Schultern und grinste schief, „leider hat er noch nicht einmal eine Freundin. Sagen wir mal … seine Interessen liegen ganz woanders."

„Hm, Männer?"

Finn lachte dunkel auf. „Oh nein! Er mag Frauen durchaus – das heißt, wenn er sie überhaupt mal wahrnimmt. Es sind eher die Bücher, Kira! Der Mann liebt nichts auf der Welt so sehr wie Bücher. Du solltest nur mal seine Wohnung sehen. Die reinste Bibliothek, sag ich dir."

„Du willst mir doch nicht ernsthaft weismachen, dass dein Bruder mit … mhm, Anfang dreißig noch nicht eine einzige Freundin hatte?"

Noch immer grinsend schüttelte Finn seinen Kopf. „Na, ganz so schlimm ist es mit ihm nun doch nicht. Er hatte schon mal eine Freundin: Juliane, ein Mädchen aus der Nachbarschaft. Aber wenn du mich fragst, die Beziehung dümpelte über mehrere Jahre nur so dahin. Ich glaube, es war für beide Seiten eine echte Erleichterung, als Juliane sich endlich vollkommen entnervt von Lukas getrennt hat."

Kira lachte. „Nur für deine Mutter nicht, nicht wahr? Ich meine, wegen der Enkel, die ihr damit mal wieder durch die Lappen gingen."

Finns jungenhaftes Grinsen wurde noch eine Spur breiter, und es wurde ihm erst jetzt bewusst, wie sehr er sich unterdessen entspannt hatte. Nachdem er einen weiteren Schluck von seinem Wein getrunken hatte, lehnte er sich wieder bequem zurück und zwinkerte Kira zu. „Gut aufgepasst. So war es tatsächlich. Meine Mutter hat zetermordio geschrien."

„Und du, Finn?"

„Ich? Du weißt doch bereits, dass ich nicht gebunden bin."

„Ja schon, aber ... es könnte doch früher anders gewesen sein, nicht wahr? Du bist schließlich keine zwanzig mehr." Kira drehte sich ihm noch ein wenig mehr zu und stützte ihren Unterarm auf der Rückenlehne der Couch ab. Das Glitzern in ihren tiefblauen Augen verriet ihre Neugierde und ließ ihn schmunzeln. Die lockere Wendung, die ihr Gespräch genommen hatte, tat ihm wirklich gut, und es beruhigte deutlich seine Nerven, dass er ihre Fragen nun frei und ehrlich beantworten konnte. Das Terrain, auf dem sie sich befanden, war unverfänglich genug.

„Ich muss dich enttäuschen, Kira. Ich habe noch keine längeren Beziehungen vorzuweisen."

„Aber du warst doch sicherlich schon mal verliebt, oder?"

„Natürlich war ich das." Seine Mundwinkel zuckten verräterisch, als sie theatralisch die Augen verdrehte.

„Okay, okay, ich erzähl es dir ja schon! Meine erste Liebe hieß Caroline. Ich war fünfzehn, sie vierzehn, und ihr Haar hatte die Farbe eines Weizenfeldes in der Sommersonne. Wir knutschten so circa drei Wochen miteinander. Dann kamen ... hmmm, warte mal ... Petra, Nadine, Martina ... Sabine ... Yvonne, Birte ... äh ..."

„Oh Finn!" Kiras Lachen schien seine Bauchdecke von innen zu kitzeln.

„Du wolltest es wissen."

„Du bist unmöglich! Sei doch einmal ernst. Keine echten Gefühle?"

„Also gut. Um ehrlich zu sein, einmal ... einmal war ich wirklich heftig verknallt."

„Wer war sie?"

„Lena."

„Lena also. Und weiter? Was wurde aus Lena?"

„Sie wurde die Frau meines besten Freundes und die Mutter seiner Kinder."

„Oh!"

„Kein Grund, um gleich zu erschrecken, Kira. Es ist kein Beziehungsdrama aus dieser Geschichte geworden. Ich bin ziemlich schnell über die Sache weggekommen. Ich meine, ich habe immer schon geahnt, dass sie letztlich doch den Richtigen von uns beiden ausgewählt hat, aber … als der Schmerz in mir so verdammt schnell verrauchte und nur noch ein bisschen verletzte Eitelkeit übrig blieb, war ich mir sicher, dass es so ist. Mike … war der bessere Mann von uns beiden.“

Kiras Mundhöhle wurde trocken, und sie musste schlucken. Das lag nicht allein an dem, was er sagte, sondern wie er es sagte. Seine Stimme klang auf einmal hohl. Der leichte, fröhliche Unterton, der bis eben noch ihre Unterhaltung bestimmt hatte, war verschwunden, und sie sah einen dunklen, sichtbar heftigen Schmerz in seinen Augen aufglimmen. Dennoch wusste sie plötzlich mit unerschütterlicher Sicherheit, dass heute nicht mehr die Frau – Lena – dafür verantwortlich war, sondern dass dieser Schmerz ganz allein mit seinem Freund zusammenhing, von dem er soeben in der Vergangenheit gesprochen hatte.

Finn blieb plötzlich stumm. Er griff erneut nach seinem Weinglas und leerte es mit einem Zug. Kira beobachtete ihn dabei und hätte ihn am liebsten in ihre Arme gezogen, seinen Kopf an ihren Busen gedrückt und sein Haar gestreichelt. Stattdessen klemmte sie ihre Hände zwischen ihre Knie und sah ihn weiterhin unverwandt an.

„Was ist … mit deinem Freund, … mit Mike passiert?“, fragte sie schließlich mit rauer Stimme.

Sein dunkler Blick hob sich und er sah sie direkt an. Die unsägliche Qual in seinen Augen war so greifbar, dass sie Kiras Brust noch enger werden ließ.

„Er lebt nicht mehr.“ Finn stand unvermittelt auf, drückte sein Rückgrat durch und atmete tief ein. „Entschuldige, Kira, ich …, ich möchte wirklich nicht darüber sprechen.“

Obwohl sie fühlte, wie sehr ihr die Knie zitterten, erhob auch Kira sich. Instinktiv machte sie einen Schritt auf ihn zu, aber er wich zurück. „Nicht“, flüsterte er, dann räusperte er sich. „Es ist gut.“

„Es tut mir leid, Finn. Ich wollte mit meinen dummen Fragen keine alten Wunden aufreißen, glaub mir.“

Es war auch für ihn selbst erstaunlich, wie schnell er sich wieder in den Griff bekam, als er ihren mitfühlenden und zugleich schuldbewussten Blick auffing. Mutwillig versuchte er sich an einem warmen Lächeln, und es gelang ihm auch. „Natürlich wolltest du das nicht. Du konntest … es ja nicht wissen. Ich bin dir nicht böse, Kira. Wirklich nicht!“ Er holte tief und gründlich Luft. „Die Geschichte liegt schon einige Jahre zurück. Vielleicht kann ich … vielleicht werde ich irgendwann einmal in der Lage sein, darüber zu reden, aber nicht jetzt – und nicht heute, okay?“

„Du musst dich vor mir nicht rechtfertigen.“ Sie sah zu ihm auf und konnte plötzlich nur noch daran denken, wie sehr sie nach seiner Umarmung verlangte oder auch nur nach einer einzigen Berührung seiner kräftigen Hände. Das sehnsuchtsvolle Ziehen in ihrer Brust ließ ihr Herz schneller schlagen.

„Danke.“ Noch einmal atmete er geräuschvoll ein und wieder aus. „Hör zu, wir … heute ist doch Samstag, oder? Was hältst du davon, wenn wir runter zum Anleger fahren und einen Blick in den Gasthof werfen? Hab gehört, da soll am Samstagabend ordentlich was los sein.“

Sie standen sich gegenüber und sahen sich an. Sekundenlang. Dann senkte sich Kiras Blick, und sie starrte eine weitere endlose Sekunde auf seine breite Brust, an die sie sich in diesem Augenblick so gerne geschmiegt hätte. Als ob er ahnte, was sie gerade dachte, verschränkte er in genau diesem Moment die Arme und trat einen weiteren Schritt zurück. Kira räusperte sich und nickte. „Gute Idee. Ich hol mir nur eine wärmere Jacke von oben.“

Nebelschwaden zogen wie dicke Wattepakete über die Insel hinweg. Finn fuhr langsam, denn hier war man allein auf die Scheinwerfer des Autos angewiesen. Straßenlaternen gab es auf Sameland nur im Dorf, unten am Fähranleger. Kira saß stumm auf dem Beifahrersitz und starrte aus dem Seitenfenster. Finns Blick streifte ihr Haar, das sogar hier in der Dunkelheit zu leuchten schien, und sofort umfassten seine Finger das Lenkrad noch ein wenig fester. Es war wichtig gewesen, dass sie das Haus verlassen hatten, beruhigte er sich. Er hätte es nicht mehr viel länger ertragen – allein mit ihr. Sein Verlangen war von Minute zu Minute größer geworden, und er konnte sich nicht daran erinnern, jemals eine Frau so sehr begehrt zu haben wie jetzt Kira Lengrien. Und nun hieß es nur noch, irgendwie diese verdammte Autofahrt zu überstehen. Hier war sie ihm viel zu nah für seinen Geschmack. Ihr Anblick versetzte ihn in einen bedauernswerten Zustand, und ihr Duft berauschte seine Sinne. Möglichst unauffällig versuchte er, eine etwas angenehmere Sitzposition zu finden.

Angestrengt heftete er seinen Blick wieder auf die Straße.

Sie hatten nicht mehr miteinander gesprochen, seit sie im Auto saßen, und Finn hatte das dringende Bedürfnis, diese Stille zwischen ihnen wieder zu durchbrechen.

„Ich war heute spazieren", sagte er, ohne seinen Blick von dem schmalen Sandstreifen der Straße vor ihnen zu nehmen. „Ich war oben an der Nordspitze."

„Hmm, es ist schön dort, oder? So ... ursprünglich."

„Ja. Es ist schön dort." Er räusperte sich und warf ihr einen schnellen Seitenblick zu. „Wir könnten bei Gelegenheit ja mal zusammen dorthin gehen."

„Ja, sicher." Kira hatte weiterhin konzentriert aus dem Seitenfenster gesehen, doch nun wandte sie sich ihm zu. „Willst du wirklich in den Gasthof?" Ihre Stimme klang ein wenig heiser.

„Ja." Seine Finger verkrampften sich. „Ja, zum Teufel! Ich will in den Gasthof."

„Halt an!"

„Was?"

„Halt sofort an, Finn."

Er stöhnte auf und brachte den Wagen zum Stehen, aber er sah sie nicht an. Seine Hände blieben am Lenkrad, und er blickte stur geradeaus durch die Windschutzscheibe in den Nebel.

„Und jetzt? Hast du vielleicht irgendwas vergessen? Soll ich zurückfahren?"

„Oh Finn."

Ihr Blick streichelte sein Profil. Dann hob sie langsam ihre linke Hand und fuhr ihm sanft durchs Haar. Er zuckte heftig zusammen unter dieser allzu zärtlichen Berührung, und seine Kiefer mahlten. Trotzdem blieb sein Blick fest nach vorne gerichtet.

„Kann ich jetzt weiterfahren?“, fragte er leise. Kira schloss kurz die Augen und ärgerte sich darüber, dass sie plötzlich gegen aufsteigende Tränen ankämpfen musste.

„Ja.“

„Gut.“

Ohne zu zögern legte er den Gang wieder ein und fuhr los. Kira atmete gründlich ein und wieder aus, um sich zu beruhigen. Warum war sie sich so sicher gewesen, er würde nur noch auf eine weitere Gelegenheit oder auf ein Zeichen von ihr warten? Warum hatte sie geglaubt, er würde sie sofort an sich ziehen, wenn sie ihm zu verstehen gab, dass sie noch immer dazu bereit war? Es sind seine Augen, dachte sie sofort und gab sich damit selbst die Antwort auf ihre Fragen. Sie hatte wieder dieses Glitzern in seinen Blicken gesehen und es für Verlangen gehalten, aber sie hatte es offenbar falsch interpretiert.

Schon wieder, Finn! Du hast mich schon wieder zurückgestoßen! Auch wenn es dieses Mal nicht so offensichtlich geschehen ist.

Finns Laune war fast auf dem Nullpunkt, als er seinen Wagen am Fähranleger abstellte. Kira hatte kaum noch ein Wort mit ihm gewechselt, seit sie ihn auf halber Strecke gebeten hatte anzuhalten, und er konnte ihr das noch nicht einmal übel nehmen. Eines stand jedenfalls für ihn fest: Wenn er sich nicht besser in den Griff bekam, würde er diesen Job nicht bis zum Ende ausführen können. Er musste es einfach schaffen, seine Hände von ihr zu lassen, ohne restlos durchzudrehen.

Finn zog den Zündschlüssel ab und sah sie an. Kira griff bereits nach ihrer Handtasche.

„Es tut mir leid“, sagte er leise. „Ich wollte vorhin nicht unhöflich sein, Kira. Es war nur … unser Gespräch über Mike hat mich ziemlich aufgewühlt, und all das steckte mir irgendwie noch in den Knochen." Das war gelogen und dazu auch noch unfair, weil er mit dieser Begründung eiskalt an ihr weibliches Mitgefühl appellierte, um sie wieder für sich einzunehmen, aber ihm blieb nichts anderes übrig. Genau wie er es erwartet hatte, wurde Kiras Blick sofort weich. „Es ist schon gut, Finn, mach dir darüber keine Gedanken mehr."

„Du bist mir nicht böse?" Sein jungenhaftes Lächeln ließ ihr Herz weit werden, und sie lächelte zurück. „Nein, ich bin dir nicht böse. Komm, du darfst mir ein Bier ausgeben."

Der Gasthof der Brockmann-Brüder war genau so, wie Finn ihn sich vorgestellt hatte. Sowohl der mächtige Tresen als auch die Bänke und Tische waren aus hellem Eichenholz. Es gab geraffte Gardinen und blau-weiße Tischdecken. Die Einrichtung war typisch und strahlte die gewohnte friesische Gemütlichkeit aus. Sie brauchten eine kleine Ewigkeit, um sich zu einem kleinen, überraschenderweise noch freien Ecktisch durchzuschlagen, denn Kira wurde von allen Seiten stürmisch begrüßt und Finn fast allen anwesenden Einwohnern der Insel vorgestellt. Torben Brockmann stand hinter dem Tresen und nickte ihnen freundlich zu.

Während Finn sich bereits auf die kleine Eckbank fallen ließ, stand Kira noch einige Meter von ihm entfernt und unterhielt sich ein wenig mit Dr. Sander, den Finn insgeheim auf mindestens achtzig schätzte.

„Na, mein Schöner, was kann ich dir denn bringen?"

Finn sah auf und blickte in die himmelblauen Augen einer auffallend hübschen Blondine mit ungezähmten Locken.

„Hallo." Finn grinste. „Ein Bier wäre schön. Und ... für die Dame dort hinten auch eins, bitte."

„Ah, Kira. Du bist also mit Kira hier?"

„Ja, das bin ich." Er reichte ihr seine Hand. „Finn Andersen."

„Freut mich, dich kennenzulernen. Ich bin Anna Brockmann. Meinen widerlichen großen Brüdern gehört dieser Laden hier."

„Und du arbeitest hier?“ Er sah kurz nach Kira, aber sie stand noch immer bei Dr. Sander. Anna Brockmann folgte seinem Blick, dann sahen sie sich wieder an.

„Eigentlich nicht. Ich lebe und studiere in Hamburg, aber wenn ich schon mal hier bin, greife ich den beiden Vollidioten gerne ein bisschen unter die Arme. Dieser Laden trägt nämlich einen nicht gerade unerheblichen Anteil dazu bei, dass aus mir irgendwann einmal eine ordentliche Nachfolgerin für den alten Herrn dort hinten wird.“ Anna deutete auf Dr. Sander. „Wird Zeit, dass der gute Mann endlich seinen wohlverdienten Ruhestand genießen kann.“

„Du studierst also Medizin?“

„So ist es.“

„Alle Achtung, Goldlöckchen. Das sieht man dir nicht an.“

„Ich nehme das mal als Kompliment.“

„So war es auch gemeint.“ In stillem Einvernehmen grinsten sie sich an. Finn mochte Anna Brockmann, und das beruhte offensichtlich auf Gegenseitigkeit.

„Hast du schon bestellt?“ Kiras Frage unterbrach ihre kleine Unterhaltung. „Hallo Anna.“

„Hallo Kira, schön, dich mal wieder hier zu sehen. Ich sprinte eben kurz nach hinten und sage Olaf, dass du da bist. Der Gute kann es kaum erwarten, dich endlich wieder an seine Brust zu drücken.“

Nachdem Kira sich zu Finn gesetzt hatte, lächelte Anna ihm noch einmal zu.

„Euer Bier kommt sofort.“

„Danke“, sagte Finn.

„Anna ist die jüngere Schwester von Olaf und Torben“, erklärte Kira, als die Kellnerin wieder hinter einem Pulk von Menschen verschwand, die vor dem Tresen standen.

„Ich weiß. Wir haben uns ein wenig unterhalten. Sie ist nett.“

„Ja, das ist sie. Und sie hat einen unheimlich klugen Kopf. Sie studiert Medizin und will hier offenbar irgendwann den Inseldoktor spielen, zumindest nebenbei. Unser lieber Doktor Sander darf wegen seines hohen Alters schon seit Jahren nur noch Privatpatienten behandeln."

„Mhmm, auch das weiß ich bereits." Er grinste.

Mit hochgezogenen Brauen schürzte Kira die Lippen und legte ein wenig ihren Kopf schief. „Oh, ihr scheint euch ja wirklich in kürzester Zeit tüchtig ausgetauscht zu haben", stellte sie mit einem hörbaren Anflug von Sarkasmus fest. Finn grinste noch immer, als ein großer Schatten auf ihren Tisch fiel.

„Na, wenn das nicht mein süßer Feuerkopf ist!" Der große, blonde Mann schaffte es gerade noch, zwei volle Bierkrüge auf der winzigen Tischplatte abzustellen, denn schon in der nächsten Sekunde sprang Kira mit einer einzigen fließenden Bewegung von der Bank auf und flog direkt in die bereits ausgestreckten Arme des Mannes, der dort mit einem breiten Lächeln auf dem Gesicht vor ihrem Tisch stand.

„Olaf!"

Finn beobachtete mit gemischten Gefühlen, wie die muskulösen Arme von Olaf Brockmann sich wie Schraubstöcke um Kiras schlanke Mitte legten und ihren Körper dabei ein gutes Stück vom Boden hochhoben. Für seinen Geschmack dauerte es viel zu lange, bis der Kerl Kira endlich wieder absetzte und seine Arme sie freigaben.

„Wie geht es dir, Prinzessin?"

„Mir geht es immer gut, wenn ich auf Sameland sein kann, das weißt du doch."

„Du wirst von Jahr zu Jahr schöner, weißt du das?"

„Und du bist ein unverbesserlicher Schmeichler, Olaf!"

Kira stellte sich auf die Zehenspitzen und drückte Olaf Brockmann einen Kuss direkt auf den Mund, dann drehte sie sich ruckartig zu Finn um. „Finn Andersen – Olaf Brockmann", stellte sie die beiden Männer einander vor.

Auch Finn erhob sich jetzt und streckte dem anderen Mann seine Hand entgegen, die dieser auch sofort ergriff und mit einem anhaltend sympathischen Lächeln auf dem Gesicht leicht schüttelte: „Freut mich."

„Ganz meinerseits", erwiderte Finn tonlos.

Olaf Brockmann schaute sich bedauernd um. „Wenn ihr ein

bisschen bleibt, könnten wir uns nachher noch ausführlicher unterhalten, Kira. Ich muss wieder zurück an meinen Herd, aber spätestens ab zehn wird es üblicherweise deutlich ruhiger. Du weißt ja, die Leute hier gehen meist recht früh schlafen."

„Na klar, mach nur. Wir haben es nicht besonders eilig, nicht wahr, Finn?"

Finn konnte nur nicken, dann räusperte er sich. Olaf beugte sich noch einmal zu Kira herab und drückte ihr einen Kuss auf die Wange. „Dann bis nachher, Prinzessin." Er nickte auch Finn zu und lächelte leicht, bevor er wieder durch eine geteilte Schwingtür hinter dem Tresen verschwand.

„Olaf kocht hier, musst du wissen. Er ist ein fantastischer Koch", erklärte Kira, während sie noch immer auf die Tür sah, durch die Olaf Brockmann soeben verschwunden war. Ihre tiefblauen Augen glitzerten anhaltend vor lauter Wiedersehensfreude. In Finn brodelte die Eifersucht, und er musste ziemlich viel Energie aufbringen, um sich Kira gegenüber nichts anmerken zu lassen, denn sie hatte nicht übertrieben. Olaf Brockmann war wirklich ein ausgesprochen attraktiver Mann, das musste er wohl oder übel anerkennen.

Finn griff nach seinem Glas und prostete Kira zu, bevor er einen großen Schluck nahm. Kira tat es ihm nach.

„Was macht er dann hier auf der Insel?", fragte Finn nach einer Weile.

„Bitte?" Kira blickte ihn erstaunt an.

„Olaf. Na, wenn er doch so gut ist in seinem Job." Finns Gesicht blieb unbewegt.

„Na hör mal, Finn! Dies hier ist sein Elternhaus, und er hängt daran. Es war immer klar, dass die beiden Brüder den Gasthof übernehmen würden. Außerdem … sie lieben Sameland, vor allem Olaf." Sie schnaufte, um noch einmal ihren Unwillen über Finns Frage auszudrücken. „Weißt du, er hat in einem der größten Hotels in Hamburg gelernt und danach auch noch in mehreren berühmten Luxusschuppen in ganz Europa gearbeitet, um die nötigen Erfahrungen zu sammeln, bevor er wieder hierher zurückgekommen ist. Er ist wirklich gut, Finn."

„Aha. Entschuldige, hab mich halt nur gewundert … vergiss es. Und sein Bruder? Was hat der gute Torben so alles drauf?“

„Torben hat das Hotelfach ebenfalls in Hamburg gelernt. Er ist der Hotelfachwirt und Olaf der Sternekoch. Ihre Eltern waren sehr stolz auf ihre Kinder.“

„Sie leben beide nicht mehr?“

„Nein. Sie sind schon vor ein paar Jahren im Abstand von wenigen Monaten gestorben. Beide hatten Krebs.“ Kira griff erneut nach ihrem Glas.

„Das ist schlimm.“ Finns Blick heftete sich auf Kiras Mund. Auf ihrer Oberlippe blieb ein wenig Schaum von dem Bier zurück, und sie leckte mit der Zungenspitze kurz darüber, um ihn zu entfernen. Eine neue Welle der Begierde erfasste seinen Körper und ließ Finn schlagartig alles andere vergessen. Die Geräusche der Gaststube, die Stimmen der anderen Menschen in diesem Raum, schienen ihn nur noch durch ein dickes Wattepolster zu erreichen. Noch während er Kira leicht benommen anstarrte, holte er geräuschvoll Atem, weil er plötzlich bemerkte, dass er die Luft angehalten hatte.

„Ist was?“, wollte Kira wissen.

Finn räusperte sich. „Nein, was soll sein?“

„Ich weiß nicht, Finn, manchmal hast du einen Blick drauf, da kann einem richtig angst und bange werden. So als ob … als ob du wirklich furchtbar wütend wärest. Gerade eben hast du wieder so geguckt.“

„Tut mir leid. Ich bin nicht wütend, wenn es dich beruhigt. Nur …“, er brach ab und kippte den Rest aus seinem Bierkrug auf einen Zug in sich hinein.

„Finn?“

„Ist wahrscheinlich einfach nicht mein Tag. Ich bin hundemüde.“

„Oh, würdest du lieber gehen? Mit Olaf kann ich ja auch noch ein anderes Mal …“

„Nein, wir bleiben. Mach dir keine Gedanken. Wenn du dich jetzt noch bereit erklärst zurückzufahren, werde ich mir einfach noch ein Bier genehmigen, und ich verspreche dir, meine

Stimmung wird sich danach deutlich heben." Er setzte sein jungenhaftes Lächeln auf und zwinkerte ihr versöhnlich zu. Wenn sie schon mit diesem Brockmann reden wollte, würde er lieber dabei sein.

„Natürlich fahre ich zurück. Genieße du ruhig noch ein Bier." Kira schob ihren halb leeren Krug zurück und lächelte ebenfalls. „Ich steh da sowieso nicht so drauf."

Finn wollte sich gerade erheben, um sich am Tresen ein neues Bier zu bestellen, als Anna Brockmann auch schon an ihren Tisch gerauscht kam.

„Na, ihr beiden Hübschen. Kann ich euch noch etwas bringen?" Ihr keckes Lächeln galt allein Finn, Kira registrierte das sofort. Vor allem, weil Finn so ausgesprochen frech zurückgrinste und seine schlechte Laune ganz plötzlich wie weggewischt schien.

„Ich hätte gerne eine Cola", sagte sie.

„Und mir kannst du noch so ein schönes großes Bier bringen, Goldlöckchen." Finns Grinsen vertiefte sich, und nun zwinkerte er Anna fröhlich zu.

„Ihr könnt jetzt auch rüber an den Tresen kommen", schlug Anna vor, „es ist ja nicht mehr so viel los. Dort können wir uns alle zusammen besser unterhalten."

Anna hatte recht, bemerkte Finn, als er sich im Gastraum umsah. Es war erheblich ruhiger geworden. In den letzten Minuten waren immer mehr Inselbewohner aufgebrochen. Am Tresen hockten nur noch eine Handvoll Männer, und an einem der anderen Tische saß Magda Quint mit einer weiteren Frau, die so ungefähr in ihrem Alter sein musste, aber viel älter wirkte. Als Finns und Magdas Blicke sich trafen, nickte sie ihm lächelnd zu. Er hob kurz seine Hand und erwiderte das Lächeln der Ladenbesitzerin.

Sie setzten sich an das ruhige Ende des Tresens und tauschten ein paar Floskeln mit Torben Brockmann aus. Einige Zeit später gesellten sich auch Anna und Olaf dazu. Anna setzte sich auf den freien Barhocker neben Finn, während Olaf bei seinem Bruder hinter dem Tresen blieb. Finn wunderte sich zwar selber ein wenig darüber, aber schon nach kurzer Zeit fühlte er sich sehr wohl in dieser lustigen kleinen Runde, und er musste zugeben, dass Olaf und Torben augenscheinlich recht nette Kerle waren. Zumindest Olaf in seiner offenen Art war Finn überaus sympathisch. Torben Brockmann wirkte deutlich zurückhaltender und war somit offensichtlich der ruhigere und introvertiertere Zwilling. Dennoch war es recht unterhaltsam, wie die Brockmann-Geschwister miteinander umgingen, und die Art und Weise erinnerte ihn auch ein wenig an seine eigene Familie. Schließlich hatte er selbst einen Bruder und eine Schwester, auch wenn in seiner Familie die Schwester die Erstgeborene war.

Nachdem ihre Freundin sich verabschiedet hatte, gesellte sich Magda Quint ebenfalls zu ihnen, und Olaf überredete die ältere Frau, sich noch ein bisschen dazuzusetzen. Finn entspannte sich zusehends, und das bemerkte auch Kira und war erleichtert darüber. Es gefiel ihr zwar nicht unbedingt, wie vehement Anna Brockmann versuchte, mit Finn zu flirten, aber verdenken konnte sie es ihr auch nicht. Außerdem fiel es ihr sowieso schwer, dem jüngsten Mitglied der Brockmann-Familie böse zu sein. Sie hatte Anna schon immer sehr gerngehabt.

Finn war bereits bei seinem vierten Bier, als Torben schließlich die alte Musikbox in Gang setzte. Zuerst trällerten die Frauen ein wenig die bekannten Schlager mit, aber dann kam Olaf Brockmann um den Tresen herum und griff nach Kiras Hand.

„Komm, Prinzessin, tanz mit mir."

Kira zögerte zunächst einen Moment, rutschte dann aber doch von ihrem Barhocker. „Aber wehe, du trittst mir wieder auf die Zehen", rief sie lachend und folgte ihm auf die freie Fläche in der Mitte des Gastraumes.

Finn blickte ihnen nach und bemühte sich, den Unmut zu ignorieren, den er dabei empfand. Eine Weile sah er Kira und Olaf zu, doch dann riss er ruckartig seinen Blick von den beiden los. Er hatte noch nicht einmal bemerkt, dass Anna Brockmann inzwischen aufgestanden war, um Torben hinter dem Tresen ein wenig beim Aufräumen zu helfen, und schob das sofort auf den

Alkohol, den er unterdessen in sich hineingeschüttet hatte. Als er jetzt zu ihr hinsah, zuckte sie kurz mit ihren Schultern und lächelte ihm verständnisvoll zu. Finn konnte nichts dagegen tun, dass er die Mundwinkel hochzog. Noch vor wenigen Tagen hätte Anna Brockmann sicherlich einen gewissen Reiz auf ihn ausgeübt, doch jetzt fühlte er sich durch ihre Flirtversuche noch nicht einmal mehr richtig herausgefordert. Fast schuldbewusst sah er weiter zu ihrem Bruder, der nur ein paar Schritte neben ihr stand und bereits neue Biere zapfte. Aber Torben Brockmann hatte anscheinend nichts bemerkt, denn seine ganze Aufmerksamkeit galt offensichtlich seinem Zwillingsbruder und Kira. Obwohl Torbens Hände auf dem Zapfhahn lagen, schien er das tanzende Paar geradezu zu fixieren. Sein Gesicht war vollkommen unbewegt und der Blick starr. Finn stutzte kurz und sah genauer hin, aber da war der Moment auch schon vorbei. Torbens Konzentration galt bereits wieder den Bierkrügen. Finn fragte sich erneut, ob er doch schon angetrunkener war, als er gedacht hatte, und schüttelte sich innerlich. Sein Blick begegnete dem von Magda Quint. Sie lächelte leicht, stand auf und kam zu ihm herüber. Ihr Blick war voller Wärme, als sie sich direkt neben ihn stellte.

„Warst du schon an der Nordspitze, Finn?", fragte sie mit sanfter Stimme.

„Ja." Er wunderte sich nicht einmal mehr darüber, dass Magda ihn jetzt duzte. Er hatte bereits mitbekommen, dass es hier auf der Insel selten förmlich zuging. Sogar den alten Dr. Sander schien hier jedermann zu duzen.

„Und? Hat es dir geholfen?"

Weil er nicht genau wusste, was er darauf antworten sollte, zuckte er nur ein wenig mit den Schultern. Magda Quint sah ihn unverwandt an.

„Es wird dir helfen. Geh wieder hin, Finn. Du kannst es gebrauchen – und die Insel auch."

„Die Insel? Ich verstehe nicht …" Unter ihrem eindringlichen Blick stieg ein merkwürdiges Gefühl in Finn auf, aber er konnte diese Empfindung nicht einordnen.

„Das musst du auch nicht. Du hast Kummer, aber der Kummer wird vergehen."

„Mir kommt das … entschuldige." Finn räusperte sich, dann setzte er absichtlich ein Grinsen auf, um die seltsame Stimmung, die ihn erfasst hatte, wieder zu vertreiben. „Wenn du so mit mir sprichst, habe ich fast das Gefühl, du kannst mir bis in die Seele blicken, Magda Quint. Liegt das daran, dass ich heute Abend ein bisschen zu viel Bier intus habe oder daran, dass du es tatsächlich tust?"

Die ältere Frau lachte kurz auf. „Du darfst dir deinen Teil denken, Finn Andersen." Ihre Hand legte sich tätschelnd auf seine. „Ich könnte dir jetzt sagen, dass alles gut werden wird, aber das würdest du mir sowieso nicht glauben, nicht wahr? Irgendwie ist dir der Glaube an dein persönliches Glück abhandengekommen. Das ist verdammt schade und vor allem …", ihr Blick wanderte kurz zu Kira und Olaf, „… im Augenblick ziemlich störend, würde ich sagen." Magda brachte es fertig, ihr anhaltendes Lächeln noch eine Spur wärmer erscheinen zu lassen. „Vielleicht erzählst du dieser alten Frau irgendwann einmal, wie es dazu gekommen ist, was meinst du?"

Finn lächelte ebenfalls. Erstaunlicherweise fühlte er sich nicht von Magda bedrängt oder gar ertappt. Auch empfand er das, was sie sagte, nicht als Einmischung einer fast fremden Person in seine Privatsphäre – obwohl sie das ja zweifelsohne war. Er wusste nicht weshalb, er nahm es einfach hin. Jedoch erkannte er ohne große Anstrengung, dass er es mit einem ganz besonderen Menschen zu tun hatte und dass sich dieser Mensch, warum auch immer, ehrlich um ihn sorgte.

„Was bist du für eine Frau, Magda Quint?", fragte er mit ruhiger Stimme. „Du kennst mich doch kaum. Warum kümmert es dich, wie es mir geht?"

Ihr Blick hielt für mehrere Sekunden den seinen fest. „Du bist ein guter Mann. Das habe ich sofort gewusst, als ich dir zum ersten Mal in die Augen sah. Ich kann auch sehen, dass du in deinem Leben schon einige üble Dinge erleben musstest – aber das ist in Ordnung, denn so geht es vielen Menschen auf unserer Erde, und ich nehme mal an, dass der liebe Gott es für uns so vorgesehen hat. Du trägst noch immer eine ganze Menge Kummer mit dir herum, und die heiße Rothaarige dort hinten auf der Tanzfläche macht dir ebenfalls tüchtig zu schaffen – auch das ist in Ordnung, denn wenn du dir endlich mal die Mühe machen würdest, genau hinzuschauen, würdest du sehr schnell feststellen, dass Kira sowieso nur noch Augen für dich hat. Wie gesagt, all das ist in Ordnung, weil du es irgendwann bewältigen wirst. Aber es ist ganz und gar nicht in Ordnung, wenn du dich selbst infrage stellst, Finn! Das Leben ist nicht immer leicht, aber man sollte es trotzdem nicht vergeuden, findest du nicht auch? Es ist nämlich, verdammt noch mal, viel zu wertvoll! Es liegt alles in deiner Hand.

So wie ich das sehe, stehst du im Augenblick an einer Art Weggabelung und hast wohl eine ziemlich wichtige Entscheidung zu treffen. Du bist ein sehr kluger und starker Mann, das solltest du dir selbst mal wieder in Erinnerung rufen. Und du bist durchaus in der Lage, Verantwortung für dein Handeln zu übernehmen, oder nicht? Ich habe dir schon einmal gesagt, dass du diese Insel gebraucht hast. Es ist dein eigenes Schicksal, das dich hierher …" Magda brach ab, denn genau in diesem Moment kamen Kira und Olaf zurück an den Tresen, und Torben setzte die frischen Getränke vor ihnen ab. Finns Blick blieb noch für mehrere Sekunden mit dem von Magda verbunden, und er bedauerte zutiefst, dass ihr Gespräch unterbrochen worden war. Insgeheim nahm er sich vor, bald noch einmal mit der Ladenbesitzerin zu sprechen, denn nun war er sich sicher, dass Magda Quint tatsächlich in seine Seele geblickt hatte. Er glaubte eigentlich nicht an Übersinnliches oder an Menschen, die derartige Fähigkeiten haben könnten, aber Magdas Worte hatten ihn berührt, sogar tief berührt. Und er verspürte das dringende Bedürfnis, noch einmal ausführlicher mit dieser Frau zu reden. Auch das war neu für ihn, denn üblicherweise machte er fast alles mit sich allein aus, zumindest seit Mike nicht mehr lebte.

Kira griff lachend nach ihrer Cola und trank sie in einem Zug fast leer. „Puh, mir ist warm!"

Finn sah sie an und lächelte. Ihre Wangen glühten, und sie sah einfach zum Anbeißen süß aus, fand er. Auch Olaf nahm erst einmal einen großen Schluck von seinem Bier. „Ich sag euch, unsere Prinzessin hier hat nichts verlernt."

Leben nicht vergeuden …

Weggabelung …

Entscheidung treffen …

„Lass uns gehen." Finns dunkle Stimme klang gedämpft, aber sehr bestimmt, und sein eindringlicher Blick ruhte fest auf Kiras Gesicht. Sie sah ihn an und atmete so tief ein, dass es fast einem Seufzen glich. Das leise Geräusch ließ Finn innerlich erschauern.

„Ja", erwiderte sie schlicht. „Ich … gehe unsere Jacken holen."

Der eindringliche Ausdruck in seinen dunklen Augen verursachte unter Kiras Bauchdecke ein Desaster. Schnell wandte sie sich ab, um tatsächlich die Jacken zu holen, die an einem Holzständer neben der Eingangstür hingen. Finn erhob sich. „Torben, ich möchte zahlen. Es wird langsam Zeit für uns." Insgeheim lächelte er über die eigene Formulierung. Intuitiv suchte er noch ein weiteres Mal den Blick von Magda. Sie lächelte wissend und nickte dann. „Einen schönen Abend noch."

„Ebenso", sagte er und legte kurz seine Wange an die der älteren Frau. „Ich melde mich in den nächsten Tagen mal bei dir. Ist das für dich in Ordnung, Magda?"

„Natürlich. Ich warte darauf."

„Eure Zeche geht heute aufs Haus, Finn. Sozusagen als Willkommensgruß. War wirklich nett, dich kennenzulernen", sagte Olaf.

„Oh danke. Ich fand es auch nett."

Nachdem sie in ihre Jacken geschlüpft waren, verabschiedeten sie sich von den anderen. Finn übersah geflissentlich, dass Olaf Brockmann Kira noch einmal tüchtig herzte und an seine Brust drückte. Andererseits tat Finn dasselbe mit Anna Brockmann.

„Tschau, mein Schöner. Lass dich bald mal wieder bei uns

sehen.“

„Ganz sicher. Bis bald, Goldlöckchen – und … fleißig weiterstudieren, hörst du!“ Finn drückte ihr einen schnellen Kuss auf die Wange, dann ergriff er Kiras Hand und zog sie hinter sich her.

Stumm überquerten sie die einsame, stille Straße und stiegen in Finns kleinen Geländewagen. Mit kurzen, knappen Anweisungen half er ihr, sich in dem ungewohnten Auto zurechtzufinden, dann lehnte er sich in seinem Sitz zurück und versuchte sich zu entspannen. Während der Fahrt wechselten sie kaum mehr als ein paar Worte, und Kira konzentrierte sich auf die schmale Fahrbahn. Der Nebel des frühen Abends war zum Glück verschwunden, und die Nacht war nun herrlich klar. Kurz bevor sie das Martinelli-Haus erreichten, sagte Finn: „Ich hole mir dann den Wagen morgen im Laufe des Vormittags bei dir ab, okay?“

„Ja, in Ordnung.“ Kira hustete trocken und hielt vor der Auffahrt des Hauses an. „Es war ein schöner Abend, nicht wahr?“

„Ja, es war schön“, antwortete er. „Bis morgen, Kira.“ Finn löste seinen Sicherheitsgurt und beugte sich zu ihr, um ihr einen schnellen Abschiedskuss auf die Wange zu hauchen. Kira kam ihm ein wenig entgegen. Seine rechte Hand hob sich, und er umfasste sanft ihren Hinterkopf, zog sie so noch ein Stück näher zu sich heran. Seine Lippen berührten die zarte Haut direkt unter ihrer rechten Schläfe; Kira schloss die Augen, um das wunderbare Gefühl seiner Nähe vollständig auszukosten. Finn ließ den Kuss ein wenig länger dauern, als es üblich war, und sog dabei gierig ihren Duft ein. Er grub seine Finger in ihr Haar und spürte ein leichtes Zittern, das durch ihren Körper schoss und sich sofort auf ihn übertrug. Dann endlich löste er sich von ihr, sah ihr tief in die Augen und betrachtete eingehend ihr Gesicht. Kiras Atem beschleunigte sich, und ihre herrlichen Lippen waren halb geöffnet. Finn hob noch einmal seine Hand und strich ihr über das Haar, während sein Blick ihr Gesicht abzutasten schien. Er blieb stumm, sah sie nur an.

„Finn.“ Ihre Zunge befeuchtete in Erwartung seines Kusses

bereits ihre Lippen. Aber er küsste sie nicht. Es war, als hätte ihre zittrige Stimme ein gutes Stück der Spannung gelöst, die sich soeben zwischen ihnen aufgebaut hatte. Finn atmete laut und vernehmlich aus. „Nicht heute, Kira. Ich habe getrunken."

„Du hast doch nur ein paar Biere getrunken", erwiderte sie schwach vor Verlangen.

Er nickte. „Ich will einen klaren Kopf haben, wenn ich dich … Himmel, ja, du weißt doch längst schon, dass ich dich will, Kira! Ich habe noch niemals eine Frau so sehr gewollt wie dich. Ich will dich küssen, überall und stundenlang. Ich will dich lieben, nächtelang. Ich will … zum Teufel, ich rede Schwachsinn, aber was soll's. Es ist falsch! Oh Gott, ja, es ist falsch, aber ich schaffe es einfach nicht, das wieder zu ändern. Ich kann an nichts anderes mehr denken, und das macht mich langsam aber sicher verrückt. Ich will dich nackt unter mir und auf mir, ich will, dass du vor Lust abhebst, wenn ich dich …"

Er brach entnervt ab und rieb sich mit beiden Händen übers Gesicht, dann öffnete er abrupt die Beifahrertür, denn er hatte viel zu viel gesagt. „Meine Güte, ich habe wirklich zu viel getrunken! Schlaf gut, Kira."

Finn sprang aus dem Wagen und ging mit großen Schritten die Auffahrt hinauf, ohne sich noch einmal umzusehen. Die Dunkelheit der Insel verschluckte ihn, noch bevor er die Haustür erreicht hatte. Kira stöhnte auf und lehnte sich in ihrem Sitz zurück. Das Blut rauschte ihr in den Ohren, ihr Herz klopfte so wild und wollte sich nicht beruhigen. Niemals zuvor hatte ein Mann so ungeniert mit ihr gesprochen. Seine unverblümten Worte hallten in ihr nach und schürten auch jetzt noch ihr heißes Verlangen. Sie war heftig erregt und wäre Finn am liebsten nachgelaufen, aber sie wusste auch, dass sie damit in diesem Augenblick überhaupt nichts erreichen würde. Es hatte sich etwas zwischen ihnen verändert, vorhin im Gasthof, das hatte sie deutlich gespürt. Ein winziger Moment, ein einziger Augenaufschlag hatte alles verändert. Finn hatte ihr soeben deutlich zu verstehen gegeben, dass er sie begehrte – und genau das hatte er offenbar gewollt. Nur das! Nicht mehr und auch nicht weniger.

Es ist schon erstaunlich, wie gut ich ihn schon kenne und verstehe, dachte sie, während sie angestrengt versuchte, sich wieder ein wenig zu beruhigen, indem sie bewusst langsam ein- und wieder ausatmete. Es dauerte trotzdem noch mehrere Minuten, bevor sie wieder in der Lage war, den Wagen zu starten und endlich loszufahren.

Finn war angetrunken genug, um geradewegs auf den Kühlschrank zuzusteuern und sich ein weiteres Bier zu genehmigen. Er öffnete die Flasche und setzte sie sofort an die Lippen. Noch während er gierig trank, löschte er bereits das Licht und stieg die Treppe hinauf. Oben angekommen, ließ er sich, so wie er war, auf das Bett fallen. Die Flasche in der Hand, schob er sich beide Kopfkissen in den Nacken und lehnte sich zurück, um einen weiteren Schluck zu nehmen. Allerdings war er noch nicht betrunken genug, um nicht genau zu wissen, was er soeben getan und vor allem, was er zu ihr gesagt hatte. Jetzt würde er die Folgen tragen müssen. Ein bitteres Lachen stieg in ihm auf.

Die Folgen?

Wenn Kira auch nur ein Wort ihrem Vater gegenüber erwähnen würde, wäre Finn endgültig am Ende. Und Kira würde unweigerlich erfahren, wer er wirklich war: ein Dobermann, der Ober-Dobermann ihres Vaters – auch wenn er das dann höchstwahrscheinlich nicht mehr lange bleiben würde. Sie würde ihn verachten. Und wenn Edgar tatsächlich herausfinden würde, dass Finn sein heiliges Töchterchen betatschte, wäre es mit seiner Karriere als Personenschützer ein für alle Mal vorbei. Edgar Lengrien war mächtig genug, um dafür zu sorgen, dass Finn Andersen in der gesamten Branche niemals wieder ein Bein auf die Erde bekommen würde.

Das wären die Folgen!

Dennoch gab es für ihn kein Zurück mehr. Die Entscheidung war ohnehin schon in der Sekunde gefallen, als er zum ersten Mal in Kira Lengriens meerblaue Augen gesehen hatte, das wusste er jetzt. Keine Macht der Welt konnte ihn jetzt noch aufhalten. Magda Quint hatte ihm heute Abend die Augen geöffnet. Er würde sein Leben nicht vergeuden, denn er würde Kira Lengrien lieben! Und wenn es auch nur für eine oder wenige Nächte sein sollte. Die Verantwortung dafür würde er eben tragen müssen. Ja, heute Abend war ihm bewusst geworden, dass Kira schon jetzt sein Leben verändert hatte.

Seit er sie kannte, dachte er vor dem Einschlafen nur noch an sie, sah stets ihr hinreißendes Gesicht vor sich. Die grauenvollen Bilder vom Tod seines besten Freundes waren zwar noch immer da, aber sie verfolgten ihn nicht mehr ganz so vehement. Kira beherrschte seine Gedanken – und seine Träume. Nur sie schien es für kurze Zeit zu schaffen, seine Dämonen in Schach zu halten.

Die Folgen?

Darüber wollte er jetzt nicht mehr nachdenken.

Finn erhob sich, stellte die leere Bierflasche beiseite und ging hinüber zum Schreibtisch. Der Computer lief, wie fast immer. Er hatte ihn vorhin ausschalten wollen, bevor er zu ihr gefahren war, aber dann hatte er es doch vergessen. Alles war ruhig in ihrem Haus. Auf dem Bildschirm sah er einen kleinen Lichtpunkt, der sich im ersten Stock ihres Hauses bewegte: Kira. Seiner Schätzung nach war sie nun ebenfalls in ihrem Schlafzimmer. Aus einem Impuls heraus griff Finn nach dem Hörer seines Telefons und wählte ihre Nummer. Es klingelte nur einmal, da hob sie auch schon ab.

„Ja?"

„Kira, ich bin's."

„Hallo Fremder!"

„Ich wollte dir noch mal eine gute Nacht wünschen."

„Das ist … nett." Ihre Stimme klang wieder einmal ein wenig heiser. „Dann wünsche ich dir ebenfalls eine gute Nacht, Finn."

„Ich denke an dich, Kira. Die ganze Nacht werde ich an dich denken."

Sie blieb stumm, aber er konnte hören, wie schnell sie atmete, und eine Frau mit schnellem Atem war außerordentlich erregend. Mit geschlossenen Augen stellte er sich vor, wie sie jetzt mit dem Telefon am Ohr auf ihrem Bett saß.

„Kira? Sag was!“

„Ich ... bis morgen, Finn.“ Dann legte sie auf.

Finn ließ den Hörer sinken und stand eine Weile unbewegt da. Er dachte an Mike, aber dieses Mal dachte er nicht an den toten Mike, sondern an den Freund, mit dem er jetzt gerne gesprochen hätte. Aber es gab noch mehr Menschen in seinem Leben, die ihn liebten, so wie er war, und ihm zuhören würden. Es war fast ein bisschen grotesk, dass diese Tatsache ihm erst jetzt bewusst wurde. Insgeheim hatte er die Brockmann-Geschwister heute Abend dafür bewundert, dass sie ihr Leben auf eine gemeinsame Basis gestellt hatten. Man spürte den Zusammenhalt dieser drei sofort, und Finn war es besonders leichtgefallen, die Verbundenheit der beiden Brüder nachzuempfinden. Auch Lukas und er hatten sich stets sehr nahegestanden, doch dann war das mit Mike passiert, und seither war vieles anders geworden. Seine Familie hatte sich liebevoll um ihn bemüht und tat das auch heute noch, besonders Lukas, aber Finn hatte sich nach und nach immer mehr in eine Art Schneckenhaus zurückgezogen und niemanden mehr an sich herangelassen.

Ein Blick auf seine Armbanduhr sagte ihm, dass Mitternacht schon lange vorüber war, aber das spielte keine Rolle. Sein Bruder brauchte im Gegensatz zu ihm selbst nur wenig Schlaf, das war schon immer so gewesen. Finn atmete noch einmal gründlich ein und wieder aus, dann wählte er Lukas’ Telefonnummer. Es dauerte nur wenige Sekunden, bis Lukas sich am anderen Ende meldete. Wie Finn es sich bereits gedacht hatte, klang die Stimme seines Bruders nicht verschlafen, sondern hellwach.

„Andersen.“

„Hallo, kleiner Bruder.“

„Finn? Verflixt noch mal, wo treibst du dich rum? Der Himmel weiß, warum du ständig dein Handy ausgeschaltet hast! Mann, warum besitzt du überhaupt eines, wenn du es nie benutzt? Mama wollte schon bei Lengrien anrufen, weil du dich jetzt schon seit fast drei Wochen nicht mehr bei ihr gemeldet hast. Ich meine, sie ist ja einiges von dir gewöhnt, aber ...“

„Ich freue mich auch, deine Stimme zu hören, Lukas.“ Finn

grinste den Hörer an, als sein Bruder ein missbilligendes Geräusch ausstieß, statt zu antworten. „Ich erledige nur einen Auftrag von Lengrien und bin zurzeit auf einer kleinen, netten Insel in der Ostsee."

„Auf einer Insel?"

„Ja."

Einige Sekunden lang blieb es still.

„Ist mit Mama und Papa alles in Ordnung?", fragte Finn schließlich.

„Ja, alles in bester Ordnung. Sie haben sich gerade in einen Flieger gesetzt und sind in die griechische Sonne geflogen. Ich glaube, so langsam fängt unser alter Herr doch noch damit an, seinen Ruhestand zu genießen. Ich soll dich übrigens grüßen und dir die Ohren lang ziehen, wenn ich dich zu fassen kriege – und bevor du fragst, ja, unserem Schwesterchen geht es ebenfalls blendend. Sie ergötzt sich noch immer jeden Tag aufs Neue daran, anderen Menschen den Brustkorb zu öffnen." Lukas lachte kurz auf. „Finn, lassen wir jetzt mal den Small Talk über die Familie beiseite, okay? Es ist gleich ein Uhr, und dein Schlaf war dir immer ziemlich heilig. Du hast also ein Problem", stellte Lukas schließlich in seinem gewohnt ruhigen Tonfall fest.

„Stimmt. Ein gewaltiges Problem sogar."

„Rede! Ich bin ganz Ohr."

Noch während Finn seinem Bruder alles erzählte, ging er wieder nach unten in die Küche, um sich einen starken Kaffee zu kochen. Einige Zeit später saß er mit dem dampfenden Becher in der einen und dem Telefonhörer in der anderen Hand am Küchentresen und wartete auf Lukas' Reaktion.

„Finnegan, Finnegan! Du sitzt ganz schön in der Scheiße."

„Was soll ich tun, Lukas? … Was würdest du an meiner Stelle tun?"

Lukas Andersen stieß ein Schnaufen aus. „Weißt du, mein normalerweise gut funktionierendes Hirn sagt mir, dass du auf der Stelle da verschwinden solltest. Sag nichts! Ich weiß ja, dass das schwierig werden könnte, aber wenn du noch halbwegs heil aus der Sache herauskommen willst, solltest du dich ab sofort von der Dame fernhalten! Sprich gleich morgen früh mit ihrem Daddy und erzähl ihm irgendwas. Schieb meinetwegen die Familie vor, was weiß ich. Lass dir was einfallen. Du musst von dieser verdammten Insel weg! Das ist ja fast, als hätte man dich mit dieser Sirene irgendwo eingeschlossen."

„Du hast mich nicht verstanden, Lukas. Ich will hier gar nicht weg, verstehst du! Dafür ist es zu spät; dafür war es von Anfang an zu spät. Ich will sie – und ich werde sie mir nehmen!"

„Meine Güte, Finn, wie redest du denn! Mann oh Mann, wir leben doch nicht mehr im Mittelalter! Komm mal zu dir! Die Frau hat ja wohl auch noch ein Wörtchen dabei mitzureden, oder?"

„Kiras Wünsche unterscheiden sich nicht im Mindesten von meinen, glaub mir. Daran hat sie von Anfang an keinen Zweifel gelassen."

Wieder stieß Lukas Andersen ein äußerst missbilligendes Grummeln aus. „Dann rede wenigstens mit ihr – und zwar vorher, hörst du! Leg die Karten auf den Tisch. Sag ihr, warum du wirklich auf dieser Insel bist. Wenn sie etwas für dich empfindet, wird sie deine Lage verstehen."

„Du kennst sie nicht, Lukas. Sie ist … sie hat ihre festen Vorstellungen von Männern in meinem Beruf. Verstehst du, sie ist ganz anders aufgewachsen als wir. Außerdem ist sie … verdammt noch mal, ich will diese Frau ja schließlich nicht gleich heiraten, ich will … ich will sie ja nur …"

„Ich weiß, was du willst!", unterbrach Lukas seinen Bruder schnell. „Ich kenne deine Einstellungen zu diesem Thema zur Genüge, mein Großer."

„Im Grunde hältst du mich für den allerletzten Typen, nicht wahr?"

„Nein, ich glaube nur, dass du ein wenig dazu neigst, dich in deinen eigenen festen Vorstellungen und Grundsätzen zu verrennen. Du machst dir selbst das Leben schwer, Finn.

Sieh dich an! Du empfindest etwas für einen anderen Menschen und schiebst diese Gefühle sofort in eine bestimmte Schublade – natürlich sorgst du so in allererster Linie dafür, dass deine selbst auferlegte Isolation in keinem Fall durchbrochen werden kann."

„Danke für die schnelle Psychoanalyse, Professor!"

Lukas ging nicht auf die sarkastische Bemerkung seines Bruders ein. „Das Schlimmste daran ist aber, dass du das Gleiche mit der Frau machst, die dich so bezirzt hat."

„Wie meinst du das denn jetzt?"

„Na, du schiebst auch sie in eine von deinen Schubladen. Du hast dir deine Meinung über sie gebildet und basta. Du gibst ihr nicht die geringste Chance! Du kennst sie erst seit wenigen Tagen, und doch glaubst du fest daran, dass sie dich sofort zum Teufel jagen würde, wenn du ihr noch heute die Wahrheit über dich erzählst."

„Ja, das würde sie auch tun."

„Ja, wahrscheinlich hast du sogar recht, Finn. Sie wird es tun, denn du wirst nicht mit ihr sprechen! Du wirst sie weiterhin anlügen! Und dann, wenn sie es schließlich herausfindet, dass du ihr die ganze Zeit etwas vorgemacht hast, hat sie, meiner Ansicht nach, auch allen Grund dazu, dich in die Wüste zu schicken!"

„Verflucht, Lukas!"

„Du hast mich nach meiner Meinung gefragt."

„Ja."

Lukas lachte. „Herrje, Finn! In Wahrheit wolltest du dich nur aussprechen und gar keinen Rat von mir hören, stimmt's? Aber damit kann ich ganz gut leben."

„Ehrlich?"

„Ja, absolut. Du tust ja sowieso, was du willst. Das hast du immer schon getan. Ich bin jedenfalls für dich da, wenn du mich brauchen solltest."

„Danke, Professor. Sag, wie geht es dir denn so?"

„Mhmm. Bist du daran jetzt wirklich interessiert? Es ist fast zwei Uhr."

„Ich bin komischerweise hellwach – und ja, es interessiert mich wirklich, wie es dir geht."

„Ich habe vorigen Monat meinen Lehrerjob an den Nagel

gehängt und arbeite jetzt nur noch sporadisch an der Uni. Dann und wann ein Seminar, mehr ist nicht mehr drin."

Finn stieß ein leises Lachen aus. „Na hör mal, ich dachte immer, du brauchst den Dozentenjob."

„Ich habe mein Buch an den Mann beziehungsweise an den Verlag gebracht, Finn."

„Ist nicht wahr! Mein kleiner Bruder, der Schriftsteller."

„Tja. In ein paar Monaten kommt es auf den Markt."

„Ich fasse es ja wohl nicht."

„Was soll das denn heißen? Du hast doch immer behauptet, dass ich es irgendwann schaffen werde."

„Ja klar, aber ... du hast immer dagegengehalten, dass es schon genug Autoren gäbe, die diese tausendseitigen historischen Schinken schreiben würden." Finn grinste seinen leeren Kaffeebecher an und schob ihn auf dem Frühstückstresen ein bisschen hin und her. „Mann, ich bin echt stolz auf dich, Bruderherz!"

„Danke, Finn, das bedeutet mir sehr viel."

„Und jetzt? Viel Arbeit?"

„Na, es geht. Die Arbeit ist für mich eigentlich erst einmal getan. Die Werbetour startet erst in zwei Monaten. Im Augenblick habe ich nicht viel zu tun. Ich schreibe bereits am nächsten Buch, lese und recherchiere ein bisschen, wie immer – ansonsten ... Sag mal, wo liegt eigentlich diese gottverdammte Insel, auf der du dein Unwesen treibst?"

„Warum?"

„Nun, ich könnte doch einen kleinen Abstecher machen und dich für ein paar Tage besuchen. Vorlesungen habe ich im Moment so gut wie keine. Es würde also passen. Und lesen und schreiben kann ich schließlich überall."

„Hey, das wäre großartig! Ich müsste natürlich zuerst Martinelli fragen, ob ... aber das geht schon klar. Hier ist mehr als genug Platz im Haus. Und die Insel kommt deinem schwermütigen Akademiker-Naturell bestimmt sehr entgegen, Kleiner."

„Ich war noch nie schwermütig und bin es auch heute nicht!"

„Na ja, jedenfalls bist du nicht gerade der Temperamentsbolzen, oder?“

„Aber du, oder was?“

„Na, im Gegensatz zu dir bin ich der reinste Entertainer. Spaß beiseite, Lukas, wenn du herkommst, musst du voll mitziehen. Es ist sehr wichtig, dass ich hier nicht auffliege, verstanden? Auf dieser Insel bin ich nur der Handwerker, der Werner Martinelli einen kleinen Gefallen tut und das mit einem erholsamen Inselaufenthalt verbindet. Nicht mehr und auch nicht weniger. Allerdings habe ich Kira gegenüber nur Wahrheiten über meine Familie erzählt, das macht es leichter. Du brauchst dich also nicht auch noch zu verstellen. Was mich angeht, weiß sie zwar, dass ich mal bei der Polizei war, aber mehr eigentlich nicht.“

„Schon klar! Ich werde mich nicht verquatschen, versprochen!“

„Na, dann sieh zu, dass du in den nächsten Tagen eine Fähre erwischt, Professor!“

Es dauerte noch einige Minuten, bevor sie endlich auflegten. Finn fühlte sich deutlich besser. Das Gespräch mit seinem Bruder hatte ihm gutgetan.

4. KAPITEL

Der Rest der Nacht zog sich hin. Finn hatte nicht mehr viel geschlafen, aber damit hatte er schon gerechnet, als er sich noch einmal hingelegt hatte. Nach einer ausgiebigen Dusche schlüpfte er in seine Jeans und ein himmelblaues Baumwollhemd und rief als Erstes Werner Martinelli an. Wie vermutet hatte der Besitzer des Hauses nicht das Geringste dagegen, dass Finn Besuch von seinem Bruder bekam.

„Natürlich ist das okay, das Haus ist schließlich groß genug. Ich habe dir doch gesagt, dass du dich in dem Haus wie zu Hause fühlen sollst, Finn. Du hättest mich nicht extra um Erlaubnis fragen müssen, wenn jemand aus deiner Familie dich dort besuchen will."

„Hmm, war mir lieber so."

„Ja, das passt zu dir, mein Junge. Mach's gut, Finn."

„Tschau, Werner."

Finn legte den Hörer gar nicht erst ab, sondern wählte sofort Kiras Nummer.

„Ich bin es", sagte er, nachdem sie sich gemeldet hatte. „Ich wollte gleich mal zu dir rüberkommen, um meinen Wagen abzuholen. Hast du Lust, mit mir zu frühstücken oder hast du schon?"

„Nein, bin grad erst aus der Dusche. Wenn dir Aufbackbrötchen und ein bisschen Käse genügen, komm her. Der Kaffee läuft schon durch."

„Aufbackbrötchen sind mir recht. Ich kann ja auch noch mal in meinen Kühlschrank gucken. Vielleicht finde ich noch ein paar Eier und eine Scheibe Speck."

„Gut, mach das. Bis gleich, Finn."

„Bis gleich."

Es ist vollkommen abstrus, dass wir uns darüber unterhalten, was wir frühstücken wollen, dachte er. Der Hunger, der in ihm tobte, hatte jedenfalls rein gar nichts mit seinem Magen zu tun. Finn grinste in sich hinein.

Kira legte ganz langsam den Hörer ab und holte gründlich Luft. Er wollte also frühstücken – und er wollte seinen Wagen abholen. Ein leises, heiseres Lachen löste sich aus ihrer Kehle. Und während sie den Tisch deckte, fühlte sie bereits das schon so vertraute und erwartungsvolle Kribbeln unter ihrer Bauchdecke.

Kaum hatte sie den Tisch fertig gedeckt, klingelte es auch schon an ihrer Haustür. Als sie ihm öffnete, sahen sie sich sekundenlang nur in die Augen. Sein Gesicht war leicht gerötet, und er wirkte erhitzt.

„Bist du gelaufen?", fragte sie.

„Ich glaube, ja", antwortete er. „Ich kann mich nicht mehr erinnern." Seine Mundwinkel zogen sich nach oben. „Bittest du mich herein, oder soll ich weiter hier in der Tür stehen bleiben?"

Kira lachte. „Natürlich nicht. Komm rein, Finn."

Sie drehte ihm den Rücken zu und ging voraus in ihre kleine Küche. Seine Blicke folgten ihr, während er aus seiner Jeansjacke schlüpfte und sie über einen der Haken im Flur warf. Wie immer sah Kira atemberaubend aus. Bisher hatte er sie nur in langen Hosen gesehen, aber heute trug sie ein leichtes Sommerkleid, weiß, mit blauen und roten Blumen bedruckt, und darüber eine dünne taillenkurze Jeansbluse. Der weiche, fließende Stoff des Kleides endete kurz unter ihren Knien. Finn seufzte leise in sich hinein.

„Der Kaffee ist fertig", sagte Kira. Sie stand in der Küche, noch immer mit dem Rücken zu ihm, und füllte gerade den Kaffee in eine Warmhaltekanne um, als er ganz dicht hinter sie trat und hörbar ihren Duft einzog. Kira hielt in ihrer Bewegung abrupt inne.

„Du duftest wundervoll." Er sah, wie sich ihre Schultern strafften, aber noch berührte er sie nicht. Trotzdem war er ihr jetzt so nah, dass sie die Wärme seines Atems spüren konnte. Er roch nach Seife und Mann, einfach, ursprünglich und gerade deshalb unglaublich erotisch. Kira schluckte trocken, als seine Hände sich ganz leicht auf ihre Schultern legten und sie sanft streichelten. Langsam ließ er seine Finger hinauf zu ihrem Nacken gleiten, und am liebsten hätte sie sich in diesem Moment gerekelt und geschnurrt wie eine zufriedene Katze. „Ich kann nicht mehr warten", flüsterte er nah an ihrem Ohr. „Im Augenblick habe ich das Gefühl, ich habe schon mein ganzes Leben nur auf diesen einen Moment gewartet."

Kiras Körper erbebte unter seinen Worten genauso wie unter der erstaunlich zärtlichen Berührung seiner kräftigen Hände. Ihre Finger spannten sich um die Kante der Küchentheke, weil sie spürte, wie eine merkwürdige Schwäche ihre Beine erfasste, aber sie brachte noch immer kein einziges Wort hervor. Atemlos wartete sie darauf, was er als Nächstes tun würde. Finn lachte leise, als er das Zittern ihres Körpers bemerkte. Seine Finger glitten höher und lösten vorsichtig die große Spange in ihrem Haar. Als die dunkelrote Flut über ihre Schultern fiel, strich er sie liebevoll mit den Fingerspitzen zur Seite. „Du hast wunderschönes Haar, Kira. So weich, so voll, so feurig." Fast lautlos legte er die Haarklammer auf die Küchentheke – und dann strich er mit dem Mund ihren Hals entlang. Unterhalb ihres rechten Ohrläppchens strichen seine Lippen über ihre Haut. Kira schnappte nach Luft und ließ den Kopf zurück an seine Brust sinken.

So etwas habe ich noch nie empfunden, dachte sie benommen. Ihr Körper schien überall zu brennen, obwohl Finn sie bisher kaum berührt hatte. Seine Lippen glitten mit einer geduldigen Sanftheit über ihren Hals, die ihr fast schon unheimlich erschien. Schließlich schien sein Körper, der sich nun in seiner gesamten Länge an ihre Hinterseite presste, ebenso unter Strom zu stehen wie ihrer.

Alles an ihm war hart.

Seine Brust, seine Oberschenkel. Alles.

Kira spürte ihn mit jeder Faser, doch noch immer war sie nicht in der Lage, sich zu bewegen. Sie keuchte erstickt auf, als sie seine Zunge am Ohrläppchen spürte.

„Sag mir, dass du mich genauso sehr willst wie ich dich." Er umfasste ihre Taille. „Ich verlange so sehr nach dir, Kira! So sehr!"

Als sie nur leise aufstöhnte, glitt er mit den Händen höher

und umfasste von hinten ihre Brüste. „Sag es mir!", verlangte er heiser.

„Oh Finn, bitte!" Kira erkannte den Klang ihrer Stimme nicht wieder. Mit den Daumen strich er jetzt fester über ihre Brustspitzen, die sich bereits hart gegen den dünnen Stoff ihres Kleides drückten. Wie eine glühende Woge erfasste Kira die pure Leidenschaft. Das verlangende Ziehen in ihrem Schoß glich längst einem brennenden Pfeil, der sie durchbohrte und lustvoll peinigte.

„Sag es mir, Süße, bitte!"

„Ich will dich! Oh Gott, ja, ich will dich!"

Sein Brustkorb schien sich zu weiten. Einen Moment lang bewegte er sich nicht, seine Lippen ruhten auf ihrem Hals.

Er löste sich etwas von ihr, dann drehte er sie in seinen Armen herum. Nur einen winzigen Augenblick lang zögerte er, sah sie nur an, doch dann küsste er sie endlich. Kira hatte das Gefühl, eine Ewigkeit darauf gewartet zu haben. Wie oft in den vergangenen Nächten hatte sie davon geträumt, dass er sie nur noch einmal so küssen würde, wie er es an ihrem ersten Abend getan hatte.

Und nun tat er es – endlich!

Sie stöhnte unter seinem Kuss, trank seinen glühenden Atem. Sein Mund war unglaublich heiß, und seine Zunge spielte in einer Weise mit der ihren, wie sie es noch nie erlebt hatte. Ihr machtloser Körper lechzte bereits nach Erlösung. Nie zuvor hatte ein Mann sie mit so wenig Aufwand so sehr in sexuelle Erregung versetzt.

Finn erkannte, dass sie schon jetzt kurz davor war, die Kontrolle zu verlieren. Und dieses Wissen machte ihn selbst fast wahnsinnig vor Lust. Kira stöhnte ungehemmt, sie wand sich, ihre Hüften zuckten. Er ging ein wenig in die Knie und presste seinen harten Unterleib an ihre weiche Scham. Sein Atem ging schwer, als er den Mund von ihrem löste und den Saum ihres Kleides nach oben zog. „Sieh mich an!"

Sie tat es, und er hielt ihren Blick fest. Sie wollte seinen Gürtel öffnen, aber er hinderte sie daran, indem er nach ihren

Händen griff und sie nach hinten auf die Kante des Küchenschranks presste.

„Halt dich fest“, flüsterte er. Irgendwie verschwand kurz darauf ihr Höschen, und die Finger seiner rechten Hand fanden ihr Ziel. Kira schrie heiser auf und schloss die Augen.

„Himmel!“, stieß er keuchend hervor. „Du bist …“

„Finn! Bitte, Finn! Jetzt! Nicht mehr … warten!“

„Ja!“ Er zog seine Hand fort, löste fahrig den Gürtel und den Verschluss seiner Jeans.

Kira keuchte auf, als er seine Hose zusammen mit den Shorts über die Hüften nach unten schob. „Finn!“ Sie erschauerte vor Lust, aber nicht minder vor Bestürzung.

Er grinste schief. „Keine Angst, meine Süße, das schaffst du locker.“ Schon umfasste er ihre Taille und hob Kira hoch, als wäre sie so leicht wie Watte. Es gelang ihr, die zitternden Beine um seine Hüften zu schlingen.

Er stöhnte ungestüm auf und presste hart seine Kiefer aufeinander, als seine runde, pralle Spitze den feuchten Eingang zu ihrem Paradies berührte. „Kira!“

Sie wimmerte und warf den Kopf zurück.

Langsam, ganz langsam drang er in sie ein – und noch bevor er ganz und gar in ihr war, kamen sie beide.

Endlos.

Finns Körper zuckte unter den heftigen Wonneschauern, die ihn durchliefen, und nur am Rande bekam er mit, dass Kira vor Lust immer wieder seinen Namen schrie. Ihre Hüften drängten sich ihm kreisend entgegen – und als er sich endlich ganz und gar in ihr versenkt hatte, versiegte auch der heiße Strom seiner Lenden. Er blieb in ihr, während Kira, die Arme um seinen Nacken und die Beine fest um seine Hüften geschlungen, den Kopf auf seine Schulter legte. Nach Atem ringend, kostete sie die kleinen Nachbeben aus. Er hielt sie fest, presste ihren Körper an sich, so als wollte er sie niemals wieder loslassen. Ihr Gewicht schien ihm nicht das Geringste auszumachen.

„Wir sollten uns beim nächsten Mal wohl besser ein Bett oder so was Ähnliches suchen“, schlug er schließlich leise und noch etwas atemlos vor. Er lächelte flüchtig, als sie den Kopf hob und ihn ansah. Ihre Augen waren feucht.

„Was war das, Finn? Sag mir, was das war", flüsterte sie matt und lächelte ebenfalls.

„Hmm, ein Erdbeben wahrscheinlich, ein Hurrikan ... oder irgendeine andere Naturgewalt, was weiß ich." Sein Lächeln war umwerfend, und seine Augen glänzten nun wie polierter Onyx.

Kira seufzte und ließ den Kopf zurück auf seine Schulter sinken. „Bin ich dir zu schwer?"

„Machst du Witze? Nein! Du bist leicht wie eine Feder. Ich würde dich ja jetzt auch einfach hinauftragen, so, wie wir sind, aber ich kann leider keinen einzigen Schritt machen. Ich hab nämlich noch irgendwo da unten meine Hose an, und die schränkt mich doch ziemlich in meiner Bewegungsfreiheit ein."

„Das heißt, ich muss jetzt tatsächlich irgendwie von dir runter?"

„Du sagst es."

„Ich glaube, ich kann mich noch nicht bewegen."

„Ganz langsam. Ich werde dich erst einmal auf die Theke setzen, okay?"

Kira schmunzelte. „Okay."

Mit einem leisen Seufzen glitt er aus ihr heraus und hob sie auf die Küchentheke, dann stieg er aus seinen Hosen.

„Wo ist nur mein Höschen?", fragte sie. Finn bückte sich und hielt Kiras kleines cremefarbenes Seidenhöschen hoch, das jetzt allerdings nur noch einem formlosen Fetzen glich. „Tut mir leid, ich ... hab's anscheinend zerrissen", sagte er lächelnd.

„Hmm." Auch sie schmunzelte. „Ich mochte die Farbe."

„Dann werde ich dir bei Gelegenheit wohl ein neues kaufen müssen." Das breite Lächeln wollte einfach nicht mehr von seinem Gesicht verschwinden. „Gehen wir duschen?"

„Und danach Frühstück?"

„Wäre wohl nicht schlecht." Er kam wieder ein bisschen näher, berührte ihr Haar und drückte ihr dann einen ungewöhnlich sanften Kuss auf die Lippen. „Lass uns schnell duschen gehen, ich sehe albern aus so in Hemd und Socken.“ Er lachte leise und sie tat es ihm nach, als sie an ihm heruntersah.

„Stimmt.“

Kopfschüttelnd bückte er sich noch einmal, um seine Hose und die Shorts aufzulesen, dann hob er mit seinem freien Arm Kira von der Küchentheke und zog sie an der Hand hinter sich her zur Treppe.

Auf halbem Wege hielt er plötzlich inne und drehte sich zu ihr um. „Wir haben kein Kondom benutzt, Kira.“

„Ich verhüte, keine Angst.“ In sich fühlte sie einen leisen, unwillkommenen Schmerz.

Finn war erfahren genug, um die winzige Veränderung in ihrem Blick zu bemerken. „Darum geht es mir nicht“, versicherte er. „Ich rede hier von ‚Safer Sex‘ und so weiter.“

„Du hast mir erst vor wenigen Tagen bestätigt, dass du gesund bist.“

„Ja, ich war vor Kurzem noch zur Blutabnahme.“

„Gut, ich auch. Vorigen Monat.“

Er nickte. „Lass uns dieses Gespräch ganz schnell wieder vergessen. Ich wollte die Stimmung nicht kaputt machen. Tut mir leid. Ich bin ein Esel.“ Er wandte sich wieder von ihr ab, um weiterzugehen. Kira lächelte hinter seinem Rücken.

„Du bist kein Esel, Finn, sondern nur ein verantwortungsbewusster Mensch. Es war richtig, dass du darüber nachgedacht hast.“

„Hmm, verantwortungsbewusst? Wenn ich wirklich verantwortlich gehandelt hätte, wäre es besser gewesen, vorher daran zu denken. Aber trotzdem danke für deine netten Worte. Wenn ich ehrlich bin, ist mir das in der Vergangenheit allerdings auch noch nie passiert.“

„Wir haben beide nicht darüber nachgedacht.“

„Stimmt.“

Finn stieß die Tür zu Kiras Schlafzimmer auf und warf seine Hose auf einen kleinen Sessel, der direkt neben der Tür zum Badezimmer stand. Mit schnellen fließenden Bewegungen zog er sich die Socken von den Füßen und schlüpfte aus seinem Hemd. Als er nackt vor ihr stand, starrte Kira ihn voller Faszination an. Sein Körper war schlichtweg beeindruckend. Unter seiner rechten Brust verlief eine etwa fünf Zentimeter lange Narbe senkrecht nach unten. Auch auf seinem Bauch erkannte Kira zwei längliche Narben, deren helle dünne Streifen sich deutlich von der Sonnenbräune abhoben. Finns kompakte Muskeln wirkten wie ausmodelliert. Kira musste schlucken. Ihr unverfrorener Blick ließ ihn einerseits schmunzeln, brachte ihm andererseits aber auch postwendend eine neue Erektion ein. „Gefällt dir, was du siehst?"

„Du machst eine Menge Sport, was?", fragte sie mit einem anerkennenden Lächeln auf den Lippen.

„Hmm, geht so." Er sah ihr in die Augen und kam auf sie zu. „Jetzt bin ich dran. Zeig dich mir!"

„Du wolltest doch duschen", kokettierte sie.

„Ich habe es mir gerade anders überlegt."

Er schob die kleine Bluse über ihre Schultern zurück, ließ sie hinunter über ihre Arme gleiten und warf sie schließlich zu seinen Sachen. Kira löste das dünne Bindeband ihres Kleides und drehte sich um. „Machst du mir den Reißverschluss auf?"

„Ja sicher." Mit beiden Händen hob er ihr Haar an, teilte es und legte es ihr über die Schultern nach vorn. Langsam, gerade so, als wollte er sich selbst die Vorfreude nicht verderben, zog er den langen Reißverschluss des Kleides nach unten. Schon vorhin hatte er bemerkt, dass sie keinen Büstenhalter trug. Und als er jetzt ihren nackten Rücken vor sich sah, drückte er sanft die Lippen auf die Stelle zwischen ihren Schulterblättern. Kira seufzte. Die Spaghettiträger rutschten ihr über die Schultern, und das weich fließende Kleidungsstück glitt wie von selbst über ihre Hüften nach unten. Finns Fingerspitzen fuhren ihren Rücken hinab bis zu den kleinen Grübchen über ihrem Po.

„Dreh dich um", verlangte er rau, und sie erfüllte seinen Wunsch.

Seine Augen konnten sich nicht sattsehen. Sie stand vor ihm, einfach so. Mit seinen Blicken zog er die perfekte Linie ihres Körpers nach. Die Spitzen ihrer dunkelroten Mähne liebkosten die aufgerichteten, kirschroten Brustwarzen. „Du machst mich atemlos, Kira“, flüsterte er.

Die angedeutete Demut in seiner Stimme ließ Kira für einen Moment die Augen schließen. Die Macht, die sie offenbar über ihn hatte, berauschte ihre Sinne, auch wenn sie wusste, dass seine Macht über sie noch weit darüber hinausging. Das Zittern kam zurück. „Küss mich, Finn!“

„Dann kann ich nicht mehr aufhören“, warnte er mit hochgezogenen Mundwinkeln.

„Dann hör nicht auf.“

„In letzter Zeit scheinen sich die Naturgewalten in dieser Gegend zu häufen“, flüsterte Kira matt und kicherte leise in sich hinein, als er schließlich nur einige Minuten später schwer atmend auf sie sank. Mit den Fingerspitzen streichelte sie träge seinen Nacken.

„Ich denke, wir haben es irgendwie überlebt, was meinst du?“, erwiderte Finn und verlagerte vorsichtig das Gewicht.

Wieder kicherte sie. „Du lebst, glaub mir, und wie du lebst, Finn Andersen!“

Behutsam schob er sich ganz von ihr und zog sie anschließend an seine Brust. „Wenn wir dieses Tempo weiter durchziehen, werden wir es allerdings nicht mehr sehr lange machen. Ich zumindest nicht. Ich bin schließlich keine zwanzig mehr, wie du selbst erst vor Kurzem so treffend bemerkt hast.“ Er spitzte die Lippen. „Du bist wirklich eine sehr … leidenschaftliche Frau, Kira.“

„Oh, Finn, bring mich jetzt nicht in Verlegenheit.“ Sie befreite sich ein wenig aus seiner Umarmung und küsste ihn leicht auf die Nase. „Was ist jetzt mit der Dusche, du armer alter Mann?“

„Gib mir fünf Minuten, dann schaffe ich es vielleicht aufzustehen.“ Er lächelte sie erschöpft an.

Langsam strich sie mit den Händen über die festen Säulen

seiner Oberschenkel. „Wahrscheinlich brauchst du nur endlich Nahrung."

„Oh, du gnadenloses Weib!"

Kira beugte sich vor und drückte die Lippen auf seinen Bauch. Mit der Zungenspitze umspielte sie seinen Nabel. Sofort spannten sich seine Bauchmuskeln an, und er zog scharf die Luft ein. „Könntest du das vielleicht ein wenig später noch mal wiederholen?", wollte er grinsend wissen. „Ich meine, wenn ich wieder die Kraft habe, um angemessen darauf zu reagieren."

„Klar, aber ich bin mit deiner Reaktion schon jetzt sehr zufrieden", lachte sie und sah an ihm herunter.

„Ich bin völlig leer gepumpt, Süße. Der übermütige Kerl da unten gaukelt dir nur etwas vor."

„Na, dann ruh dich ein wenig aus, du müder Krieger."

Eine ganze Weile alberten sie noch auf diese Weise miteinander herum, doch dann wurde Finn wieder ernst. Er brachte sich in eine halbe Sitzposition und zog Kira noch einmal an sich. „Sag mal, du hast mich noch gar nicht gefragt, warum ich meine Meinung so plötzlich geändert habe", sagte er.

Kira drückte ihm einen kurzen Kuss auf die Brust und sah dann zu ihm hoch. „Du hast deine Meinung niemals geändert, Finn."

„Wie soll ich das denn nun verstehen?"

„Du hast mir etwas vorgemacht – vielleicht sogar dir selber –, als du mir so nachdrücklich mitgeteilt hast, dass du nicht mit mir schlafen willst. Ich habe dir das niemals geglaubt, Finn. Ich konnte dir das nicht glauben, nachdem du mich an unserem ersten Abend geküsst hast. Dieser Kuss war … nun ja, er war eben sehr … aussagekräftig."

Ihre tiefblauen Augen waren voller Wärme, und diese Wärme schien sich irgendwie unter seine Haut zu stehlen. Mit einer schnellen Bewegung drehte er sie auf den Rücken und legte sich halb auf sie. Ihre Blicke verschmolzen noch einmal miteinander.

„Die Wahrheit ist: Ich habe dich sofort gewollt, als ich dich zum ersten Mal sah“, bekannte er leise.

„Ich weiß.“ Sie lächelte, als er entrüstet die Augenbrauen hochzog. „Ich dich auch“, gab sie schnell zu. „Ich habe dich auch sofort begehrt.“

Die wohlige Wärme hielt an. Mit dem Mund strich er sanft über ihre Unterlippe, doch noch bevor die plötzliche Sintflut von Zärtlichkeit ihn ganz verschlingen konnte, beendete er den Kuss auch schon wieder und erhob sich ziemlich abrupt. Guter Sex ist eine Sache, sagte er sich, diese aufwühlende Zärtlichkeit jedoch eine ganz andere.

Kira spürte nur allzu deutlich die Distanz, die sich so plötzlich zwischen ihnen aufgetan hatte. Gedankenvoll und auch etwas verwirrt sah sie ihm nach, als er wortlos im angrenzenden Badezimmer verschwand. Nur Sekunden später hörte sie das Wasser der Dusche rauschen. Langsam und mit einem leisen Seufzen auf den Lippen erhob auch sie sich und folgte ihm.

„Er ist ein verdammt komplizierter Mann, Tina.“ Kira klemmte sich kurz den Telefonhörer zwischen Kinn und Schulter und setzte ihren Wasserkocher in Gang, um sich einen Tee aufzubrühen.

„Aber das macht ihn wahrscheinlich auch so verflucht interessant, nicht wahr?“ Christinas etwas heiseres Lachen war angenehm vertraut und ließ Kiras Herz ein wenig leichter werden.

„Natürlich.“ Kira lachte ebenfalls in den Hörer. Sie griff nach ihrem Teebecher und kuschelte sich in ihre Lieblingscouchecke. „Er ist … ach, Tina, er ist so …“

„Fantastisch? Umwerfend? Gefährlich männlich?“, half Christina ihrer Freundin aus.

„Ja!“

„Liebes, du stammelst. Du bist total im Eimer.“

„Schon wieder hast du recht.“

„Es war also toll?“

„Es war ein …“

„Oh Gott, sag nichts mehr, ich kann mir ungefähr denken, was du mit deinem ewigen Gestammel ausdrücken willst. Wenn du nicht willst, dass ich sofort vor Neid erblasse, solltest du die schmutzigen Details sowieso lieber für dich behalten." Erneut drang Christinas Lachen an Kiras Ohr. „Also, im Ernst, Schatz! Natürlich habe ich jederzeit ein offenes Ohr für dich. Stammle also ruhig weiter, wenn es dir irgendwie hilft."

„Ach, Tina, wenn ich dich nicht hätte."

„Er ist dir also trotz allem noch immer ein Rätsel."

„Ja, so kann man es wohl ausdrücken."

„Also in Wahrheit will ich natürlich alles wissen. Wie hat er sich hinterher verhalten? Habt ihr irgendwann noch gefrühstückt?"

Kira lächelte. „Oh ja, später. Viel später."

„Und dann? Hat er die Nacht bei dir verbracht?"

„Eben nicht. Wir haben gegessen, dann haben wir einen sehr langen Spaziergang gemacht."

„Und er hat wahrscheinlich wenig geredet."

„Woher weißt du das?"

„Ach, ich denke, das liegt an deiner Beschreibung des Mannes. Sie war doch sehr bildhaft. Ich halte ihn eher für den wortkargen Typen – und, Kira, diese wortkargen und nachdenklichen Typen haben es in sich, glaub mir!"

Kira nahm einen Schluck Tee, verbrannte sich prompt die Oberlippe und fluchte innerlich – allerdings nicht nur wegen des heißen Tees. „Da sagst du was Wahres. Zumindest habe ich das Gefühl, dass er immer schweigsamer wird, seit wir diese … Erfahrung miteinander geteilt haben. Irgendwas scheint ihn regelrecht zu bedrücken. Er war den Rest des Tages recht einsilbig."

„Nun, nach dem, was du mir erzählt hast, nehme ich nicht an, das lag an eurer … wie sagtest du doch eben so schön, geteilten Erfahrung?"

Kira lachte erneut. „Nein, sicherlich nicht. Er war zwar komisch drauf, hat mir dabei aber niemals das Gefühl gegeben, das könnte an mir liegen. Ich kann nicht sagen, warum ich mir dessen so sicher bin, aber es ist so. Am frühen Abend hat er sich fast noch dafür entschuldigt, dass er nicht bei mir geblieben ist. Nein, ich glaube viel eher, Finn hat ein grundlegendes Problem mit sich selber – und ich habe den Verdacht, das könnte vorrangig mit seiner Vergangenheit und einem verstorbenen Freund zu tun haben, den er mir gegenüber einmal kurz erwähnt hat."

„Warum fragst du ihn nicht einfach danach, Prinzessin? Du bist doch sonst nicht auf den Mund gefallen."

„Dieses Mal ist es anders. Ich will …"

„Na, raus mit der Sprache!"

„Ach, Tina, ich will ihn nicht gleich wieder … vergraulen."

„Und du hast das Gefühl, das könnte passieren, wenn du ihn nach diesem Freund fragst? Au weia! Kira, entschuldige, aber da klingeln bei mir sofort alle Alarmglocken. Im Klartext heißt das nämlich für mich, dass du euch noch nicht wirklich als Paar ansiehst. Kurzum: Der Typ mauert noch und riskiert das unter bestimmten Männern beliebte ‚Ich-fang-dich-aber-du-fängst-mich-deshalb-noch-lange-nicht'-Spiel – könnte ich damit recht haben?"

„Mhmm, ja, könnte schon sein. Aber ich denke, ich sollte ihm trotzdem noch ein bisschen Zeit geben." Kira seufzte. „Auch wenn es mir wirklich schwerfällt."

„Kira, ich sage das nur ungern, aber du neigst gerne mal etwas zur Nachgiebigkeit, sobald du verknallt bist. Ich sage nur: Matthias Gundlach! Du solltest den gleichen Fehler besser nicht zweimal machen und einem Kerl blind vertrauen, nur weil er nach außen hin so ein toller Hecht ist."

„Matthias war ein Lügner und hat mich praktisch von Anfang an betrogen. Ich war damals einfach zu jung und unerfahren."

„Klar doch! Zu jung und zu unerfahren! Dass ich nicht lache, Kira! Du wolltest einfach nicht sehen, was er mit dir gemacht hat, denn dann hättest du dich schon viel eher von ihm trennen müssen. Matthias hat dir, ohne mit der Wimper zu zucken, immer wieder ins Gesicht gelogen, und du hast auch dann noch behauptet, er wäre ein grundehrlicher Mann – nur weil damals offenbar die ganze Welt fand, dass Matthias Gundlach und Kira Lengrien ein so wunderschönes Paar abgeben würden.

Schatz, du warst einfach verliebt in sein weltmännisches Auftreten und blind für seine Niederträchtigkeit und seine überbordende Eigenliebe."

Kira schnaubte unwillig in den Hörer. „Tina, also wirklich! Matthias und Finn haben so viel gemeinsam wie Kaviar und Schokoladenkuchen. Matthias kommt aus einer stinkreichen Familie, ist verwöhnt und egozentrisch. Finn ist in allem das vollkommene Gegenteil, das kannst du mir glauben. Nein, ich denke wirklich, dass Finn nur noch ein bisschen Zeit braucht, dann wird er sich mir schon anvertrauen. In der Zwischenzeit werde ich den Teufel tun, in seinen alten Wunden zu bohren."

„Vorsicht, meine Liebe, du taktierst schon wieder! Du weißt doch, dass diese Vorgehensweise gefährlich enden kann. Du lässt ihn gewähren, nur um ihn noch ein bisschen länger behalten zu können, das hat noch niemals jemandem geholfen. Es ist falsch, Kira, ganz falsch! Und das solltest du wirklich wissen. Gib ihm lieber so früh wie möglich die Chance, dir zu sagen, was mit ihm los ist. Wenn dein Prachtkerl nicht von Anfang an mit offenen Karten spielen will, läuft in meinen Augen ohnehin etwas verkehrt. Und du steuerst damit wieder schnurstracks auf die nächste Liebeskatastrophe zu. Dann wird er dir früher oder später nämlich wehtun, glaub mir. So sind die Kerle nun mal. Wenn sie dich belügen wollen, werden sie es tun, ob du nun versuchst, sie auszutricksen oder nicht. Ach herrje, ich höre mich schrecklich schulmeisternd an, aber ich bin halt besorgt um dich, meine Kleine. Tut mir leid, wenn ich so schwarzmale, aber ich will dich nur vor weiterem Kummer bewahren. Ich hoffe, du weißt das?"

„Natürlich weiß ich, dass du im Grunde recht hast und um mich besorgt bist, Tina. Und ich kenne deine Einstellung zum männlichen Teil der Bevölkerung zur Genüge. Normalerweise halte ich ja auch selber nichts von irgendwelchem Taktieren, das weißt du auch, aber in diesem besonderen Fall liegen die Dinge nun mal anders. Auch wenn er noch etwas vor mir zurückhält, an ihm ist nichts Hinterhältiges oder gar Gemeines. Ganz im Gegenteil. Ich habe viel eher das Gefühl, dass Finn bei all seiner maskulinen Ausstrahlung in Wahrheit ein sehr sensibler Mann ist“

„Wenn du damit richtigliegst, muss ich dich erst recht warnen, auf dich und dein kleines Herz aufzupassen, Schatz.“

„Zu spät, Tina! Längst zu spät!“

5. KAPITEL

Finn lag ausgestreckt auf seinem Bett und versuchte den drängenden Wunsch zu unterdrücken, auf der Stelle wieder zu Kira zu fahren. Er hasste sich selbst für diese Empfindungen, und er durfte sie gar nicht erst zulassen. Er hatte Kira gehabt – und das war bereits schlimm genug. Oh ja, er wusste schon in dieser Minute, dass er wieder mit ihr schlafen würde – wieder und immer wieder, wenn es nach ihm ging –, aber das änderte letztlich nichts daran, dass es falsch gewesen war und falsch bleiben würde. Es war – zugegeben – auf eine undefinierbare Weise unvermeidbar gewesen, aber trotzdem grundlegend falsch. Er würde schon dafür sorgen, dass auch Kira Lengrien ihre Affäre letztendlich nur als das betrachten würde, was sie schließlich und endlich auch war: eine vorübergehende, rein körperliche Angelegenheit; hervorgerufen durch diese – wieder zugegeben – unwiderstehliche Anziehungskraft.

Magnetismus!

Es hatte sich nichts verändert, seit er seinem Verlangen nachgegeben hatte. Er wollte sie noch immer. Es reichte schon aus, nur an sie zu denken, und das Begehren stieg in ihm auf wie ein Fieber, das sich einfach nicht mehr unterdrücken ließ, bis er sie endlich wieder in seinen Armen halten durfte. Dieses Fieber schien sogar sein Denken zu beherrschen; das Gefühl war neu für ihn, und er hasste es, denn es war unbedingt notwendig, dass er einen klaren Kopf behielt.

Seufzend setzte er sich auf und starrte auf den Überwachungsbildschirm. Kira war im Haus. Der kleine Lichtpunkt sagte ihm, dass sie sich in ihrem Wohnzimmer aufhielt. Wahrscheinlich wartet sie schon sehnsüchtig darauf, dass ich wieder zu ihr komme, dachte Finn.

Natürlich würde sie das tun!

Gestern am frühen Abend hatte er sie verlassen – ungern verlassen, aber es war einfach zu wichtig gewesen, nicht noch mehr Nähe und Vertrautheit zwischen ihnen aufkommen zu lassen. Nur deshalb war er gegangen. Nur um ihr von vornherein klarzumachen, dass er nicht der Mann war, in den eine vernunftbegabte Frau bestimmte Hoffnungen setzen sollte. Eines Tages, wenn sie herausfinden würde, wer Finn Andersen wirklich war, würde sie ihm dafür dankbar sein, dessen war er sich sicher.

Finn warf einen schnellen Blick auf seine Armbanduhr. Es war schon Mittag, und er konnte fast spüren, was in Kira vorgehen musste. Natürlich würde sie sich fragen, warum er sich noch nicht wieder bei ihr gemeldet hatte. Und sie würde mit sich ringen, ob sie ihn selbst anrufen sollte oder besser nicht. Sie würde auch ein wenig Angst davor haben, sie könnte ihn damit drängen und sofort wieder vertreiben, nachdem er ja nun sein Ziel bei ihr erreicht hatte.

Oh ja, Finn kannte die Frauen – und er wusste um ihre Denkweisen und Ängste. Er konnte sich nur zu genau vorstellen, dass Kira sich im Augenblick fragte, ob es ihm von Anfang an nur darum gegangen sei, sie ins Bett zu bekommen.

Bei diesen Gedanken lachte er bitter auf. Natürlich war es ihm in erster Linie darum gegangen, oder etwa nicht? Diesem heftigen Drängen hatte er ohnehin nichts mehr entgegenzusetzen gehabt. Niemals zuvor hatte er eine Frau auf diese umfassende Weise begehrt – und niemals zuvor hatte er eine tiefere Befriedigung erfahren, als er sie dann endlich besessen hatte.

Er wollte sie schon wieder. Finn stöhnte entnervt auf.

Und plötzlich wusste er, dass er Kira Lengrien immer begehren würde – eine Gewissheit von beängstigender Klarheit machte sich in seinem Kopf breit und wollte nicht wieder verschwinden. Die Leidenschaft für diese Frau hatte sich tief in seinem Inneren eingenistet, und er würde sie nie mehr loswerden. So einfach war das. Einfach?

Idiot!

Wem machte er hier eigentlich etwas vor? Es war nur eine Frage der Zeit, bis er auffliegen würde. Ein Wort nur zu ihrem Vater! Nur eine einzige kleine Bemerkung von Kira konnte ihn bereits seinen Job und einen guten Freund kosten – und vor allem Kira!

Kira würde so schnell wieder aus seinem Leben verschwinden wie ein wunderbarer Tagtraum, eine Träumerei voller Leidenschaft, die er niemals vergessen würde. Es war aussichtslos und unabänderlich. Er würde sie schon sehr bald wieder verlieren, daran hatte er nicht den geringsten Zweifel. Die Gewissheit ließ seinen Magen rebellieren.

Finn beugte sich leicht vor und rieb sich mit beiden Händen kräftig über das Gesicht, dann gab er nach. Ohne den hellen Punkt auf seinem Bildschirm aus den Augen zu lassen, griff er endlich nach dem Telefon.

„Kira?"

„Finn! Ich habe mich schon gefragt ..."

„Sehen wir uns heute noch?", fragte er schnell, bevor er es sich wieder anders überlegen konnte.

„Klar!"

Finn konnte direkt hören, wie die Vorfreude dieses wunderschöne Lächeln auf ihr Gesicht zauberte. Er schloss kurz die Augen, sah ihren weichen, vollen Mund vor sich und fühlte augenblicklich das Blut in seinen Lenden pochen.

„Gott, ich vermisse dich, Kira!"

Es war heraus, noch bevor er es hatte verhindern können.

„Ich dich auch", antwortete sie leise. Der Anflug von Erleichterung in ihrer Stimme war nicht zu überhören und schürte aufs Neue sein schlechtes Gewissen. „Willst du wieder hierherkommen oder soll ich ...?"

„Nein, nein. Ich werde zu dir kommen", unterbrach er sie rasch und bemerkte fast gleichmütig, wie allein ihre Stimme ihn schon zu erregen vermochte. „Aber ich ... habe noch ein bisschen zu tun. Ich komme zum Abendessen zu dir. Ist das okay für dich?"

„Natürlich ist das okay für mich."

„Und mach dir nicht wieder so viel Mühe. Mir reicht auch ein Spiegelei auf Brot."

„Ich werde uns schon etwas zaubern. Bis dann, Finn."

„Bis dann, Süße."

„Ach Finn?"

„Ja?"

„Wirst du dieses Mal über Nacht hierbleiben?"
„Ja."

Einige Minuten später saß Finn bereits in seinem Wagen und fuhr zum Anleger hinunter. Der Sender mit dem Vibrationsalarm auf seiner Armbanduhr war aktiviert, somit konnte sich also niemand ohne sein Wissen Kiras Grundstück nähern.

Finn parkte das Auto und ging mit langen Schritten auf die Eingangstür von Magda Quints Laden zu. Als er eintrat, stand allerdings die ältere Frau hinter dem Verkaufstresen, mit der Magda am Samstag im Gasthof zusammengesessen hatte, und blickte ihm freundlich entgegen.

„Hallo, Herr Andersen, was kann ich für Sie tun?", fragte sie lächelnd.

„Ähm, ist Magda heute nicht hier? Ich wollte eigentlich zu ihr." Er konnte sich nicht daran erinnern, dass er Magdas Freundin vorgestellt worden war, und fühlte sich ein bisschen unangenehm berührt, weil sie ihn so selbstverständlich mit seinem Namen ansprach, während er selbst nicht genau wusste, mit wem er es hier zu tun hatte.

„Oh, sicher … Sie ist oben in ihrer Wohnung. Am Montag macht sie immer ab Mittag frei. Warten Sie, ich werde kurz oben anrufen." Wieder lächelte sie.

Finn nickte und rang sich ebenfalls ein kleines Lächeln ab. Während die Frau telefonierte, sah er sich ein wenig im Laden um.

„Alles klar, Herr Andersen", sagte Magdas Freundin. „Sie können hinaufgehen. Kommen Sie einfach um den Tresen herum. Ich zeige Ihnen den Weg."

„Das ist nett, danke, Frau …?"

„Oh, entschuldigen Sie, ich habe mich Ihnen ja noch gar nicht vorgestellt", sagte sie, während sie bereits vor ihm eine schmale Treppe hinaufstieg. „Elke Quint. Magda ist die Schwester meines verstorbenen Mannes. Wir sind nicht nur Schwägerinnen, sondern auch sehr gut miteinander befreundet, deshalb übernehme ich regelmäßig an zwei Nachmittagen für sie den Laden.“ Oben angekommen, wandte sie sich Finn wieder zu und reichte ihm ihre Hand.

Finn ergriff sie instinktiv und schüttelte sie leicht. „Freut mich, Frau Quint. Nochmals danke.“

„Auf Wiedersehen, Herr Andersen. Und, wenn ich Ihnen einen Rat geben darf … hören Sie auf das, was Magda Ihnen rät.“ Sie machte eine Bewegung mit ihrem Kopf und deutete damit auf die geschlossene Tür vor ihnen, dann drehte sie sich um und ging wieder nach unten in den Laden.

Finn wollte gerade auf den kleinen, schwarzen Klingelknopf drücken, als die Tür auch schon von innen geöffnet wurde.

„Finn, komm doch rein. Ich habe mir schon gedacht, dass du heute noch von dir hören lässt. Hast du Lust auf einen guten Friesentee?“

„Gerne.“

Er folgte ihr durch einen kurzen Flur in das Wohnzimmer und sah sich erstaunt um. Magda Quints Wohnung war farbenfroh und ausgesprochen geschmackvoll eingerichtet. Er hatte etwas vollkommen anderes von einer Frau ihres Alters erwartet.

„Wow!“

„Meine kleine Behausung gefällt dir also?“

„Na, und ob! Du hast einen fantastischen Geschmack, Magda.“

„Danke. Ich halte nichts von altem Mief und dunklen Farben. Ich mag sanfte Pastelltöne, besonders dieses zarte Gelb.“ Sie deutete auf das Sofa. „Setz dich doch. Ich hole inzwischen unseren Tee.“

Kurz darauf saßen sie einträchtig zusammen und genossen ihren Tee. Nach einer Weile des Plauderns kam Magda schließlich zum Punkt.

„So, nun aber mal raus mit der Sprache! Warum bist du wirklich hier?“

„Verdammt, Magda! Warum gibst du mir nur das Gefühl, ich könnte dir alles sagen?“

„Für jeden von uns gibt es Menschen auf der Welt, zu denen wir sofort eine tiefe Verbundenheit fühlen können. Mir geht es ebenso wie dir. Es ist fast, als ob ich dich schon ewig kennen würde. Vielleicht hast du, ohne es auch nur zu ahnen, nach mir ebenso gesucht wie nach dieser Insel und … nach unserer Prinzessin."

„Warum nennt ihr sie alle so?"

„Wie? Prinzessin?"

Er nickte.

„Weil sie es doch irgendwie ist, Finn. Es gibt hier auf Sameland schließlich nur eine einzige Millionärstochter, oder? Wir Inselbewohner bringen es halt gerne auf den Punkt. Die Brockmanns haben ihr diesen Spitznamen schon vor Jahren gegeben, und es ist irgendwie dabei geblieben, auch wenn Kira sich zunächst dagegen gewehrt hat." Sie lächelte. „Du hast dich also in sie verliebt."

Finn zuckte leicht zusammen und zog die Augenbrauen hoch. „Nun ja, ich … mag sie sehr."

„Du bist jedenfalls völlig verrückt nach ihr."

Er schnaufte. „Und ob."

„Was ist es, Finn? Was steht dir im Weg?"

„Ich … habe mit ihr geschlafen. Gestern. Dann bin ich gegangen, weil ich es irgendwie nicht mehr ausgehalten habe. Sie hat … Besseres verdient. Sie … Gott im Himmel, ich kann dir das irgendwie doch nicht erzählen. Ich habe mich geirrt." Entnervt sprang er auf.

„Setz dich, Finn!" Magda umfasste sein Handgelenk. Nachdrücklich zog sie ihn wieder zurück auf das Sofa. „Rede, Junge! Du fühlst in deinem Herzen doch ganz genau, dass ich niemals mit irgendeiner Seele über das reden würde, was du mir hier und jetzt anvertraust, nicht wahr? Was es auch immer sein mag."

Wieder nickte er. Mit einem leisen Aufseufzen vergrub er sein Gesicht in den Händen. Nach einigen Minuten der Stille sah er Magda wieder an.

„Mit ihr … es war … überwältigend! Es war mir durchaus klar, dass ich einen Riesenfehler mache, wenn ich mit ihr schlafe, aber ich konnte einfach nichts dagegen tun, weil ich aus irgendeinem Grund zugleich wusste, wie es mit uns sein würde – ja, ich wusste es einfach. Es ist, als ob … als ob ich kein eigenständig denkender Mensch mehr bin, seit Kira und ich uns begegnet sind. Wenn sie in meiner Nähe ist, geht mir jedwede Logik und Selbstkontrolle verloren. Ich … hätte es niemals tun dürfen, aber ich konnte einfach nichts dagegen tun", wiederholte er aufgebracht.

Magda beobachtete ihn genau. Sie sah in sein Gesicht und erkannte die Ausweglosigkeit und auch die innere Qual in seinen Augen. Der Mann war ohne Frage mehr als nur verzweifelt. „Und was ist daran so schlimm, Finn? Was ist es, das das Ganze für dich so furchtbar macht?"

Nun stand er doch wieder auf, aber Magda bemerkte sofort, dass er es nur tat, weil er das Bedürfnis hatte, sich ein bisschen zu bewegen. Ruhig blieb sie in ihrem Sessel sitzen und sah zu, wie er einige Male durch ihr kleines Wohnzimmer tigerte, bis er schließlich vor dem Fenster stehen blieb. Sie wusste, dass er nicht wirklich hinaussah, als er ihr seinen breiten Rücken zuwandte.

„Ich weiß genau, dass ich sie nicht glücklich machen kann", fuhr er schließlich fort. „Ich bin nicht der Mann, für den sie mich hält."

„Aber das ist nicht alles, worüber du dir Sorgen machst, oder?"

„Nein." Abrupt drehte er sich wieder zu ihr herum. „Ich kann sowieso niemanden glücklich machen! Mein … mein Leben ist … ich bin ein seelisches Wrack. Und um diesen Satz überhaupt sagen zu können, habe ich einige Monate Psychotherapie gebraucht."

Ihr Blick ruhte unverwandt auf seinem Gesicht. „Was ist mit dir passiert?"

Er holte tief Luft. „Ich habe den Tod eines Menschen verschuldet, Magda, eines Menschen, den ich geliebt habe wie meinen eigenen Bruder."

Endlose Sekunden lang blieb es still. Magda sah ihn nur an und bemerkte, dass jetzt Tränen über seine Wangen liefen. Finns Miene drückte den unsäglichen Schmerz aus, der ihn schon seit

Jahren quälen musste. Es ging ihr sehr nahe, diesen äußerlich so auffallend virilen und starken Mann so aufgelöst zu erleben. Seine seelische Qual war fast mit Händen zu greifen.

„Ich frage dich noch einmal, Finn, was ist passiert?"

Er erzählte es ihr, ja, er beichtete dieser ihm noch immer fremden Frau alles. Viel mehr noch, als er jemals seinen Psychiatern, ja selbst seiner Familie preisgegeben hatte, denn er sprach endlich auch einmal über seine eigene Qual und fasste sie in Worte. Finn ließ alles heraus. Schluchzend, das Gesicht mit den Handflächen bedeckt, saß er schließlich wieder neben Magda auf dem Sofa und ließ sich von ihr trösten. Die ältere Frau hielt ihn jetzt im Arm wie ein kleines Kind und streichelte ihm immer wieder über den Kopf.

„Ja, es ist gut, Finn. Es ist gut", flüsterte sie.

Minutenlang ließ er sich gehen, aber es war ihm hinterher nicht einmal peinlich. Es tat ihm überraschend gut, seine unsichtbare Rüstung für diese wenigen und erlösenden Minuten einfach abzuwerfen. Er hätte niemandem erklären können, woher das tiefe Vertrauen zu dieser Frau kam, es war einfach da wie ein Urinstinkt. Nie zuvor war es ihm gelungen, sich einem anderen Menschen gegenüber derart zu öffnen.

Geduldig wartete Magda Quint ab, bis er sich wieder vollständig im Griff hatte, erst dann rückte sie wieder ein kleines Stück von ihm ab. So als wäre nichts gewesen, goss sie frischen Tee in die Tassen, danach stand sie auf, verließ kurz den Raum und kam mit einer Flasche Weinbrand und zwei Gläsern zurück. „Trink das", ordnete sie an, nachdem sie eingeschenkt hatte. Ihr eigenes Glas leerte sie in einem Zug. Finn tat es ihr nach.

„Willst du noch einen?", fragte sie.

„Nein, ich muss noch fahren."

Seine Augen waren jetzt wieder vollkommen normal, und die Wärme des Alkohols in seinem Magen tat ihm gut.

„Du trägst nicht die geringste Schuld am Tod deines Freundes, Finn."

„Oh doch, das tue ich."

„Nein, du willst es nur so sehen, der Himmel weiß, warum. Der Junge hätte auf dich warten müssen. Obwohl ich nicht weiß, ob das wirklich etwas gebracht hätte. Aus meiner Sicht hat er außerdem ziemlich unvorsichtig und eigenmächtig gehandelt."

„Ich habe immer auf ihn aufgepasst, Magda, immer! Nur dieses eine Mal bin ich zu spät gekommen. Verdammt noch mal, ich hatte den ganzen Tag lang schon so ein dummes Gefühl, ich hätte ..."

„Er war Polizist, genau wie du. Polizisten können nun einmal verletzt werden oder gar sterben, wenn sie ihre Arbeit ausüben, das war zu keiner Zeit anders. Und jeder, der diesem Beruf nachgeht, sollte das wissen. Dein Freund war ein erwachsener Mensch. Er kannte das Risiko, hat es schlichtweg in Kauf genommen. Er hat diese Entscheidung getroffen, Finn. Er ganz allein!" Sie atmete hörbar aus und schenkte sich noch einen weiteren Weinbrand ein. „Warum hast du deine private Psychotherapie letztlich auch noch abgebrochen?"

Finns breite Schultern zuckten. „Die Ärzte konnten mir nicht mehr weiterhelfen. Ich kam keinen Schritt voran. Dann hatte ich plötzlich das Gefühl, ich müsste den Rest des Weges allein gehen, verstehst du das?"

„Ja, ich verstehe es, weil es zu dir passt."

„Und dann habe ich diesen Job bei Lengrien bekommen. Meine Güte, Kira wird mir die Pest an den Hals wünschen, wenn sie das herausbekommt. Sie hat mir klar und mit ziemlich deutlichen Worten gesagt, was sie von den Sicherheitsleuten ihres Vaters hält. Schon allein deshalb haben sie und ich nicht die geringste Chance."

„Weißt du, was dein wahres Problem ist, Finn Andersen?"

„Was?"

„Du glaubst, du bist nicht gut genug für sie, hab ich recht?"

„Kann schon sein."

„Du bist ein Idiot!"

„Danke."

„Bei dir kommt alles zusammen. Du wirst lieber weiter

allein gegen deine Dämonen kämpfen, nicht wahr? Du willst Kira nämlich mit aller Macht davon fernhalten, weil du es ihr einfach nicht zumuten möchtest. Das passt genau ins Bild. Bei den Menschen, die dir etwas bedeuten, kannst du einfach nicht anders. Oh, Finn, du liebst sie! Du liebst Kira Lengrien!"

Er räusperte sich. „Was ich für sie empfinde, ist nicht wirklich wichtig. Ich war auch schon vorher der festen Überzeugung, dass ich keinem Menschen zumuten könnte, mit mir zu leben."

„Du hast mir doch aber erzählt, du hättest damals der Witwe deines Freundes einen Antrag gemacht."

„Ja, aber das war etwas vollkommen anderes. Lena ist … bei ihr wäre es vollkommen anders gewesen. Ich kann das nicht erklären."

„Kira liebst du, mein Junge, das macht den Unterschied aus", stellte Magda leise fest und sah ihm dabei lächelnd in die Augen.

„Was soll ich tun? Sag mir, was ich tun kann, Magda!"

„Hast du geglaubt, du bräuchtest nur hierherzukommen, und ich würde dir dann ein Allheilmittel für all deine Probleme verpassen?" Ihr Lächeln vertiefte sich. „Männer!"

Finn schürzte die Lippen und lächelte ebenfalls. „Na ja, du hast mir zugehört, das sollte dann wohl vorerst reichen."

„Hmm, nicht ganz. Ich könnte dir natürlich den Rat geben, offen mit ihr zu sprechen, aber das würdest du strikt ablehnen."

„Ich habe einen Job zu erledigen, wie du weißt."

„Dieser Job … glaubst du, Kira ist wirklich gefährdet?"

Finn zuckte mit den Schultern. „Hmm, wir denken es eigentlich nicht. Die Drohungen, die Edgar bekommt, richten sich bis jetzt allein gegen ihn, Werner Martinelli und das Unternehmen im Allgemeinen. Und doch … Kira ist Edgars schwacher Punkt. Wenn er mein Feind wäre … Es kommt letztlich nur darauf an, dass sie in Gefahr sein könnte, nicht ob sie es tatsächlich ist. Ich werde jedenfalls auf sie aufpassen, und diese Insel vereinfacht die Sache enorm. Nur deshalb können wir so vorgehen, wie wir es gerade tun. Wäre sie in Hamburg geblieben, würde ich niemals allein auf die Technik vertrauen. Dort würde ich nicht eine Sekunde von ihrer Seite weichen, das kannst du mir glauben."

Magda lächelte. „Kira ist anscheinend nicht nur Edgars schwacher Punkt, oder?"

„Da könntest du recht haben." Noch einmal versuchte Finn sich an einem kleinen Lächeln.

„Na gut, wenn du also nicht mit ihr selbst reden willst, sprich mit Eddie."

„Eddie? Du kennst ihn näher?"

„Erraten." Etwas huschte über ihr Gesicht, das Finn zu seinem großen Erstaunen als Verlegenheit deutete.

„So so." Finn grinste hintergründig und schnalzte dann einmal kurz mit der Zunge.

„Das, woran du gerade denkst, ist lange her, Finn. Eine flüchtige Sommerliebe, mehr nicht. Wir waren beide recht einsam damals, und Einsamkeit macht bekanntlich ziemlich empfänglich für jedwede Zuneigung. Als er Sameland verließ, war es vorbei. Was geblieben ist, ist allerdings eine tiefe Freundschaft, die bis heute anhält. Wir schreiben uns noch immer sehr regelmäßig."

„Du wirst doch nicht ...?"

„Keine Sorge. Ich habe doch deutlich gemacht, dass du mir voll und ganz vertrauen kannst. Es bleibt allein deine Entscheidung, wann Edgar von dir und Kira erfährt. Ich kann das sehr gut trennen, vertrau mir."

„Danke."

„Eddie ist ein guter und sehr warmherziger Mensch. Rede mit ihm, Finn!"

„Noch nicht."

„Wenn er es von ihr erfährt, wird es viel komplizierter werden und vielleicht sogar zu spät sein, um ihm deine Sicht der Dinge auseinanderzusetzen."

„Ich weiß."

„Was ist so schlimm daran, ihn anzurufen und ihm einfach zu sagen: Hör zu, Edgar, ich habe mich in deine Tochter verliebt?"

Finn lachte bitter auf. „Es ist schlimm, weil ich genau weiß, wie er reagieren wird. Auch wenn er mich nicht entlässt, er wird mir diesen Job auf der Stelle wegnehmen."

„Und du willst ihn dir nicht wegnehmen lassen, wie?“

„Nein. Kira gehört allein mir.“ Er schnaufte. „Zumindest solange es geht.“

„Oh Finn! Du redest wie ein Hinterwäldler.“

„Das sagt mein kleiner Bruder auch immer. Er kommt übrigens her.“

„Dein Bruder kommt hierher?“

„Ja. Ich denke, er könnte sogar morgen schon eintreffen. Ich werde nachher noch mal mit ihm telefonieren.“ Finn erhob sich. „Ich muss jetzt gehen, Magda. Ich will zum Abendessen bei Kira sein.“

Auch Magda stand auf. „Gut. Überlege genau, was du tun wirst, Finn. Auch ich werde noch einmal über all das nachdenken.“ Sie ging zu ihrem Telefontischchen und schrieb etwas auf einen Zettel.

„Hier hast du meine Telefonnummer. Und Finn?“

„Ja?“

„Geh wieder an die Nordspitze. Allein!“

„Das werde ich.“

„Mach’s gut, mein Junge.“

„Danke für alles, Magda.“ Er beugte sich herab, zog sie kurz an sich und drückte ihr einen Kuss auf die Wange. „Ich werde mich wieder bei dir melden.“

„Ja, das wirst du.“

Finn fuhr zurück zum Martinelli-Haus. Er duschte kurz und zog sich um, dann rief er seinen Bruder an.

„Du kommst also mit der Mittagsfähre?“

„Ja. Sie soll kurz nach zwölf ablegen, das heißt, ich wäre so gegen dreizehn Uhr auf deiner Insel.“

„Ich werde am Anleger sein, Lukas. Ich freue mich.“

„Ich mich auch. Bis dann.“

Finn legte auf und griff sofort nach der kleinen Tasche, die er vorhin nach dem Duschen gepackt hatte. Dann verließ er das Haus.

Kira stand vor dem Haus und zupfte an den Blumen herum, die rechts und links von ihrer Haustür in tönernen Kübeln üppig blühten. Als sie Finns Wagen hörte, drehte sie sich sofort herum und ließ die verwelkten Blüten in ihrer Hand in einen bereitstehenden Eimer fallen. Noch bevor Finn den Motor abgestellt hatte, lächelten sie sich durch die Windschutzscheibe hindurch zu. Kaum war er aus dem Wagen heraus, flog sie auch schon in seine Arme.

„Endlich bist du da!“, hauchte sie atemlos, nachdem er sie ausgiebig geküsst hatte.

„Ja – endlich!“ Finn lächelte leicht und strich ihr eine Haarsträhne aus dem Gesicht, die sich offenbar aus ihrem Pferdeschwanz gelöst hatte. Ihre Augen leuchteten ihn strahlend an, und wieder fühlte er diese warme Zärtlichkeit in sich aufsteigen. Finn schluckte, umfasste ihre Schultern und schob Kira ein Stück von sich. „Ich habe meine Zahnbürste dabei“, sagte er schmunzelnd, um die eigenartige Stimmung zu durchbrechen, die sich zwischen ihnen aufgebaut hatte.

Kiras Blick veränderte sich kaum. Lächelnd sah sie zu, wie er sich noch einmal dem Auto zuwandte und die Beifahrertür öffnete, um seine Tasche herauszuholen. Dann gingen sie nebeneinanderher ins Haus.

„Es gibt Koteletts und Kartoffelsalat“, sagte sie. „Willst du ein kaltes Bier dazu?“

„Gerne.“ Finn schlüpfte aus seinem leichten Pullover und warf ihn über die Sofalehne. „Ich werde mal eben meine Sachen nach oben ins Bad bringen, okay?“

„Ja, mach das. Ich werfe in der Zwischenzeit das Fleisch in die Pfanne.“ Kira lächelte. Doch als er den Raum verlassen hatte, schloss sie kurz die Augen und atmete tief ein und wieder aus. Er hatte sich offensichtlich nach ihr gesehnt, das hatte sie deutlich gespürt, als er sie zur Begrüßung geküsst hatte, doch dann … Kira hatte ebenso eindeutig die Veränderung wahrgenommen, die nur Sekunden später in ihm vorgegangen war. Sie schüttelte sich leicht, um die störenden Gedanken zu vertreiben, ging zum Herd und gab Öl in die bereitstehende Pfanne.

Sie wollte genießen, dass er jetzt hier bei ihr war. Hier und jetzt waren sie zusammen. Alles andere ist egal, sagte sie sich.

„Ach, übrigens, morgen Mittag kommt mein kleiner Bruder“, teilte er ihr während des Essens mit.

„Dein Bruder? Lukas, nicht wahr?“

„Ja, Lukas. Er will mich für ein paar Tage besuchen.“

„Oh.“ Kira konnte plötzlich nur noch daran denken, dass Lukas Andersen ihr höchstwahrscheinlich wertvolle Zeit mit Finn nehmen würde, schämte sich aber sofort für ihre egoistischen Gedanken. „Du … freust dich sicher.“

„Natürlich freue ich mich. Wir haben uns seit vielen Wochen nicht mehr gesehen.“ Finn aß den Rest seines Koteletts auf und sah Kira in die Augen. Er schmunzelte über die steile Falte, die sich im Augenblick zwischen ihren geraden Augenbrauen zeigte. Es kam ihm vor, als könnte er ihr bis tief in die Seele sehen.

„Lukas ist ein verhuschter Büchernarr und Schriftsteller, Kira! Er wird hier vorwiegend lesen und schreiben. Das hat er schon immer getan, egal, wo er gerade war. Ich denke nicht, dass er großen Wert auf meine andauernde Gesellschaft legen wird. Er braucht vor allem Ruhe und nur ab und an ein gutes Gespräch mit seinem großen Bruder, mehr nicht.“

Kira erwiderte seinen Blick und musste ebenfalls lächeln, auch weil er sie so mühelos durchschaut hatte. „Tut mir leid, Finn“, sagte sie leise. „Wenn du Zeit mit deinem Bruder verbringen möchtest, kann ich das natürlich verstehen. Es war nur … ein kurzer … hm, Anfall von Egoismus.“

Noch immer lächelte er. „Stell dir vor, er hat sein Buch an einen Verlag verkauft. Hier will er sozusagen die Ruhe vor dem Sturm genießen.“

„Das ist toll. Du bist sicher sehr stolz auf ihn.“

„Ja. Er hat … warte mal … so ungefähr drei Jahre an dem Schinken gearbeitet. Irgendwas Historisches.“

„Du hast es noch nicht gelesen?“

Finn schüttelte den Kopf. „Bis jetzt nur einige Auszüge.

Aber der Kleine ist wirklich gut."

„Das glaub ich gern." Kira erhob sich, um den Tisch abzuräumen. Sofort stand auch Finn auf, um ihr dabei zur Hand zu gehen. „Willst du noch ein Bier?", fragte sie, als das Geschirr einige Minuten später in der kleinen Spülmaschine verstaut war.

„Gleich." Finn drehte sich zu ihr herum und zog sie an sich. „Nachher. Hinterher", raunte er.

Sie lächelte zu ihm auf, und in ihren Augen erkannte er bereits das gleiche heftige Verlangen, das er auch selbst verspürte. „Wir stehen schon wieder in der Küche, Finn. Das sollten wir lassen, ich weiß nicht genau, wie viel diese alten Schränke noch aushalten."

Er lachte kollernd, beugte sich zu ihr herab und drückte kurz seine Lippen auf ihre Schläfe, bevor er nach ihrer Hand griff. „Gut, dann komm mit mir."

Noch immer lächelnd folgte sie ihm die Treppe hinauf in ihr Schlafzimmer.

Am nächsten Morgen frühstückten sie spät. Als sie schließlich das Geschirr wegräumten, war es schon fast Mittag.

„Kommst du mit zum Anleger?", fragte er. „Ich muss jetzt langsam los."

„Hmm." Kira schaute ihm zweifelnd ins Gesicht. „Bist du sicher, dass du mich dabeihaben willst, wenn dein Bruder ankommt?"

Sein Blick blieb fest. „Ich würde dich nicht fragen, wenn ich es nicht wollte. Wir könnten im Gasthof eine Kleinigkeit zusammen essen, was meinst du?"

Sie lachte und legte ihm ihre Arme um den Nacken. „Wir haben gerade gefrühstückt, Finn!"

Seine Mundwinkel zogen sich ebenfalls nach oben. „Nun, ein Mann braucht eben Kraft, wenn er seine Pflichten zufriedenstellend erfüllen soll."

Lukas Andersen war für Kira eine echte Überraschung.

Die beiden Männer sahen sich zwar sehr ähnlich, und doch

war Lukas ein vollkommen anderer Typ als Finn. Ohne großartig darüber nachzudenken, hatte Kira einen nachlässig gekleideten, etwas verzottelten Bücherwurm erwartet – einen Kerl mit Nickelbrille, in braunen, ausgebeulten Cordhosen und Strickpullunder. Doch Lukas Andersen war alles andere als nachlässig gekleidet, im Gegenteil! Die dunkelblaue perfekt sitzende Baumwollhose und das dazu passende Polohemd trugen das Emblem einer Modefirma, die Kira sehr gut kannte. Der Pullover, der lässig über seinen Schultern lag, war aus hellblauer Kaschmirwolle, und seine Füße steckten in handschuhweichen Slippern. Kira erkannte Qualität, wenn sie sie sah, und dieser Mann war ganz und gar kein verzottelter Bücherwurm. Lukas Andersen sah außergewöhnlich gut aus und hätte durchaus jedem männlichen Model Konkurrenz machen können, mit dem sie während ihrer Zeit als Modezeichnerin mal gearbeitet hatte. Seine gleichmäßigen Gesichtszüge wirkten wie gemeißelt, und natürlich hatte Lukas keine einzige Narbe, aber leider auch kein Grübchen im Gesicht. Erst als er sie begrüßte, wurde noch ein weiterer Unterschied zu Finn deutlich: Finns jüngerer Bruder litt offensichtlich unter einer gewissen Schüchternheit, und ihr wurde schlagartig klar, warum dieser überaus gut aussehende Mann noch nicht wieder in festen Händen war.

„Kira, es freut mich sehr, dich kennenzulernen." Sein Lächeln hätte ebenso umwerfend jungenhaft sein können wie das seines großen Bruders, wenn seine erkennbare Unsicherheit das nicht verhindert hätte. Aber ihr gefiel, dass er sie sofort duzte.

„Hallo Lukas! Mich freut es auch." Kira erwiderte sein Lächeln.

Die Brüder nahmen sich herzlich in den Arm – auch das gefiel Kira sehr.

„War die Überfahrt ruhig?", fragte Finn.

„Ja, absolut ruhig." Lukas räusperte sich und strich sich mit den Fingern das goldbraune Haar zurück. Noch eine Gemeinsamkeit, dachte Kira schmunzelnd.

Finn verstaute Lukas' Koffer und seine Reisetasche im winzigen Kofferraum seines Geländewagens.

„Kannst du dir nicht endlich mal einen vernünftigen Wagen zulegen?", fragte Lukas mit gerunzelter Stirn. „Das ist doch ein Spielzeug."

Finn lachte und zwinkerte Kira dabei munter zu. „Ich spiele halt gerne. Komm, Bruderherz, du hast bestimmt einen Mordshunger, oder? Kira und ich dachten, es wäre nett, hier im Gasthof etwas zu Mittag zu essen. Die Besitzer sind gute Freunde von Kira. Was hältst du davon?"

„Gute Idee. Ich habe wirklich Hunger. Vorhin fehlte mir die Zeit, vernünftig zu frühstücken. Na ja, du kennst mich ja."

Im Gasthof war um diese Zeit nicht sehr viel los. Es waren noch nicht genug Touristen auf der Insel, um die Gaststube zu füllen, und von den Einheimischen zog es nur die wenigsten zum Mittagessen aus den eigenen vier Wänden. Nur zwei der Tische waren besetzt. Ein älteres Paar, es handelte sich unverkennbar um Touristen, saß an dem Ecktisch, den Kira und Finn am vergangenen Samstagabend gerade noch ergattert hatten. Am anderen Ende des Schenkraumes, genau neben der Tür, saßen Magda Quint und ihre Schwägerin vor ihren bereits leeren Tellern. Finn und Kira begrüßten die beiden Frauen herzlich, und Finn stellte beiden seinen Bruder vor. Nach einem kurzen Plausch setzten sie sich schließlich an einen der freien Tische, die in einer Reihe direkt vor der Fensterfront platziert waren und von denen man somit einen guten Blick auf den Anleger und den kleinen Hafen hatte.

Kaum dass sie Platz genommen hatten, kam Anna Brockmann auch schon aus der Küche gewirbelt und lächelte ihnen entgegen. Als sie näher kam und ihr Blick auf Lukas fiel, weiteten sich ihre himmelblauen Augen für einen winzigen Moment sichtbar, und ihre linke Hand überprüfte wie ferngesteuert kurz ihre Frisur. Finn musste unwillkürlich grinsen. Für ihn war diese typisch weibliche Reaktion und das eindeutige Interesse, das stets damit signalisiert wurde, nichts Neues; Lukas hingegen schien die junge Kellnerin noch nicht einmal zu bemerken.

„Halloooo!“, flötete Anna gedehnt, und Finns Grinsen wurde noch eine Spur breiter. So wie er Anna Brockmann kennengelernt hatte, würde sie sicherlich kein Blatt vor den Mund nehmen. Er war schon jetzt gespannt darauf, wie sein kleiner Bruder damit zurechtkommen würde. Das konnte wirklich interessant werden.

„Na, wen habt ihr mir denn da mitgebracht? Du weißt doch, dass ich erst im Herbst Geburtstag habe, Kira.“ Annas Lächeln war so unverfälscht und sonnig, dass es sogar Finn ganz kurz so vorkam, als hätte irgendjemand in der Gaststube plötzlich einige Lampen mehr eingeschaltet.

Wie erwartet, lächelte Lukas nur verhalten und griff sofort nach der Speisekarte, um sich dahinter zu verschanzen. Kira und Finn wechselten amüsierte Blicke miteinander, konnten ein lautes Lachen aber gerade noch unterdrücken. Stattdessen räusperte sich Finn und erinnerte sich an seine gute Kinderstube. „Anna, der sprachlose Kerl hier ist mein kleiner Bruder Lukas. Lukas, darf ich dir Anna Brockmann vorstellen? Ihrer Familie gehört dieses schöne Lokal.“

Lukas legte die Speisekarte zurück auf den Tisch, reichte Anna seine Hand und erhob sich sogar kurz. Sein Lächeln blieb aber weiterhin sehr zurückhaltend. „Angenehm.“

„Na, und mir erst!“, erwiderte Anna und zwinkerte fröhlich. „Habt ihr richtig Hunger, ihr Süßen? Heute gibt es frische Scholle satt und Olafs weltberühmten Specksalat dazu. Typisch norddeutsch und besonders für hungrige Männer sehr zu empfehlen – übrigens ist da wahnsinnig viel Eiweiß drin.“ Annas Grinsen geriet ein wenig anzüglich, aber das war vermutlich sogar beabsichtigt. Lukas und Finn räusperten sich gleichzeitig, und Kira hätte um ein Haar losgekichert wie ein alberner Teenager.

Das Essen war tatsächlich hervorragend. Kira aß schweigend ihren Salat und hörte den beiden Männern zu. Lukas berichtete seinem Bruder kurz die Neuigkeiten aus ihrer Familie und Finn stellte interessierte Fragen zur bevorstehenden Veröffentlichung von Lukas' Buch. Unterbrochen wurden sie nur ganz kurz, als Magda und Elke Quint sich von ihnen verabschiedeten, um den Inselladen nach der Mittagspause wieder zu öffnen.

Nachdem sie gegessen hatten und auch noch das ältere Touristenpaar am Ecktisch gegangen war, setzte sich Anna Brockmann lächelnd zu ihnen an den Tisch, und auch Olaf kam kurz darauf breit grinsend aus seiner Küche. Er trug eine schneeweiße Kochjacke mit leuchtend roten Knöpfen und zog sich schon im Gehen einen Stuhl vom Nebentisch heran, stellte ihn mit der Lehne voran an die Stirnseite des Tisches und ließ sich rittlings darauf nieder, nachdem Finn auch ihn mit Lukas bekannt gemacht hatte.

„Wo treibt sich denn Torben rum?", fragte Kira, während ihr Blick zum verlassenen Tresen huschte.

„Der hat heute einen Termin auf dem Festland bei unserem Steuerberater", antwortete Olaf. „Wenn mein Bruder allerdings gewusst hätte, dass du heute noch mal hier reinschaust, Prinzessin, dann hätte er den bestimmt platzen lassen, jede Wette."

Finn fiel sofort auf, dass Kira ausgesprochen verlegen reagierte. Das Thema war ihr offensichtlich nicht ganz angenehm.

„Olaf, was soll das?", zischte Anna und sah ihren Bruder strafend an, nachdem sie Finns verwunderten Blick beobachtet hatte. „Was soll Kira denn jetzt denken, wie?"

Olaf zuckte kurz mit seinen Schultern. „Na hör mal, der läuft doch rum wie ferngesteuert, seit Kira wieder hier ist und ..."

„Olaf, halt den Mund!"

„Ja, ist doch wahr. Mindestens dreimal am Tag höre ich mir an, wie toll es doch ist, dass Kira dieses Mal ganze drei Monate hier auf Sameland sein wird."

Annas Ärger über ihren Bruder zeichnete sich deutlich auf ihrem hübschen Gesicht ab. Über ihrer süßen kleinen Stupsnase bemerkte Finn eine steile Falte, und sie stieß ein äußerst missbilligendes Geräusch aus, dann wandte sie sich demonstrativ Kira zu: „Hör nicht auf den Idioten, Kira, der will nur mal wieder auf Torben rumhacken."

Kira brachte ein kleines Lächeln zustande. Allerdings war

sie noch immer unangenehm berührt, das registrierte nicht nur Finn. „Hab gar nicht hingehört, Anna. Ich weiß doch, dass die beiden sich dauernd gegenseitig ärgern müssen, sonst sind sie nicht gesund."

Zwei Stunden später dachte Finn noch immer über dieses eigenartige Geplänkel zwischen Olaf und seiner Schwester nach – und vor allem sah er Kiras Gesichtsausdruck fortwährend vor sich. Sie war nicht unbedingt der Typ für eine derartige Verlegenheit. Die Sache war ihr mehr als nur unangenehm gewesen, dessen war Finn sich sicher.

Tief einatmend – den fast leeren Kaffeebecher in der rechten, eine brennende Zigarette in der linken Hand – lehnte er sich in seinem Sessel zurück und sah durch die geöffnete Terrassentür des Martinelli-Hauses hinaus auf die Ostsee. In der Ferne glitt eine Fähre an Sameland vorbei, und das Geschrei der Möwen erschien ihm heute noch viel lauter als sonst.

„So, ich habe meine Sachen in dem kleineren Schlafzimmer am Ende des oberen Flures untergebracht", unterbrach Lukas seine Gedanken. „Das Haus ist wirklich eine Wucht!", setzte er noch hinzu.

„Hm." Finn richtete sich etwas auf und stellte den Becher auf dem kleinen gläsernen Beistelltisch ab, der in seiner Reichweite stand.

„Was ist los, Finn?"

„Äh …, eigentlich nichts. Ich denke über verschiedene Dinge nach, mehr nicht."

„Lässt du mich an deinen Gedanken teilhaben?" Lukas kam näher und setzte sich Finn gegenüber auf das Sofa.

„Hm."

„Das sagtest du bereits." Lukas grinste. „Komm schon, großer Bruder, spuck es aus."

Finns nachdenkliche Miene entspannte sich etwas. „Ich weiß nicht so recht, wie ich … sag mal, Luki, kennst du das Gefühl, dass du aus einer abstrusen Eingebung heraus einen saublöden Gedanken nicht wieder abschütteln kannst, obwohl dein Verstand dir klar und deutlich zu verstehen gibt, dass du spinnst?“

Nicht nur, weil Finn den alten Kosenamen aus ihrer Kindheit für ihn benutzt hatte, verzog Lukas sein Gesicht und verdrehte die dunklen Augen. „Geht es auch etwas deutlicher, Finnegan?“

Finns Mundwinkel zogen sich nach oben. „Vergiss es einfach, Luki. Wahrscheinlich spinne ich tatsächlich.“ Er wandte den Kopf wieder ab und schaute erneut auf das Meer. Eine Weile saßen die beiden Männer sich stumm gegenüber. Lukas betrachtete das ernste Gesicht seines älteren Bruders und lächelte leicht in sich hinein.

„Hör zu, du kannst ruhig zu ihr gehen, wenn dir danach ist. Ich komme schon klar. Mein Laptop steht oben, und ich habe ohnehin noch eine ziemlich dicke Mappe voller Recherchematerial durchzuarbeiten. Du musst deine Abende wirklich nicht mit deinem kleinen Bruder verbringen, wenn nur ein paar Schritte weiter deine Traumfrau auf dich wartet.“ Lukas grinste verschmitzt und wackelte ein bisschen mit den Augenbrauen.

„Blödmann!“ Finn lachte kurz auf. Sein Bruder hatte ihm offenbar angesehen, dass er soeben ziemlich intensiv an Kira gedacht hatte. „Soll ich dir noch schnell die Telefonnummer von der kleinen Brockmann besorgen, damit du auch mal wieder auf andere Gedanken kommst, Professor? Die Kleine war ja sichtbar hingerissen von deinem unterkühlten Akademikercharme.“

„Hör bloß auf, das Mädel ist so gar nicht meine Kragenweite.“

„Bitte? Die ist doch zuckersüß! Stehst du nicht auf blonde Löckchen?“ Finns Grinsen vertiefte sich.

„Also hör mal, Finn, ich will ja kein Snob sein, aber … hmm, die lustigen blonden Locken wären nun wirklich nicht das Problem, aber …“

„Was aber?“

„Ein hübsches Gesicht und ein toller Körper reichen mir üblicherweise nicht, wenn ich mit einer Frau zusammen sein will. Und das soll jetzt nicht abwertend klingen oder gar den Beruf der Kellnerin irgendwie … ach, du verstehst mich ja doch nicht. Die Kleine ist wirklich ziemlich sexy, aber ich …“

Weiter kam Lukas nicht, denn Finn war bereits in schallendes Gelächter ausgebrochen. Offenbar fand er irgendetwas saukomisch.

„Alles klar, Kleiner", prustete er. „Tja, eine blonde Kellnerin auf einer dörflichen Insel. Ich hab dich schon verstanden, Professor." Finn wischte sich ein paar Lachtränen aus dem Augenwinkel. „Falls es dich interessiert, die süße blond gelockte Kellnerin absolviert so ganz nebenbei in Hamburg ein Medizinstudium. So, Luki, und nun darfst du dich schämen!" Finn kriegte sich kaum noch ein vor Lachen.

„Und wie hat er reagiert?", fragte auch Kira lachend, als Finn ihr nur wenig später von dem Gespräch berichtete, das er mit seinem Bruder über Anna Brockmann geführt hatte.

„Na, er hat sich brav geschämt", erwiderte Finn schmunzelnd. „Nein, im Ernst, Kira, im Grunde kann man ihm diesen Irrtum ja nicht verübeln. Anna ist wirklich … nun sagen wir mal, sie ist nicht unbedingt der Prototyp einer typischen Medizinstudentin."

„Aha. Wie sieht denn deiner Meinung nach so ein Prototyp aus?" Kira beugte sich vor und griff nach ihrem Weinglas. Finn war heute Abend bei Mineralwasser geblieben. Als sie sich vorbeugte, strich seine Hand über ihren Rücken und erzeugte so die ihr inzwischen schon so vertrauten, wohligen Wärmeschauer, die sich unter ihrer Haut ausbreiteten. Sie seufzte, nahm einen Schluck Wein und ließ sich wieder zurück an seine Schulter sinken.

„Hm, keine Ahnung. Jedenfalls nicht wie Anna", antwortete er und lachte dunkel.

Eine Weile blieben sie stumm. Kira kuschelte sich noch enger in seine Armbeuge. Finn spielte gedankenverloren mit Kiras Haar und fühlte zum ersten Mal seit Jahren einen Anflug von seelischer Ruhe und Zufriedenheit in sich aufkeimen. Es dauerte jedoch einige Minuten, ehe er selbst dieses kostbare Gefühl einordnen konnte. Einen herrlichen Moment lang gab er sich dieser Empfindung ganz hin, schloss die Augen und drückte seine Lippen auf Kiras Scheitel. Doch dann setzte Kira sich langsam wieder auf, wandte sich ihm zu und sah ihm direkt in die Augen. Schon dieser intensive Blick von ihr reichte aus, um das kurze, aber umfassende Glücksgefühl wieder zu vertreiben, das ihn soeben noch mit Wärme und Zufriedenheit erfüllt hatte. Gleichzeitig schlug irgendwo in seinem Gehirn eine Warnglocke an. Er war kein Narr, und er wusste genau, dass Frauen dazu neigten, immer über alles reden zu wollen. Kira hatte sich damit schon viel länger zurückgehalten, als es zu erwarten gewesen wäre. Innerlich begann er sich bereits zu wappnen. Er war zu nett zu ihr gewesen, überlegte er, viel zu nett und viel zu unkompliziert – und das nur, weil er seinen verflixten Gefühlen gefolgt war.

„Wie lange wirst du noch auf Sameland zu tun haben, Finn?" Sie schluckte, versuchte das aber möglichst unauffällig zu tun, und griff vor lauter Verlegenheit erneut nach ihrem Glas.

Finn holte tief Atem. Er wusste schon jetzt, dass dies Kiras Einstieg für das sein würde, was ihr eigentlich auf der Seele lag. „Sicherlich noch einige Wochen. Warum fragst du?" Er gab sich gespielt ahnungslos, während er ihre Reaktion genau beobachtete.

Kira spielte ein wenig mit ihrem Glas, ließ den Rotwein langsam und gekonnt darin kreisen und sah offensichtlich hoch konzentriert dabei zu, wie sich das Licht der Kerzen in den rötlichen Schlieren brach. Schon nach einigen Sekunden schien sie für sich beschlossen zu haben, die vorherrschende Frage nicht länger hinauszuschieben. „Wie wird es mit uns weitergehen?"

Er räusperte sich und versuchte so noch einige wertvolle Sekunden herauszuschinden.

„Warum warten wir das nicht erst mal ab?"

„Du meinst also, wir sollten es auf uns zukommen lassen, ja?" Sie verzog ein wenig ihren Mund und kaute auf ihrer Unterlippe herum. „Finn, ich …"

„Hör zu, Süße", unterbrach er sie schnell, bevor sie ihm irgendetwas gestehen konnte, das sie später vielleicht nur bereuen würde. Finn musste husten. Wahrscheinlich wurde es tatsächlich Zeit für die übliche Machonummer. Er hasste sich schon jetzt dafür. „Wir sollten wirklich erst mal sehen, wohin uns diese Sache führt, okay? Ich bin absolut nicht der klassische … Beziehungstyp, verstehst du? Versuch also besser gar nicht erst, mich zu irgendwas zu drängeln, zu was auch immer.“

Er rückte ein Stück von ihr ab und erhob sich, auch um die Distanz noch zu unterstreichen, die er soeben mit seinen Worten und dem harten Unterton in seiner Stimme aufgebaut hatte. Sein Magen revoltierte bereits, und er fühlte Übelkeit in sich aufsteigen, denn es war ihm nur allzu bewusst, dass er sie in diesen Sekunden zutiefst verletzte – und das mit voller Absicht, wenn auch nur, um es ihr letztlich leichter zu machen. Allerdings hoffte er auch inständig, dass es nicht wirklich ihr Herz, sondern allein ihr Stolz sein würde, der gerade ein paar Risse bekam, denn diese würden sicherlich bald wieder heilen.

„Es ist … toll mit dir, Kira“, setzte er wieder an. „Ich meine … vor allem der Sex ist toll zwischen uns. Belassen wir es doch vorerst dabei, in Ordnung?“ Finn schaffte es tatsächlich, sie direkt anzusehen. Ihre Ozeanaugen schimmerten feucht und schienen noch eine Spur größer zu sein als sonst, fixierten aber unentwegt sein Gesicht. Er schickte ein stummes Stoßgebet zum Himmel und wünschte sich eindringlich, dass sie letztlich nicht anfangen würde zu weinen, denn dann wäre er verloren, das wusste er schon jetzt.

„Sex also … vorerst.“ Kira stellte ihr Glas ab und versuchte verzweifelt, gegen ihre Tränen anzukämpfen. Sie schluckte mehrere Male heftig, bevor sie all ihren Stolz zusammenklaubte, um möglichst heil und würdevoll aus dieser Sache wieder herauszukommen. Fast bedächtig kam sie auf ihn zu. „Nun, wenn nur das zwischen uns ist, dann … sollten wir langsam mal zur Sache kommen und hier nicht unnötig Zeit verplempern, nicht wahr?“

Finn erwachte früh am nächsten Morgen aus einem kurzen Schlaf. Kira lag noch immer nackt neben ihm. Ihr Kopf ruhte in seiner Armbeuge, und ihre rechte Hand fühlte er warm auf seinem Bauch. Sie schlief noch tief und fest, und er konnte ihren gleichmäßigen Atem an seiner Haut spüren.

Fast zwei Stunden lang hatte er sie in der vergangenen Nacht geliebt. Hingebungsvoll, mit allen Sinnen und bewusst voller Zärtlichkeit, auch um die Schmerzen vielleicht ein wenig zu lindern, die er ihr zuvor mit Worten zugefügt hatte. Es hatte ihn regelrecht dazu gedrängt, die Wunden irgendwie wieder zu heilen, nicht zuletzt auch seine. Natürlich hatte er von vornherein gewusst, dass das auf diese Art kaum erreichbar sein würde, aber eine andere Möglichkeit hatte er ja nicht.

Sie hatte schließlich doch noch geweint – später, auf dem Höhepunkt ihrer gemeinsamen Lust, waren ihr Tränen über das schöne Gesicht gelaufen –, und er hatte ihr die salzigen Tropfen wortlos von den Wangen geküsst. Ebenso stumm hatte er Kira dann die ganze Nacht in den Armen gehalten. Wenn da auch nur die geringsten Zweifel an seinen Gefühlen für Kira Lengrien gewesen waren, dann hatten sie sich spätestens seit der letzten Nacht in nichts aufgelöst. Magda hatte recht: Er liebte Kira, wie er noch nie einen anderen Menschen geliebt hatte, das wusste er jetzt mit absoluter Gewissheit. Und diese tiefe Liebe würde sein Leben zweifellos auch in Zukunft beherrschen.

Finn schloss die Augen und atmete tief ein. Ihre Hand auf seinem Bauch bewegte sich leicht, aber Kira schlief noch. Er wurde praktisch sofort hart, und unwillkürlich seufzte er leise auf, weil ihm seine prompte körperliche Reaktion wieder einmal bewusst machte, wie sehr diese Frau sein Leben verändert hatte. Ganz vorsichtig, um sie nicht doch noch zu wecken, löste er sich von ihr und erhob sich aus dem Bett, um zu duschen.

Als er kurze Zeit später zurück in Kiras Schlafzimmer kam, saß sie bereits halb aufrecht im Bett und blickte ihm mit fast unbewegter Miene entgegen. Ihr Blick glitt kurz über seinen nackten Körper hinweg.

„Guten Morgen."

„Morgen, meine Schöne!"

Finn versuchte zu lächeln und einen möglichst lockeren Ton anzuschlagen, wusste aber nicht, ob ihm das wirklich gelang. Er schlüpfte in seine Shorts, während sie die Beine aus dem Bett schwang, nach einem weißen Morgenmantel griff und hineinschlüpfte. Er ging wortlos um das Bett herum und wollte sie an sich ziehen, aber Kira drehte sich gleich wieder aus seiner Umarmung heraus und machte einige Schritte von ihm weg.

„Du könntest schon mal Kaffee aufsetzen, während ich dusche", sagte sie leise und verschwand ohne ein weiteres Wort im Badezimmer.

Sein Blick blieb noch eine Weile an der geschlossenen Badezimmertür hängen. Vielleicht würde sie sich schon jetzt langsam aber sicher immer mehr von ihm zurückziehen, denn wenn auch sie mehr als nur körperliches Verlangen für ihn empfand – und bei diesem berauschenden Gedanken setzte sein Herz kurz aus –, dann könnte das nach dem Gespräch gestern Abend eine logische Folge, vielleicht auch eine Art Selbstschutz sein. Nun gut, wenn es so wäre, würde er auch damit fertigwerden, vor allem, weil es besser für Kira war. Früher oder später würde er sich ja ohnehin wieder daran gewöhnen müssen, ohne sie zu leben.

Unter der Dusche, endlich mit sich allein, ließ Kira ihren Tränen schließlich freien Lauf. Gestern Abend hatte sie sich noch zusammenreißen können, zumindest bis zu dem Moment, in dem ihre Gefühle vollkommen außer Kontrolle geraten waren. Finn hatte das zum Glück auf den heftigen Orgasmus geschoben, der kurz zuvor nicht nur ihren Körper erschüttert hatte. Eines war Kira klar: Sie brauchte dringend Abstand von Finn, sonst würde sie noch verrückt werden – und sie musste möglichst noch heute mit Christina sprechen. Während sie sich für den Tag zurechtmachte, versuchte sie bereits ihre letzte Kraft zu mobilisieren, bevor sie zu ihm nach unten ging und wieder in diese so wundervollen, aber unergründlichen Augen blicken musste.

Finn hatte bereits den Tisch fertig gedeckt, als Kira endlich nach unten kam. Sein einnehmendes Lächeln ließ ihn wieder einmal umwerfend aussehen, und diese Tatsache ließ Kiras Herz so laut klopfen, dass sie schon glaubte, er könnte es hören.

„Hast du gut geschlafen, Kira?" Er schenkte Kaffee in zwei

Becher und brachte sie hinüber zu Kiras kleinem Esstisch.

„Geht so." Kira setzte sich an den Tisch und griff sofort nach dem Kaffeebecher, um irgendwo Halt zu finden.

„Ich habe auch Rührei gemacht, während du geduscht hast." Seine Augen verdunkelten sich und wurden fast schwarz, als sie seinen forschenden Blick schließlich erwiderte. Sie musste unweigerlich daran denken, dass sich die Farbe seiner Augen nach dem Sex ebenfalls auf diese Art intensivierte.

„Tut mir leid, Finn, ich habe heute Morgen nicht allzu großen Hunger. Kaffee genügt mir ... vorerst."

Es entging ihm natürlich nicht, dass sie ein wenig mehr Betonung auf das letzte Wort legte, Aufmerksamkeit gehörte schließlich zu seinem Job. „Kira ... wenn du mir irgendwas Spezielles sagen willst ..."

Sofort schüttelte sie ihren Kopf, vielleicht eine Spur zu heftig. „Äh ... ich habe mir nur überlegt ... ich sollte mich langsam mal ernsthaft an meine Arbeit machen. Schließlich bin ich auch deswegen hier auf der Insel."

Er nickte bedächtig. „Das heißt, du brauchst ein bisschen Ruhe, richtig?"

„So ungefähr." Sie vermied es, ihm in die Augen zu sehen, und er registrierte auch das.

„Gut." Er nahm noch einen Schluck von seinem Kaffee und stand auf. „Du weißt ja, wo du mich findest." Kaum einen Augenaufschlag später hatte er auch schon nach seiner Jacke gegriffen – und dann hörte sie nur noch das aufheulende Motorengeräusch seines Autos.

6. KAPITEL

Im Martinelli-Haus saß Lukas Andersen ebenfalls vor einem großen Becher Kaffee. Er sah auf und hob vielsagend die dunklen Augenbrauen, als Finns Autoschlüssel ungewöhnlich temperamentvoll auf dem Frühstückstresen landeten.

„Ist noch Kaffee da?", fragte Finn tonlos.

„Nanu, Ärger im Paradies?"

„Halt den Mund, wenn dir deine Vorderzähne lieb sind, okay?"

Lukas schmunzelte. Er wusste, dass Finn niemals einem Menschen freiwillig schaden würde, weder körperlich noch seelisch – und ihm schon gar nicht. „Setz dich, Finn, du kriegst jetzt deinen Kaffee, und dann erzählst du mir erst mal, was los war."

Finn war kaum aus der Tür gewesen, da hatte Kira auch schon nach dem Telefonhörer gegriffen, um Christina anzurufen.

„Ich weiß, das willst du nicht hören, aber ich könnte jetzt auch milde darauf hinweisen, dass ich dich hinreichend gewarnt habe, meine Kleine", sagte Christina, nachdem Kira ihr in knappen Worten von dem Abend und der Nacht mit Finn berichtet hatte.

„Was du somit getan hast." Kira lachte bitter auf.

„Dein Traummann hat also jetzt doch den einsamen Wolf zum Besten gegeben. Nun gut, so habe ich ihn nach deiner Beschreibung irgendwie auch eingeschätzt." Christina holte hörbar tief Atem, bevor sie weitersprach: „Du liebst ihn wirklich, oder?"

„Ja, ich liebe ihn wie verrückt", antwortete Kira ohne Umschweife. Sie hatte noch nie Geheimnisse vor ihrer besten Freundin gehabt und wollte auch jetzt nicht damit anfangen. Trotzdem tat es seltsam weh, diese Wahrheit zum ersten Mal so offen in Worte zu fassen.

„Und ich befürchte, es hat dich dieses Mal richtig umgehauen, liege ich da auch richtig?"

„Ja, auch damit liegst du richtig. Ich weiß genau, dass ich ihn niemals, niemals wieder vergessen werde, Tina! Ich habe noch nie so für einen anderen Menschen gefühlt. Es ist so … beherrschend.“

„Willst du, dass ich zu dir komme, Liebes? Du weißt, ich würde hier sofort …“

„Nein, Tina, wirklich nicht. Du hast zu tun. Du hast mir selbst erzählt, dass die Promotion für dein Buch inzwischen auf Hochtouren läuft. Du kannst jetzt unmöglich da weg. Der Verlag würde dir mit Recht tüchtig aufs Dach steigen, also bleib, wo du bist. Ich kriege das schon hin, ich bin doch ein großes Mädchen.“

Christinas leises Lachen drang durch den Hörer. „Ein großes Mädchen mit einem ziemlich gebrochenen Herzen, das bist du, meine Kleine! Soll ich ihn für dich fesseln, knebeln oder ein bisschen quälen? Sag es! Ich engagiere einfach ein paar von Eddies muskelbepackten Dobermännern, bringe die mit auf deine Insel und wir lassen ihn kaltmachen oder, besser noch, kastrieren, was hältst du von dieser entzückenden Vorstellung? Ach herrje, ich sollte wohl besser blutrünstige Krimis schreiben.“

Wie immer brachte Christina mit ihrem speziellen Humor ihre Freundin auch jetzt zum Lachen. „Ach, Tina! Er hat mir doch im Grunde nichts getan. Ich bin es doch, die zu viel in unsere Beziehung hineininterpretiert hat. Typischer Klein-Mädchen-Fehler, wie konnte ich nur so blind und unbedarft sein! Ich habe wirklich gedacht, bei ihm wäre ebenfalls mehr dahinter. Ich war mir sogar fast sicher, dass er mehr für mich empfindet. Er ist immer so … aufmerksam. Versteh mich nicht falsch, ich meine damit, er achtet auf eine ganz seltsame Weise stets darauf, dass es mir gut geht. Jedenfalls fühle ich mich irgendwie aufgehoben, wenn er bei mir ist. Eigenartig ist das, und ich dachte, diesen Eindruck vermittelt doch kein Mann einfach so. Na ja, da habe ich halt falsch gedacht.“

„Hmmm.“ Christina dachte nach.

„Was?“

„Vielleicht hast du mit deinen Empfindungen ja gar nicht so

falschgelegen, Kira."

„Wie meinst du das denn jetzt?"

„Na ja, so wie ich dich kenne, und ich kenne dich verdammt gut, bist du eigentlich ziemlich großartig darin, dich in andere Menschen hineinzufühlen. Okay, wir schieben jetzt mal die unsägliche Geschichte mit Matthias beiseite, denn wenn ich genauer drüber nachdenke, hatte das sowieso nichts mit Einfühlungsvermögen zu tun, denn da war einfach nichts zu erfühlen. Das Herz von diesem Kerl war nämlich total hohl. Jedenfalls würde es mich doch sehr wundern, wenn dein Gespür dich in diesem speziellen Fall so ganz und gar im Regen stehen lässt, verstehst du?"

„Kein Wort."

„Also, nehmen wir doch mal an, der einsame Wolf spielt nur den einsamen Wolf ... na, klingelt's? Es könnte doch sein, dass der Typ gewissen Bindungsängsten unterliegt. Du hast mir zum Beispiel von seinen Problemen erzählt – du weißt schon, dieser Freund, der irgendwie zu Tode gekommen ist, seine abgebrochene Polizeikarriere und so weiter. Vielleicht hattest du bei unserem letzten Gespräch recht und der Junge braucht tatsächlich nur noch ein bisschen mehr Zeit."

Einige Sekunden blieb es still in der Leitung, aber damit hatte Christina schon gerechnet. So wartete sie am anderen Ende geduldig ab, bis Kira über ihre Worte nachgedacht hatte.

„Okay, du hast also deine Meinung geändert und glaubst jetzt doch, ich sollte ihm noch ein bisschen mehr Zeit geben?"

„Ich meine nur, man sollte die Geschichte von allen Seiten betrachten und dabei auch alle Möglichkeiten in Betracht ziehen, mehr nicht. Wie du siehst, habe ich unterdessen wirklich über dein Problem mit diesem Typen nachgedacht, Schätzchen. Wenn man es genau betrachtet, würde es für dich doch nicht wirklich einen Unterschied machen, wenn du ihm noch eine Chance einräumst. Ich meine, wenn es um deine Gefühle für den Mann geht. Du liebst ihn, so oder so, was macht es da schon aus?"

„Du hast recht."

„Herrje, wie viele Jahre habe ich gebraucht, um diese Worte einmal aus deinem Mund zu hören!“ Kira konnte an Christinas Stimme hören, dass sie lächelte. „Ernsthaft, es ändert doch nichts mehr, Kira. Selbst wenn wir falschliegen sollten und der Typ nichts für dich empfindet, was über den Sex hinausgeht ... na, dann kannst du das Zusammensein mit ihm immerhin auf dieser Ebene noch ein bisschen länger auskosten, nicht wahr?“

„Letzte Nacht ... das war wie im Traum, Tina. Aber eigentlich ist es das jedes Mal.“

„Das habe ich mir schon gedacht.“

„Okay, ich werde ihn heute ein bisschen im eigenen Saft schmoren lassen und mich dann irgendwann morgen wieder bei ihm melden, was meinst du?“

„Guter Plan, Prinzessin.“

„Hmm.“ Lukas Andersen schüttelte seinen Kopf. „Da hast du dir aber wirklich eine feine Suppe eingebrockt, mein Großer.“

Finn lachte. „Glaub mir, wenn ich nur die Zeit um ein paar Tage zurückdrehen könnte ...“

„Dann würdest du genauso noch einmal in die Falle tappen, Finn!“, unterbrach Lukas seinen Bruder und lächelte.

Finn raufte sich mit beiden Händen das Haar, dann fluchte er laut und ziemlich unflätig auf. „Ich brauche eine Zigarette! Wo, zum Himmeldonnerwetter, sind meine Zigaretten?“

Lukas erhob sich, ging kurz zum Couchtisch hinüber und warf Finn anschließend die angebrochene Packung zu, die sein Bruder gestern Abend dort liegen gelassen hatte, bevor er zu Kira gefahren war. Finn Andersen war seit Jahren nur noch ein Gelegenheitsraucher. Normalerweise kam er mit einem Päckchen Zigaretten fast eine Woche aus, doch seit er Kira begegnet war, schien sein Nikotinbedarf täglich anzusteigen.

„Du solltest das endlich ganz sein lassen“, mahnte Lukas, nachdem Finn sich einen Glimmstängel angezündet hatte und den Rauch tief und gierig inhalierte. „Das macht dich auf Dauer nur kaputt.“

„Kümmere dich um deinen eigenen Scheiß!“ Finn ließ seinen

Kopf in den Nacken sinken und atmete durch. „Tut mir leid, Lukas, war nicht so gemeint – meine Nerven liegen momentan etwas blank."

„Schon okay. Du solltest vielleicht mal versuchen, deinen Kopf freizukriegen."

„Eigentlich eine ziemlich gute Idee, kleiner Bruder. Sport wäre gut. Himmel, ich vermisse meine Hanteln! Morgen früh gehe ich auf jeden Fall laufen. Aber ... was hältst du davon, wenn wir zunächst mal zusammen ein bisschen an die Luft gehen und uns den Wind um die Nase wehen lassen? Später können wir ja dann im Gasthof noch ein Bierchen zischen, wenn uns danach ist. Na, was meinst du?"

Lukas grinste. „Vorschlag zur Güte, Finn: Geh du eine Stunde an die Luft und hol mich später ab, zu dem Bier sag ich nicht Nein. Ich habe wirklich noch ein bisschen zu tun und will unbedingt fertig werden."

„Du bist ein unverbesserlicher Streber, Luki."

„Ich weiß, aber ich bin da gestern im Internet auf etwas gestoßen, das würde ich wirklich gerne noch ein bisschen genauer recherchieren."

„Okay, dann kümmere du dich um deine Nachforschungen, und ich mach mich auf, ein bisschen Seeluft zu schnappen."

Finn entschied sich dieses Mal für den Weg am Strand entlang, um einen weiteren Besuch an der Nordspitze zu machen. Er wollte auf keinen Fall wieder oben auf dem Deich laufen und riskieren, Kira erneut zu sehen oder gar von ihr bemerkt zu werden.

Der Strandstreifen von Sameland war nicht besonders breit, an den meisten Stellen der Insel sogar so schmal, dass noch nicht einmal ein ausgebreitetes Badetuch dort genug Platz finden würde. Für einen bequemen Spaziergang jedoch reichte es durchaus.

Als Finn schließlich die Nordspitze erreichte, war es schon fast Mittag, denn der Weg am Strand dauerte etwas länger als der oben auf der Deichkrone.

Zunächst blieb er am Strand stehen und schaute eine Weile auf die Ostsee hinaus. Der Wind blies heute nicht ganz so kräftig wie sonst, und der strahlende Sonnenschein ließ bereits den nahenden Sommer erahnen. Finn wurde plötzlich bewusst, wie sehr er sich schon an den typischen Geruch und die alltäglichen Geräusche der Insel gewöhnt hatte. Ja, er gestand sich sogar ein, dass er Sameland vermissen würde, wenn seine Arbeit erst getan war.

Hier an der Nordspitze sah man nur sehr selten Fähren, denn die üblichen Routen nach Skandinavien lagen nicht in unmittelbarer Sichtweite. Im Süden der Insel war das anders. Dort war bei gutem Wetter deutlich mehr Schiffsverkehr zu beobachten.

Nach einer Weile beschloss Finn, sich für ein paar Minuten wieder auf einen der hellen Felsen zu setzen, bevor er seinen Rückweg zum Martinelli-Haus antreten würde. Er blieb dieses Mal dichter am Wasser und verließ den Sandstreifen nicht. Stattdessen ließ er sich einfach auf dem nächstgelegenen kleinen Vorsprung nieder. Seine Schuhe versanken ein wenig im feinen weißen Sand, als er sich setzte. So wie beim letzten Mal lehnte er sich zurück an die etwas höheren Felsen in seinem Rücken und atmete bewusst einige Male tief ein und wieder aus.

Er dachte an Kira, und deshalb überprüfte er auch sofort, ob der Vibrationsalarm an seiner Armbanduhr aktiviert war. Genau so, wie er es schon fast zwanghaft mehrmals am Tag tat, außer wenn er selbst bei ihr war. Seine Uhr war über den kleinen Chip direkt mit seinem Computer verbunden, und so würde er auch hier sofort ein Signal erhalten, wenn Kira Besuch bekam. Er hoffte, dass sie heute tatsächlich im Haus blieb, um zu arbeiten. Letzten Endes war es immer ein Risiko, wenn er sie aus den Augen ließ.

Nach einer Weile holten ihn wieder einmal die quälenden Gedanken an Mike ein, aber er beschloss sofort, die Erinnerungen dieses Mal bewusst zuzulassen und anzunehmen, so wie es ihm sein Psychiater in mehreren Sitzungen geraten hatte. Also schloss er die Augen, und abermals spulte sich in seinem Kopf der gesamte Ablauf des verhängnisvollen Tages ab, an dessen Ende Mike sein Leben lassen musste. Angefangen mit dem Geburtstag von Jonas, Lenas und Mikes kleinem Sohn. Finn hatte seinem Patenkind an diesem Tag eine kleine ganz einfach zu bedienende Kamera geschenkt. Bei dem Gedanken an die leuchtenden Augen von Jonas Grendler musste Finn nun sogar ein wenig lächeln. Der Junge war den lieben langen Tag herumgehastet, um voller Begeisterung alles und jeden zu fotografieren. Finn liebte dieses Kind sehr. Nicht nur, weil es sich bei dem Jungen um sein Patenkind handelte, sondern weil Jonas einfach Jonas war. Der Kleine war Mike nicht nur äußerlich sehr ähnlich, vielleicht war das der eigentliche Grund für Finns ungebrochene Zuneigung zu dem Kind.

Wenn er an diesen Tag zurückdachte, erinnerte sich Finn aber auch noch daran, dass Mike und er – zwischen dem Aufblasen von Luftballons und den üblichen wilden Kindergeburtstagsspielen – immer wieder über den Einsatz sprachen, der ihnen am selben Abend noch bevorstand.

Von einem V-Mann hatten sie den entscheidenden Tipp bekommen, dass an diesem speziellen Abend eine beachtliche Lieferung Kokain ihren Besitzer wechseln würde. Die Übergabe sollte in einer alten Lagerhalle direkt am Hafen stattfinden. Um nicht aufzufallen, wollten sich zwei Männer dort treffen und das Geschäft in aller Kürze abwickeln, indem sie schlicht und einfach ihre fahrbaren Untersätze austauschten.

Finn kannte sich gut im Hafengebiet aus. Er wusste auch, dass die Gegend rund um diese Lagerhalle gerade nachts so einsam und abgelegen wirken konnte, als würde man sich allein auf Gottes Erde befinden und nicht inmitten einer Großstadt.

Der Einsatz war genau durchgeplant gewesen – und der Zugriff musste verdammt schnell erfolgen, das wussten sie.

Mike und er sollten zunächst allein vor Ort sein, um die Richtigkeit des Tipps zu überprüfen. Die Einsatzkräfte würden aus Gründen der Tarnung in einiger Entfernung auf Finns oder Mikes Befehl für den Zugriff warten, wären aber innerhalb kurzer Zeit ebenfalls dort gewesen. Ja, alles war perfekt durchgeplant … zumindest fast alles.

Zwei Drogendealer gegen zwei erfahrene Kriminalbeamte mit zwanzig weiteren Beamten als Rückhalt – was konnte da schon passieren?

Finn stieß ein missbilligendes Schnaufen aus, das allein ihm selbst galt.

Dieser Kindergeburtstag! Vielleicht hatte der Kindergeburtstag alles durcheinandergebracht.

Mike war nachmittags eingefallen, dass er wie üblich seine Waffe im Büro gelassen hatte. Lena sah es nicht so gern, wenn er die Pistole mit nach Hause brachte. Während der Geburtstagsfeier seines Sohnes wollte Mike das Haus natürlich nicht mehr verlassen, also einigten Finn und er sich kurzerhand darauf, dass Mike direkt vor dem Einsatz noch einmal ins Büro fahren sollte, um die Waffe zu holen. Das Kommissariat lag unweit vom Hafen entfernt. Finn würde mit seinem eigenen Auto hinterherfahren, um es dann an der Dienststelle abzustellen. Seine Wohnung lag schließlich ebenfalls in Hafennähe, und es wäre einfach ein Riesenumweg gewesen, den Wagen später wieder bei Mike abzuholen.

Kurz nach dem Abendessen brachte Mike schnell den ganzen Müll raus, der vom Kindergeburtstag übrig geblieben war. Dann bereiteten sich die beiden Freunde auch schon darauf vor, das Haus zu verlassen.

Bei der Erinnerung drehte sich Finn noch heute der Magen um. Er hörte Mike deutlich sagen: „Tu mir den Gefallen und hilf Lena eben noch, das ganze Geschirr in die Küche zu schleppen, Finn. Ich muss ja ohnehin erst mal rauf ins Büro. Wir treffen uns dann unten auf dem Parkplatz vor der Dienststelle, okay?“ Finn hatte sich ohne Weiteres darauf eingelassen: „Stets zu Diensten, Kollege.“ Er dachte daran, wie er bei der Gelegenheit noch ein paar Albernheiten mit Lena ausgetauscht hatte, um seinen Freund ein bisschen zu ärgern, und Mike hatte gelacht, als er gegangen war. Keine fünf Minuten später hatte sich dann auch Finn von Lena verabschiedet.

Er schüttelte sich kurz, um die quälenden Gedanken wieder zu vertreiben, und doch waren da immer wieder dieselben Fragen in seinem Kopf.

Warum …

Er hatte natürlich sofort bemerkt, dass der linke Vorderreifen seines Autos vollständig platt war. Der Wagen hatte direkt unter einer Laterne gestanden, und das Malheur war kaum zu übersehen gewesen. Intuitiv hatte er als Erstes nach dem mobilen Funkgerät gegriffen und Mike angerufen, um ihn über die Lage zu informieren. Sie hatten kurz beratschlagt, ob Mike ihm einen Wagen schicken sollte, ob Finn sich ein Taxi rief oder einfach den Reifen wechselte – und waren sehr schnell zu dem Schluss gekommen, dass das Wechseln des Reifens die einfachste und letztlich auch die sicherste Methode sei, damit Finn noch rechtzeitig zum Einsatz vor Ort sein konnte.

Finn hörte sich in Gedanken noch immer die Worte sagen: „Du wartest auf mich, hörst du, Mike! Du wartest! Komm ja nicht auf die Idee, da alleine aufzulaufen, klar? Ich bin gleich da, hörst du?"

Dann war die Verbindung unterbrochen worden, und weil Finn nicht noch mehr Zeit verlieren wollte, hatte er sofort mit dem Reifenwechsel begonnen. Er war an jenem Tag wirklich unglaublich schnell gewesen, und doch erschien ihm jede Minute wie eine verdammte Ewigkeit. Schließlich fuhr er los, als wäre Satan persönlich hinter ihm her – und trotzdem blieb ihm schon kurze Zeit später nur noch die grausame Erkenntnis, dass er versagt hatte.

Immerzu hatte er sein Bestes gegeben, um Mike zu beschützen, denn sein Freund war ja derjenige mit Familie, mit einer Frau, die ihn liebte und zu Hause darauf wartete, dass er wieder zu ihr zurückkam.

Stets hatte Finn dafür gesorgt, dass er und nicht etwa Mike es war, der voranging, wenn es wirklich gefährlich wurde.

Aber dieses Mal hatte er Mike nicht beschützen können, denn er war zu spät gekommen – zu spät, weil er eine der wichtigsten Regeln seines Berufes nicht beachtet hatte: Jeder Polizeibeamte war dazu angehalten, rechtzeitig vor einem Einsatz seine Ausrüstung zu überprüfen. Natürlich hatte Finn noch seine Waffe kontrolliert, natürlich wusste er, dass er das mobile Funkgerät erst am Vormittag getestet und dann in seinem Wagen deponiert hatte, aber das war nicht genug gewesen, um Mike das Leben zu retten. Wäre er nur ein paar Minuten früher vor die Tür gegangen, würde Mike heute noch leben, denn dann hätte Finn sich wie immer als Erster der Gefahr ausgesetzt, dafür hätte er schon gesorgt.

Doch so hatte er Mike nicht mehr an der Dienststelle angetroffen, als er sie endlich erreichte. Ein uniformierter Kollege stand auf dem Parkplatz bereit, um Finn mitzuteilen, dass Mike doch schon vorweggefahren war, um den zeitlichen Ablauf des Einsatzes nicht zu gefährden – und Finn wusste, dass er an Mikes Stelle höchstwahrscheinlich ganz genauso gehandelt hätte. Ohne auch nur den Wagen zu wechseln, war Finn direkt weitergefahren. Doch als er die Lagerhalle erreichte, gab es dort nur noch Blaulicht, mehrere Polizeifahrzeuge und … eine einsame Leiche auf nassem Asphalt: Mikes toter Körper, ohne Mikes Gesicht.

Warum …

Finn stützte seine Ellenbogen auf die Knie und vergrub das Gesicht in seinen Händen. So saß er noch einige Minuten da, dann hob er langsam wieder seinen Kopf und starrte aufs Meer hinaus. Als er sich einige Zeit später von dem flachen Felsen erhob, beförderte seine linke Schuhspitze einen kleinen Gegenstand an die Sandoberfläche. Nur weil sich die Sonne in diesem Augenblick glitzernd darin brach, wurde Finn überhaupt darauf aufmerksam. Er bückte sich und hielt kurz darauf einen walnussgroßen Bernstein in der Hand. Ja, es war tatsächlich ein Bernstein, daran gab es keinen Zweifel. Erstaunt blickte er auf den goldglänzenden Stein, der sich in seine Handfläche schmiegte, als würde er genau dorthin gehören. Schließlich nahm er ihn zwischen Zeigefinger und Daumen, um ihn im Licht der Sonne eingehender betrachten zu können. Der Stein war honigfarben und vollkommen klar. Man konnte im Inneren deutlich zwei kleine dunkle Einschlüsse erkennen. Das Meer und der Sand hatten ganze Arbeit geleistet, denn der Stein wirkte bereits wie geschliffen. Auf der einen Seite lief er spitz zu und auf der anderen Seite besaß er eine kleine Kerbe, die ihn wie ein Herz aussehen ließ.

„Ich sitze hier und finde ein Bernsteinherz, ich glaube es ja nicht", sagte Finn laut zu sich selbst und grinste. „Wenn ich das Magda erzähle ..." Er schickte ein lautes, unvermitteltes Lachen über das Meer und schob den Stein tief in seine Hosentasche, bevor er sich schließlich auf den Rückweg zum Martinelli-Haus machte.

Lukas war mit seiner Arbeit fertig geworden und hatte bereits auf seinen Bruder gewartet. Zusammen setzten sie sich in Finns Auto und fuhren die inzwischen schon vertraute Sandstraße hinab bis zum Parkplatz neben dem Fähranleger der Insel. Wie auch schon die letzten Male stellte Finn dort, direkt gegenüber vom Gasthof, den Wagen ab, und sie stiegen aus.

„Schau mal", sagte Lukas und wies auf einen kleinen schneeweißen Motorkutter, den Olaf Brockmann gerade festmachte. Olaf lächelte, als er seinerseits die Andersen-Brüder entdeckte, und winkte ihnen erfreut zu. „Wartet!", rief er. „Ich bin gleich so weit!"

„Ist das dein Boot?", fragte Finn, nachdem sich die Männer zur Begrüßung kurz die Hände geschüttelt hatten.

„Unser Boot, ja. Es gehört unserer ganzen Familie. Mein Vater ist früher damit zum Fischen rausgefahren, aber nach seinem Tod haben Torben und ich aus dem alten Kahn eine Art Schmuckstück gemacht. Es gibt sogar eine richtige Kajüte mit Kojen, Kochnische und allem Drum und Dran." Olaf Brockmann war sichtlich stolz auf sein kleines Schiff. „Manchmal vermieten wir es an Urlauber. Ab und an fährt einer von uns damit rüber zum Festland, wenn wir nicht auf die nächste Fähre warten wollen, aber Torben und ich waren mit unserem Kutter auch schon in Schweden und Norwegen. Wenn ihr Lust habt, können wir bei Gelegenheit ja zusammen eine Tour machen."

„Sehr gerne", erwiderte Lukas sichtlich interessiert, und auch Finn nickte.

„Aber jetzt sind wir erst mal hergekommen, um uns bei euch ein kühles Bier zu genehmigen", sagte er grinsend.

„Na dann, immer rein in die gute Stube!" Olaf lachte. „Ich gebe einen aus, Jungs."

Sie waren bereits beim zweiten Bier, als die Tür aufging und Magda Quint zusammen mit dem alten Dr. Sander die Gaststube betrat. Nach einer kurzen Begrüßung setzten sich Magda und der Doktor allein an einen der anderen Tische und bestellten bei Torben jeweils einen großen Becher Kaffee. Magdas wacher Blick schien jedoch immer wieder von der kleinen Männergruppe angezogen zu werden, die sich am Tresen zusammengefunden hatte. Finn registrierte das ebenso wie die Tatsache, dass Torben Brockmann offenbar schon nicht mehr ganz nüchtern gewesen war, als sie vorhin zusammen mit Olaf das Lokal betreten hatten.

„Kira hat mir erzählt, du würdest im Martinelli-Haus irgendwas umbauen, Finn. Was machst du da eigentlich genau?", fragte Olaf.

„Ihr kennt ja sicherlich das Haus", antwortete Finn. „Ich renoviere das Dachzimmer ein wenig. Nicht viel – ein paar neue Bücherregale, ein bisschen Öl für die Hölzer und hier und da einen Pinselstrich Farbe, mehr nicht. Wirklich nichts Besonderes."

„Du kennst dich also mit Holz aus?", wollte Torben wissen.

Finn nickte. „Eine meiner stillen Leidenschaften. Ich tischlere bisweilen ganz gerne."

„Und die Ergebnisse können sich durchaus sehen lassen", setzte Lukas nicht ohne einen gewissen brüderlichen Stolz in der Stimme nach. „Finn hat schon früher alle möglichen Reparaturen bei uns zu Hause erledigt. Was das angeht, habe ich selber leider zwei linke Hände." Er lachte und nahm einen Schluck von seinem Bier.

„Wenn du so gut bist, dann kümmere dich doch mal um die alten Küchenschränke in Kiras Haus, Finn. Die werden ja neuerdings über die Maßen beansprucht." Torben Brockmann hatte das Kinn ein wenig in die Luft gereckt und warf Finn einen Blick zu, den dieser sofort als erstaunlich provozierend einstufte. Der unterschwellig aggressive und leicht anzügliche Unterton in Torbens Stimme unterstrich diesen Eindruck nur noch mehr. Finn zeigte äußerlich keine Regung, erwiderte aber den herausfordernden Blick betont anhaltend und wartete ab, bis Torben Brockmann sich erneut dem Zapfhahn zuwandte, so als wäre nichts gewesen.

Olaf und Lukas unterhielten sich inzwischen angeregt über Olafs Zeit als Koch in einem bekannten Luxushotel in Hamburg und schienen Torbens Bemerkung wohl noch nicht einmal mitbekommen zu haben. In Finns Kopf hingegen setzte sich ein Prozess fort, der anscheinend nur auf neue Impulse gewartet hatte. Als Finn einen langen und aussagekräftigen Blick von Magda Quint auffing, war ihm sofort klar, dass er sich nicht täuschte. Mit Torben Brockmann stimmte etwas nicht, daran gab es für Finn keinen Zweifel mehr – und Magda wusste das auch.

Finn schob sein Bierglas zur Seite, orderte bei Torben einen Becher Kaffee und bemühte sich, seine Überlegungen vorerst zurückzustellen, indem er sich auf die Unterhaltung von Olaf und Lukas konzentrierte. Als einige Minuten später Anna Brockmann durch eine Hintertür in die Gaststube kam, schien sich die Stimmung sofort zu heben.

„Oh, lauter bildschöne Männer in Sichtweite! Na, wenn das nicht mein Glückstag ist!“ Annas strahlender Blick galt allerdings allein Lukas Andersen. Finn bemühte sich vergebens, ein spöttisches Schmunzeln zu unterdrücken, als sein jüngerer Bruder ihn daraufhin fast Hilfe suchend ansah.

„Entschuldigt mich bitte für einen Moment“, brachte Lukas hervor und verschwand augenblicklich durch die Tür, die zu den Toiletten führte.

Anna lachte und zwinkerte Finn verschwörerisch zu. „Dein Bruder ist echt süß, Finn“, sagte sie. „Ein bisschen nervös vielleicht, aber süß. Schade, dass diese Modeltypen immer so … oh, entschuldige, er ist dein kleiner Bruder, ich …“

„Was wolltest du grade anmerken, Goldlöckchen? Komm schon, du bist doch sonst auch kein Feigling, hab ich recht?“

„Und du bist mir wirklich nicht böse, versprichst du mir das?“

„Wenn du nicht bald mit der Sprache rausrückst, kommt mein Bruder da wieder raus, und die Chance ist vertan, Kleine.“

Anna schluckte hörbar. „Was ich meinte, ist … na ja, Männer, die so toll aussehen wie Lukas, haben doch sonst nicht viel … äh …“

„Anna!“ Finn verdrehte die Augen.

„Nein, ich sag es besser nicht.“

Finn lachte laut auf. „Glaub mir, ihr zwei wärt wirklich das perfekte Paar! Im Ernst.“ Als er aus dem Augenwinkel sah, dass Lukas gerade zurück in den Gastraum kam, beugte er sich vor und flüsterte Anna zu: „Mein kleiner Bruder hat einen hervorragenden Abschluss in Geschichte und Klassischer Literatur, reicht dir das fürs Erste?“

Anna Brockmann blieb im wahrsten Sinne des Wortes der Mund offen stehen, und damit brachte sie Finn erneut zum Lachen. „Worauf wartest du noch, Anna Brockmann, hol ihn dir! Er kann es gebrauchen, glaub mir!“

„Wer kann was gebrauchen?“, fragte Lukas, der jetzt wieder neben ihnen stand.

„Ähm … wir haben uns gerade darüber unterhalten, dass du wirklich mal ein bisschen Abwechslung gebrauchen könntest, Lukas Andersen.“ Anna hatte sich offensichtlich sehr schnell wieder gefangen und richtete nun erneut ihre himmelblauen Strahler direkt auf das Objekt ihrer Begierde. Man konnte ihr deutlich ansehen, dass sie Finns jüngeren Bruder nun mit ganz anderen Augen betrachtete. „Hier drinnen ist es ziemlich stickig. Hol deine Jacke, mein Hübscher, ich zeige dir ein bisschen unsere schöne Insel, okay? Ich habe noch ein wenig Zeit, bis ich hier wieder schuften muss.“ Sie zog eines ihrer überzeugendsten Register und schenkte ihm ihr sonniges Lächeln. Finn sah amüsiert dabei zu, wie sein Bruder innerlich in die Knie ging. Er kannte das Gefühl selbst nur zu genau. „Na, nun mach schon, Bruderherz, wir treffen uns dann später im Martinelli-Haus."

Finn verabschiedete sich kurze Zeit nach Anna und Lukas und verließ in stiller Übereinkunft zusammen mit Magda Quint den Gasthof.

„Gehen wir ein paar Schritte?", fragte Finn.

„Natürlich." Magda lächelte zu ihm auf. Eine Weile gingen sie schweigend nebeneinander her, dann deutete Magda auf eine einsam stehende Bank, und sie setzten sich.

„Du hast es mitgekriegt, oder? Ich meine … vorhin, die Sache mit Torben." Finn warf Magda einen fragenden Seitenblick zu.

„Sagen wir mal, ich habe beobachtet, wie Torben dich angesehen hat – und dass da irgendwas zwischen euch vorgefallen ist. Hören konnte ich allerdings nichts."

Finn wiederholte für Magda die Bemerkung, die Torben Brockmann ihm gegenüber gemacht hatte.

„Hm. Na ja, Kira hat ja jetzt auch schon mehrmals für dich gekocht", erwiderte Magda zögernd.

„Magda … ich … also, meine Gedanken bei Torbens Bemerkung gingen eher in eine ganz andere Richtung. Weißt du, als Kira und ich …, als wir zum ersten Mal miteinander geschlafen haben, da passierte das …"

„… in Kiras Küche?", vervollständigte Magda Finns Satz.

„Genau."

„Und du denkst jetzt, Torben könnte euch dabei beobachtet haben?"

Finn nickte und bewunderte Magdas schnelle Kombinationsgabe. „Kira hat im unteren Stockwerk keine geschlossenen Vorhänge vor den Fenstern. Es war noch ziemlich früh, ich wollte an diesem Morgen eigentlich mit ihr frühstücken …" Finn lachte kurz auf. „Nein, eigentlich wollte ich das gar nicht."

Magda lachte ebenfalls. „Ich verstehe."

„Olaf hat erst gestern eine eigenartige Andeutung zu Torben und Kira gemacht – und das hat Anna irgendwie überhaupt nicht gefallen. Du hast doch selbst gesehen, wie Torben mich vorhin angeschaut hat. Und sein Tonfall war auch nicht von schlechten Eltern, das kannst du mir glauben. Der Mann ist ohne Frage brennend eifersüchtig! Gab es da mal was zwischen ihm und Kira?“

Magda zögerte einen Moment und dachte nach.

„Magda, ich muss das wissen!“

„Junge, du solltest …“

„Magda, bitte!“

Die ältere Frau seufzte und sah Finn ins Gesicht. „Gut. Also, … ja, da war mal was. Zumindest von Torbens Seite aus. Kira war als Teenager nämlich ein bisschen in Olaf verschossen, wusstest du das?“

Finn nickte. „Ja, Kira hat mir mal davon erzählt.“

„Olaf hat Kira auch immer gemocht, aber für ihn war sie doch mehr so was wie eine echte Freundin, verstehst du?“

„Ja. Und weiter?“

„Torben hingegen war vollkommen vernarrt in Kira. Dauernd ist er ihr hinterhergelaufen wie ein junger Hund. Er hat sie regelrecht belagert, aber er hatte von Anfang an keine Chance bei ihr, das hat ihn schier verrückt gemacht. Für Kira war die Sache zunächst nicht so einfach. Sie war noch sehr jung – und sie wollte auch Torben nicht als Freund verlieren. Er war ihr wichtig, sie mochte ihn. Also versuchte sie immer sehr geduldig und nachsichtig mit Torben umzugehen, natürlich ohne sich auf etwas einzulassen. Die drei waren zu der Zeit jedenfalls ein ziemlich eigenartiges Gespann. Allerdings waren die Jungs in einem Alter … du weißt wahrscheinlich am besten, wie sich ein Junge mit fünfzehn, sechzehn oder siebzehn Jahren so fühlt, wenn es um Mädchen geht.“

„Das kannst du laut sagen. Wie hat Torben reagiert?“

„Nun, die Sache spitzte sich gehörig zu, als Kira ihm irgendwann in aller Deutlichkeit klarmachen musste, dass sie in dieser ganz bestimmten Beziehung nichts von ihm wissen will.“

„Er wollte ihr also an die Wäsche?“ Finn stieß laut die Luft durch die Nase aus und versuchte konzentriert, die leise Wut zu unterdrücken, die immer mehr in ihm anstieg.

„Ja. Kira hat sich gewehrt und wie verrückt geschrien – und dann ist Olaf gekommen und hat seinem Bruder eine blutige Nase geschlagen. Noch rechtzeitig, wohlgemerkt."

„Und dann?"

„Danach ist Kira einige Jahre nicht mehr hier gewesen. Sie war ja auch viel in Amerika bei ihrer Mutter und hat sich um ihr Studium gekümmert. Als sie schließlich irgendwann wieder auftauchte, hatte sich die Lage entspannt, und es entwickelte sich eine neue Freundschaft zwischen ihr und Torben. Soweit es mir bekannt ist, hat sich Torben seither auch nie wieder danebenbenommen."

„Hatte er später mal eine Freundin oder so? Ich meine, beide Brockmann-Brüder scheinen Singles zu sein."

Magda schüttelte ihren Kopf. „Ich weiß natürlich nicht, was in seiner Ausbildungszeit gewesen ist. Da war er nur selten hier, aber Torben ist nie mit irgendeinem Mädel hier aufgetaucht und hat auch nichts mit einem Mädchen von der Insel angefangen. Olaf hingegen hat eine feste Freundin in Hamburg, wusstest du das nicht?"

Finns erstaunter Blick sprach Bände. „Nein, das wusste ich wirklich nicht. Niemand hat bisher eine Frau auch nur erwähnt. Warum ist sie nicht hier bei ihm?"

„Maren betreibt eine kleine Kinderboutique in der Innenstadt. Sobald hier auf der Insel die Saison ihren Anfang nimmt, führen die beiden eine Art Fernbeziehung. Sie möchte ihren eigenen finanziellen Rückhalt noch nicht aufgeben. Ich verstehe das." Magda lächelte. „Das Mädchen ist toll. Olaf und sie sind schon einige Jahre ein Paar. Ich denke, er wird sie heiraten, sobald er sie davon überzeugt hat, wie schön es sein kann, überwiegend hier auf Sameland zu leben. Das ist zwar ein immer wiederkehrendes Thema zwischen den beiden – aber sie sind zweifellos glücklich miteinander." Wieder lächelte Magda. „Wenn Maren das nächste Mal hier ist, werde ich ihr anbieten, meine Nachfolge im Laden anzutreten, vielleicht macht ihr das die Entscheidung ein bisschen leichter. Sie kann das Sortiment ja erweitern, wenn es ihr Spaß macht."

„Du bist unglaublich, Magda Quint."

„Ich mag es nun einmal, wenn zwei junge Menschen zusammenfinden, die sich lieben – und die beiden lieben sich wirklich, das ist offensichtlich."

„Apropos Liebe ..." Finn verzog ein wenig seinen Mund.

„Na? Hast du es dir endlich eingestanden, Finn Andersen?"

„Das wird zwar nichts ändern, Magda, aber wenn es dich beruhigt, ja ... ja, ich liebe Kira."

„Du solltest endlich Klartext mit ihr reden."

„Das ist unmöglich."

„Du hältst es nur für unmöglich, das ist ein Unterschied."

Er lachte. „Du bist die geborene Kupplerin, Magda Quint. Warte ... ich zeige dir was, das wird dir gefallen." Er steckte die Hand in die Hosentasche, zog den Bernstein hervor und legte ihn in Magdas Hand. „Sieh dir das an."

„Oh ..., ein Bernstein, und so schön golden und klar. Wie herrlich!"

„Ich habe ihn heute Mittag an der Nordspitze gefunden." Er grinste und zog vielsagend die Augenbrauen hoch.

„Es kommt eher selten vor, dass sie schon so klar gewaschen sind. Er muss sehr alt sein, und vielleicht hat er sogar bis vor Kurzem noch im Meer gelegen. Du weißt, was dieser Stein bedeutet, Finn?"

„Ähm, ... okay, er sieht aus wie ein Herz, aber ich ..."

„Das kommt noch dazu, aber das meinte ich nicht. Es ranken sich alle möglichen Geschichten und Mythen um den Bernstein und auch um seine Entstehung. Von Göttinnentränen über ein zerborstenes Schloss aus goldenem Stein auf dem Meeresgrund bis hin zum Zauber gegen Dämonen ist alles dabei. Als ganz junges Mädchen habe ich ein Buch über die alten Legenden und Sagen der Nordmeere besessen. Bernsteine spielten darin oft eine sehr wichtige Rolle. Es gibt zum Beispiel eine Geschichte, die besagt, dass nur derjenige einen besonders geformten und goldklaren Bernstein findet, der diesen auch wirklich verdient hat. Ich erinnere mich noch gut, es war eine meiner Lieblingsgeschichten. Leider besitze ich das Buch heute nicht mehr."

Magda lächelte leicht, löste ihren Blick wieder von dem Stein und sah Finn direkt in die Augen. „Ein Bernstein ist darüber hinaus einer der ältesten Heilsteine der Erde. Wenn du ihn bei dir trägst, soll er vor allem innere Blockaden lösen, seelische Schmerzen lindern, positive Energien wecken und die negativen vertreiben." Ihr anhaltendes und gütiges Lächeln vertiefte sich noch ein wenig. „Wie passend für dich, Finn. Mal abgesehen davon, dass schon Herzsteinen eine gewisse Wirkung nachgesagt wird. Wenn man der alten Sage Glauben schenkt, bist du also so eine Art Auserwählter."

Finn lächelte ebenfalls. „An so etwas glaube ich nicht, Magda, tut mir leid."

„Nun, das musst du auch nicht. Es reicht, wenn du den Stein bei dir behältst, bis er seine Wirkung getan hat, dann kannst du ihn ja immer noch an die Frau deines Herzens weitergeben. Sie wird ihn sicherlich immer in Ehren halten." Magda ließ den honigfarbenen Stein zurück in Finns Hand fallen, und er steckte ihn wieder ein. Eine Weile saßen sie noch schweigend nebeneinander und blickten auf die vor sich hin dümpelnden Boote im kleinen Hafenbecken von Sameland, doch dann ergriff Finn erneut das Wort:

„Ich sollte wohl langsam mal zurück zum Martinelli-Haus fahren, denke ich."

„Mach das. Es war wieder sehr schön, mit dir zu reden, mein Junge."

„Das Kompliment kann ich nur zurückgeben. Ich danke dir für deine Offenheit. Ich meine, in Bezug auf Torben Brockmann. Mir ist durchaus klar, dass dir das nicht leichtgefallen ist."

„Hmm, vielleicht habe ich dir das alles auch nur erzählt, weil ich dein ungutes Gefühl teile, könnte doch sein." Wieder lächelte sie. „Torben war im Gegensatz zu seinem Bruder immer sehr verschlossen und eigenbrötlerisch. Er hatte nie das freundliche und offene Wesen seiner beiden Geschwister, wenn du weißt, was ich meine."

Finn nickte. „Danke." Schließlich zog er sie kurz an sich und drückte ihr einen Kuss auf die Wange. „Was auch immer in der Zukunft passiert, Magda Quint, du und ich, wir werden in Kontakt bleiben, darauf kannst du wetten."

„Ich weiß, Finn, ja, das weiß ich."

„Mach's gut."

„Bis bald."

Er erhob sich und ging. Als er kurze Zeit später in seinen Wagen stieg, sah er, dass Magda noch immer auf der Bank saß und still auf das Meer blickte. Er hätte in dieser Sekunde jede Wette darauf abgeschlossen, dass sie auch jetzt noch lächelte. Nachdenklich legte Finn den Gang ein und fuhr los.

7. KAPITEL

Da Lukas noch nicht zu Hause war, als Finn das Martinelli-Haus betrat, ging er zunächst nach oben in sein Schlafzimmer, um einen Blick auf den Bildschirm seines Laptops zu werfen. Es beruhigte ihn sofort ein wenig, als er den kleinen Lichtpunkt sah. In den letzten zwei Stunden hatte seine Nervosität etwas zugenommen, aber scheinbar arbeitete sie wirklich, denn der leuchtende Punkt befand sich auf der Höhe des Sofas. Er wusste inzwischen, dass Kira gerne dort arbeitete, mit der großen Fensterfront im Rücken, die ihr das richtige Licht zum Arbeiten lieferte.

Der Gedanke an die Fensterfront ließ ihn aber auch erneut an die Bemerkung von Torben Brockmann denken, und die eigenartig unterschwellige Wut in ihm erwachte zu neuem Leben: Von jenem Platz aus konnte man direkt bis in Kiras offene Küche sehen. Hinzu kam noch, dass sich in kurzer Entfernung zum Haus eine Gruppe mannshoher Büsche befand, die eine recht gute Tarnung abgaben.

Finns Mund verzog sich zu einem bitteren Grinsen, und er fluchte. Die Vorstellung, dass jemand, nein, dass Torben Brockmann Kira und ihn an diesem besonderen Morgen vielleicht beobachtet hatte, war alles andere als angenehm. Er schüttelte sich kurz und griff nach dem zweiten Mobilteil des Telefons, das wie immer auf seinem Nachtschrank lag. Eine Weile starrte er noch auf den Bildschirm und den regungslosen Lichtpunkt, dann senkte sich sein Blick auf die Wähltasten. Beinahe hätte er seinem Drang nachgegeben und ihre Nummer gewählt, aber im letzten Moment warf er den Hörer dann doch auf sein Bett und fluchte erneut, dieses Mal lauter. Sie hatte deutlich gemacht, dass sie ein wenig Abstand von ihm brauchte, und das musste er respektieren. Es war also an ihr, wieder Kontakt aufzunehmen. Das Gefühl, das ihn schon seit Stunden beherrschte, war beißend und lästig, aber jetzt brauchte er nur einen Augenaufschlag lang, um dieser Empfindung den richtigen Namen zu geben: Sehnsucht. Ja, er wurde fast verrückt bei dem Gedanken, dass er heute Abend ohne Kira in seinem Bett schlafen musste, und er fragte sich, wie er überhaupt jemals wieder ohne diese Frau in irgendeinem Bett zur Ruhe kommen sollte.

„Finn, bist du da?“, hörte er eine vertraute Männerstimme von unten rufen. Finn hatte noch nicht einmal bemerkt, dass Lukas nach Hause gekommen war, doch jetzt war er froh, dass sein Bruder ihn aus den trüben Gedanken riss, die gerade über ihn hereingebrochen waren.

„Ja!“, antwortete er. „Ich bin oben!“

Lukas’ Schritte auf der Treppe klangen so, als würde er mehrere Stufen auf einmal nehmen.

„Hey, wie war der Spaziergang mit der niedlichen Doktorandin?“ Finn grinste, und Lukas’ Mundwinkel zogen sich ebenfalls nach oben.

„Erquickend.“

„Oh Luki, erquickend! So kann sich auch nur ein Mensch wie du ausdrücken! Ich fasse es nicht.“

„Na, du würdest wahrscheinlich sagen: ‚Das Date mit der Kleinen war heiß.‘“

Lukas’ Grinsen wurde breiter.

„Das ist für mich wahrlich verständlicher, Professor.“

„Du bist unverbesserlich, Finnegan!“

Finn lachte. Sein Bruder und seine Mutter waren praktisch die einzigen Menschen, die ihn so nennen durften, ohne dass er sofort protestierte. „Habt ihr wild geknutscht?“

„Nur ein bisschen.“ Lukas hob die Augenbrauen. „Und ‚geknutscht‘ würde ich das nicht unbedingt nennen. Sie hat mich zum Abschied geküsst.“

„Mir war klar, dass die Initiative von Goldlöckchen ausgehen muss. Du hättest wahrscheinlich noch mindestens vier ewig lange Urlaube hier verbringen müssen, bevor du endlich zur Tat geschritten wärst.“ Finn amüsierte sich köstlich, und das tat ihm gut.

„Finnegan, Finnegan, da schätzt du deinen kleinen Bruder aber vollkommen falsch ein.“ Lukas schüttelte missbilligend seinen Kopf. „Wir sind später sogar noch mal verabredet.“

„Ach was!"

„Doch."

„Und sag jetzt nicht, diese Idee wäre von dir gewesen, Kleiner."

„Und ob." Lukas stützte seine Hände auf die Hüften und setzte ein betont selbstsicheres Lächeln auf. „Sie kellnert jetzt noch gut zwei Stunden. Wenn das Abendgeschäft vorbei ist, hole ich sie ab."

„Du willst doch wohl nicht, dass ich von hier verschwinde, oder? Gerade heute Nacht wäre das nämlich ziemlich ungünstig."

„Keine Bange, Finn, Anna hat eine eigene kleine Einliegerwohnung über dem Gasthof."

„Das läuft ja immer besser! Wann machst du ihr denn den schon so lange überfälligen Heiratsantrag?"

„Du bist ein Idiot!" Lukas erwiderte das freche Grinsen seines großen Bruders, ging aber nicht weiter auf dessen alberne Neckerei ein. „Übrigens, ich sterbe fast vor Hunger, Finn."

Finn nickte. „Ich auch. Lass uns mal einen Blick in die Tiefkühltruhe werfen, damit du angemessen gestärkt zu deiner goldblonden Versuchung kommst. Du kannst übrigens ruhig das Auto nehmen, wenn du willst. Ich brauche es heute sowieso nicht mehr."

„Nein, lass nur, ich will vielleicht mit Anna noch ein Glas Wein trinken – und ich hatte vorhin schon drei Biere. Ich werde rechtzeitig losgehen. Der Weg ist ja nicht allzu weit."

„Ganz wie du willst. Na komm, wir hauen uns was in die Pfanne."

Kira legte den Skizzenblock beiseite und griff nach ihrer noch halb vollen Kaffeetasse, um einen Schluck zu nehmen. Seit Finn heute Morgen gegangen war, fühlte sie sich seltsam alleingelassen und verloren. Das Gefühl von Einsamkeit war ihr eigentlich fremd, denn sie hatte immer zu den Menschen gehört, denen es nichts ausmachte, alleine zu sein. Jetzt aber empfand sie nur diese bedrückende Leere, außerdem war ihr ständig kalt. Auch die Arbeit hatte ihr nicht wirklich geholfen, denn es gelang ihr immer nur für wenige Minuten, sich darauf zu konzentrieren.

Finn fehlte ihr – er fehlte ihr so sehr, dass es sogar körperlich schmerzte.

Kira seufzte auf und versuchte sich an die früheren Beziehungen zu erinnern, die sie gehabt hatte, aber sie schaffte es noch nicht einmal mehr, das Bild eines anderen Mannes vor ihrem geistigen Auge entstehen zu lassen. Alles, was sie sah, wenn sie die Augen schloss, war Finns Gesicht.

Immer nur Finn.

Als das Telefon läutete, schreckte sie kurz zusammen und hoffte für einen Moment, dass er es sein würde, aber schon, als sie auf das Display sah, erkannte sie die Nummer ihres Vaters. Sie lächelte und freute sich, dass er anrief.

„Hallo Paps!“, begrüßte sie ihn. „Wie geht es dir?“

„Guten Abend, meine Kleine. Mir geht es blendend, aber ich wollte mal hören, ob bei dir auch alles in Ordnung ist.“

„Ja, Paps, mir geht's gut.“

„Das freut mich, mein Engel. Ist mit dem Haus alles in Ordnung?“

„Ja, alles bestens, danke. Es ist wirklich gut, mal wieder hier zu sein.“

„Und sonst? Hast du Spaß mit deinen alten Freunden?“

„Ja, wir haben uns schon ein paarmal gesehen. Alles wie gehabt.“

„Wie ist der Junge, der in Werners Haus herumbastelt? Ist er nett?“

„Äh … er ist ganz in Ordnung, Paps.“

„Werner ist ziemlich angetan von ihm.“

„Ich sag ja, er ist ganz nett.“

„Du bist so einsilbig, Kira, ist wirklich alles in Ordnung bei dir?“

„Ach Papa, es ist alles gut, ich bin nur ein bisschen müde heute. Ich habe den ganzen Nachmittag gezeichnet. Ich glaube, ich muss einfach mal früh ins Bett. Das ist alles.“

„Hmmm. Sag, Kira, wie geht es Magda?“

Kira lächelte. Es war kein Geheimnis, dass ihr Vater und Magda Quint vor einigen Jahren für kurze Zeit ein Paar gewesen waren. Sie hatte sich auch immer mal wieder gefragt, warum seinerzeit nichts Ernsthafteres daraus wurde, weil der Kontakt zwischen den beiden seither niemals ganz abgerissen war. „Es geht ihr gut, Papa, sie sieht immer noch blendend aus."

„Ja, das denke ich mir." Einige Sekunden lang blieb es still in der Leitung, dann sprach Edgar Lengrien weiter: „Vielleicht habe ich damals doch einen Fehler gemacht, Kira. Ich hatte noch zu viel Angst vor einer neuen Beziehung, nachdem deine Mutter und ich es nicht geschafft hatten. Jetzt ist es wohl längst zu spät, um die Sache wieder aufzuwärmen. Aber ich muss zugeben, dass ich all die Jahre immer mal wieder drüber nachgedacht habe."

„Ich glaube, für einen Neuanfang ist es nie zu spät. Magda lebt noch immer allein."

„Ja, das ist mir bekannt. Wir telefonieren ja ab und zu miteinander."

„Denk drüber nach, Papa, aber warte nicht mehr so lange, hörst du! Ihr seid ja beide keine Teenager mehr." Kira lachte.

„Da hast du wohl recht. Okay, ich werde mir die Geschichte noch mal in aller Ruhe durch den Kopf gehen lassen. Vielleicht starte ich ja tatsächlich noch einmal einen Versuch bei ihr – und vielleicht habe ich sogar Glück. Sie ist eine tolle Frau, und ich war wirklich dumm damals. Ich dachte schon daran, sie mal wieder nach Hamburg einzuladen. Das Sommerfest wäre doch eine gute Gelegenheit, was meinst du?"

„Ja, das ist eine großartige Idee. Ich drücke dir jedenfalls die Daumen, Papa."

„Gut, mein Engel, dann schlaf schön. Melde dich ruhig zwischendurch mal bei mir, in Ordnung?"

„Ja, das werde ich, versprochen! Schlaf du auch schön, und liebe Grüße an Werner."

„Werde ich ausrichten. Ich hab dich lieb, meine Kleine."

Noch bevor Kira antworten konnte, hörte sie bereits das Klicken in der Leitung. Sie lächelte. Das war typisch für ihren

Vater; er beschränkte sich meist auf das Wesentliche.

Ich war wirklich dumm damals, hatte ihr Vater gerade gesagt, und seine Worte klangen in Kira nach.

Für einen Moment behielt sie den Telefonhörer noch in ihrer Hand und überlegte, ob sie Finn einfach anrufen sollte, um ihm zu sagen, wie dumm sie heute Morgen doch gewesen war und wie sehr sie ihn schon jetzt vermisste. Aber dann schüttelte sie ihren Kopf über diese kindische Idee und legte den Apparat zurück auf den Couchtisch. Langsam erhob sie sich und warf einen Blick aus dem Fenster. Fröstelnd verschränkte sie die Arme vor der Brust. Der Wind hatte offenbar aufgefrischt, und die Dämmerung brach gemächlich über Sameland herein.

„Ich sollte mir lieber endlich etwas zu essen machen", flüsterte sie vor sich hin.

In ihrem Kühlschrank herrschte inzwischen gähnende Leere, und sie beschloss, früh am nächsten Morgen zum Anleger hinunterzufahren, um bei Magda Quint ihre Vorräte aufzufüllen. Vorerst begnügte sie sich mit einem Rest Käse und einem Stück Baguette, das sie zum Aufbacken kurz in den Ofen schob. Hauptsache war, sie bekam endlich etwas in ihren Magen!

Als sie ihren leeren Teller wenig später in die Spülmaschine stellte, klingelte es an ihrer Haustür.

„Finn!", sagte sie laut, und ein unerwartetes Glücksgefühl strömte sofort wärmend durch ihren Körper. Sie rannte regelrecht zur Tür und riss sie auf – aber es war nicht Finn Andersen, der dort in der Dunkelheit vor ihrer Tür stand.

Nachdem Lukas das Martinelli-Haus wieder verlassen hatte, um zu seiner Verabredung mit Anna zu gehen, räumte Finn noch kurz das Geschirr weg, schnappte sich seinen Teebecher und ging wieder nach oben in sein Schlafzimmer. Abermals fiel sein Blick auf das stumme Telefon. Er fluchte, nahm den Hörer von seinem Bett und legte ihn auf den Nachtschrank zurück, dann begann er sich auszuziehen, nahm auch seine Armbanduhr ab und warf sie zu seinen Sachen auf das Bett. Schließlich ging er hinüber ins Badezimmer. Eine schnelle, erfrischende Dusche würde ihm sicherlich guttun, bevor er sich in das entsetzlich einsame Bett legen musste, das heute Nacht auf ihn wartete.

„Möchtest du etwas trinken, Torben? Ich wollte mir gerade frischen Kaffee machen."

„Nein, ich möchte nur mit dir reden, Kira, nur mit dir reden." Sein hellblauer Blick fixierte sie.

Nachdem sie tapfer die Enttäuschung hinuntergeschluckt hatte, dass es sich bei dem Besucher nicht um Finn handelte, war sie jetzt fast froh, Torben gegenüberzustehen. Die Aussicht darauf, dass jemand von ihren Freunden diesen schrecklichen Abend für sie ein bisschen unterhaltsamer gestaltete, war schließlich nicht unbedingt unangenehm. Sie würde ohnehin früh genug einsam in ihr Bett schlüpfen müssen, das vermutlich noch immer nach Finn roch.

„Nanu, hast du ein Problem?", fragte Kira interessiert. Sie wusste, dass Torben Brockmann sich üblicherweise schwer damit tat, seine Sorgen und Nöte in Worte zu fassen. Er war noch niemals ein großer Redner gewesen. Trotzdem hatte sie ihn in den letzten Jahren als Freund durchaus zu schätzen gelernt – das heißt, zumindest seit er über seine jugendliche Verliebtheit hinweg war, denn die hatte ihre Freundschaft für eine gewisse Zeit ziemlich belastet.

„Du bist doch gerne hier auf Sameland, oder, Kira?"

„Natürlich, das weißt du doch, und seit ich dieses Haus habe …"

„Ich meine, du bist gerne hier bei mir, hab ich recht?"

Sie stand vor ihrem Küchentresen und lächelte ihn noch immer an, aber dann irritierte sie irgendetwas in seinem befremdend starren Blick. Das freundliche Lächeln in ihrem Gesicht löste sich langsam auf, und sie spürte, wie ihre Mundhöhle trocken wurde.

„Olaf, Anna und du, ihr seid meine Freunde. Ich freue mich immer, wenn ich mit euch zusammen sein kann", erwiderte sie mit belegter Stimme.

„Ich rede nicht von Anna oder von … Olaf, sondern nur von mir, Kira. Du weißt doch schon lange, wie sehr ich dich liebe. Es hat sich nichts daran geändert. All die Jahre nicht."

In Kiras Kehle wurde es zunehmend enger, und sie musste schlucken.

„Torben, was soll das?"

Als er fast zögernd auf sie zukam, verstärkte sich ihre Unsicherheit noch mehr und wurde zu einer dunklen Vorahnung.

„Ich bin hier, um endlich über alles zu reden, mein Liebling. Wir haben schon viel zu lange gewartet, findest du das nicht auch? Und gerade jetzt, wo sich dieser Andersen so in dein Leben drängt … Ich bin der Meinung, du solltest ihm endlich reinen Wein einschenken, Prinzessin."

Finn duschte nur kurz und trocknete sich anschließend ebenso flüchtig ab. Nachdem er sich noch die Zähne geputzt hatte, ging er schließlich nackt zurück in sein Schlafzimmer. Dort schlüpfte er in frische Shorts und wollte gerade nach seiner Uhr greifen, um sie für die Nacht wieder umzubinden, als sein Blick noch einmal auf den Bildschirm fiel.

Kira! Oh mein Gott!

Kaum hatte er den zweiten Lichtpunkt auf dem Bildschirm entdeckt, war er auch schon in seine Jeans gestiegen, steckte seine Waffe in den Bund und zog die Stiefel an. Danach griff er nach seinem Sweatshirt und setzte sich in Bewegung.

In seinem Kopf und in seinem Magen war sofort die Hölle los, denn ein untrüglicher Instinkt sagte ihm, dass Kira tatsächlich in Gefahr schwebte.

Als er sich das Sweatshirt überzog, war er bereits auf der Treppe.

Schnell, schneller!

Während er nach seinen Schlüsseln griff und zur Tür hastete, schoss ihm der Gedanke durch den Kopf, dass Lukas heute Abend um ein Haar den Wagen genommen hätte, und praktisch im selben Moment überrollte ihn die Panik.

Plötzlich war da nur noch die wahnsinnige Angst, erneut

zu spät zu kommen und Kira genauso wenig retten zu können wie damals Mike.

Dass alle Reifen an seinem Auto in Ordnung waren, brachte ihm nur für den Bruchteil einer Sekunde Erleichterung, dann gewann die Angst um Kira wieder die Oberhand.

Ich habe die Gefahr unterschätzt, verdammt! Ich habe diese verfluchte Insel unterschätzt! Wie konnte mir das nur passieren!

Kira holte tief Luft, und ihr Herzschlag beschleunigte sich.

Fast unmerklich wich sie vor Torben so weit zurück, bis die Küchenschränke in ihrem Rücken einen weiteren Rückzug unmöglich machten. Torben Brockmann stand vor ihr, sah sie mit brennendem Blick an, und Kira fühlte sich, als wäre sie sehenden Auges in eine Falle gelaufen, die jetzt zugeschnappt war und aus der es kein Entkommen mehr geben würde. Er hob eine Hand und strich ihr fast zärtlich eine Haarsträhne über die linke Schulter nach hinten.

„Du weißt doch jetzt, wo du wirklich hingehörst, nicht wahr, Kira? Du hast doch jetzt genug erfahren, dass andere Männer dich nicht wirklich zu schätzen wissen – nicht so, wie ich es tue.“ Seine Stimme klang erregt. „Jede Nacht liege ich wach und stelle mir vor, wie ich dich liebe. Ich werde dir zeigen, wie sehr ich dich und deinen schönen Körper achte, mein Liebling. Niemals würde ich dich hier einfach in der Küche nehmen wie ein brünstiges Tier, niemals! Das weißt du doch, oder?“

„Hör auf damit, Torben. Hör sofort auf damit!“, wisperte sie, während sie sich innerlich selbst beschwor, sich ihre wachsende Angst nicht anmerken zu lassen. Dies war doch Torben, versuchte sie sich noch immer selbst zu beruhigen, Torben, ihr guter und treuer Freund aus Kindertagen!

Doch schon in der nächsten Sekunde kam ihr wieder in den Sinn, dass Torben sich ihr gegenüber ja schon einmal danebenbenommen hatte. Sicher, er war noch sehr jung und unreif gewesen, aber auch schon damals hatte er sie in die Enge getrieben und versucht, sie zu umarmen und zu küssen – bis Olaf endlich gekommen war und ihn dafür verprügelt hatte.

Als er erneut die Hand hob, um Kira zu berühren, wich sie zurück. „Nein! Fass mich nicht an!“

Torbens Miene verfinsterte sich. „Du bist jetzt nach Hause gekommen. Alles wird gut. Hör endlich auf, dich länger dagegen zu wehren. Wir gehören doch zusammen. Wir haben immer schon zusammengehört. Ich finde, ich habe dir jetzt wirklich genug Zeit gelassen, um dich auszutoben – und glaub mir, das war nicht immer leicht.“ Er kam noch etwas näher und nahm ihr fast die Luft zum Atmen. Als er sie an sich ziehen wollte, setzte sie sich zur Wehr und stemmte ihre Handflächen gegen seine Brust.

„Nein, Torben, nein!“

„Kira, mein Schatz …, warum spielst du dieses lästige Spiel noch immer mit mir? Irgendwann ist es wirklich genug.“

Sein großer Körper presste sie an die Küchentheke, und sein Atem ging jetzt hörbar schwerer – und dann ging plötzlich alles so schnell, dass Kira für einen winzigen Augenblick glaubte, in einem Action-Film gelandet zu sein.

Die Haustür flog krachend auf, und Finn stand breitbeinig mitten im Raum. Er hatte beide Arme weit ausgestreckt, und in seinen Händen hielt er eine schwarze, glänzende Waffe, mit der er direkt in ihre Richtung, besser gesagt, direkt auf Torben zielte – und all das passierte in weniger als einer Sekunde. Jedenfalls kam es Kira so vor.

„Nimm sofort deine dreckigen Hände von ihr, Brockmann!“, rief er schneidend. „Mach schon! Geh weg von ihr!“

Der Schrecken war Kira so heftig in die Glieder gefahren, dass ihr leicht schwindelig wurde. Sofort lehnte sie sich wieder zurück an die Küchentheke. Finns Blick wirkte hart. Sein Gesicht und seine ganze Körperhaltung drückten überlegene Stärke, Entschlossenheit und eisige Kälte aus. Nicht einmal für den Bruchteil einer Sekunde ließ er Torben Brockmann aus den Augen.

Sie schluckte, bemerkte aber auch, dass Torben tatsächlich ein gutes Stück von ihr abrückte und sie sich plötzlich nicht mehr von ihm bedroht fühlte.

„Weg von ihr, hab ich gesagt.“ Finns Stimme wurde zu einem beunruhigenden Knurren, und mit der Waffe deutete er kurz die Richtung an, in die Torben sich bewegen sollte.

„Willst du mich etwa erschießen, nur weil ich einer alten Freundin einen Besuch abgestattet habe?“ Torben hatte offensichtlich den ersten Schreck überwunden und versuchte jetzt seinerseits mit stoischer Ruhe die Situation zu entschärfen. Kira konnte kaum glauben, was sich hier vor ihren Augen abspielte.

„Mir sah das allerdings ganz und gar nicht nach einem harmlosen Besuch unter Freunden aus, Brockmann. Offensichtlich fühlte die Dame sich ziemlich von dir belästigt, hab ich recht, Kira?“ Finns Blick und auch seine Waffe blieben fest auf Torben gerichtet, während er sprach.

Kira wollte absurderweise antworten, brachte aber nur ein Krächzen zustande. Sie räusperte sich, atmete tief ein und versuchte so ihre Fassung zurückzugewinnen – und dann setzten sich schleppend wieder ihre Denkprozesse in Gang. Ihr Blick streifte noch einmal Finns entschlossenes Gesicht, dann holte sie erneut tief und gründlich Atem.

„Verschwinde, Torben“, sagte nun auch sie. Ihre Stimme klang ruhig, aber bestimmt. „Ich will dich niemals wieder hier sehen, hast du gehört? Niemals! Du hast unsere Freundschaft endgültig mit Füßen getreten.“

Torben sah sie an, und sein Gesicht verzog sich schmerzvoll. „Er wird dich nicht bekommen, Kira, dafür werde ich sorgen“, flüsterte er ihr zu. „Du gehörst zu mir.“

„Ich werde niemals zu dir gehören, Torben.“ Ihre Augen waren jetzt wieder klar, und ihr fester Blick unterstrich ihre Worte. Torben Brockmann legte kurz den Kopf in den Nacken und stieß ein wütendes Schnauben aus.

„Wenn du jetzt nicht auf der Stelle dieses Haus verlässt, bist du ein toter Mann!“, mischte sich Finn erneut ein. „Glaub mir, Brockmann, ich bluffe nie! Wenn du noch irgendwie mit heiler Haut aus dieser Sache herauskommen willst, sieh zu, dass du da draußen in dein verdammtes Auto steigst und ganz schnell Land gewinnst! Und halte dich in Zukunft von ihr fern, verstanden?“

Torben Brockmann warf Kira noch einen letzten, fast flehenden Blick zu, dann ging er vorsichtig an Finn vorbei, dessen Waffe auf ihn gerichtet blieb, und verließ schließlich das Haus. Finn folgte ihm, wartete sogar so lange draußen ab, bis der Wagen, den Torben ein Stück weiter die Straße hinab abgestellt hatte, in der Dunkelheit verschwunden war.

Schließlich sicherte er die Waffe und schob sie in seinen Hosenbund. Als er sich umdrehte, stand Kira in der offenen Haustür und starrte ihn aus riesigen Augen an.

„Du bist in Sicherheit", sagte Finn rau.

„Was ist hier los, Finn?"

„Geht es dir gut?" Sein Blick glitt hastig über sie hinweg, um noch einmal sicherzugehen, dass sie heil und unversehrt geblieben war.

„Ich habe dich etwas gefragt!"

„Tut mir … tut mir leid, wegen deiner Tür, ich bringe das gleich morgen wieder in Ordnung."

„Finn, verdammt!"

„Ich habe … ähm, ich wollte zu dir, da hab ich …, ich habe den Wagen gesehen. Du hast ja eben mitgekriegt, dass er ihn nicht direkt vor dem Haus geparkt hatte, und dann konnte ich euch durch die Fenster da hinten sehen. Ich …"

„Finn, du hast vor wenigen Minuten meine Tür eingetreten, und dann hast du mit einer Waffe in der Hand irgendeine verrückte Heldennummer abgezogen. Erkläre mir das bitte!"

Er machte zwei Schritte auf sie zu und hob seine rechte Hand, ließ sie dann aber sofort wieder sinken. Jetzt, nachdem die unmittelbare Gefahr für Kira endlich vorbei war, ergriff eine seltsame Müdigkeit von ihm Besitz. Verzweifelt versuchte er, irgendwo in seinem Hirn eine vernünftige Erklärung für sein vollkommen überzogenes Handeln zu finden, aber alles in ihm schien wie leer gefegt zu sein. Die Angst um sie hatte seinen Verstand offenbar vollkommen ausgeschaltet.

„Ich wollte … dich beschützen, Süße, ich wollte dich einfach nur beschützen!" Seine Stimme versagte, denn er ahnte schon jetzt, dass er praktisch aufgeflogen war. Er war schließlich kein

Dummkopf. „Oh Scheiße!", stieß er aus.

„Beschützen …? Woher …?"

Sie schluckte hörbar und griff sich instinktiv an die Kehle. „Du hast gewusst, dass jemand bei mir war, richtig? Ich meine, du hast es schon gewusst, bevor du sein Auto gesehen hast, hab ich recht?" In ihren Augen schimmerten Tränen. „Verdammt, Finn, hab ich recht?"

„Kira, bitte …" Trotz der schwachen Beleuchtung erreichte ihn der Blick aus ihren Ozeanaugen so klar, dunkel und kalt, dass er es nicht fertigbrachte weiterzureden.

„Wer bist du?", fragte sie mit eisiger Stimme.

Er presste kurz seine Lider zusammen, atmete tief durch und sah sie dann wieder an. „Finn Andersen."

„Sehr witzig, wirklich sehr witzig!"

Finn pumpte erneut frische Luft in seine Lungen. „Das ist nun einmal mein Name. Ich bin … Sicherheitschef bei ‚Lengrien & Martinelli'. Ich bin hier, um …"

„Mein Vater hat dich also hergeschickt, um auf mich aufzupassen? Oh, gottverdammt!" Vor lauter Wut stampfte sie mit ihrem rechten Fuß auf und stieß gleichzeitig einen kurzen Schrei aus.

„Ja."

Er machte einen weiteren Schritt auf sie zu, aber sie hob sofort beide Hände, um ihn aufzuhalten.

„Versuche es gar nicht erst, Finn Andersen, hörst du! Komm mir ja nicht zu nahe!"

Voller Verzweiflung warf sie kurz die Hände in die Luft, drehte sich dann um und ging zurück ins Haus. Finn folgte ihr, ohne nachzudenken.

„Dein Vater hat sich Sorgen gemacht! Diese Briefe, die er und Werner bekommen haben … Meine Güte, Kira, wir alle haben uns Sorgen gemacht, es war doch nur vernünftig von ihm, jemanden herzuschicken, der dich im Auge behält, solange du hier auf der Insel bist."

„Halt verdammt noch mal den Mund, Finn!"

„Kira, Süße …"

„Nenn mich niemals wieder so, hast du verstanden! Du bist … du bist … du hast mich eiskalt angelogen … und du hast mit mir … oh, Finn, wie konntest du mich nur so anlügen!“

„Hör mir wenigstens eine Minute zu! Ich konnte doch nicht damit rechnen, dass das zwischen uns passieren würde! Niemand konnte damit rechnen, dass wir … dass ich … Herrgott! Mir ist die Sache aus dem Ruder gelaufen, okay? Ich wollte es nicht, aber ich …“ Er stemmte entnervt seine Hände in die Hüften und sah sie unverwandt an. Kira brach fast das Herz dabei. Der Mann, in den sie so unsterblich verliebt war, hatte offensichtlich nur eine Rolle gespielt. Er hatte sie belogen und bei passender Gelegenheit benutzt – und zu allem Überfluss wurde er auch noch dafür bezahlt. Und zwar von ihrem eigenen Vater.

„Du bist …“, sie brach ab, bevor sie die Beschimpfung aussprechen konnte, die ihr schon auf der Zunge gelegen hatte. „Hau ab, Finn! Verschwinde von hier! Verschwinde aus meinem Leben!“

„Kira, bitte, nicht so. Hör mir doch wenigstens zu.“

„Geh!“, schrie sie.

In ihren Augen schimmerten Tränen. Sie wandte sich demonstrativ ab, bevor sie sich vor ihm noch gänzlich lächerlich machte, und ging einfach nach oben. Als er ihr folgen wollte, drehte sie sich auf dem Treppenabsatz noch einmal zu ihm um. „Wage es ja nicht, Andersen! Du wirst mein Schlafzimmer nie wieder betreten, hörst du!“

Er machte tatsächlich einen Schritt rückwärts und stand wieder am Fuß der Treppe. „Was hast du vor, Kira?“

„Ich packe meine Sachen zusammen und verschwinde sofort von dieser vermaledeiten Insel. Das habe ich vor!“

„Du … bitte, Kira, hör zu, du kommst hier heute Abend nicht mehr weg, und deine Tür ist noch … äh, was ich sagen will … ich glaube nicht, dass sie sich noch vernünftig verschließen lässt. Ich …“

„Keine Sorge, John Wayne, darum kümmere ich mich morgen früh.“

„Wo willst du schlafen?“

Sie funkelte ihn an. „Das geht dich einen feuchten Dreck an! Dein Auftritt hier ist erledigt, hörst du! Du kannst dir deine Gage ganz beruhigt bei meinem Vater abholen. Ist das so weit klar für dich?"

Er zuckte zusammen und schloss kurz die Augen. „Ich kann ja verstehen, dass du sauer bist, Kira, aber …"

„Ach, bevor ich es vergesse, du brauchst dir übrigens keine unnötigen Sorgen um deinen heiligen Job zu machen, Dobermann, ich werde meinem Vater nicht verraten, dass du mich so ganz nebenbei auch noch flachgelegt hast. Es sei denn, du legst gesteigerten Wert auf einen Callboy-Zuschlag von Daddy! Nein? Ach, was rede ich, wäre ja noch schöner, wenn ich mich derart erniedrigen würde!" Sie stieß ein wütendes Zischen aus. „Hauptsache, du bleibst mir auch in Zukunft aus den Augen, ist das klar? So, und nun verschwinde endlich!"

„Komm mit ins Martinelli-Haus. Es gibt dort genug Zimmer, okay?"

„Du bist ja immer noch da, Wachhund!"

„Bitte, Kira, sei vernünftig. Die Gefahr ist noch nicht vorbei. Wir wissen schließlich immer noch nicht, wer diese Drohbriefe geschrieben hat. Du kannst unmöglich hier im Haus bleiben mit dieser kaputten Tür."

„Das hättest du dir überlegen sollen, bevor du die Action-Nummer zum Besten gegeben hast."

Er fluchte. „Gut, dann leg du dich oben ins Bett, ich bleibe hier unten auf der Couch. Morgen früh kannst du dann immer noch abreisen, wenn du willst."

„Du scheinst auf dem Ohr taub zu sein! Ich bleibe keine einzige Minute mehr mit dir zusammen unter einem Dach, Dobermann!"

Irgendwo in ihm kroch die Wut hoch. Sie wusste, wie sie ihn wütend machen konnte, keine Frage. Wieder stieß er einen derben Fluch aus.

Kira verschwand nach oben, knallte die Tür zu ihrem Schlafzimmer zu, und er selbst stand ratlos da und wusste in diesem Augenblick schlichtweg nicht, was er tun sollte. Nur eines war klar: Er würde sie heute Nacht sicherlich nicht aus den Augen lassen. „Himmel“, sprach er leise zu sich, „wenn ich vorher gewusst hätte, wie weh es tut, dich wieder loslassen zu müssen, hätte ich dich niemals berührt, Kira Julie Lengrien.“

Kira suchte in ihrer Kommodenschublade nach dem Schlüssel für ihre Schlafzimmertür, den sie niemals zuvor benutzt hatte, einfach, weil es nie einen Anlass dafür gegeben hatte. Jetzt wühlte sie ihn unter ein paar alten Skizzen hervor und steckte ihn ins Schloss. Als sie ihn herumdrehte, empfand sie fast einen Anflug von Erleichterung, doch dann fiel ihr siedend heiß wieder ein, mit welcher Leichtigkeit Finn ihre Haustür eingetreten hatte, und ihre abgeschlossene Schlafzimmertür kam ihr plötzlich nur noch lächerlich vor.

Herrje, wie er dagestanden hatte, mit gestreckten Armen, die Waffe auf Torben gerichtet!

Kira lief ein Schauer über den Rücken – und wenn sie ehrlich zu sich selbst war, hatte dieses leichte Frösteln ganz und gar nichts mit Kälte zu tun. Es hatte sogar diesen einen Moment gegeben, da hätte sie sich um ein Haar einfach in die Arme dieses elenden Lügners geworfen!

Unglaublich, dachte sie.

Ihre Wut und Enttäuschung über Finn verdrängte im Augenblick sogar das Angst einflößende Erlebnis mit Torben. Kira schüttelte sich und dachte daran, dass sie heute Abend sehr viel verloren hatte, was ihr lange Zeit am Herzen gelegen hatte.

Ihre Freundschaft mit Torben gehörte nun endgültig der Vergangenheit an. Und Sameland? Für Kira war auch der Zauber dieser Insel verloren – vielleicht sogar für immer.

Und Finn!

Finn!

Sie würde auch ihn vergessen müssen, diesen verlogenen Schweinehund.

Morgen, dachte sie, morgen werde ich noch einmal mit Magda sprechen und sie bitten, Olaf und Anna alles zu erklären.

Das war die einfachste Lösung. Danach würde sie die nächste Fähre nehmen, zu ihrem Vater nach Hause fahren und ihm die Hölle heißmachen.

Finn hörte Kira noch eine Weile im ersten Stock rumoren. Wahrscheinlich packt sie bereits, dachte er. Nun gut, sie hatte deutlich gemacht, dass sie ihn hier nicht im Haus haben wollte, das musste er respektieren, ob es ihm in den Kram passte oder nicht. Kurzerhand machte er sich in ihrer Küche noch einen großen Becher Instantkaffee, dann verließ er das Haus, zog die beschädigte Tür, so gut es eben ging, ins Schloss und setzte sich in sein Auto. Zunächst kramte er nach seinem Handy, das bereits seit einigen Tagen unbeachtet im Handschuhfach herumlag. Als er es einschaltete, stellte er mit Erleichterung fest, dass der Akku noch nicht einmal halb leer war. Nachdem er zwei Telefonate geführt hatte, startete er schließlich den Motor und fuhr mit der vorderen Stoßstange seines Wagens so nah an den Hauseingang heran, wie es nur möglich war, dann lehnte er sich in seinem Sitz zurück und nippte an dem extrastarken Kaffee, den er sich gebraut hatte.

Als Kira einige Stunden später mit mehreren Taschen beladen in der Tür erschien, blickte sie durch die Windschutzscheibe von Finns Auto direkt in seine dunklen Augen. Über ihrer Nasenwurzel bildeten sich zwei steile Zornesfalten, sie stellte ihre Taschen ab und machte mit beiden Händen eine Art scheuchende Bewegung.

Finn startete den Motor und setzte zwei Meter zurück.

Von nun an würdigte Kira ihn keines Blickes mehr. Einige Male lief sie zwischen dem Haus und ihrem Auto hin und her und belud den Kofferraum. Auf ihrem Rücksitz landeten zu guter Letzt noch zwei größere Kartons. Dann zog sie die Tür zu, so wie auch er es gestern Nacht getan hatte, stieg in ihren Wagen und fuhr los. Finn drehte ebenfalls den Zündschlüssel herum und blieb direkt hinter ihr. Am Fähranleger stieg sie aus und marschierte mit zielsicheren Schritten auf den Laden von

Magda Quint zu. Finn parkte rückwärts ein und behielt die Ladentür fest im Blick. Erst nach einer guten Stunde kam Kira wieder heraus. Magda war bei ihr. Er beobachtete, wie sich die beiden Frauen zum Abschied herzlich in den Arm nahmen. Aus dem Augenwinkel sah Finn, dass die erste Fähre bereits anlegte. Kira würde also in spätestens zwanzig Minuten auf dem Weg zum Festland sein.

In der vergangenen Nacht hatte er mit zwei seiner fähigsten und zuverlässigsten Männer telefoniert. Es war also sichergestellt, dass Kira sicher nach Hause kommen würde.

Nachdem die Fähre abgelegt hatte, schloss Finn seinen Wagen ab und ging ebenfalls hinüber zum Inselladen.

„Ich habe dich da in deinem Auto hocken sehen und dir schon mal Kaffee gekocht", sagte Magda lächelnd, als er hereinkam.

„Du bist ein wahrer Engel; ich sollte auf der Stelle mit dir durchbrennen, Magda Quint." Finn ging zu ihr und küsste sie zur Begrüßung auf die Wange.

„Ach was! Du bist mir viel zu alt", entgegnete sie und lachte, dann reichte sie ihm einen dampfenden Becher. „Schwarz, mit viel Zucker."

„Ich danke dir!"

Magda betrachtete prüfend sein Gesicht, während er an dem heißen Kaffee nippte.

Finn war unrasiert, und unter seinen Augen lagen dunkle Schatten. Alles in allem sah der Mann heute Morgen mindestens fünf Jahre älter aus als gestern Nachmittag, als sie ihn zuletzt gesehen hatte.

„Du hast in der Nacht kein Auge zugemacht, oder?"

„Stimmt." Er grinste schief. „Mir blieb nichts anderes übrig. Ich nehme an, Kira hat dir erzählt, was gestern Abend bei ihr passiert ist, oder?"

Magda nickte. „Ja, hat sie. Den Schlüssel für das Haus hat sie mir auch dagelassen. Ich soll dafür sorgen, dass die Tür so schnell wie möglich in Ordnung gebracht wird. Diese Tür … du hast sie tatsächlich eingetreten?" Magda wirkte irgendwie amüsiert und Finn musste deshalb ein wenig grinsen.

„Jep, hab ich. Man könnte wohl sagen, die Pferde sind ein bisschen mit mir durchgegangen."

„Das ist irgendwie ziemlich ... ähm ..." Sie kicherte wie ein junges Mädchen und wurde sogar ein bisschen rot. „Entschuldige, Finn."

Er grinste immer noch. „Schon gut, ich glaube, ich weiß ansatzweise, was du meinst."

Magda schüttelte kurz den Kopf und griff dann ebenfalls nach ihrem Kaffeebecher, um einen Schluck zu nehmen. Finn wurde wieder ernst, er wandte sich ab und sah aus dem Fenster des Ladens hinaus auf die leere Straße. Während er ein weiteres Mal an seinem Kaffee nippte, rutschte seine linke Hand kurz in die Vordertasche seiner Jeans. Magda stand hinter ihm und sah, dass er nun das Bernsteinherz in der Hand hielt, das er vor Kurzem an der Nordspitze der Insel gefunden hatte. Sie beobachtete eine Weile, wie er gedankenverloren dastand und sein Daumen immer wieder über die glatte Oberfläche des honigfarbenen Steins glitt. „Du trägst es also tatsächlich bei dir?", fragte sie leise. Finn wandte sich ihr wieder zu und sah ihr fragend ins Gesicht. Offenbar war er tatsächlich so in seinen Gedanken versunken gewesen, dass er sie gar nicht richtig verstanden hatte.

„Den Stein, Finn. Du trägst ihn ständig bei dir?"

Er nickte wortlos und zuckte ein wenig mit den Schultern.

„Das ist gut, mein Junge. Ich habe das Gefühl, dass er dir bereits hilft."

Sein nachsichtiges Lächeln hatte sie fast schon erwartet.

„Ach, Magda."

„Doch, glaub mir, der Stein entfaltet bereits seine Wirkung."

Noch einmal warf er einen langen und sichtbar zweifelnden Blick auf den herzförmigen Stein und schob ihn dann kopfschüttelnd wieder zurück in seine Hosentasche.

„Wann fährst du ihr nach, Finn?", fragte Magda schließlich nach weiteren Minuten des gemeinsamen Schweigens.

„Hm, ich nehme an, heute noch, das heißt, wenn alles klappt. Ich muss zuerst mit Edgar telefonieren, das hat Priorität –

dann werde ich natürlich noch mit meinem Bruder sprechen ... ja, und diesen Torben sollte ich mir wohl auch noch einmal vorknöpfen."

„Das überlässt du am besten Olaf. Glaub mir, das ist für euch alle die bessere Lösung. Ich werde Olaf genau berichten, was bei euch los war. Damit brauchst du dich jetzt nicht mehr zu belasten. Sieh lieber zu, dass du dir Kira wiederholst."

„Hah!" Finn stieß ein bitteres Lachen aus. „Keine Chance, Magda. Der Zug ist abgefahren. Sie hasst mich."

„Herrje, Finn, Liebe und Hass lagen schon immer sehr dicht beieinander, meinst du nicht?"

Finn schüttelte langsam seinen Kopf. „Sie hasst mich nicht nur, sie verachtet mich auch – und das ist tausendmal schlimmer, glaub mir!" Er trank den Kaffee aus und stellte den Becher schließlich auf dem Verkaufstresen ab. „Gib mir mal einen Zettel, Magda, ich schreibe dir meine private Telefonnummer in Hamburg und auch meine Handynummer auf. Ich sage dir aber lieber gleich, dass ich mein Handy nur eingeschaltet habe, wenn es aus beruflichen Gründen nicht anders geht. Ich hasse diese Dinger. So, und jetzt sollte ich wohl mal nachschauen, ob mein kleiner Bruder brav in seinem eigenen Bett geschlafen hat, und so schnell wie möglich meinem lieben Chef eine Hiobsbotschaft übermitteln, bevor der Orkan auch über ihn hereinbricht."

Lukas saß allein am Frühstückstresen und schrieb irgendwas in ein Notizbuch. Als Finn hereinkam, sah er nur kurz auf, stutzte dann aber und sah seinen Bruder wieder an. „Meine Güte, wie siehst du denn aus? Hast du nicht geschlafen?" Er grinste breit.

„Damit liegst du absolut richtig, ich habe keine Sekunde dieser langen Nacht geschlafen. Allerdings nicht aus all den angenehmen Gründen, die dir wahrscheinlich gerade in deinem verliebten Kopf rumspuken, Kleiner." Finn ging direkt zum Telefon und nahm den Hörer ab. „Hör zu, Lukas, ich muss heute noch zurück nach Hamburg. Wenn du ... also, wenn du noch hierbleiben willst, solltest du dir lieber eine andere Bleibe suchen, okay?"

„Was ist passiert, um Gottes willen? Ist Kira in Ordnung?"

„Kira geht es gut. Sie ist bereits auf dem Weg nach Hause. Ich erkläre dir gleich alles, lass mich bitte nur eben mit Edgar sprechen, ja? Es ist wirklich wichtig, Lukas."

„Alles klar. Ich bin dann oben, wenn du mich brauchst." Lukas erhob sich und ging hinüber zur Treppe.

„Ich danke dir. Ich komme gleich zu dir rauf."

Finn holte noch einmal tief Luft und wählte die Nummer von Edgar Lengrien. Kiras Vater war gleich selbst am Apparat.

„Finn! Was gibt es, mein Junge?"

„Um es gleich auf den Punkt zu bringen, Eddie, ich bin aufgeflogen. Kira ist bereits auf dem Weg zu dir nach Hause. Jürgen und Sascha sind bei ihr und lassen sie nicht aus den Augen. Es geht ihr gut, aber sie ist wahnsinnig wütend ... äh, so wie ich die Sache sehe, auch auf dich, Edgar."

„Was ist passiert?"

Finn schilderte seinem Chef in kurzen, knappen Worten die Vorfälle des vergangenen Abends. Natürlich erwähnte er mit keinem Wort, dass Kira und er sich in den letzten Wochen näher gekommen waren, als es geplant gewesen war.

„Mist!", brachte Edgar Lengrien schließlich hervor.

„Stimmt. Es tut mir leid, Eddie. Ich habe wahrscheinlich ziemlich überreagiert, aber nach einigen persönlichen Beobachtungen und einem Gespräch mit Magda Quint war ich wohl ein bisschen zu empfindlich in Bezug auf Torben Brockmann."

Finn konnte hören, dass Edgar tief Luft holte.

„Wenn es um Kiras Sicherheit geht, kann es in meinen Augen gar keine Überreaktion geben, Finn! Du hast alles richtig gemacht und alles dafür getan, dass ihr nichts passiert. Es gibt also keinen Grund für irgendwelche dummen Selbstvorwürfe, klar? Komm erst mal nach Hause, Junge, wir werden meine Tochter schon wieder beruhigen. Ihr habt euch doch recht gut verstanden, oder? Ich meine, zumindest bis gestern Abend."

Finn legte den Kopf in den Nacken und verdrehte die Augen.

„Ja ... ja, wir haben uns eigentlich sehr gut verstanden, aber jetzt ist sie natürlich stocksauer auf mich. Sie ... sie nannte mich einen Dobermann, aber sie hatte durchaus auch noch andere nette Bezeichnungen für mich in ihrem Repertoire, Eddie."

Edgar Lengrien lachte lauthals. „Das kann ich mir bildhaft vorstellen, ich kenne meine Tochter und ihr Temperament zur Genüge. Das hat sie von ihrer Mutter geerbt. Also, nichts wird so heiß gegessen, wie es gekocht wird. Sieh zu, dass du heute noch eine Fähre kriegst. Nichts gegen Jürgen und Sascha, aber ich will doch lieber wieder dich in ihrer Nähe haben."

„Ich weiß nicht, ob das jetzt noch eine so gute Idee ist."

„Nun, Kira wird in dieser Sache kein Mitspracherecht haben, so einfach ist das." Edgars dröhnendes Lachen drang erneut durch den Hörer. „Bis später, Finn!"

„Ja, bis dann, Eddie."

Er legte den Hörer ab und ging nach oben zu Lukas, der offensichtlich schon damit angefangen hatte, seine wenigen Sachen zusammenzupacken. Die Reisetasche stand jedenfalls offen auf dem Bett.

Finn lehnte sich gegen den Türrahmen und wartete ab, bis sein Bruder ihn ansah.

„Setz dich und erzähl mir, was passiert ist", forderte Lukas ihn auf und ließ sich auf das Bett fallen.

„Erzählen geht klar, aber wenn ich mich das nächste Mal hinsetze, schlafe ich auf der Stelle ein. Diese nächtlichen Observationen gehörten noch nie zu meinen Lieblingsbeschäftigungen. Mann, ich hasse es, wenn ich nicht genügend Schlaf bekomme!" So als müsste er seine Bemerkung noch unterstreichen, gähnte er zunächst ausgiebig – und dann erzählte er seinem Bruder, was passiert war.

Lukas machte ein nachdenkliches Gesicht, nachdem Finn geendet hatte. „Du meinst also, das bedeutet auch, dass sie dich endgültig in die Wüste geschickt hat?"

„Davon muss man fest ausgehen, ja." Finn rieb sich das unrasierte Kinn. „Mann, sie war wirklich verteufelt wütend." Plötzlich lächelte er ein wenig. „Was für eine Frau!"

Lukas verdrehte die Augen und grinste unangemessen breit. „Dich hat es offensichtlich ordentlich erwischt, mein Großer."

Finn seufzte auf und reckte sich.

„Bleibst du noch hier, oder fährst du heute mit mir zurück nach Hamburg?", wechselte er das Thema.

„Wenn du mir noch bis zur Mittagsfähre Zeit gibst, fahre ich mit. Anna muss sowieso schon morgen an die Uni zurück. Ich kann sie also jederzeit in Hamburg sehen. Ich würde mich nur noch gerne von ihr verabschieden, bevor wir fahren."

Finn nickte. „Kein Problem, die Mittagsfähre ist früh genug. Ich packe schnell meine Sachen zusammen, und dann lege ich mich ein oder zwei Stunden aufs Ohr. In der Zwischenzeit kannst du deine Anna zum Abschied noch mal ausgiebig küssen. Ist es was Ernstes mit euch beiden?"

„Sieht alles danach aus, würde ich meinen." Lukas' dunkle Augen blitzten kurz auf. „Sie ist toll."

Finn lächelte. „Ja, das ist sie. Ich halte euch die Daumen, Kleiner."

Lukas Andersen war ziemlich froh über die Tatsache, dass er Anna und Olaf alleine antraf, als er einige Minuten nach dem Gespräch mit Finn den ansonsten vollkommen leeren Gasthof der Brockmanns betrat. Die Geschwister saßen sich an einem der Tische gegenüber, doch als Anna Lukas reinkommen sah, erhob sie sich sofort und ging ihm entgegen. Auf ihrem hübschen Gesicht zeigte sich ein unsicheres Lächeln. Lukas folgte allein seinem Gefühl und zog sie kurzerhand an sich. Anna schmiegte sich in seinen Arm und sah dann betreten zu ihm auf. „Hallo", sagte sie leise.

„Hallo", erwiderte Lukas und setzte ein aufmunterndes Lächeln auf, wie er hoffte. Olaf Brockmann hatte sich ebenfalls erhoben, blieb aber an Ort und Stelle stehen und beobachtete die kleine Szene. Als sich die Blicke der beiden Männer trafen, nickten sie sich zur Begrüßung kurz zu. Anna löste sich ein wenig von Lukas, griff aber nach seiner Hand und zog ihn zum Tisch.

„Kaffee?", fragte Anna, nachdem ihr Bruder und Lukas sich

gesetzt hatten.

„Nein, danke." Lukas zog sie neben sich auf die Holzbank. „Ich wollte mich nur kurz von euch verabschieden. Finn und ich nehmen die Mittagsfähre."

Olaf Brockmann nickte nachdenklich. „Das habe ich mir schon gedacht. Mir … tut es sehr leid, was passiert ist, Lukas. Würdest du das Finn bitte ausrichten?"

„Niemand gibt dir und Anna irgendeine Schuld am Verhalten eures Bruders, Olaf, macht euch darüber bitte keine Gedanken, okay? Aber natürlich werde ich Finn deine Worte gerne ausrichten." Lukas sah sich noch einmal in der Gaststube um. „Wo ist Torben überhaupt?"

Olaf schnaubte. „Mein durchgeknallter Bruder ist oben und kühlt sein rechtes Auge mit einem Beutel Gefriererbsen."

Lukas musste unwillkürlich grinsen. „Tut mir leid."

„Mir nicht", entgegnete Olaf Brockmann. „Ich bin sicherlich kein Schläger, aber er ist plötzlich auf mich losgegangen wie ein Wahnsinniger, und da musste ich mich verteidigen, nun ja … Ich frage mich die ganze Zeit, was da bloß in ihm vorgegangen ist. Wie kann er Kira nur so bedrängen! Ich … Mann, ich bin stinksauer auf ihn, das kannst du mir glauben. Kira ist eine wirklich gute Freundin. Es tut mir so unendlich leid, dass ich nichts von all dem mitbekommen habe."

„Na ja, Olaf, ganz so ist es ja nicht. Wir haben schon gewusst, dass Torben noch immer in Kira verliebt ist", warf Anna ein. „Das war ja nicht zu übersehen."

„Das ist richtig, Anna, aber wir konnten doch nicht damit rechnen, dass er so was macht … Ich meine, es war doch eindeutig, dass sie in dieser Hinsicht kein Interesse an ihm hat. Das kann auch ihm nicht entgangen sein. Torben ist doch sonst kein Idiot, verdammt!" Olaf ließ seine Faust auf die Tischplatte sausen und machte seinem Unmut so noch einmal deutlich Luft. Dann blieben sie alle drei eine Weile still sitzen und hingen – jeder für sich – ihren Gedanken nach.

„Nimmst du heute Abend die letzte Fähre, Anna, oder fährst du morgen in der Frühe?", wechselte Lukas schließlich das

Thema. Ihm war es sichtlich unangenehm, dass Olaf und seine Schwester sich regelrecht für ihren Bruder schämten.

Über ihr Gesicht huschte noch einmal ein kurzes Lächeln. „Ich fahre heute Abend. Wir können dann morgen telefonieren, wenn du möchtest."

Olaf blickte von seiner Schwester zu Lukas, erhob sich und reichte Lukas die Hand. „Tja, dann verabschiede ich mich schon mal von dir, Lukas. Ich denke …", er sah noch einmal zu Anna und lächelte leicht, „… wir werden uns schon bald wiedersehen, hab ich recht?"

Lukas ergriff Olafs Hand und erwiderte den festen Händedruck. „Ja, das werden wir. Bis bald, Olaf."

Nachdem Olaf in seiner Küche verschwunden war, schob Lukas seine Hand über die von Anna. „Bringst du mich noch vor die Tür?"

Sie nickte, und ihr Lächeln erreichte schon fast wieder das gewohnt sonnige Ausmaß. „Klar!"

Hand in Hand marschierten sie ein Stück die Straße entlang, bis sie die Abzweigung erreichten, die in den Norden der Insel führte. Dort an der Weggabelung blieben sie stehen und sahen sich an. „Deine Telefonnummer in Hamburg habe ich ja, Anna. Ich melde mich spätestens morgen Abend bei dir, okay?"

„Ich werde darauf warten", sagte sie leise. „Lukas, ich …"

Weiter kam sie nicht, denn er zog sie erneut an sich und verschloss ihr die Lippen mit einem langen und sehr zärtlichen Kuss, der sie vollkommen atemlos zurückließ. Nachdem sich sein Mund wieder von ihrem gelöst hatte, holte sie tief Luft und grinste zu ihm hoch. „Mannomann! Du bist auf vielen Gebieten eine echte Überraschung, Lukas Andersen!"

Auch er grinste. Dann beugte er sich ein wenig zu ihr und flüsterte in ihr Ohr: „Na, dann freue dich mal auf die nächsten Überraschungen, die ich dir noch zu bieten habe, Anna Brockmann."

Sie lachte. „Hau endlich ab; mir ist jetzt schon viel zu warm."

Noch einmal zog er sie kurz an sich und drückte ihr die

Lippen auf die Stirn. „Und du raubst mir den Schlaf, seit ich dir begegnet bin, meine Schöne."

Langsam entfernte er sich von ihr, ohne ihr jedoch den Rücken zuzudrehen oder gar ihre Hand loszulassen. Erst als es nicht mehr anders ging, lösten sich ihre Finger voneinander. Nach einem letzten Blick in ihre Augen wandte sich Lukas schließlich ruckartig um und ging mit ausladenden Schritten in Richtung Norden. Anna blieb noch eine ganze Weile stehen und sah ihm nach, bevor auch sie sich endlich auf den Weg machte.

8. KAPITEL

Am späten Nachmittag erreichte Finn das ihm inzwischen so vertraute Anwesen von Edgar Lengrien. Er hatte zuvor seinen Bruder am Hauptbahnhof abgesetzt, denn dort hatte Lukas vor einigen Tagen seinen eigenen Wagen geparkt und war anschließend mit der Bahn weitergefahren. Lukas fuhr gerne Bahn, denn dann konnte er während der Fahrt in aller Ruhe lesen.

Nachdem die Brüder sich voneinander verabschiedet hatten, hatte Finn kurzerhand beschlossen, sich zunächst bei Edgar zurückzumelden, bevor er zu sich nach Hause fahren würde.

Der Pförtner lächelte ihm zu, winkte kurz und öffnete ihm das große Eisentor. Finn ließ seinen Wagen an den beiden mächtigen Rotbuchen vorbeirollen, die am Anfang der kleinen Allee die Zufahrt zum Haus säumten. Nach gut fünfzig Metern führte der Weg schließlich in ein Oval, in dessen Mitte ein mächtiges Blumenrondell prunkte. Zu dieser Jahreszeit unterstrich es mit seinen überbordenden Rot-, Purpur- und Rosatönen perfekt die nahezu ehrwürdige Ausstrahlung des gesamten Anwesens.

Das beeindruckende Haus bestand aus klassischem dunkelroten Backstein, großen weiß gerahmten Sprossenfenstern und einem schwarzen Schieferdach. Zu dem riesigen Grundstück gehörte außerdem eine weitläufige, parkähnliche Gartenanlage hinter dem Gebäude. Dieser Ort bildete nicht nur den Lebensmittelpunkt der Familie Lengrien, sondern war gleichzeitig der offizielle zentrale Firmensitz von „Lengrien & Martinelli". Natürlich gab es in einigen größeren Städten auch noch das eine oder andere Bürohaus der Firma, in dem dann jeweils einige Hundert Angestellte ihre Arbeit machten, aber Edgar Lengrien und Werner Martinelli hatten schon seit Jahrzehnten ihre eigenen Büros hier im Haus – und die beiden älteren Herren dachten noch nicht einmal im Traum darüber nach, jemals etwas daran zu ändern. Selbst den Spagat zwischen den Interessen eines Großunternehmens und der Zufriedenheit jedes einzelnen Mitarbeiters schafften beide Männer offensichtlich noch immer spielend und mit unerschütterlicher Energie. Trotz der Größe der Firma hatte wohl jeder Angestellte von „Lengrien & Martinelli" nach wie vor das Gefühl, in einer Art Familienunternehmen zu arbeiten – und es war allgemein in der Geschäftswelt bekannt, dass genau darin das eigentliche Geheimnis des enormen Erfolges lag.

Zum überwiegenden Teil war das Haus allerdings das private Eigentum von Edgar Lengrien, auch wenn große Bereiche des Ostflügels offiziell als Geschäftsräume genutzt wurden. Hier befanden sich die Büros der beiden Firmeninhaber und das Sekretariat, aber auch die Räume des Sicherheitsdienstes waren in diesem Teil des Hauses untergebracht. Finns Arbeitszimmer lag direkt neben dem gemütlichen Aufenthaltsraum für seine Leute. Gleich gegenüber befand sich ein perfekt ausgerüsteter Trainingssaal mit direktem Zugang zu einem außergewöhnlich großzügig bemessenen Schwimmbecken mit eigenem Saunabereich sowie mehreren modern ausgestatteten Duschräumen.

Als Angestellter von „Lengrien & Martinelli" konnte man durchaus einen gewissen Luxus genießen, aber es wurden im Gegenzug von jedem einzelnen Mitarbeiter harte Arbeit und absolute Loyalität erwartet. Es war also kein Wunder, dass die meisten Angestellten bereits seit vielen Jahren für die Firma tätig waren und keinen einzigen Gedanken an einen etwaigen Wechsel verschwendeten. Auch Finn wusste nach seinen Jahren als Polizist die hervorragenden Arbeitsbedingungen sehr zu schätzen, die Edgar Lengrien und Werner Martinelli ihm und seinen Männern boten. Die Freundschaft, die sich so ganz nebenbei, besonders zu Edgar Lengrien, ergeben hatte, war eine willkommene Zugabe.

Finn stellte seinen Wagen auf dem ihm zugeteilten Parkplatz ab und sprang mit zwei großen Schritten die vier ausladenden Steinstufen zum Eingang des Hauses hinauf. Intuitiv führte ihn sein Weg sofort in den Ostteil des Gebäudes. Auf dem Flur begegnete er einigen Kollegen, die ihn freudig begrüßten, und wechselte mit ihnen ein paar Worte, doch dann machte er sich direkt auf zu Edgar Lengriens Büro.

„Sie werden schon erwartet, Herr Andersen“, rief ihm Frau Wendisch, Edgars langjährige persönliche Sekretärin, beschwingt und lächelnd entgegen, als er das Vorzimmer betrat.

„Hallo, Frau Wendisch. Adrett und hübsch wie immer, wie ich sehe.“ Finn erwiderte das offene Lächeln der älteren Frau.

„Ach, Herr Andersen, immer müssen sie mich in Verlegenheit bringen.“ Sie lachte. „Nun gehen Sie schon rein; wie gesagt, er wartet schon auf Sie.“

Finn klopfte kurz, öffnete dann aber sofort die Tür zum Büro seines Chefs.

Edgar saß hinter seinem mächtigen Schreibtisch aus schwerem Mahagoniholz und winkte ihn sichtlich erfreut heran. Werner Martinelli hatte es sich in einem der beiden Besucherstühle bequem gemacht, die vor dem Schreibtisch standen. Beide Männer erhoben sich und reichten Finn zur Begrüßung die Hand.

„Setz dich, mein Junge“, forderte Edgar ihn mit seiner leicht kratzigen Stimme auf. „Kann ich dir etwas zu trinken bringen lassen? Kaffee vielleicht oder etwas Kaltes?“

Finn schüttelte den Kopf. „Nein danke. Ich wollte dich nur kurz wissen lassen, dass ich wieder hier bin, und fragen, was es in der … Sache Neues gibt.“

Edgar nickte. „Gerade habe ich Werner über die bedauerlichen Vorfälle auf Sameland informiert. Tja, Finn, meine Tochter hat ihren Tanz schon aufgeführt, wenn man das so sagen will.“ Er schmunzelte. „Die Show war sehenswert, glaub mir. Nach dem ganzen Trara endete es damit, dass Kira kurzerhand einen Koffer gepackt hat und erst mal zu ihrer Freundin Christina gezogen ist. Du hattest recht, sie ist unbeschreiblich wütend auf uns alle. So wütend, dass sie zurzeit auf keinen Fall mit mir unter einem Dach wohnen kann, wie sie sagte.“

Finn musste sich räuspern. Eigenartigerweise hatte er bislang nicht darüber nachgedacht, dass Kira natürlich hier im Haus lebte, sobald sie sich in Deutschland aufhielt. Da dieser Fall bisher noch nicht eingetreten war, seit er selbst hier arbeitete, war ihm der Gedanke schlichtweg nicht gekommen. Sein Magen begann zu kribbeln. „Das tut mir leid, Edgar. Ich hab es gründlich verbockt, wenn du jetzt …“

„Red keinen Unsinn, Finn! Ich habe dir doch schon am Telefon deutlich gesagt, dass du in meinen Augen alles, aber auch wirklich alles richtig gemacht hast. Außerdem ist dieser Job beileibe nicht gewöhnlich, darüber sind wir uns wohl alle einig. Nebenbei bemerkt, wusste ich natürlich, dass Kira unter gewissen Umständen alle Register ziehen würde. Ich kenne meine Tochter. Sie kann ziemlich empfindlich reagieren, wenn sie der Meinung ist, dass man sie irgendwie hintergangen hat.“

Finn atmete tief ein. „Sind noch mehr Briefe gekommen?“

„Nein, und Edgar und ich sind ziemlich froh darüber. Vielleicht löst sich die Geschichte ja doch noch im Wohlgefallen auf, und die ganze Sache war nicht mehr als ein Dummerjungenstreich“, mischte sich Werner Martinelli nun zum ersten Mal in das Gespräch ein.

„Hmm, vielleicht …“, erwiderte Finn zweifelnd.

„Du glaubst nicht so recht daran, oder?“, wollte Werner wissen.

„Nicht wirklich, wenn ich ehrlich bin.“

„Wie hat dir übrigens mein Haus gefallen?“

Finn grinste. „Du weißt doch selber, wie schön es ist, warum fragst du also? Aber ich muss dir gestehen, dass ich in der kurzen Zeit leider nur einen Bruchteil von dem geschafft habe, was ich mir eigentlich vorgenommen hatte. Wenn du damit einverstanden bist, würde ich gerne im Laufe der nächsten Monate noch einmal auf die Insel fahren, um meine Arbeit zu vollenden. Mir gefällt es dort nämlich ziemlich gut.“

Werner nickte zustimmend. „Dagegen habe ich sicherlich nichts. Aber jetzt kümmerst du dich erst mal weiterhin persönlich um die Sicherheit unserer Prinzessin.“

Werner wechselte mit Edgar einen kurzen Blick, und der nickte ebenfalls sofort. „So sehe ich das auch.“

Finn blähte seine Wangen auf und stieß dann schnaufend die Luft wieder aus.

„Wie ich schon am Telefon erwähnte, Edgar, ist das in meinen Augen wirklich keine gute Idee. Kira kann mich nicht mehr ausstehen. Du solltest die Sache besser einem meiner Männer überlassen. Sascha ist ein großartiger Personenschützer; ich kann ihn dir nur empfehlen."

„Und wie ich dir schon sagte, Finn, interessiert mich Kiras Meinung in diesem Fall überhaupt nicht. Ich bin ihr Vater, und ich will die bestmögliche Sicherheit für sie. Ich bin nun einmal der Meinung, dass du der beste Mann dafür bist."

„Edgar, du weißt genau, dass alle meine Männer ..."

„Hör zu, ich lasse in diesem Fall nicht mit mir diskutieren, haben wir uns verstanden?"

Finn raufte sich die Haare und blieb eine Weile stumm, doch dann nickte er. „Wir haben uns verstanden, Chef."

„Gut."

„Zwei deiner Männer sind noch immer an ihr dran. Ich schlage also vor, dass du dir bis morgen Abend Zeit lässt, um wieder zu Hause anzukommen. Schlaf dich ein bisschen aus, Finn, du siehst ziemlich geschafft aus. Spätestens übermorgen übernimmst du dann wieder."

„Okay." Finn schlug sich kurz mit beiden Händen auf die Oberschenkel und stand schließlich auf. „Dann sehen wir uns also irgendwann morgen Nachmittag, nehme ich an." Er wollte sich schon zum Gehen wenden, als Edgar Lengrien ihn noch einmal zurückhielt.

„Finn, eine Sache noch."

„Ja."

„Was hältst du davon, dein eigenes Sicherheitsunternehmen zu gründen, Junge?"

„Was?" Finn lachte laut auf. „Du willst mich also doch loswerden, hab ich recht?"

„Keine Spur, Finn. Ich finde nur, dass ein Mann wie du sich auf seine eigenen Füße stellen sollte. Du besitzt ohne Frage Führungsqualitäten und einen verdammt klugen Kopf. Sogar dieses ganze technische Zeugs, das du mit auf die Insel genommen hast, wurde zum größten Teil von dir selbst entwickelt, stimmt's?"

„Dafür braucht man nur die passende Computersoftware, Edgar."

„Und ein gut funktionierendes Gehirn, das diese Software richtig einzusetzen weiß." Edgar lächelte. „Ich biete dir an, die Räume hier im Gebäude weiterhin zu nutzen. Du kannst sogar noch einige Räume dazubekommen, wenn du die brauchen solltest. Das wäre meine Investition in eine vielversprechende junge Firma. Du könntest noch mehr Leute einstellen, eventuell sogar nach deinen eigenen hohen Ansprüchen ausbilden und auf diese Weise praktisch sofort entsprechende Fremdaufträge übernehmen. Na, was meinst du?"

Finn war vollkommen überrumpelt. „Ich … ich weiß nicht. Was hättest du denn davon?", fragte er.

Das Lächeln von Edgar Lengrien vertiefte sich. „Darüber sprechen wir, sobald deine Firma die ersten Gewinne abwirft – und das wird ziemlich schnell passieren, glaub mir. Schließlich verfügt unser Unternehmen über genügend Kontakte. Vorerst wäre ich allerdings damit zufrieden, wenn ‚Lengrien & Martinelli' weiterhin dein wichtigster Klient bleiben würde. Das heißt, du müsstest uns … – oder, ähm, wie in diesem Fall, meiner Tochter – jederzeit zur Verfügung stehen."

Finn starrte sein Gegenüber noch immer verständnislos an.

„Lass es dir mal durch den Kopf gehen, Finn", setzte Edgar nach. „Und nun verschwinde, du siehst wirklich aus, als hättest du eine Woche nicht vernünftig geschlafen."

„Ähm, ja … ich werde über deinen Vorschlag nachdenken, versprochen."

Kaum war die Tür hinter Finn ins Schloss gefallen, grinsten sich die beiden älteren Männer über den Schreibtisch hinweg verschwörerisch an.

„Hast du in seine Augen gesehen, alter Freund? Er wird es machen", stellte Edgar Lengrien feixend fest. „Er kann gar nicht anders. Der Junge ist schließlich kein Dummkopf."

„Du bist und bleibst ein alter Fuchs, Eddie." Werner Martinelli brach in schallendes Gelächter aus.

Am liebsten hätte sich Finn sofort auf sein einladendes Bett fallen lassen, um endlich einmal acht Stunden am Stück durchzuschlafen, so müde war er inzwischen. Trotzdem packte er zunächst seine Reisetasche aus und warf sogar einige Sachen in die Waschmaschine, denn er wusste, wenn er sich erst einmal hingelegt hatte, würde er wahrscheinlich schlafen wie ein Toter. Schließlich holte er sich auch noch eine Tiefkühlpizza aus dem Gefrierschrank und schob sie in den Backofen. Sein Magen knurrte schon bedrohlich.

Den vor sich hin blinkenden Anrufbeantworter schwor er sich allerdings zu ignorieren, bis er wenigstens einige Stunden geschlafen hatte. Nachdenklich sah er sich in seiner kleinen Wohnung um. Er lebte hier bereits, seit er bei seinen Eltern ausgezogen war, also seit dem Ende seiner Ausbildung, und er mochte die Wohnung noch immer. Ein Schlafzimmer mit einem sehr breiten Bett darin, ein Wohnzimmer, in dem es eine gemütliche Couch, einen leicht antiquierten Sessel, eine moderne Stereoanlage und einen großen Flachbildfernseher gab, ein kleines Badezimmer und eine recht geräumige Küche: Mehr brauchte ein erwachsener und alleinstehender Mann wirklich nicht, um sich wohlzufühlen. Es ging ihm trotzdem nicht gut – und er wusste genau, warum das so war.

Kira! Verdammt!

Nachdem er die Pizza gegessen und sie mit zwei Flaschen Bier runtergespült hatte, warf er sich, so wie er war, auf das Bett und schloss endlich die Augen. Dennoch brauchte er tatsächlich noch eine volle Stunde, um endgültig zur Ruhe zu kommen. Es war egal, ob er die Augen geschlossen hielt oder nicht, da war immer nur Kira. Er sah immer nur ihr Gesicht, ihre tiefblauen Augen … und ihren herrlich anschmiegsamen Körper vor sich.

Irgendwann schlief er dann doch ein, wachte allerdings schon nach knapp drei Stunden wieder auf. Draußen war es bereits dunkel geworden. Finn rieb sich kräftig das Gesicht und erhob sich langsam. Natürlich hatte er von Kira geträumt, so heftig geträumt, dass er es jetzt mit einer ausgewachsenen Erektion zu tun hatte – und genau die hatte ihn offensichtlich auch aus dem

Schlaf gerissen. Fluchend erhob er sich, zog sich aus und nahm anschließend die längste und kälteste Dusche seines Lebens.

„Sieh es doch so, Kira, jetzt weißt du wenigstens, was dich die ganze Zeit an ihm irritiert hat."

Christina Sommer nahm einen tiefen Schluck aus ihrem Rotweinglas und stellte es danach wieder ab. Seit mehreren Stunden saßen die beiden Frauen jetzt schon zusammen im Wohnzimmer von Christinas Apartment und redeten.

„Er ist so ein … Schwein!", stieß Kira angewidert aus, beugte sich vor und griff nach ihrem Glas.

Christina verzog ein wenig ihren hübschen Mund und strich sich das halblange, honigblonde Haar hinters linke Ohr, so wie sie es oft tat, wenn sie nachdachte. „Weißt du, mein Herz, ich finde, du solltest nicht so ganz außer Acht lassen, dass er zumindest anfangs versucht hat, dich auf Abstand zu halten, oder? Ich meine, wenn ich mich da richtig erinnere, wie du die ersten Tage eurer … Bekanntschaft geschildert hast …"

„Ach, papperlapapp!" Kira trank ihren Wein in einem Zug aus und knallte das Glas zurück auf den Tisch.

„Kira, sei ehrlich! Du bist es doch gewesen, die sofort auf ihn abgefahren ist. Der Typ hatte doch gar keine Chance, nicht zwischen deinen langen Beinchen zu landen."

„Pah, das klingt aber verdammt obszön!"

„Und doch trifft es den Kern, Prinzessin. Du wolltest ihn unbedingt – und du hast ihn bekommen."

„Er hätte … Tina, er hätte mir doch spätestens da die Wahrheit sagen müssen." Kira atmete geräuschvoll ein und schenkte sich Wein nach. „Er ist nur ein … ach … ein muskelbepackter hirnloser …"

„Du solltest nicht so viel trinken", warf Christina trocken ein, „sonst geht es dir morgen schlecht, das weißt du doch."

„Es macht dir doch wirklich nichts aus, mich für ein paar Tage in deinem Gästezimmer wohnen zu lassen, nicht wahr, Tina? Ich kann meinen Vater einfach nicht mehr sehen … oh, diese Arroganz … diese maßlose Überheblichkeit …"

„Sprichst du jetzt von Eddie oder doch wieder von deinem Finn?“ Christina verkniff sich ein breites Grinsen und hustete trocken.

„Hrrrr, er is nich mein Finn!“ Kira stürzte auch das nächste Glas ohne abzusetzen herunter, dann schüttelte sie sich und kämpfte gegen einen heftigen Schluckauf. „Meine Herren, ich bin … echt müde.“

„Und ziemlich angeschickert“, fügte Christina hinzu. „Komm, meine Süße, das Bettchen im Gästezimmer ist frisch bezogen und wartet schon auf dich.“

Ein wenig schwankend erhob Kira sich, ließ sich dann aber sofort zurück auf das Sofa fallen und seufzte tief und gründlich auf. „Sach bidde niemals mehr dieses bösse Wort su mir.“

„Welches Wort denn?“

„Meine Süse … brrrr! Das hat er auch … immer su … mir gesacht, jawoll.“ Der Schluckauf wurde offensichtlich heftiger.

Christina zog ihre Freundin vom Sofa hoch, hakte sie unter und schob sie vor sich her ins Gästezimmer.

Kira ließ sich auf das Bett fallen und schlief praktisch sofort ein. Es war zwar ein kleiner Kraftakt für Christina, ihrer Freundin die Schuhe und die Hose auszuziehen, aber schließlich schaffte sie es doch. Als sie Kira endlich die Decke über den Körper zog, seufzte diese noch einmal tief und gründlich auf.

„Finn … er ist …“

„Psst, Schatz, ja ich weiß, er ist der tollste Mann der Welt, nicht wahr? Das wolltest du doch sagen.“ Christina hauchte Kira einen Kuss auf die Wange. „Schlaf schön, Prinzessin, und träume süß.“

Nur mit einem Handtuch um die Hüften kam Finn zurück in sein Schlafzimmer und suchte als Erstes nach der angebrochenen Zigarettenschachtel. Sie befand sich noch immer in seiner Jackentasche. Da er das Feuerzeug nicht sofort fand, griff er auch nach seiner Jeans, die er vorhin achtlos auf den Boden geworfen hatte. Plötzlich lag nicht nur das Feuerzeug, sondern auch das kleine Bernsteinherz in seiner Hand. Er steckte sich eine Zigarette an, zog den Rauch tief und genüsslich in seine Lungen und warf sich noch einmal auf das Bett. Den glatten, klaren Stein behielt er dabei in der Hand, betrachtete ihn eine Weile nachdenklich und schmunzelte in sich hinein, als er an die Gespräche mit Magda Quint zurückdachte.

Blockaden lösen und negative Energien vertreiben … pah!

Plötzlich fiel ihm der blinkende Anrufbeantworter wieder ein, deshalb legte er den Stein schließlich beiseite. Dann stand er auf und ging hinüber ins Wohnzimmer.

Offenbar hatte Lena Grendler in den vergangenen Tagen schon mehrmals versucht, ihn zu erreichen. Ihre letzte Mitteilung war erst gestern Morgen eingegangen, und sie bat Finn darin eindringlich, sich mit ihr in Verbindung zu setzen, sobald er diese Nachricht abgehört hatte, weil sie etwas sehr Wichtiges mit ihm besprechen müsste.

Finn warf einen schnellen Blick auf seine Armbanduhr. Es war kurz nach dreiundzwanzig Uhr, aber was soll's, sagte er sich und wählte Lenas Nummer.

Schon nach dem zweiten Klingeln meldete sie sich – und wie er gleich bei der Begrüßung feststellte, war sie ziemlich erleichtert, endlich von ihm zu hören.

„Tut mir leid, Lena, ich hatte ein paar Tage außerhalb der Stadt zu tun."

„Ja, das habe ich mir schon gedacht, nachdem auch deine Mutter nicht so recht wusste, wo du dich herumtreibst." Sie lachte kurz. „Ich muss dringend mit dir sprechen, Finn, und ich muss dir etwas zeigen. Es ist wirklich ungeheuer wichtig."

„Leg los, ich bin ganz Ohr."

„Nein, so funktioniert das nicht. Ich sagte doch, ich muss dir etwas zeigen. Kannst du nicht herkommen?"

„Jetzt noch?"

„Warum nicht? Die Kinder sind ohnehin ein paar Tage bei meinen Eltern. Ich kann morgen ausschlafen. Wenn es dir also nichts ausmacht …"

„Gib mir eine halbe Stunde, Lena, dann bin ich bei dir, in Ordnung?"

„Okay, das ist gut."
„Und Lena?"
„Ja."
„Eine große Kanne Kaffee könnte jetzt mein Leben retten."

Kaum eine halbe Stunde später klingelte Finn an Lena Grendlers Haustür. Sie hatte das kleine Reihenhaus behalten, in dem sie schon damals zusammen mit Mike wohnte. Es war Finn fast so vertraut wie seine eigene Wohnung.

Wie üblich trug Lena ihre schulterlangen dunklen Haare zu einem einfachen Pferdeschwanz zurückgebunden, und ihr zierlicher Körper steckte in einem bordeauxfarbenen Hausanzug, als sie ihm öffnete. Der Blick aus den klaren grauen Augen, die Finn noch vor einigen Jahren heftig ins Schwärmen gebracht hatten, glitt kurz, aber prüfend über sein Gesicht, dann umarmte sie ihn herzlich zur Begrüßung und küsste ihn auf beide Wangen.

„Schön, dich zu sehen, Finn."

„Ja, ich freue mich auch, Lena. Du siehst großartig aus", bemerkte er sofort.

„Danke. Komm doch rein, der Kaffee ist fertig."

So wie sie es schon unzählige Male zuvor getan hatten, setzten sie sich zusammen in die gemütliche Küche, und Lena schenkte Kaffee ein. „Hast du Hunger?"

„Nein, danke, ich habe mir vorhin eine Pizza gemacht."

„Du siehst ziemlich abgespannt und müde aus, Finn."

Er stieß ein kurzes freudloses Lachen aus. „Das ist wahrscheinlich der Satz, den ich in der letzten Zeit am häufigsten gehört habe."

„Du bist halt von ehrlichen Menschen umgeben", schmunzelte sie. „Nun ja, deine sichtbare Müdigkeit ist wahrscheinlich auch der Grund, warum du plötzlich wieder damit anfängst, am Abend noch Unmengen von Kaffee zu trinken, richtig?"

„Frag mich danach später noch mal, okay?" Er grinste breit. „Sag mir lieber, ob es den Kindern gut geht."

„Alles wunderbar. Wie gesagt, sie sind ein paar Tage bei ihren

Großeltern. Mir tut das immer ganz gut, weil ich dann ein bisschen ausspannen kann."

„Das glaube ich dir. Es ist nicht immer einfach, so allein mit den Kindern und all der Verantwortung, oder?"

„Hm, ich …" Lena blieb mitten in ihrem Satz stecken und trank einen Schluck Kaffee.

„Raus mit der Sprache."

„Seit ungefähr drei Monaten bin ich nicht mehr allein, Finn." Jetzt huschte ein Strahlen über ihr hübsches Gesicht.

Da er sich Lena noch immer nur an der Seite von Mike vorstellen konnte, brauchte Finn einen Moment, um diese Neuigkeit zu verdauen, aber dann wurde ihm sofort die Absurdität seiner Gedanken bewusst. Lena Grendler war eine junge und auffallend attraktive Frau, und er konnte absolut nachvollziehen, dass es praktisch nur eine Frage der Zeit gewesen war, bis sich wieder ein Mann in sie verliebte. Außerdem wäre es schlichtweg albern, wenn er nicht auch ihr selbst die menschlichsten und normalsten Sehnsüchte und Wünsche zugestehen würde. Also legte er seine Hand auf ihre und lächelte. „Das freut mich für dich, Liebes. Kenne ich ihn?"

Sie schüttelte ihren Kopf. „Nein, Finn, du kennst ihn nicht. Und … er hat auch Gott sei Dank gar nichts mit der Polizei zu tun." Sie schluckte kurz. „Das klingt jetzt vielleicht irgendwie komisch, aber ich habe ihn in einer Selbsthilfegruppe kennengelernt. Seine Frau und sein Sohn sind vor vier Jahren bei einem schweren Autounfall ums Leben gekommen. Bernd ist selbstständiger Architekt und lebt seit dem Unglück mit seiner achtjährigen Tochter allein. Wir kennen uns eigentlich schon ziemlich lange, sind uns aber erst vor einigen Monaten nähergekommen. Er ist ein wirklich netter Mann, und ich … bin … sehr verliebt in ihn."

„Das klingt richtig gut, Lena." Das glückliche Strahlen in Lenas grauen Augen ließ ihn weiterhin lächeln. „War es das, was du mir so unbedingt mitten in der Nacht sagen wolltest?"

„Oh, oh nein!" Lena sprang auf. „Ich bin gleich wieder da, Moment."

Kaum zwei Minuten später kam sie zurück in die Küche. In ihrer rechten Hand hielt sie einen einfachen weißen Umschlag. „Das wollte ich dir zeigen, aber vorher … Finn, wir müssen noch einmal über Michael sprechen.“

Finn atmete tief ein und nickte. Wie immer schien eine tonnenschwere Last auf seiner Brust zu liegen, wenn er an Mike dachte, aber das war ohnehin schon so, seit er Lena vorhin wieder gegenübergestanden hatte; der Druck verstärkte sich jetzt nur noch etwas.

Lena setzte sich zurück auf ihren Platz und legte den Umschlag vor sich auf den Tisch. „Erinnerst du dich an den Tag, Finn?“

„An jede einzelne Sekunde.“

„Weißt du noch, was du Jonas zum Geburtstag geschenkt hast?“

„Natürlich weiß ich das noch. Es war ein kleiner, einfach zu bedienender Fotoapparat.“

Sie nickte lächelnd. „Jonas hat den ganzen Tag damit fotografiert, weißt du noch? Michael hatte geschimpft, weil er ständig neue Filme einlegen musste, denn dieses Ding hatte noch keine Digitalfunktion, geschweige denn eine Speicherkarte. Jedenfalls warst du damals heilfroh, dass du gleich einen recht großen Vorrat an Filmen mitgebracht hattest.“

„Ja, es war witzig. Der Kleine fotografierte einfach alles und jeden.“

„Eben, das bringt mich zum Punkt.“ Lena wurde wieder ernst. „Bernd und ich … wir tragen uns ernsthaft mit dem Gedanken zusammenzuziehen, jetzt wo wir uns endlich gefunden haben – das wäre ja auch für die Kinder besser. Deshalb habe ich vor einigen Tagen damit angefangen, schon mal ein bisschen auszusortieren, verstehst du?“

Finn nickte.

„Ich habe mit dem Arbeitszimmer angefangen. Da war ich seit Michaels Tod eigentlich nicht mehr oft drin; hab höchstens mal einen Wäscheständer dort reingestellt oder so. Es war ja irgendwie … sein Zimmer. Na ja, jedenfalls habe ich den

Schreibtisch leer geräumt, und in der untersten Schublade, ziemlich weit hinten, fand ich eine von diesen alten Filmrollen, die heutzutage ja kaum noch ein Mensch hat." Sie hielt kurz inne und schluckte hörbar. „Aus lauter Neugierde habe ich den Film entwickeln lassen." Langsam schob sie den weißen Umschlag zu ihm über den Tisch und sah ihm dabei direkt und sehr ernst in die Augen. „Sieh dir das bitte an, Finn."

Er öffnete zögernd den Umschlag und zog einen kleinen Stapel Fotos heraus. Die meisten Bilder waren mehr oder weniger verwackelt, aber er erkannte sofort, dass es sich um Fotos handelte, die Jonas an eben jenem Tage geschossen hatte. Finn musste sich räuspern und hatte plötzlich einen riesigen Kloß im Hals. „Was willst du mir damit sagen, Lena?"

„Es sind nur drei Fotos, die wirklich wichtig sind, du wirst schon sehen."

Sie hatte kaum ausgesprochen, da hielt er sie auch schon in der Hand. Drei Fotos, ebenfalls leicht verwackelt, und doch konnte man den Mann darauf klar und deutlich erkennen. Es war Mike. Mike, der draußen vor dem Haus vor Finns Auto hockte. Mike, der einen langen glänzenden Gegenstand – vielleicht einen Metalldorn oder ein langes Messer – in der rechten Hand hielt. Den Gegenstand konnte man auf den verwackelten Fotos nicht zweifelsfrei identifizieren, Michael Grendler jedoch schon.

Finn starrte eine Weile wie betäubt auf die Fotos, dann stöhnte er laut auf. „Mike, verdammt! … Wie …?"

Jetzt war es Lena, die ihre Hand auf Finns legte und leicht zudrückte. „Finn … er hat gewollt, dass du aufgehalten wirst, verstehst du! Das war geplant! Michael wollte dir endlich einmal eine Nasenlänge voraus sein. Ich habe es sofort gewusst, als ich diese Fotos sah, denn er hat sich nicht nur einmal bei mir darüber ausgelassen, dass du ihm niemals eine Chance lässt, auch mal voranzugehen, wenn es brenzlig wurde. Dieses Mal wollte er offensichtlich sicherstellen, dass er endlich einmal vor dir am Einsatzort war."

In Lenas Augen schimmerten Tränen. „Natürlich konnte er

nicht wissen, dass er damit in seinen eigenen Tod rennen würde, aber er hat … Finn, er war es selbst, der dich daran gehindert hat, rechtzeitig bei ihm zu sein. Erkennst du es? Kein dummer Zufall, keine Unachtsamkeit war schuld, Finn! Es war Michael selbst – und es war seine Absicht!“

„Mein Gott!“ Finn bemerkte die Tränen kaum, die auch ihm jetzt über das Gesicht liefen, aber er spürte sehr deutlich, wie sich in seiner Brust der Druck verringerte.

Erst kurz nach drei Uhr morgens war Finn wieder zu Hause in seiner eigenen Wohnung. Lena und er hatten einfach noch eine Weile gebraucht, um die neue Entwicklung um Mikes Tod gemeinsam aufzuarbeiten – und schließlich hatte er ihr auch von Kira erzählt. Wie zu erwarten, hatte Lena allein aus seinen Erzählungen heraus sofort erkannt, dass er ernsthafte Gefühle für Edgars Tochter hegte – und sie hatte ihm eindringlich dazu geraten, diese Gefühle nicht auf die leichte Schulter zu nehmen und noch einen Versuch zu wagen, die Frau zurückzugewinnen. Finn selbst machte sich hingegen keinerlei Illusionen. Er war der festen Überzeugung, bei Kira Lengrien ein für alle Mal verspielt zu haben.

9. KAPITEL

Finn schaffte es tatsächlich, fast bis zum nächsten Mittag durchzuschlafen; trotzdem fühlte er sich noch immer wie gerädert, als er endlich aufstand. Nach einer ausgiebigen Dusche, die ihn zumindest ein bisschen wacher machte, kochte er sich einen starken Kaffee und führte ein paar überfällige Telefonate mit seiner Familie. Anschließend rief er im Büro an und ließ sich von Frau Wendisch die Anschrift von Christina Sommer durchgeben.

„Richten Sie dem Chef doch bitte aus, dass ich in circa zwei Stunden meinen Posten beziehen werde, Frau Wendisch. Sobald sich irgendetwas Neues ergibt, melde ich mich bei ihm."

„Gut, Herr Andersen, ich werde es ihm ausrichten. Einen schönen Tag für Sie."

„Den wünsche ich Ihnen auch, Frau Wendisch."

Schließlich kontaktierte Finn noch die beiden Kollegen, die Kiras Bewachung übernommen hatten, und erfuhr so, dass Lengriens Tochter sich seit ungefähr einer Stunde in einem Einkaufszentrum aufhielt. In Finns Magen begann es sofort nervös zu kribbeln. Einkaufszentren waren kein guter Platz für eine sicherheitsrelevante Überwachung. Für seinen Geschmack hielten sich dort immer viel zu viele Menschen auf.

Kira ließ sich Zeit und schlenderte ausgesprochen gemächlich durch die einzelnen Läden. Heute Morgen war sie zunächst mit heftigen Kopfschmerzen aufgewacht, aber inzwischen ging es ihr deutlich besser. Deshalb hatte sie beschlossen, dass sie unbedingt etwas Neues zum Anziehen brauchte, allein schon, um endlich auf andere Gedanken zu kommen. Natürlich fand sie es schade, dass Christina gerade heute einen wichtigen Termin im Verlag wahrnehmen musste, aber das ließ sich nun einmal nicht ändern.

Langsam spazierte sie an mehreren Schaufenstern vorbei und blieb schließlich vor dem eines bekannten Dessousherstellers stehen. Ihr Blick fiel auf ein kleines cremefarbenes Seidenhöschen mit hauchzartem Spitzeneinsatz, das die Schaufensterpuppe genau in der Mitte der Auslage trug. Vor Kiras innerem Auge entwickelte sich praktisch sofort ein anderes Bild: ein zerrissenes cremefarbenes Seidenhöschen in einer kräftigen braun gebrannten Männerhand. Aufgewühlt fühlte sie, wie sich prickelnde Hitze unter ihrer Haut ausbreitete. Zornig über ihre eigenen Gedanken schüttelte sie ihren Kopf, und ihr Blick wurde wieder klar. Noch einmal streifte ihr Blick das cremefarbene Wäschestück, doch gerade als sie sich abwenden wollte, um weiterzugehen, entdeckte sie die Spiegelung eines anderen Gesichts in der Scheibe des Schaufensters. Ruckartig drehte sie sich um und blickte genau in Finns dunkle Augen. Einen endlosen Augenblick lang verlor sie sich darin, doch dann gewann die Wut wieder die Oberhand über ihr Denken.

„Was machst du hier?“, presste sie aufgebracht hervor.

Ohne auf ihre Frage einzugehen, deutete er auf das Schaufenster. „So eines bin ich dir noch schuldig.“

„Untersteh dich!“

Sie wandte sich ab und marschierte mit hoch erhobenem Kopf weiter. Offensichtlich in der Absicht, ihn nicht weiter zu beachten, doch er folgte ihr und das noch nicht einmal unauffällig.

„Verschwinde, Finn!“, stieß sie nach einer Weile mit gepresster Stimme hervor.

Er reagierte nicht, sondern blieb ihr einfach auf den Fersen. Irgendwann hielt sie abrupt an, und um ein Haar wäre er mit ihr zusammengestoßen. Als sie sich erneut zu ihm herumdrehte, standen sie plötzlich so dicht beieinander, dass Kira unweigerlich einen kleinen Schritt zurück machte. Trotzdem trennten sie auch jetzt nur wenige Zentimeter voneinander, und sie musste den Kopf heben, um ihn ansehen zu können. „Ich habe gesagt, du sollst mir aus den Augen bleiben, verdammt!“

Er sagte noch immer nichts, sondern schüttelte nur mit eherner Miene seinen Kopf. Dann setzte er sich eine verspiegelte Sonnenbrille auf die Nase. Jetzt konnte sie noch nicht einmal mehr seine Augen erkennen, und das machte sie noch wütender.

„Finn, das ist überhaupt nicht witzig!“ Ihre Stimme überschlug sich fast. Während sie sprach, wühlte sie in ihrer Handtasche nach ihrem Handy. „Okay, dann werde ich jetzt eben die Polizei rufen und einfach behaupten, dass ich von dir belästigt werde."

„Keine Chance, Süße. Die werden dich nur auslachen, denn schließlich bin ich ganz hochoffiziell dein persönlicher Bodyguard." Er verzog noch immer keine Miene, auch wenn ihre direkte Nähe ihm schwer zu schaffen machte. „Mir gefällt das auch nicht sonderlich, darauf kannst du wetten", setzte er nach.

„Na, bravo!" Kira stampfte mit dem Fuß auf und schnaubte. „Was muss ich tun, damit du mich in Ruhe lässt, Andersen? Sag mir, was es mich kostet, Dobermann!"

Finn räusperte sich. Ihr Duft stieg ihm in die Nase und vernebelte ein wenig seine Sinne, ja, er bildete sich sogar ein, Kiras Atem schmecken zu können. Äußerlich ließ er sich jedoch nichts anmerken. „Ich bin nicht käuflich", sagte er rau.

„Ach nein? Das habe ich irgendwie anders in Erinnerung."

„Dann verwechselst du wohl ehrliche und bezahlte Arbeit mit Bestechlichkeit." Zu ihrer großen Erleichterung nahm er die Sonnenbrille wieder ab, und sein dunkler, unergründlicher Blick bohrte sich in ihre Augen.

In Kira stieg Hitze auf, und sie ärgerte sich maßlos darüber, dass dieser Mistkerl im Gegensatz zu ihr nicht die geringste Gefühlsregung zeigte. Sie konnte nicht wissen, dass es unter der unnachgiebigen Oberfläche, die er zur Schau trug, bereits brodelte, als wären sämtliche Höllenfeuer unter ihm angezündet worden.

Weil sie nicht weiterwusste, wandte sie sich schließlich wieder ruckartig von ihm ab und marschierte demonstrativ Richtung Parkdeck. Wütend bemerkte sie, dass sein kleiner Geländewagen direkt neben ihrem eigenen Auto stand. Wieder einmal sah sie geflissentlich an ihm vorbei, stieg ein und fuhr los.

Finn selbst saß kaum in seinem Auto, als sein Handy klingelte. Er fluchte, fischte es dann aber doch aus seiner Jackentasche und meldete sich.

„Finn?"

„Magda! Nanu, vermisst du mich jetzt schon?“

Da er nun ebenfalls losfahren musste, um Kira nicht zu verlieren, schaltete er die Freisprechanlage ein.

„Hör mir lieber zu, du eingebildeter Fatzke. Ich wollte dich nur schnell davon in Kenntnis setzen, dass Torben vor circa einer Stunde die Insel verlassen hat. Ich dachte, das könnte dich interessieren.“

Finn holte tief Luft. „Na, und ob mich das interessiert, Magda! Auf dich ist Verlass. Ich danke dir.“

„Kein Problem. Melde dich in den nächsten Tagen mal bei mir, wenn es irgendwie geht.“

„Mach ich. Im Moment sitze ich im Auto und jage auftragsgemäß mal wieder meiner rothaarigen Prinzessin hinterher.“

„Ach herrje, du armer Mann.“ Sie lachte. „Ich wünsche dir Glück. Bis bald, Finn.“

„Danke, Glück kann ich wirklich gebrauchen. Bis bald, Magda.“

Wie er sehr schnell bemerkte, fuhr Kira nicht direkt zu Christina Sommers Wohnung, sondern machte einen Abstecher in ein italienisches Restaurant. Dort traf sie sich offenbar mit einigen Freundinnen. Da Finn Christina Sommer in der Vergangenheit bereits auf einigen Fotos gesehen hatte, bemerkte er sofort, dass Kiras derzeitige Mitbewohnerin nicht dabei war.

Er beobachtete die kleine Gruppe plappernder Frauen eine Weile durch das große Fenster des Restaurants, doch dann griff er erneut nach seinem Telefon und führte ein sehr kurzes Gespräch mit einem seiner Mitarbeiter. Das anschließende Telefonat mit Kiras Vater dauerte hingegen ein wenig länger.

Kaum zehn Minuten nach seiner Unterhaltung mit Edgar Lengrien wurde Finn vor dem Restaurant abgelöst und konnte sich beruhigt auf den Weg zu Christina Sommers Wohnung machen. Die Tatsache, dass Torben Brockmann sich nicht mehr auf Sameland befand, behagte ihm nicht und machte in seinen Augen eine Änderung der üblichen Vorgehensweise unbedingt notwendig. Das würde Kira zwar überhaupt nicht gefallen, aber darauf konnte er leider keinerlei Rücksichten nehmen. Wie hatte Edgar Lengrien doch so passend formuliert? „In dieser Sache hat sie leider kein Mitspracherecht." Finns Mund verzog sich zu einem schiefen Lächeln.

Er parkte seinen Wagen in einer kleinen Seitenstraße, nahm die Reisetasche aus dem Kofferraum, die er für alle Fälle bereits mittags gepackt hatte, und ging den restlichen Weg zu Fuß. Das Haus, in dem Kira zurzeit wohnte, war einer dieser wunderschönen Hamburger Altbauten, die von Grund auf restauriert und modernisiert worden waren, ohne dass dabei jedoch das Flair der herrlichen Fassade verloren ging. Es gab sechs Stockwerke, und Christinas Wohnung befand sich, wie er inzwischen wusste, im fünften Stock. Er klingelte, aber es kam weder eine Nachfrage aus der Gegensprechanlage, noch wurde der Türsummer betätigt. Finn blieb also nichts anderes übrig, als abzuwarten und zu hoffen, dass Christina Sommer vor ihrer Freundin nach Hause kommen würde, denn sonst musste er sich wirklich etwas einfallen lassen.

Finns stille Hoffnung erfüllte sich, denn er wartete kaum fünf Minuten, da fuhr auch schon ein Taxi vor und Christina Sommer stieg aus. Als sie Finn direkt vor der Haustür stehen sah, stutzte sie kurz und schob ihre rechte Hand in die Jackentasche. Finn grinste ein wenig in sich hinein. Wahrscheinlich entsichert sie gerade ihr Pfefferspray, dachte er. Vorsichtshalber sprach er sie deshalb auch sofort an. „Frau Sommer, ich könnte in einer bestimmten Sache ihre Hilfe gebrauchen. Mein Name ist übrigens Finn Andersen, falls Ihnen das etwas sagen sollte."

Sie lächelte sofort, als er seinen Namen erwähnte, und kam näher, betrachtete ihn dann eingehend und ohne Scheu, und schließlich zwinkerte sie ihm zu. „Na, und ob mir das was sagt. Ich grüße Sie!" Immer noch lächelnd, streckte sie ihm ihre Hand entgegen und schüttelte sie kräftig. „Ich bin Christina, lassen wir also besser gleich die Förmlichkeiten, okay?"

„Aber gerne doch." Auch Finn lächelte.

„Also, was kann ich für dich tun, Finn?“, fragte sie ohne Umschweife.

Kira war noch immer rasend wütend, als sie die Tür zu Christinas Wohnung aufschloss. Daran hatte leider auch das spontane Treffen mit ihren Freundinnen aus der Studienzeit nichts ändern können. Ihrem Gemütszustand entsprechend stieg sie ziemlich unwirsch aus ihren Pumps und ging auch nicht gerade zart mit der Lederjacke um, die sie erst im letzten Jahr für einen sündhaft hohen Preis in New Orleans erstanden hatte.

Christina war offensichtlich schon zu Hause, denn im Wohnzimmer brannte Licht und aus der Küche hörte sie das Klappern von Geschirr.

„Tina, ich bin da!“, rief sie kurz, drehte der halb offenen Küchentür den Rücken zu und ließ sich mit einem lauten Seufzen auf das Sofa fallen. Die Begegnung mit Finn hatte sie aufgewühlt – und es war nicht nur die pure Wut auf ihn, die ihr Innerstes in heftige Erregung versetzt hatte, das musste sie sich wohl oder übel eingestehen. Dass sie von einem viel zu heftigen Verlangen überrollt worden war, als er so plötzlich vor ihr gestanden hatte, schürte erst recht ihren Zorn auf den Mann.

„Stell dir vor, Tina, mein Vater hat tatsächlich die Unverfrorenheit besessen und mir wieder diesen verfluchten Wachhund hinterhergehetzt. Ich bin so sauer, das kannst du dir nicht vorstellen.“ Kira stieß einen unschönen Laut der Abneigung aus, der ihre Aussage noch unterstreichen sollte. „Da steht dieser verdammte Kerl doch plötzlich vor mir! Mitten im Einkaufszentrum – ich fasse es nicht! Und dann … und dann tut er auch noch so, als wäre er unwiderstehlich oder so was … pah! Idiot, hirnverbrannter! Tina, hörst du mir überhaupt zu?“

„Möchtest du auch einen Kaffee?“, fragte eine dunkle Stimme direkt hinter ihr.

Kira sprang so schnell wieder vom Sofa hoch, dass sie fast ins Straucheln gekommen wäre.

„Das darf doch nicht wahr sein! Zur Hölle mit dir!“ Aufgebracht starrte sie in Finns Gesicht. „Wie kommst du hier rein?“

Er besaß tatsächlich die Frechheit, in diesem Moment zu grinsen. „Deine wunderhübsche Freundin hat mir netterweise Unterschlupf gewährt. Uns beiden, um genau zu sein."

Kiras Pupillen weiteten sich, als ihr die gesamte Tragweite seiner kurzen Antwort bewusst wurde. „Oh nein, ohne mich!" Blindwütig lief sie zurück in den Flur, stieg in ihre Pumps und wollte gerade nach ihrer Jacke greifen, da war er auch schon bei ihr und griff nach ihrem linken Arm. Sein fester Griff ähnelte einer Stahlklammer. „Tut mir leid, Süße, du hast dieses Mal keine Wahl." Seine Stimme hatte einen leicht bedrohlichen Unterton angenommen. Obwohl sie sich wie verrückt zur Wehr setzte, schaffte er es irgendwie, mit seiner freien Hand einen Schlüssel aus seiner Hosentasche zu ziehen und die Wohnungstür von innen abzuschließen. Kira erkannte den auffälligen Schlüsselanhänger und sah sofort, dass es sich um Christinas eigenen Haustürschlüssel handelte, den Finn schließlich wieder zurück in seine Hosentasche schob – es wollte ihr nicht in den Kopf, dass ihre beste Freundin ihr derartig in den Rücken gefallen war.

„Wo sind deine Schlüssel, Kira?"

„Nimm deine dreckigen Pfoten weg; du tust mir weh!"

Er lockerte tatsächlich ein bisschen seinen Griff, ließ sie aber nicht los, ganz im Gegenteil. Mit einem kleinen Ruck zog er sie zu sich. Sie prallte gegen seinen harten Oberkörper. Kira schnappte nach Luft.

„Deinen Schlüssel, Kira!", knurrte er zwischen zusammengebissenen Zähnen hervor. „Und dein Handy hätte ich auch gerne, wenn ich bitten darf."

Ihr Atem beschleunigte sich etwas, und er bemerkte, wie sich ihr Busen im Rhythmus ihrer immer schneller werdenden Atemzüge an ihn presste. Finn unterdrückte ein Stöhnen, weil er genau in diesem Augenblick spürte, wie ihm das Blut in die Lenden schoss.

Sichtlich erzürnt starrte Kira ihn aus zusammengekniffenen Augen an. „In meiner Handtasche", stieß sie schließlich gepresst hervor. Ihre leicht belegte Stimme brachte sein Blut erneut in Wallung, und er versuchte möglichst unauffällig, tief und gründlich einzuatmen, um keine Schwäche zeigen zu müssen. Unentwegt sah er ihr ins Gesicht, und sein linker Arm hielt sie an sich gepresst, während er mit der rechten Hand ihre Handtasche auf der kleinen Kommode durchwühlte. Nachdem er ihr Handy und ihren Schlüssel an sich gebracht hatte, atmete er noch einmal tief ein. Irgendein kleiner Teufel hielt ihn jedoch auch jetzt noch davon ab, sie endgültig loszulassen. Er brachte es einfach nicht fertig, also hielt er sie weiter fest und sah sie an. Kiras Gegenwehr schien unter seinem Blick etwas zu erlahmen. Sie zappelte nicht mehr ganz so heftig in seinen Armen, und darüber war er aus den verschiedensten Gründen ziemlich froh.

Ihre Blicke verschmolzen miteinander, und er zog sie instinktiv noch ein Stück näher, ohne daran zu denken, dass sie jetzt auch noch an seinen Unterleib gedrückt wurde und somit seine Erektion spüren musste.

„Du bist widerlich", brachte Kira schließlich zwischen heftigen Atemzügen hervor.

„Ach ja?" Sein Blick verdunkelte sich.

„Ja, verdammt! Lass mich endlich los. Du hast doch jetzt, was du willst." Ihr Puls raste.

„Hab ich das?"

Sein leises dunkles Lachen löste ein heftiges Kribbeln unter ihrer Bauchdecke aus. Ganz langsam bewegte er sich mit ihr Richtung Wohnzimmer, bis Kira in ihrem Rücken die freie Wand neben der Tür spüren konnte.

„Du findest mich also widerlich?", flüsterte er.

„Ja!"

„Ich kann mich daran erinnern, dass du nicht immer dieser Meinung gewesen bist, meine Süße." Fast bedächtig drückte Finn sein linkes Knie vor und teilte so ihre Beine. Kira entwich ein Stöhnen, und sie biss sich auf die Unterlippe, als sich sein harter Oberschenkel an sie drückte. „Ich kann mich sogar sehr genau daran erinnern", wiederholte er mit heiserer Stimme, „wie du schon an unserem ersten Abend fast darum gebettelt hast, dass ich …" Er spannte seinen Oberschenkelmuskel an und sie zuckte.

„Finn!" Kira keuchte auf. „Bitte lass mich los."

Ohne auf ihre Bitte einzugehen, glitt seine linke Hand zwischen ihrem Rücken und der Wand hinab, bis sie schließlich auf ihrem Steiß zur Ruhe kam, um dort den entsprechenden Gegendruck ausüben zu können. Kira schluchzte unwillkürlich auf, denn nun saß sie nahezu rittlings auf seinem Oberschenkel, und obwohl ihre Arme jetzt frei waren, hatte sie einfach nicht mehr die Energie, sich noch länger gegen ihn, vor allem aber gegen ihre eigenen Gefühle zur Wehr zu setzen. Seine rechte Hand strich langsam und aufreizend an ihrer Seite entlang und schob sich schließlich ebenfalls über ihren Po.

„Bitte, Finn, nicht!" Ihr bebender Körper sprach jedoch eine ganz andere Sprache, und das blieb natürlich auch ihm nicht verborgen. Sie glühte vor Verlangen und konnte nichts mehr dagegen tun. Schwer atmend presste sie sich stärker an ihn und begann, sich – zunächst kaum spürbar – auf seinem Bein zu bewegen. Er lächelte triumphierend, obwohl seine eigene pochende Erregung unterdessen schmerzte und ihm den Schweiß aus den Poren trieb.

Wieder spannte er seine Muskulatur an.

Kira ließ ihren Kopf zurück an die Wand fallen und stöhnte erneut auf, dieses Mal lauter. Finn ergriff diese Chance und drückte seine Lippen auf ihre Kehle. Fast augenblicklich beschleunigten sich die kreisenden Bewegungen ihrer Hüften, und sie verlor jegliche Kontrolle. Er spürte ihre glühende Hitze auf seinem Schenkel und begann nun ebenfalls unterdrückt zu keuchen. Fiebrig und hingebungsvoll glitten seine Lippen ihren Hals entlang, während Kira immer mehr dem Rausch ihrer eigenen Lust erlag. Sie rieb sich jetzt hemmungslos an ihm, und ihre Fingerkuppen bohrten sich in seine Brust.

„Finn!"

„Ja, Süße, ja."

Seine Lippen und seine Zunge berührten ganz leicht ihr Ohrläppchen, und noch ein letztes Mal ließ er seinen Oberschenkelmuskel rhythmisch zucken – dann kam sie. Die überraschende Heftigkeit ihres Orgasmus ließ Kira kurz aufschreien, und die ungestümen Wellen, die ihren Körper immer wieder erschütterten, übertrugen sich um ein Haar auch auf ihn. Nach einer kleinen Ewigkeit sackte sie in seinen Armen zusammen.

Schließlich gab er sie so ruckartig frei, dass sie fast in die Knie gegangen wäre.

Kira konnte kaum glauben, was soeben zwischen ihnen passiert war, und sie fühlte sich zutiefst gedemütigt. Nach Atem ringend stand Finn vor ihr und sah sie an. Sein Blick schien zu brennen.

„Wo waren wir gerade? Ach ja, ich glaube, du sagtest, dass du mich widerlich findest."

Kira wusste natürlich, dass er keine Befriedigung gefunden hatte, aber das machte den Vorfall für sie nur noch schlimmer.

„Wenn du dich beruhigt hast, würde ich dich bitten, freiwillig ins Schlafzimmer zu gehen."

„Wie bitte?" Ihre Pupillen weiteten sich.

„Oh nein, nicht, was du denkst. Nachdem du jetzt deinen Spaß gehabt hast, will ich nur noch sichergehen, dass du für die Nacht gut aufgehoben bist. Das ist mein Job, wie du weißt." Sein Mund verzog sich zu einem bitteren Lächeln.

„Aber du …" Entnervt brach sie ab und ärgerte sich darüber, dass ihr Blick zwangsläufig von der deutlich sichtbaren Ausbuchtung unterhalb seines Gürtels angezogen wurde.

„Was soll mit mir sein?" Seine dunklen Augen blitzten, und seine Stimme klang in ihren Ohren so hart und abweisend, dass ihr die Brust eng wurde.

„N… nichts, es ist schon gut", flüsterte sie. Kira war inzwischen nicht nur nervlich total am Ende. Auch eine bleierne Müdigkeit hatte jäh von ihrem Körper Besitz ergriffen. Wahrscheinlich ließ sie sich deshalb völlig widerspruchslos von Finn in Christinas Schlafzimmer führen. Er schob sie durch die Tür und zog den Schlüssel ab, der von innen steckte.

„Das ist Freiheitsberaubung", bemerkte sie lahm.

„Kann schon sein."

„Ich werde dich anzeigen, sobald ich hier rauskomme."

„Tu das, Süße."

„Das ist … Christinas Schlafzimmer", machte sie einen letzten erbärmlichen Versuch.

„Ja, ich weiß. Ich habe ihr Okay dafür, keine Bange. Du schläfst hier, weil du dann ungehindert das größere Badezimmer benutzen kannst, wenn du willst. Deine Sachen hat deine Freundin vorhin selbst aus dem Gästezimmer hierher gebracht. Solltest du … noch etwas brauchen, mach dich ruhig bemerkbar." Er machte eine kurze aussagekräftige Pause und sah an ihr herunter. „Ich werde mich bemühen, dir jeden Wunsch zu erfüllen." Damit ließ er sie allein, und sie hörte, wie er den Schlüssel im Schloss herumdrehte; dann war es still.

Finn hatte keine Ahnung, wie er es letztlich geschafft hatte, von ihr abzulassen. Sein Körper stand noch immer unter Strom, und alles in ihm schrie geradezu nach Kira und der mit ihr verbundenen Erlösung. Mit gleichmäßigen tiefen Atemzügen versuchte er seine schmerzende Erregung wieder etwas zu drosseln, aber es wollte ihm nicht so recht gelingen. Sein Herz klopfte heftig in seiner Brust, als er das Gästezimmer betrat und sich dort langsam auf das schmale Bett setzte.

Es war ihm klar, dass seine harten und demütigenden Bemerkungen nur der Kompensation seines eigenen kläglichen Zustandes dienten. Dennoch überraschte es ihn, mit welcher Intensität Kira körperlich auf ihn reagiert hatte. Eine wilde Freude machte sich plötzlich in ihm breit, und die Erinnerung an ihre ungezähmte Lust ließ seine Erektion noch einmal heftig pochen. „Oh Kira!", stöhnte er auf. Frustriert öffnete er schließlich seinen Gürtel und den Reißverschluss seiner Jeans. Er hatte schon seit längerer Zeit nicht mehr auf diese Methode zurückgreifen müssen, aber der Gedanke an eine weitere eiskalte Dusche behagte ihm ganz und gar nicht. Also schloss er die Augen und ließ noch einmal das erotische Bild von ihr vor seinem geistigen Auge entstehen. Dann lehnte er sich zurück, um sich zumindest körperlich Erleichterung zu verschaffen.

Kira erwachte aus ihrem tiefen Schlaf durch klappernde Geräusche, die durch die geschlossene Tür zu ihr drangen. Einen winzigen Moment brauchte sie noch, um sich zu orientieren, dann erkannte sie das zartgelbe Rosenmuster der Tapete in Christinas Schlafzimmer, und sofort war die Wut auf Finn wieder gegenwärtig, aber auch auf ihren Vater und ihre beste Freundin.

Zu ihrer eigenen Verwunderung war sie nach den aufwühlenden Ereignissen am vergangenen Abend praktisch sofort eingeschlafen. Jetzt lag sie einige Minuten einfach nur da, atmete wiederholt bewusst tief und gründlich ein und wieder aus und starrte an die Decke, während sie angestrengt überlegte, wie sie Finn Andersen nach dem gestrigen Abend überhaupt jemals wieder unter die Augen treten sollte. Sie fühlte sich schwach und ausgeliefert – und genau das hatte er offenbar gewollt. Finn hatte ihr im Handumdrehen bewiesen, wie viel Macht er über sie und ihre Gefühle hatte. Und nun saß sie auch noch in der Falle, so viel stand fest.

Aus irgendeinem verrückten Grund hielten es offensichtlich alle vertrauten Menschen in ihrer Umgebung für notwendig, dass sie hier eingeschlossen und von der Außenwelt abgeschnitten war. Fast wie in einem schlechten Film, dachte Kira aufgebracht, schließlich war sie doch ein mündiger und selbstständig denkender Mensch. Das, was ihr Vater hier veranlasst hatte, grenzte wirklich an eine Frechheit – und sie konnte einfach nicht verstehen, warum Christina bei all dem auch noch mitmachte, indem sie Finn für dieses absurde Theater sogar ihre Wohnung überließ.

Wieder hörte sie es nebenan rumoren. Kira stieß ein unwilliges Schnauben aus und erhob sich. Egal, wie schrecklich dieser Tag auch werden mag, dachte sie, zunächst einmal brauche ich dringend eine ausgiebige Dusche und danach sofort einen starken Kaffee.

Finn setzte sich an den kleinen Ecktisch in der Küche, nahm einen großen Schluck aus seinem Kaffeebecher und lauschte seinerseits auf die Geräusche, die aus dem Schlafzimmer zu hören waren. Deshalb konnte er auch ziemlich genau bestimmen, was Kira gerade tat. Nachdem das Rauschen der Dusche eine Weile verklungen war, hörte er sie im Zimmer auf- und ablaufen. Schließlich stand er auf, ging hinüber zur Schlafzimmertür und drehte den Schlüssel im Schloss. Dann klopfte er.

„Kira, die Tür ist jetzt offen. Wenn du frühstücken willst, bitte. Es ist alles fertig", rief er durch die geschlossene Tür.

Ohne auf eine Antwort zu warten, ging er zurück in die Küche und setzte sich wieder an seinen Platz. Einen Fluchtversuch brauchte er kaum zu befürchten, denn die Wohnungstür war noch immer abgeschlossen, und die Schlüssel befanden sich sicher in seiner Hosentasche. Dass er Kira während der Nächte im Schlafzimmer einschloss, war allerdings unumgänglich, da er nachts üblicherweise sehr fest schlief. Er wollte einfach kein unnötiges Risiko eingehen – und er hatte auch keine Lust dazu, auf dem Sofa zu schlafen, wenn es ein Gästezimmer mit einem bequemen Bett gab.

Kaum fünf Minuten, nachdem Finn die Schlafzimmertür aufgeschlossen hatte, kam Kira zu ihm in die Küche. Ihr Blick streifte sein Gesicht nur sehr kurz, dann setzte sie sich ihm gegenüber und betrachtete den gut gedeckten Frühstückstisch.

„Warst du schon einkaufen?", fragte sie mit einer Stimme, der man ihren unterdrückten Zorn noch immer deutlich anhören konnte.

Finns linker Mundwinkel hob sich leicht. „Dafür habe ich meine Leute. Wir werden hier mit allem versorgt, mach dir also keine Sorgen, verhungern werden wir sicherlich nicht."

„Wie außerordentlich beruhigend", zischte sie.

„Du kannst dir gerne schon mal überlegen, worauf du heute Abend Appetit hast."

„Wie wäre es mit geschnetzeltem Wachhund in Machosoße?"

Er grinste und schenkte ihr Kaffee ein. „Nun, deinen Humor scheinst du jedenfalls noch nicht verloren zu haben. Ach ja, ein Mitarbeiter von mir hat übrigens deinen Wagen zur Villa deines Vaters gebracht. Du brauchst hier ja im Augenblick keinen fahrbaren Untersatz."

Kira schäumte innerlich, aber sie wollte sich keine weitere Blöße geben. Sie atmete tief durch und nahm einen Schluck Kaffee. Dann griff sie nach einem Croissant, das sie in zwei Teile brach, ohne jedoch davon zu essen.

Einige Minuten blieben sie beide still.

Als Finn sie wieder direkt ansah, bemerkte er, dass sie sich offensichtlich keine besondere Mühe mit ihrem Aussehen gegeben hatte; ihm gefiel das irgendwie, weil es sich so seltsam vertraut und alltäglich anfühlte. Sie trug Jeans und ein einfaches hellblaues T-Shirt. Ihre Haare waren noch feucht vom Duschen, und ihr Gesicht war vollkommen ungeschminkt – er fand sie hinreißend.

„Warum macht ihr das mit mir?", fragte sie schließlich und riss ihn damit aus seinen Gedanken.

„Weil es das Beste für dich ist, Süße."

„Du bist wirklich unerträglich selbstgerecht, Finn!" Sie schluckte, als er erneut leicht lächelte. „Warum hat Christina dir einfach so ihre Wohnung überlassen?"

„Vielleicht, weil du ihr sehr wichtig bist. Du kannst sie ja fragen, wenn du sie das nächste Mal siehst. Sie wird dir ihre persönlichen Beweggründe sicherlich gerne näher erläutern."

„Finn, bitte! Ich will wissen, was los ist."

Er räusperte sich und schenkte Kaffee nach. „Torben Brockmann hat Sameland verlassen. Ich hielt es für besser ..."

„Du hieltest es für besser!", unterbrach sie ihn aufgebracht.

„Ja, und dein Vater hat mir auf der ganzen Linie recht gegeben."

„Das ist doch vollkommen albern und übertrieben, Finn! Torben ist ... Torben ist trotz allem ein Freund."

Er lachte bitter auf. „Ein Freund! Dass ich nicht lache! Ein Freund, der dich wahrscheinlich, ohne mit der Wimper zu zucken, vergewaltigt hätte, wenn ich nicht in deiner Nähe gewesen wäre. Schon mal darüber nachgedacht, Prinzessin?"

„Ich wäre schon irgendwie mit ihm fertiggeworden", erwiderte sie schnippisch und reckte ihr Kinn ein wenig in die Höhe.

„Hoheit belieben zu träumen", schnappte er zurück und verzog seinen Mund zu einem überlegenen Lächeln.

„Du bist …"

„Widerlich? Wolltest du das sagen? Das hatten wir doch schon."

Kira spürte, wie ihr das Blut ins Gesicht schoss, und holte tief Luft, um die Tränen der Wut zu unterdrücken, die sich bereits drohend ankündigten. Es war einfach nicht fair von ihm, sie jetzt an den Vorfall von gestern Abend zu erinnern. Er musste doch wissen, wie unangenehm ihr das war! Sie schluckte heftig. „Könnte ich vielleicht mit meinem Vater telefonieren?"

„Natürlich, dagegen gibt es keinerlei Einwände." Er zog sein Handy aus der Hosentasche und wählte selbst die Nummer von Edgar Lengrien.

„Eddie, ich bin es. Ja, alles in Ordnung. Deine Tochter würde gerne mit dir sprechen." Er lauschte noch einen Moment, lachte kurz in den Hörer und dann hielt er ihr das Handy hin. Kira zögerte, weil sie für einen Moment richtiggehend Angst davor hatte, Finn eventuell berühren zu müssen, aber dann griff sie schließlich doch danach. Wie sie befürchtet hatte, spürte sie eine Art Stromschlag, als seine Finger die ihren kurz streiften, aber natürlich versuchte sie, sich nicht das Geringste anmerken zu lassen.

„Danke."

Er nickte und lehnte sich zurück, während Kira sich das Telefon ans Ohr hielt.

„Papa, ich möchte, dass du diesen Mist hier sofort beendest", sagte sie in den Hörer.

„Das kommt überhaupt nicht infrage, Kira. Finn weiß genau, was er tut, und ich möchte dich bitten, seine Anweisungen strikt zu befolgen."

„Aber Papa, bitte, ich …"

„Ich diskutiere nicht mit dir darüber, Kira! Dieses Mal nicht. Bei Finn bist du in Sicherheit. Er genießt mein absolutes Vertrauen."

„Aber ich vertraue ihm nicht, Papa."

Über den Tisch hinweg sah sie Finn ins Gesicht und beobachtete, wie ein Muskel unter seinem rechten Auge zuckte. Wütend begann sie, auf ihrer Unterlippe herumzukauen. Als sie allerdings bemerkte, dass Finns Blick genau dort hängen blieb, wandte sie sich schnell ab.

„Das ist allein dein Problem“, hörte sie die Stimme ihres Vaters sagen. „Finn wird auf jeden Fall bei dir bleiben, bis die Sache geklärt ist. Wir arbeiten daran, es kann also nicht mehr lange dauern.“

Sie stöhnte. „Wie lange, Papa?“

„Vielleicht ein paar Tage. Was macht das schon aus, meine Kleine, du hast doch alles, was du brauchst. Christina ist hier bei mir untergekommen und ist restlos zufrieden mit einem der größeren Gästezimmer. Ich soll dir übrigens liebe Grüße ausrichten, sobald du dich meldest, und dir sagen, ihr sollt euch bei ihr ruhig ganz wie zu Hause fühlen.“

Kira stieß einen wütenden Laut aus. „Gut, dann grüße die Verräterin bitte zurück, und richte ihr aus, dass ich sie eigenhändig erwürgen werde, sobald ich hier rauskomme.“ Ohne sich zu verabschieden, legte sie auf und warf das Handy auf den Tisch.

„Möchtest du noch einen Kaffee?“, fragte Finn lächelnd und betont freundlich.

„Nein! Steck dir deinen verdammten Kaffee sonst wo hin!“

„Okay, deine Entscheidung.“ Er räusperte sich. „Ich habe vorhin Frühstück gemacht, also wirst du jetzt hier aufräumen, Süße.“ Damit stand er auf und verließ die Küche.

Finn lehnte rauchend in der offenen Balkontür, als Kira einige Minuten später ebenfalls ins Wohnzimmer kam. Allerdings drückte er die Zigarette bereits nach wenigen hektischen Zügen in einer mit Sand gefüllten Tonschale aus.

Als er Kiras Schritte hinter sich hörte, drehte er sich zu ihr um.

„Deine Malutensilien findest du übrigens ebenfalls im Schlafzimmer, falls dir nach Arbeit sein sollte“, sagte er, während er ihren Blick suchte. Kira wich seinem Blick aus und ließ sich auf das Sofa fallen. „Christina hat sie für dich auf die Kommode gelegt."

„Ja, ich habe die Sachen schon gesehen. Später vielleicht."

Seine Schultern zuckten kurz, dann wandte er sich noch einmal von ihr ab und sah wieder nach draußen. Kira war darüber sehr froh, denn jetzt konnte sie ihn einigermaßen entspannt ansehen. Unwillig musste sie sich eingestehen, dass sie ihn noch immer viel zu gerne ansah.

„Die Wohnung ist schön. Deine Freundin hat einen ziemlich guten Geschmack", bemerkte er.

„Ja, das hat sie", erwiderte sie prompt, während ihr Blick sich regelrecht an ihm festzusaugen schien.

Wie so oft trug er auch heute hüfthohe, sehr enge Jeans. Sein Oberkörper steckte in einem sandfarbenen Poloshirt, dessen Ärmel sich bei jeder kleinen Bewegung fest um seine Oberarme spannten. Ihr Blick heftete sich auf seinen breiten Rücken. Sie musste unwillkürlich daran denken, wie herrlich sich dieser feste und durchtrainierte Körper unter ihren Händen angefühlt hatte, wie sehr sie es genossen hatte, diesen Mann zu berühren. Als er sich ziemlich ruckartig wieder zu ihr umdrehte, schaffte sie es gerade noch, einen möglichst unbeteiligten Gesichtsausdruck aufzusetzen und ein Seufzen zu unterdrücken, das bei der Erinnerung in ihr aufgestiegen war.

„Alles in Ordnung?", fragte er. „Du siehst etwas … mitgenommen aus."

Kira schluckte und schüttelte ihren Kopf. „Mir geht es gut." Sie musste husten. „Ich habe nur … äh, Durst."

Sein Blick verdunkelte sich sichtbar, und ihr wurde augenblicklich warm. Er räusperte sich. „Wasser?"

„Ja, warum nicht."

„Ich hole dir was."

„Nein, lass nur, ich mach das schon." Kira erhob sich in derselben Sekunde, in der auch er sich in Bewegung setzte, um in die Küche zu gehen, und um ein Haar wären sie zusammengestoßen.

„Entschuldige", brachte sie heiser hervor.

Sein Blick senkte sich auf ihre Lippen, die sie instinktiv durch eine schnelle Bewegung ihrer Zunge befeuchtete. Er fluchte leise, dann trat er rasch einen Schritt zurück und umrundete den Couchtisch auf der gegenüberliegenden Seite des Sofas. Kira schloss ihre Lider und atmete tief durch, aber ihr Herz schlug so hart gegen ihre Rippen, dass sie glaubte, Finn müsste das sogar nebenan in der Küche hören.

Finn stützte sich kurz mit beiden Händen auf dem Küchentresen ab und versuchte ebenfalls, seine Erregung wieder in den Griff zu bekommen. Es konnte doch nicht angehen, dass er jedes Mal fast die Kontrolle verlor, sobald sich Kira auch nur im selben Raum mit ihm aufhielt. Gerade eben hatte er genau gespürt, wie sie ihn angesehen hatte – und er wollte das nicht! Er hasste es, dass sie ihn möglicherweise anschaute, als wäre er eine Art Callboy – nein, auf diese Art wollte er das ganz und gar nicht. Egal, wie sehr er sich seinerseits auch nach ihr sehnen mochte.

Natürlich war ihm bewusst, dass er sie zutiefst enttäuscht hatte. Von Anfang an hatte sie ihm ja klargemacht, wie sehr sie es hasste, belogen zu werden. Was erwartete er also?

Verdammt noch mal, wem machte er hier eigentlich etwas vor? Er wusste doch genau, was er wirklich wollte!

Wenn sie ihn doch nur noch ein einziges Mal so ansehen würde, wie sie es getan hatte, bevor seine wahre Identität aufgeflogen war. Dieser besondere Ausdruck in ihren wundervollen Augen hatte ihn jedes Mal aufs Neue tief berührt. Sie war ohne Frage auf dem besten Weg gewesen, sich auch in ihn zu verlieben, dessen war er sich sicher – und das hatte er nun zerstört. Jetzt war es egal, was sie in ihm sah, sagte er sich. Sie würde ihm ohnehin niemals verzeihen, einerlei, wie sehr sie seinen Körper auch begehrte.

Der Tag verging schleppend, und die sommerliche Hitze, die schon seit dem frühen Morgen durch die geöffnete Balkontür strömte, verstärkte in Kira noch das Gefühl von einer seltsamen Schwere. Mit ihrem Zeichenblock und einer Flasche Wasser bewaffnet, hatte sie sich schließlich in einer Ecke des Sofas verschanzt, auch weil sie irgendwann im Laufe des späten Vormittags entschieden hatte, dass Arbeit vielleicht auch ein wenig Ablenkung von der belastenden Situation bedeuten könnte, in der sie sich befand. So war nun Stunde um Stunde vergangen, und sie hatten kaum mehr ein Wort miteinander gewechselt.

Finn saß nicht weit von ihr entfernt an Christinas kleinem Schreibtisch, der vor einem der breiten Fenster direkt neben der offenen Balkontür stand, und arbeitete ebenfalls.

Sein Laptop war aufgeklappt, und ein Stapel Bücher und Prospekte lagen daneben. Er schien sehr konzentriert zu sein, wie sie beobachtete. Immer wieder blätterte er in den Büchern herum, machte sich Notizen, und dann tippte er wieder eine ganze Weile auf der Tastatur seines Laptops herum. Sie fragte sich, was er da tat, denn wenn man einmal von der notwendigen körperlichen Fitness absah, hatte sie nicht die geringste Ahnung von seiner Arbeit.

„Was tust du da eigentlich?", fragte sie ihn schließlich. Allerdings tat sie das auch, weil sie die anhaltende Stille im Raum kaum noch ertrug.

Er löste seinen Blick vom Bildschirm und wandte ihr den Kopf zu.

„Wonach sieht es denn aus?" Sein breites Grinsen entschärfte allerdings seine nur wenig freundliche Antwort.

„Urlaubsplanung vielleicht", antwortete sie frech und grinste ebenfalls. „Nein, im Ernst, Finn, woran arbeitest du da?"

Er drehte sich mit dem Schreibtischstuhl zu ihr herum, sodass er sie direkt ansehen konnte, verschränkte die Hände hinter seinem Kopf und streckte die Beine weit von sich. Kira hatte Mühe, ihm weiterhin ins Gesicht zu sehen, und sie spürte, dass ihre Wangen warm wurden.

„Ich arbeite das Sicherheitskonzept für das diesjährige Sommerfest der Firma aus. Bis jetzt bin ich noch nicht dazu gekommen, die Organisation abzuschließen. Ich bin etwas spät dran. Dein Vater will es dieses Mal auf dem Grundstück hinter der Villa stattfinden lassen und hat sich in den Kopf gesetzt, es im

Stile eines Western-Barbecues aufziehen. Das heißt auch, die Gäste wurden schon auf der Einladung gebeten, sich dementsprechend zu kleiden. Mir gefällt die Vorstellung nicht sonderlich, dass am besagten Tage zumindest alle männlichen Gäste im Cowboyoutfit und dem dazugehörigen Pistolengurt herumlaufen werden. Praktisch müssen wir jeden einzelnen Gast auf Herz und Nieren überprüfen, um sicherzustellen, dass wir es tatsächlich nur mit Spielzeugwaffen zu tun bekommen. Es gibt viel zu bedenken, um möglichst jedes Risiko auszuschalten – und ich muss außerdem auch jede Menge technisches Equipment einsetzen. Dazu kommt noch, dass die Gäste von dem ganzen Sicherheitsaufwand am besten gar nichts bemerken sollen."

„Oh."

Mehr fiel ihr dummerweise nicht ein. Kira hatte noch niemals ernsthaft darüber nachgedacht, dass auch bei solchen Veranstaltungen für eine gewisse Sicherheit der Mitarbeiter, vor allem aber der Gäste gesorgt werden musste, denn zum berühmten, alljährlichen Sommerfest von „Lengrien & Martinelli" kamen in der Regel viele Prominente. Und Kira hatte sich auch nie klargemacht, wie viel diesbezügliche Organisation schon im Vorfeld nötig war.

Finn erriet offenbar ihre Gedanken. Er lächelte nachsichtig und fuhr fort: „Dein Vater hat riesige amerikanische Barbecue-Grills und fellbezogene Sitzmöbel geordert. Es wird sogar einen dieser mechanischen Bullen geben, auf dem du reiten kannst, wenn dir danach ist."

Sie schluckte und fragte sich sofort, ob der letzte Satz eine doppeldeutige Anspielung von ihm gewesen sein könnte, brachte aber noch immer kein Wort heraus. Er reckte sich in seinem Stuhl ausgiebig und kämmte sich dann mit allen zehn Fingern durchs Haar. „Ich glaube, ich könnte so langsam etwas zu essen gebrauchen. Wie sieht es mit dir aus?", fragte er.

Kira nickte und schämte sich sofort für ihre Gedanken. Ihre Kehle allerdings war plötzlich so trocken, dass sie das Gefühl hatte, ihre Zunge könnte ihr am Gaumen festkleben, deshalb nahm sie zunächst einen ausgiebigen Schluck aus der Wasserflasche. Erst danach sah sie sich wieder in der Lage, mit ihm zu sprechen.

„Ja, ich könnte auch etwas essen."

„Auf den geschnetzelten Wachhund wirst du allerdings bis auf Weiteres verzichten müssen", neckte er sie grinsend.

Sie unterdrückte ihrerseits ein Lächeln. „Ich werde es überleben. Was gibt es stattdessen?"

„Ich könnte uns etwas kommen lassen. Vielleicht Pizza, was meinst du?"

„Nicht schlecht ... aber warte mal, ich glaube, Christina hat noch alles für eine Bolognese im Haus. Die isst du doch so gerne, oder?"

Seine Augen leuchteten auf. „Ich esse alles gerne, was du kochst, Süße."

Jetzt lächelte sie tatsächlich und beinahe unbefangen. „Na dann. Aber wenn du schon das unerwartete Glück hast, heute doch nicht geschnetzelt auf meinem Teller zu landen, Wachhund, dann schneidest du mir wenigstens die Zwiebeln klein, damit ich mir nicht die Augen aus dem Kopf heulen muss."

„Das ist ein Deal."

Finn fragte sich, wie lange er es noch aushalten würde, ohne einfach über die Frau herzufallen, die nur ein paar Zentimeter von ihm entfernt vor dem Herd stand und scheinbar gedankenverloren in der Bolognese rührte. In einem größeren Topf brodelte bereits das Wasser mit der Pasta. Finn hatte es übernommen, in der Zwischenzeit den Tisch zu decken.

Die Küche von Christina Sommer war nicht sehr groß, sodass es immer wieder zu unabsichtlichen Berührungen ihrer Körper gekommen war. Auch aus diesem Grund lagen Finns Nerven inzwischen ziemlich blank. Kira hingegen schien mit ihrer Kocherei so beschäftigt zu sein, dass es ihr offenbar entging, was mit ihm los war. Natürlich war er darüber ziemlich erleichtert, nicht zuletzt auch deshalb, weil sich Kiras Stimmung seit dem späten Nachmittag endlich zu bessern schien.

Im Gegensatz zum Beginn dieses Tages wirkte sie nun jedenfalls deutlich entspannter, und diese angenehme Entwicklung wollte er auf keinen Fall gefährden.

„Machst du uns eine Flasche Wein auf?“, fragte sie ihn jetzt.

„Ja, gerne.“ Er griff nach dem Chianti, den er vorhin schon bereitgestellt hatte, und suchte in einer Schublade nach einem Korkenzieher. Erneut berührte sein Arm sie ganz leicht an der Hüfte. Kira trat einen Schritt zur Seite, um ihm Platz zu machen, und sah dabei direkt in sein Gesicht. Für einen winzigen Moment blieben ihre Blicke aneinander kleben, aber dann drehte Kira ihren Kopf weg und griff nach dem Pastatopf.

„Lass nur, ich kann die Nudeln doch abgießen“, sagte er.

„Nein, nein, kümmere du dich um den Wein“, erwiderte sie, ohne ihn noch einmal anzusehen.

Das Essen verlief ruhig, und sie sprachen nur wenig miteinander. Finn aß mit großem Appetit, auch wenn sein eigentlicher Hunger etwas ganz anderem galt. Fasziniert verfolgte er nebenher fast jeden Bissen, den Kira sich in den Mund schob. Das Geschehen erinnerte ihn doch ziemlich stark an ihren ersten gemeinsamen Abend. Als er beobachtete, wie sie sich Soße von den Lippen leckte, hätte er beinahe laut aufgestöhnt. Kira sah indessen kaum in sein Gesicht, sondern konzentrierte sich voll und ganz auf die Mahlzeit – und selbst wenn ihr Blick ihn kurz streifte, ließ sie nicht erkennen, ob ihr bewusst war, was in ihm vorging.

„Das war richtig gut“, sagte er, als er seinen leeren Teller ein Stück zurückschob und ihnen Wein nachschenkte.

„Danke, freut mich, dass es dir geschmeckt hat.“ Kira lächelte, und Finn versuchte, einfach nur das warme Gefühl zu genießen, das ihr lächelnder Mund wieder einmal in ihm auslöste – ohne dabei auf das erneute Pochen einer bestimmten Region seines Körpers zu achten. Natürlich schaffte er das nicht. In Gedanken stieß er einen deftigen Fluch aus, aber auch das half nichts.

„Nimm du doch unsere Gläser schon mit ins Wohnzimmer,

ich räume hier schnell auf", bot er ihr an. Eine innere Stimme sagte ihm, dass es langsam notwendig wurde, sich zumindest ein paar Minuten mal nicht in einem Raum mit Kira aufzuhalten. Er brauchte dringend körperlichen Abstand zu ihr, wenn er auch diesen Abend irgendwie überstehen wollte.

Kira saß im Wohnzimmer auf dem Sofa und nippte an ihrem Wein, während Finn die Küche wieder in Ordnung brachte.

Natürlich war es ihr nicht entgangen, wie Finn sie während des Kochens, aber besonders während ihres gemeinsamen Essens ansah. Sie war schließlich kein unerfahrener Teenager mehr; zudem – das musste sie sich eingestehen – waren ihr seine individuellen Reaktionen und die besondere Art seiner Blicke inzwischen sehr viel vertrauter als noch zu Beginn ihrer Bekanntschaft.

Dass sie ihm sein Verlangen dieses Mal so deutlich ansehen konnte, hatte Kira überraschenderweise eher geholfen, ihre eigenen Empfindungen besser im Griff zu behalten. Und doch sehnte sie sich nahezu verzweifelt nach seinen Berührungen, daran gab es keinen Zweifel. Dabei war es ihrem Seelenfrieden nicht unbedingt zuträglich, dass er offensichtlich genauso fühlte. Innerlich ging sie ziemlich hart mit sich und ihrer allgegenwärtigen Sehnsucht ins Gericht. Zweifellos war es sehr viel besser für sie, gar nicht erst zu vergessen, dass Finn auf der Insel nur eine Rolle gespielt hatte, für die er von ihrem Vater bezahlt worden war. Okay, er war auch nur ein Mann – zugegeben, ein außerordentlich attraktiver, der es sicherlich gewohnt war, die Frauen immer sehr schnell ins Bett zu bekommen, wenn ihm gerade danach war. Kira hatte schließlich auch von Anfang an bemerkt, dass er sie begehrte. Schlimm war nur, dass sie selbst sich leidenschaftlich und rasend in den Finn verliebt hatte, der ihr auf Sameland erschienen war. Es fiel Kira nicht leicht, sich klarzumachen, dass das alles nur eine Rolle gewesen sein sollte, die sich der echte Finn Andersen übergestreift hatte wie eines seiner eng anliegenden T-Shirts.

Nein, sie würde sich bestimmt keinen Gefallen damit tun,

noch ein weiteres Mal ihren Begierden nachzugeben. Sie sollte viel eher zusehen, dass sie sich endlich den Mann aus dem Kopf schlug, in den sie sich verliebt hatte – denn den gab es letztlich ja überhaupt nicht. Finn hatte ihr diesen Mann nur vorgespielt, das durfte sie keine Sekunde vergessen.

Als sie seine Schritte hinter sich hörte, setzte sie sich unweigerlich ein bisschen aufrechter hin. Finn ging um den Couchtisch herum und griff schon im Gehen nach seinem Glas, dann ließ er sich in einen der beiden einzeln stehenden Sessel fallen. Er hatte denjenigen gewählt, der direkt zu ihrer Linken stand, sodass ihre Knie sich nun fast berührten. Hätte es nicht so albern gewirkt, wäre Kira gerne ein Stück zur Seite gerückt, um sich weiter von ihm zu entfernen, aber natürlich blieb sie auf ihrem Platz sitzen, um sich nur ja keine Blöße zu geben.

„So, die Küche ist wieder sauber. Deine Freundin soll sich ja später nicht über uns ärgern."

„Danke, dass du das übernommen hast, Finn."

„Keine Ursache, du hast die Hauptarbeit beim Kochen erledigt, und in jeder Wohngemeinschaft gibt es schließlich eine Art Putzplan, oder?" Er grinste und nahm einen großen Schluck von seinem Rotwein. „Das Essen war wirklich toll", lobte er sie noch einmal. „Du kochst sagenhaft gut."

Kira lächelte. „Meistens macht es mir auch richtig Spaß."

„Na, dann ergänzen wir uns ja irgendwie, denn ich habe äußerst ungern richtigen Hunger", erwiderte er und ließ sein leises dunkles Lachen hören.

Kira fühlte eine seltsame Verlegenheit in sich aufsteigen und griff nach ihrem Glas.

„Ähm … ich bin ziemlich müde. Ich denke, ich sollte bald zu Bett gehen", stellte sie nach einigen Minuten des gemeinsamen Schweigens fest.

Seine dunkelbraunen Augen fixierten sie so, wie sie es schon den ganzen Abend getan hatten. „Ganz wie du willst." Er räusperte sich. „Ich hoffe, du wirst es mir nicht übel nehmen, aber … ich muss dich über Nacht leider wieder im Schlafzimmer einschließen."

„Du würdest mir also nicht glauben, wenn ich dir sagte, dass ich nicht einfach so abhauen werde?"

„Keine Chance." Wieder setzte er ein breites und ziemlich einnehmendes Grinsen auf. „Tut mir leid, aber das ist nun mal mein Job", fügte er nach einer kleinen Pause noch hinzu, während sein Blick für eine ganze Weile auf der Höhe ihres Mundes zur Ruhe kam. So blieb ihm auch nicht verborgen, wie sie unwillkürlich ihre volle Unterlippe zwischen die Zähne zog.

Immer wenn sie das tut, dachte er, sieht sie aus wie ein unschuldiger Teenager. Angestrengt konzentrierte er sich nun darauf, einen möglichst ruhigen Atemrhythmus beizubehalten.

Kira registrierte indes nur, dass seine Miene wieder vollkommen ernst wurde.

„Gut, dann trinke ich jetzt noch meinen Wein aus, und anschließend werde ich mich brav fürs ... Bett fertig machen", verkündete sie, und ihre Stimme klang ein bisschen belegt, was Kira auch selbst bemerkte. In den letzten paar Minuten war ihr unendlich heiß geworden. Es war ihr auch zunehmend unangenehm, dass sie aus irgendeinem Grund ständig das Gefühl hatte, jeder Satz, der zwischen ihnen fiel, könnte eventuell zweideutig oder gar anstößig klingen.

Kiras Blick senkte sich auf Finns kräftige Hände, und ein Schauer lief ihr den Rücken hinab. Als er sich nur Sekunden später in seinem Sessel ein Stück vorbeugte, wich sie unbewusst vor ihm zurück. Die knisternde Spannung, die sich schon seit Stunden immer mehr zwischen ihnen aufbaute, schien nun nahezu greifbar in der Luft zu hängen. Es war schlichtweg nicht mehr möglich, sie weiterhin zu ignorieren.

Finn stellte geräuschvoll das Weinglas ab, atmete mit geschlossenen Lidern tief durch und rieb sich über das Gesicht; dann sah er sie wieder an.

„Vielleicht solltest du besser schon jetzt in diesem Zimmer dahinten verschwinden", sagte er rau. Seine Augen waren nun fast schwarz, und sogar das Grübchen in seinem Kinn schien sich zu vertiefen. Kira erwiderte seinen brennenden Blick und hätte um ein Haar laut aufgeseufzt. Unterdessen schien jede Faser ihres Körpers nach einer einzigen Berührung seiner Hände zu lechzen. Unter ihrer Bauchdecke war die Hölle los. Sie war sich sicher, dass Finn ihre Begierde auch dieses Mal ganz genau spüren konnte.

„Geh endlich, Kira!", flüsterte er nachdrücklich.

Ihr Verstand gab ihm recht. Noch vor wenigen Minuten hatte sie sich ja schließlich selbst zur Vorsicht ermahnt. Sobald sie das Schlafzimmer erreicht und die Tür hinter sich geschlossen hatte, würde er auf der anderen Seite zutiefst erleichtert den Schlüssel herumdrehen. Das wusste sie so sicher, wie sie ihren Namen kannte. Vielleicht mochte er sich selber nur keine Schwäche mehr eingestehen. Oder aber er wollte tatsächlich ihre Gefühle schonen; das konnte sie nicht mit Sicherheit sagen. Jedenfalls stand fest, dass es für sie beide besser war, wenn sie nicht noch einmal ihrem körperlichen Verlangen nachgaben.

Ja, Finn hatte wirklich recht, sie musste sofort von ihm weg, bevor einer von ihnen der bröckelnden Mauer ihrer Selbstbeherrschung doch noch den entscheidenden Stoß verpasste – denn dazu bedurfte es höchstens noch eines weiteren tiefen Blickes, auch das war Kira bewusst.

Wortlos nickte sie also und erhob sich, um trotz ihrer zittrigen Knie möglichst schnell von ihm wegzukommen.

Kurz bevor sie die Tür des direkt angrenzenden Schlafzimmers hinter sich zuzog, konnte sie noch sehen, dass Finn – das Gesicht mit den Händen bedeckt – weit nach vornübergebeugt dasaß und sehr kontrolliert und gründlich ein- und wieder ausatmete. Kaum zwei Minuten später hörte Kira, wie von der Wohnzimmerseite aus der Schlüssel herumgedreht wurde.

Der nächste Morgen begann zunächst sehr ähnlich wie der vorangegangene.

Nach einer beinahe schlaflosen Nacht duschte Finn bereits im Morgengrauen, zog sich an und wartete darauf, dass die Einkäufe, die er in Auftrag gegeben hatte, von einem seiner Mitarbeiter gebracht wurden. So leise es ihm möglich war, schlich er in die Küche und setzte die Kaffeemaschine in Gang. Die

Arme vor der Brust verschränkt, starrte er aus dem Küchenfenster und grübelte vor sich hin, während er darauf wartete, dass der Kaffee durchlief.

In den letzten Tagen machte er sich immer wieder Gedanken über seine Zukunft. Da er so etwas in der Vergangenheit eigentlich niemals getan hatte, konnte er sich darüber eigentlich auch nur wundern.

Die meisten persönlichen Entscheidungen in seinem Leben hatte er stets aus dem Bauch heraus, also sehr oft spontan und ohne großes Nachdenken oder gar Abwägen irgendwelcher Vor- oder Nachteile getroffen. Seit Edgar Lengrien ihm aber vor einigen Tagen dieses verlockende Angebot unterbreitet hatte, war plötzlich alles von Grund auf verändert. Jetzt dachte er ernsthaft darüber nach, tatsächlich den Schritt in die Selbstständigkeit zu wagen, und auch darüber – das war der entscheidende Punkt –, welche beruflichen und privaten Konsequenzen diese Entscheidung letztlich für ihn hätte.

Das Angebot reizte ihn, das war keine Frage. Er mochte seine Arbeit, und er liebte die Herausforderungen, die sie mit sich brachte. Der Reiz der richtigen Strategie stand dabei stets im Vordergrund. Das Planen und Organisieren, die Entwicklung von Konzepten, der technische Aufwand, die Auswahl der Männer, ja, sogar die Leitung des Trainings – all das machte ihm immensen Spaß und füllte ihn aus.

Sah man einmal von dem normalerweise täglichen Training ab, ergab sich diese besondere Arbeit bei „Lengrien & Martinelli“ allerdings nur bei einigen wenigen Veranstaltungen und Gelegenheiten. Die meiste Zeit des Jahres beschränkte sich seine Tätigkeit, genauso wie die seiner Männer, auf den reinen Personenschutz einiger hochrangiger Angestellter der Firma und vorrangig natürlich auf den persönlichen Schutz von Edgar Lengrien und Werner Martinelli. In seinen Augen war das zwar nicht weniger anspruchsvoll, aber doch oftmals weniger ausfüllend als die strategische Planung, die er stets so genoss. Edgar Lengrien hatte recht – es wäre eine echte Herausforderung, seine Arbeit auch auf andere Projekte und Klienten auszuweiten. Hätte sein derzeitiger Chef ihm dieses Angebot noch vor ein paar Wochen gemacht, hätte er, Finn, wahrscheinlich nicht eine Minute gezögert. Doch jetzt war alles anders, denn jetzt gab es Kira.

Wie er inzwischen wusste, war Kira Lengrien nun ganz nach Deutschland zurückgekehrt. Das bedeutete in erster Linie aber auch, dass sie wieder im Haus ihres Vaters wohnen würde, zumindest sobald ihr Leben wieder in geordneten Bahnen verlief. Finn wusste schon lange, dass sie in der Villa eine eigene Einliegerwohnung besaß. Diese Tatsache machte ihm nun das Leben schwer, denn dort würde er ihr höchstwahrscheinlich ständig über den Weg laufen, wenn er denn Edgars Angebot annähme. Im Augenblick sah die Sache noch anders aus, denn jetzt war er ein normaler Angestellter. Wenn er es nicht mehr aushielt, könnte er gehen, selbst wenn es ihm ganz und gar nicht leichtfiele, den Job bei „Lengrien & Martinelli" zu kündigen – er würde es tun, um wenigstens wieder zur Ruhe kommen zu können. Sobald er und Edgar aber Geschäftspartner waren und seine eigene Firma ebenfalls in der Lengrien-Villa ihren Sitz hätte, wäre es nicht mehr so einfach, der Tochter seines jetzigen Chefs aus dem Weg zu gehen.

Finn machte sich nichts mehr vor, was seine Gefühle für Kira betraf, warum auch? Er liebte und begehrte sie mit einer Heftigkeit, von der er nicht einmal geahnt hatte, dass er dazu überhaupt fähig war. Aber den Finn Andersen von früher schien es ohnehin nicht mehr zu geben, seit er zum ersten Mal in Kira Lengriens meerblaue Augen geschaut hatte.

Überhaupt: Nichts war mehr so wie vor Kira!

Das Klingeln der Türglocke riss Finn schließlich aus seinen Gedanken. Er zog den Wohnungsschlüssel aus seiner Hosentasche und ging zur Tür, um von seinem Kollegen den Korb mit den Einkäufen entgegenzunehmen.

„Guten Morgen, Boss!", begrüßte ihn Sascha Schellenberg grinsend. „Alles klar bei euch zwei Hübschen?"

Sascha, ein hoch aufgeschossener, sehr kräftiger Nordfriese, war gerade mal fünfundzwanzig Jahre alt, aber schon einer von seinen besten Männern. Außerdem mochte Finn ihn. Der Junge war intelligent und aus gutem Grund außerordentlich zuverlässig. Finn hatte ihn vor knapp vier Jahren aus dem kriminellen Sumpf gezogen, in dem Sascha damals durch den schlechten Einfluss falscher Freunde zu versinken drohte. Zu jener Zeit war Finn noch bei der Polizei gewesen, und aus irgendeinem inneren Antrieb heraus hatte er den Jungen von da an unter seine Fittiche genommen. Er hatte ihm nicht nur einen Trainer für alle möglichen Kampfsportarten vermittelt, sondern ganz nebenbei auch noch dafür gesorgt, dass Sascha seinen Schulabschluss nachholte. Später dann hatte er ihm diesen Job verschafft. Und der junge Mann war seither der festen Überzeugung, dass er Finn Andersen sein Leben zu verdanken hatte. Deshalb war er ihm auch ohne Einschränkungen treu ergeben.

„Morgen, Sascha. Ja, alles in Ordnung. Wie läuft es draußen?"

„Keine Probleme. Äh, Finn, Jürgen lässt fragen, ob wir die Außenbewachung der Wohnung noch weiter aufrechterhalten sollen."

Finn schüttelte den Kopf. „Nein, die könnt ihr abbrechen. Ich habe hier alles so weit im Griff. Seht lieber zu, dass ihr endlich herausfindet, wo sich der verdammte Brockmann aufhält, verstanden? Ich habe nämlich immer noch ein Scheißgefühl, wenn ich an den Typen denke. Der ist echt durchgeknallt."

„Wir sind dran, Boss. Ach ja, der Chef lässt dir übrigens ausrichten, dass immer noch keine neuen Briefe angekommen sind."

„Gut. Richte den anderen Jungs Grüße von mir aus."

„Mach ich. Du meldest dich, wenn ihr noch was brauchen solltet?"

Finn nickte, dann verabschiedete er sich von seinem Kollegen, schloss die Tür wieder ab und schob den Schlüssel in seine vordere Hosentasche.

Zurück in der Küche, deckte er den Tisch und schenkte sich endlich den ersehnten Kaffee ein. Bevor er sich setzte, schloss er allerdings noch die Tür zum Schlafzimmer auf. Da er die

Dusche rauschen hörte, verzichtete er dieses Mal darauf, Kira Bescheid zu geben, dass die Tür jetzt wieder offen war. Sie würde es schon merken.

Finn war bereits bei seinem zweiten Becher Kaffee, als Kira endlich aus dem Schlafzimmer kam und sich zu ihm gesellte.

„Gut geschlafen?“, fragte er, nachdem sie sich wortlos auf ihren Platz gesetzt hatte.

„Geht so“, antwortete sie einsilbig.

Eine Weile betrachtete er sie, ja, er gestattete sich sogar, ihren Anblick ein wenig zu genießen. Ihr Haar trug sie heute Morgen offen, und es fiel ihr in weichen Wellen über die Schultern. Nur zu genau konnte er sich daran erinnern, wie seidig und gleichzeitig fest es sich zwischen seinen Fingern angefühlt hatte. Finn räusperte sich. Es war wohl besser, wenn er versuchen würde, sich auf andere Dinge zu konzentrieren. Vielleicht würde ein gutes Gespräch helfen, ihn von seinem allgegenwärtigen Verlangen ein wenig abzulenken. „Woran arbeitest du gerade?“, fragte er deshalb.

Sichtlich überrascht blickte sie ihn an.

„Interessiert dich das wirklich?“

Finn atmete hörbar ein. „Würde ich sonst fragen?“ Seine Miene blieb ausdruckslos.

„Was weiß ich, was in deinem Gehirn vorgeht.“ Mit einer schnellen Kopfbewegung warf sie ihr Haar über die Schulter nach hinten und streckte wieder einmal ihr Kinn in die Höhe.

„Okay, dann eben nicht“, knurrte er und verdrehte die Augen. „Weiber!“

Klirrend stellte er seinen Kaffeebecher ab und stand auf. Die Art, wie er das tat, ließ keinen Zweifel darüber aufkommen, was er in diesem Moment empfand. Und dann begann Kira plötzlich zu kichern.

Sie kicherte tatsächlich!

Sie hatte es nicht gewollt, aber das alberne Glucksen war so unwillkürlich in ihr hochgestiegen, dass sie es nicht mehr hatte unterdrücken können – und sie war sich ziemlich sicher, dass Finn jetzt erst recht sauer auf sie werden würde.

Sein Kopf schnellte zu ihr herum, und seine Augen schienen kleine Pfeile auf sie abzuschießen, doch in der nächsten Sekunde schon zuckten seine Lippen, und nun versuchte er seinerseits, ein Lachen zu unterdrücken.

„Herrje, Kira!“

Und dann lachte er doch. Er lachte so ungehemmt los, dass Kira gar nichts anderes übrig blieb, als in sein Gelächter einzufallen. Noch während seines Lachanfalls ließ er sich zurück auf seinen Stuhl fallen. Prustend saßen sie sich gegenüber, rieben sich die Augen und waren beide ziemlich erschöpft, als der Anfall endlich sein Ende nahm.

Kira kicherte noch immer vor sich hin, und Finn schnappte nach Luft. „Meine Güte, wir sind schon ein urkomisches Paar!“, verkündete er grinsend.

„Das kannst du wirklich laut sagen“, antwortete sie, während sie sich noch immer Lachtränen von den Wangen wischte.

„Es tut mir leid“, sagte sie schließlich. „Ich wollte dich vorhin nicht so anfahren. Meine Nerven sind in der letzten Zeit wirklich nicht die besten.“

„Willkommen im Klub“, erwiderte er schmunzelnd.

Kira schüttelte leicht ihren Kopf, dann schenkte sie ihnen Kaffee nach. „Ich weiß doch im Grunde, dass du hier nur deine Arbeit machst, Finn.“

Er nickte. „Würdest du mir glauben, dass es mir auch nicht sonderlich gut gefällt, dich hier einzusperren?“

„Ist es denn so?“ Sie grinste.

„Ja, verdammt.“ Sein betörendes Lächeln ging ihr unter die Haut.

Einige Augenblicke blieben sie beide still und sahen sich an. Kira beschloss plötzlich, dass es an der Zeit war, ihm eine Frage zu stellen, die ihr schon einige Tage heftig zu schaffen machte. „Finn, äh …“

„Was gibt es? Raus mit der Sprache!“

„Ich habe mich gefragt, ob du … ob deine Geschichte … ich meine, warst du wirklich mal bei der Polizei?“

Seine Miene wurde sofort ganz ernst. „Du hast tatsächlich

geglaubt, dass das bloß eine erfundene Geschichte war, die ich dir aufgetischt habe?“ Er schüttelte den Kopf. „Ach, Kira!“

„Es ist also wahr?“ Er bemerkte, dass ihre Stimme ein wenig zitterte.

„Alles, was ich dir über mich persönlich erzählt habe, ist wahr. Du hast doch Lukas kennengelernt. Meinst du wirklich, ich hätte ihn auf die Insel kommen lassen, wenn ich dir nur Lügen über mich oder meine Familie erzählt hätte?“

Sie schluckte. „Ich habe es in Betracht gezogen, ja. Ich meine, es ist natürlich nicht zu übersehen, dass Lukas tatsächlich dein Bruder ist, aber … er muss doch eingeweiht gewesen sein, oder?“

Finn legte seinen Kopf in den Nacken und seufzte. „Ja, natürlich war er eingeweiht. Aber alles, worauf er zu achten hatte, war ja, dass er meinen derzeitigen Job nicht erwähnte, wenn wir mit dir zusammen waren. Das war also nicht weiter tragisch.“

In Kiras Kopf begann es zu arbeiten. Sie fragte sich zum ersten Mal, ob sie Finn Andersen mit ihrem harten Urteil vielleicht doch ein wenig unrecht getan hatte. Und plötzlich drängte es sie danach, noch mehr, nein, alles über ihn zu erfahren.

„Erzählst du mir von Mike?“, fragte sie übergangslos.

Sein Blick verdüsterte sich etwas, aber nicht mehr so sehr, wie sie es noch vor ein paar Wochen erlebt hatte, wenn es um seinen verstorbenen Freund ging. Ohne ein Wort zu sagen, erhob er sich mit steinerner Miene und begann, den Tisch abzuräumen. Kira sah ihm trotzdem an, dass es hinter seiner Stirn arbeitete.

„Finn?“

„Ich brauche vorher eine Zigarette“, teilte er ihr lapidar mit.

„Okay, dann mache ich hier solange weiter. Hattest du genug Kaffee?“

Er nickte, dann verließ er die Küche.

Kira räumte die Küche auf, schenkte sich noch einen weiteren Becher Kaffee ein und nahm ihn mit ins Wohnzimmer. Finn hatte sich bereits auf dem Sessel niedergelassen, auf dem er schon am Abend zuvor gesessen hatte. Als sie sich rechts von ihm auf die Couch setzte, lächelte er leicht.

„Michael Grendler und ich kannten uns schon aus der Schulzeit, konnten uns damals aber überhaupt nicht leiden“, begann er zu erzählen. „Er war einer von diesen richtig netten Jungs, wenn du weißt, was ich meine. Die Sorte, die bei jeder Mutter, Tante oder Omi sofort gut ankommt.“

Kira nickte und musste unweigerlich lächeln, weil sie sich sofort vorstellen konnte, warum die beiden Jungs zu dem Zeitpunkt nur wenig gemeinsam hatten. Sie erinnerte sich in diesem Zusammenhang noch sehr gut an ihre eigene Schulzeit. Auch sie hatte als Teenager die Jungs in zwei Kategorien eingeteilt. Die einen waren „süß“ und die anderen „gefährlich“. Die romantisch veranlagten Mädchen flogen grundsätzlich auf die süßen Typen. Kira hingegen war schon damals nicht sehr romantisch veranlagt gewesen. „Du meinst also, er war vollkommen anders als du?“

Auch Finn schmunzelte. „Stimmt leider. Mike war ein Liebling der Lehrer, hatte den richtigen Haarschnitt, besuchte brav die Tanzschule und seine Umgangsformen waren im Gegensatz zu meinen nahezu perfekt. Als wir schließlich zusammen Abitur machten, war ich der festen Überzeugung, dass Mike Grendler sozusagen der Prototyp des totalen Langweilers wäre, doch darin hatte ich mich gründlich getäuscht.“ Finn lachte kurz und dunkel auf. „Allerdings merkte ich das erst, als er – von mir absolut unerwartet – wieder eine Klasse mit mir teilte, und zwar auf der Polizeischule. Unsere Annäherung begann zuerst schleichend. Ich lachte plötzlich über seine Witze und sah mich immer mehr mit der Tatsache konfrontiert, dass ich den angeblichen Langweiler überhaupt nicht mehr langweilig, sondern im Gegenteil sogar ungemein unterhaltsam und interessant fand. Immer wieder gerieten wir in Situationen, in denen wir plötzlich lange und sehr gute Gespräche führten. Wir wurden auch im Dienst ständig zusammen eingeteilt, weil unsere Vorgesetzten der Meinung waren, Mike und ich wären nun einmal das perfekte Team auf Streife – irgendwie stimmte das ja auch. Mit anderen Worten: Schon im zweiten Jahr unserer Ausbildung war Michael Grendler mein bester Freund."

Finn machte eine kleine Pause und sah ihr ernst ins Gesicht. „Ich erzähle dir das, damit du die ganze Geschichte kennst und richtig einordnen kannst, was später passiert ist. Ich hoffe, ich langweile dich nicht."

„Nein, im Gegenteil, Finn", entgegnete Kira schnell. „Ich finde deine Erzählung sogar sehr interessant."

„Gut." Er erhob sich. „Ich brauche allerdings etwas zu trinken. Willst du auch ein Glas Wasser?"

„Ja, sehr gerne."

Er ging kurz hinüber in die Küche und kam dann mit zwei Gläsern und einer großen Flasche Mineralwasser zurück. Nachdem er ihnen eingeschenkt und selber einen großen Schluck getrunken hatte, lehnte er sich in seinem Sessel zurück und setzte seinen Bericht fort: „Nach unserer Ausbildung blieben wir noch einige Zeit bei der Bereitschaftspolizei, um uns erst einmal zu orientieren, doch dann kamen wir recht bald zu dem Schluss, dass wir beide bei der Kripo viel besser aufgehoben wären als bei der Schutzpolizei. Also machten wir zusammen die entsprechenden Lehrgänge und landeten schließlich an der gleichen Dienststelle. Auch dort steckten uns unsere Vorgesetzten recht schnell in ein gemeinsames Büro. Tja, und dann drückte unser damaliger Chef uns diese süße Praktikantin aufs Auge." Finn lächelte bei der Erinnerung in sich hinein. „Lena war so ein bisschen der klassische Schneewittchen-Typ. Lange dunkle Haare, wunderschöne silbergraue Augen, helle Haut, klein und sehr zierlich gebaut. Wir verknallten uns beide auf Anhieb in sie."

Kira lächelte. „Du hast ja schon einmal von Lena erzählt. Ein Wunder, dass eure Freundschaft das überstanden hat."

Finn schüttelte seinen Kopf. „Unsere Freundschaft war niemals wirklich in Gefahr – und, ja, irgendwie ein Wunder, wenn ich genauer darüber nachdenke. Mike und ich haben uns von Anfang an nichts vorgemacht und kamen sehr schnell überein, dass wir einfach Lena die Entscheidung überlassen sollten. Allerdings versprachen wir uns auch hoch und heilig, dabei immer fair zu bleiben, wenn du weißt, was ich meine.

Die erste Zeit mit Lena war ziemlich lustig, muss ich zugeben. Wir machten irgendwie alles zu dritt. Essen, ausgehen, arbeiten. Mike und ich schleppten Lena durch sämtliche Nachtklubs der Stadt und tanzten abwechselnd mit ihr. Nicht nur unsere Kollegen fingen bald an, heftig über uns drei zu tuscheln. Als sich dann doch irgendwann herausstellte, dass sie mich offensichtlich anziehender fand, zog Mike sich sofort aus dem Rennen zurück."

„Du warst also tatsächlich mit Lena liiert, bevor sie Mike geheiratet hat?", fragte Kira überrascht.

Finn nickte. „Ja, allerdings nur ganz kurz. Wir gingen einige Male zusammen aus, alles sah perfekt aus. Ja, und dann machte ich wohl den entscheidenden Fehler, denn ich versuchte schon nach wenigen Tagen, sie ins Bett zu kriegen. Natürlich scheiterte ich erbärmlich, denn sie ließ mich abblitzen. Lena war einfach nicht der Typ, der sich so leicht und vor allem so schnell verführen ließ. Ich war damals noch viel zu unerfahren, um das zu erkennen. Was soll ich sagen, es folgte eine Riesenszene: Ich war frustriert und sagte die falschen Dinge, benahm mich in ihren Augen also vollkommen daneben, sie schimpfte wie ein Rohrspatz, war gnadenlos von mir enttäuscht und weinte sich letztlich bei Mike aus. Das war es dann mit Lena und mir." Wieder stieß er dieses kurze Lachen aus.

„Sie war also noch Jungfrau", folgerte Kira.

Finn nickte. „Ja, und ich Idiot bin rangegangen wie ein brünstiger Hirsch und konnte überhaupt nicht nachvollziehen, warum sie nicht so wollte wie ich. Ich sag ja, damals war ich noch ziemlich grün hinter den Ohren. Die Erfahrungen, die ich vorher gemacht hatte … nun ja … mit einem unschuldigen Mädchen wie Lena hatte ich zu dem Zeitpunkt jedenfalls noch keine Beziehung." Er zwinkerte und zog einen Mundwinkel in die Höhe. „Mike machte hingegen wie immer alles richtig. Er und Lena haben sich sehr vorsichtig und langsam einander angenähert. Zunächst habe ich mich ein bisschen rargemacht, aber nach einer Weile kam dann auch alles wieder in Ordnung zwischen Lena und mir. Schon kurz nach ihrer Hochzeit bezeichnete auch sie mich schließlich als ihren besten Freund – und über unsere kurze Liaison haben wir alle drei niemals mehr gesprochen. Ich war sehr froh darüber, das muss ich zugeben.“

Fasziniert folgte Kira weiterhin seinen Ausführungen, auch als Finn langsam dazu überging, ein paar Anekdoten aus dem gemeinsamen Berufsleben in seinen Bericht mit einzuflechten. Finn erzählte sehr anschaulich, und ihr wurde deshalb auch schnell klar, wie tief die Verbindung der beiden Männer tatsächlich gewesen sein musste und wer von ihnen der Willensstärkere gewesen war – vor allem, nachdem Mike eine richtige Familie gegründet hatte.

Finn sprach von der Geburt von Jonas Grendler, seinem späteren Patenkind, und wie er auch dabei nicht von der Seite seines Freundes gewichen war. Er berichtete Kira von gemeinsamen Familienfesten, von komplizierten Kriminalfällen, die er und Mike zusammen gelöst hatten, aber auch von den kleinen Streitereien und diversen gefährlichen Einsätzen. Zwischendurch machte er manchmal kurze Pausen, um etwas zu trinken. Einmal ging er sogar hinaus auf den Balkon, um eine Zigarette zu rauchen, aber er nahm seinen Bericht auch immer sofort wieder auf. Kira spürte, wie gut es ihm tat, dass sie kaum Zwischenfragen stellte, sondern einfach nur interessiert und geduldig zuhörte.

Als er ihr schließlich in allen Einzelheiten den Todestag von Michael Grendler schilderte, liefen ihr die Tränen über die Wangen. Anfangs bemerkte er es nicht einmal, weil er für einige Zeit gedanklich vollkommen in die Vergangenheit eingetaucht war. Doch dann sah er sie weinen und erschrak ein wenig.

„Oh, ich Idiot! Kira, nicht!“ Seine Hand schob sich über ihre und drückte sie sanft. „Das wollte ich nun wirklich nicht“, flüsterte er etwas hilflos.

Kira entzog ihm vorsichtig ihre Hand und schüttelte den Kopf, dann wischte sie sich mit beiden Handballen die Tränen von den Wangen und versuchte sich an einem Lächeln. „Es ist schon gut, das musste einfach raus“, schniefte sie. „Wie hast du das nur all die Jahre ertragen, Finn?“

„Frag nicht. Ich bin durch die Hölle gegangen – zumindest bis vor einigen Tagen“, entgegnete er.

„Wieso, was ist denn da passiert?“

Finn erzählte ihr von dem entscheidenden Gespräch mit Lena Grendler und von den entlarvenden Fotos. Kiras Tränen begannen erneut zu fließen.

„Meine Güte, Mädchen, wenn ich gewusst hätte, wie sehr dich das umhaut …“

„Oh Finn, das ist alles so schrecklich traurig!“, schluchzte sie. „Du hast dir jahrelang die schwersten Vorwürfe gemacht, und jetzt so was.“

Er erhob sich kurz, griff nach einer Packung mit Papiertaschentüchern, die auf dem Schreibtisch neben seinem Laptop lag, und reichte sie ihr.

„Danke“, sagte sie lächelnd.

„In Bezug auf Mike geht es mir jetzt eigentlich ganz gut“, sagte er schlicht. „Ich meine natürlich nicht, dass Mike tot ist. Er fehlt mir noch immer, jeden Tag, aber … irgendwie hat sich in mir doch eine Art Knoten gelöst, seit Lena mir diese Fotos gezeigt hat. Die grauenvollen Bilder in meinem Kopf belasten mich jedenfalls nicht mehr so sehr wie zuvor, und die Schuldgefühle sind fast gänzlich verschwunden. Das ist doch schon mal was.“ Er musste schmunzeln, als sie sich geräuschvoll die Nase schnäuzte.

„Kaffee?“, fragte er, nachdem sie eine ganze Weile geschwiegen hatten.

Kira nickte. Inzwischen waren ihre Tränen getrocknet, und sie hatte sich wieder vollkommen in der Gewalt. „Bleib du nur sitzen, Finn, ich bin ganz froh, wenn ich jetzt etwas zu tun bekomme.“

„Okay, ich werde dann noch einmal auf den Balkon ausweichen“, entgegnete er lächelnd.

Finn stand noch immer in der offenen Balkontür, als Kira mit einem Tablett zurückkam, auf dem zwei Becher Kaffee und ein Teller mit Schokoladenkeksen standen. Er drehte sich zu ihr um und lächelte ihr entgegen, aber seine Miene wurde gleich wieder ernst.

Kira stellte wortlos das Tablett ab und sah ihm in die Augen. Ihre Blicke tauchten ineinander, doch dann riss Kira den Blick abrupt von ihm los und setzte sich zurück auf ihren Platz. Er rührte sich jedoch noch immer nicht vom Fleck. Und als sie noch einmal fragend zu ihm aufsah, erkannte sie plötzlich, dass es nun kein Zurück mehr geben konnte. Alles hatte sich verändert.

Finn stand da und fixierte sie mit diesem brennenden dunklen Blick, der ihr inzwischen schon so beunruhigend vertraut war. Seine Fäuste waren geschlossen. Ihr begannen mit einem Mal die Knie zu zittern, und ihr Herz schlug ganz wild in ihrer Brust.

„Kira“, flüsterte er heiser.

„Nein!“, schrie sie und sprang auf. „Nein, nicht, Finn!“

Aber sie schaffte noch nicht einmal drei zittrige Schritte, da war er auch schon bei ihr. Seine Hand fand die ihre, und mit einer einzigen fließenden Bewegung zog er Kira an sich. Für den Bruchteil einer Sekunde sah er ihr noch in die Augen, doch dann küsste er sie mit einer Wildheit, die den letzten klaren Gedanken aus ihrem Kopf vertrieb und sie nur noch fühlen ließ. Finn stöhnte laut auf, während seine Zunge immer wieder in ihren Mund eindrang, als wäre dies schon der Geschlechtsakt.

Er presste ihren Körper fest an sich, hob sie dabei ein wenig an. Kiras Atem begann zu rasen. Nach einer kleinen Ewigkeit löste er den Mund von ihren Lippen und glitt seitwärts an ihrem Hals entlang. Er küsste gerne ihren Hals, das wusste sie inzwischen. Es machte sie jedes Mal schier verrückt, wenn er das tat – doch dann hielt er ganz plötzlich inne, umfasste mit beiden Händen ihr Gesicht und sah ihr tief in die Augen.

„Sag mir jetzt, wenn du das hier wirklich nicht willst“, forderte er atemlos. „Sag es mir jetzt!“

Mit großen Augen starrte sie ihn an und schnappte nach Luft.

„Du weißt doch genau, dass ich es will!“, wisperte sie, bevor sie seinen Kopf wieder zu sich herabzog und die Lippen begierig auf seine presste. Finn stieß ein leises Stöhnen aus, als er den Kuss erneut vertiefte. Und schon in der nächsten Minute begann Kira unkontrolliert zu zittern, während er die Hände unbeherrscht unter ihr T-Shirt schob und sie endlich seine Finger auf der Haut fühlte.

„Das Vorspiel hat zwei verdammte Tage gedauert, Süße, ich halte es jetzt keine Minute länger aus“, keuchte er und nestelte bereits an seinem Gürtel herum, während er sie rückwärts ins Schlafzimmer dirigierte, bis sie direkt vor dem Bett standen.

„Ich auch nicht“, antwortete sie atemlos und zerrte an seinem Hemd.

„Lass das“, flüsterte er heiser, während er sich mit hektischen Bewegungen aus seiner Jeans und den Shorts befreite. „Zieh deine Sachen aus, schnell!“

Kira riss sich ebenfalls die Jeans und das Höschen herunter, stieg heraus und warf auch das T-Shirt und den Büstenhalter von sich. Dann ließ sie sich auf das Bett fallen. Sie konnte kaum den Blick von ihm abwenden, als er schließlich nackt vor ihr stand. Sie war sich sicher, dass sie noch nie im Leben eine so rasende und leidenschaftliche Begierde empfunden hatte wie in diesem Augenblick. Seine Erektion ragte ihr entgegen, und die pralle Spitze sah so verlockend aus, dass sie sie am liebsten geküsst hätte.

Er stöhnte auf, als hätte er ihre Gedanken lesen können. „Kira!“

„Komm!“, forderte sie ihn schlicht auf und spreizte ungehemmt die Beine. Finn kniete sich aufs Bett und betrachtete sie begierig. In diesem Augenblick sah sie so erotisch aus, dass alleine schon ihr Anblick ihn an den Rand der Ekstase brachte.

Mit der linken Hand krallte sie sich unter seinen glühenden Blicken in die Matratze, während ihre rechte – die offene Handfläche nach oben – direkt neben ihrem Kopf auf einer fächerförmig ausgebreiteten Strähne ihres dunkelroten Haares lag. Als er sich schwer atmend über sie beugte und schon im nächsten

Augenblick in sie eintauchte, hob sie sich ihm entgegen. Finn glaubte zu vergehen vor Lust, und Kira stöhnte seinen Namen.

„Kira, ich werde … oh Gott, beweg dich nicht, Süße, beweg dich jetzt nur nicht."

„Finn, bitte!"

Ihr Becken hob sich erneut, und damit begann er, den härtesten Kampf zu bestreiten, an den er sich jemals erinnern konnte. Er presste die Zähne aufeinander, Schweiß perlte auf seiner Stirn, während er verzweifelt um Selbstbeherrschung rang. Jeder Bruchteil einer Sekunde erschien ihm plötzlich wie eine erbarmungslose Ewigkeit, die niemals enden wollte und doch so unvergleichlich himmlisch war, dass er es kaum fassen konnte. Die Augen fest zusammengekniffen, stieß er immer wieder in sie – und obwohl seit ihrer Vereinigung nur wenige Minuten vergangen waren, hätte er um ein Haar vor Erleichterung laut aufgeschrien, als Kira stöhnend ihren Gipfel erreichte. Noch während er sich dann endlich seinem grandiosen Höhepunkt hingab, legte er das Gesicht in ihre Halsbeuge und gestand ihr in Gedanken seine Liebe.

Kira lauschte auf den Rhythmus seines Atems, der sich nur sehr langsam wieder normalisierte. Obwohl er sich mit einem Arm ein wenig abstützte, lag er vollkommen still und zog sich nicht aus ihr zurück. Ihr Herz schien noch immer zu galoppieren, aber auch ihr rastloser Atem beruhigte sich nun etwas. Mit den Armen hielt sie ihn noch immer fest umschlungen, wie sie verlegen bemerkte. Sofort lockerte sie den Griff ein wenig. Stattdessen ließ sie die Hände langsam über seine Schultern gleiten.

Zögernd hob Finn den Kopf und sah sie an. In seinen Augen erkannte sie einen fremden Ausdruck, der sie nachhaltig irritierte, weil sie ihn nicht einordnen konnte.

Er sagte noch immer kein Wort, aber er hob eine Hand und strich ihr sanft eine feuchte Haarsträhne aus dem Gesicht. Dann berührte er ihre Lippen mit dem Mund. Der Kuss war anders als all seine vorherigen Küsse, nicht so leidenschaftlich, nicht so hart, nicht so unnachgiebig, sondern viel sanfter, hingebungsvoller und irgendwie zärtlich. Sie erinnerte sich daran, dass er sie schon einmal auf eine ganz ähnliche Art geküsst hatte. Als er den Kuss nach einer kleinen Ewigkeit beendete, lächelte er.

Kiras Irritation ging in eine fast unangenehme Verlegenheit über, als er sich mit dem Oberkörper ein bisschen von ihr löste und nach ihrer rechten Hand griff, um sie zu betrachten.

Ja, er sah sich tatsächlich eingehend ihre Hand an.

Schließlich hob er ihre Finger an seinen Mund und küsste jeden einzelnen von ihnen. „Du hast wirklich verdammt süße Fingerchen", verkündete er leise und lächelte ein wenig in sich hinein.

Ihre Unsicherheit nahm zu, deshalb brachte Kira noch immer kein einziges Wort heraus. Als er dann auch noch voller Hingabe ihren kleinen Finger zwischen die Lippen nahm, ihn mit der Zungenspitze berührte und schließlich ganz leicht daran zu saugen begann, fühlte sie allerdings neues und unerwartet heftiges Verlangen in sich aufsteigen. Er ließ sie nicht aus den Augen, als er ihren kleinen Finger intensiv mit den Lippen, mit der Zunge und sogar mit den Zähnen reizte und sich dann langsam auf die gleiche Weise den Weg über ihre Handfläche zum Handgelenk und schließlich zur Armbeuge bahnte. Das alles tat er mit einer solchen Verzückung und Ausdauer, dass es Kira regelrecht den Atem raubte. Sie schloss die Augen, als er mit den Lippen langsam die Innenseite ihres Oberarmes entlangfuhr und mit der Zunge auch dort ihre heiße und feuchte Spur hinterließ. Kiras Atem beschleunigte sich hörbar.

„Du schmeckst wirklich überall nach Honig", ließ er sie wissen, bevor er sich ein wenig von ihr zurückzog und mit der linken Hand ganz gemächlich über ihre Brüste strich. Eine Weile tat er nichts anderes, und sie begann sich – immer noch seltsam verlegen – unter seinen beharrlichen Liebkosungen zu winden. In kleinen Kreisen ließ er seine Handfläche zunächst über eine ihrer Brustwarzen streichen, bis diese vollkommen hart war. Dann nahm er sie zwischen die Lippen und liebkoste sie intensiv mit der Zunge. Kira stöhnte gegen ihren Willen laut auf.

Beinahe unerträglich langsam begann er schließlich erneut, sich in ihr zu bewegen. Bedächtig zog er sich fast ganz aus ihr zurück, nur um sie im nächsten Augenblick wieder vollkommen auszufüllen. Zwischen ihren Körpern ließ er dabei gerade so viel Platz, dass er ungestört ihre Brüste und ihren Bauch streicheln konnte. Inzwischen fühlte sie seinen Mund wieder aufwärtswandern. Sie spürte seine Lippen auf dem Hals, dann am Ohrläppchen.

„Du bist so unglaublich schön", flüsterte er heiser, bevor er den Kopf hob, um sie anzusehen.

Kira warf den Kopf auf dem Kissen hin und her. „Finn!"

„Ja?"

Er sah ihr in die Augen und ergötzte sich an der Lust, die er ihr schenkte. Wieder hob er den Körper ein wenig an, damit seine Hand den nötigen Platz hatte, ließ sie dann zwischen ihren Leibern nach unten gleiten, bis die Kuppe seines Mittelfingers schließlich ihr Ziel erreichte.

Kiras Orgasmus überkam sie mit einer so ungestümen Wucht, dass Finn für einen Moment befürchtete, er habe ihr wehgetan, doch ihr Gesicht ließ nur die pure und unverfälschte Ekstase erkennen, die über sie hereingebrochen war. Vorsichtig zog er die Hand zurück und drang erneut in sie ein, bis er zum zweiten Mal an diesem Tag in ihr kam.

„Meine Güte, ich bin wirklich keine zwanzig mehr", japste er nach einer ganzen Weile und brachte sie damit zum Kichern. „Hey, lachst du mich etwa aus?", fragte er grinsend, während er sich vorsichtig zur Seite rollte, sie aber sofort wieder an sich zog, bis ihr Kopf in seiner Armbeuge lag.

„Ich würde doch niemals wagen, dich auszulachen, Finn Andersen", entgegnete sie lachend und drückte ihm einen schmatzenden Kuss auf die Brust.

„Na, das will ich aber auch hoffen, nach all der Mühe."

Kira löste sich ein bisschen von ihm und stützte sich dann mit den Unterarmen auf seiner Brust ab, um ihm besser ins Gesicht sehen zu können. Er schmunzelte noch immer amüsiert.

Einen Moment lang sah er in ihre Augen, dann umfasste er ihre Taille, drehte Kira kurzerhand auf den Rücken und beugte sich über sie.

„Ich kann einfach nicht genug von dir bekommen, Süße."

„Finn!", stieß sie verblüfft hervor und sah ihn mit großen Augen an.

„Keine Bange, Prinzessin, selbst ich stoße dann und wann an meine natürlichen Grenzen." Er lachte. „Aber küssen kann ich dich so wirklich besser, findest du nicht auch?"

Irgendwann in den frühen Abendstunden trieb der Hunger sie dann doch noch einmal aus dem Bett. Sie einigten sich schnell darauf, einfach eine Pizza zu bestellen, so wie Finn es schon am vergangenen Abend vorgeschlagen hatte. Nach einer ausgiebigen gemeinsamen Dusche schlüpfte er in seine Jeans, griff nach dem Telefon und wählte die Nummer eines nahegelegenen Pizzaservice. Kira beobachtete ihn dabei, während sie sich ebenfalls wieder anzog. Sie erschrak ein wenig, als sie das umfassende Gefühl von tiefer Glückseligkeit bemerkte, das sie bei seinem Anblick überflutete. Schon im nächsten Augenblick fragte sie sich ängstlich, ob es nicht vielleicht doch ein Fehler gewesen war, dass sie ihrem körperlichen Verlangen nach ihm noch einmal nachgegeben hatte. Das warme Gefühl verschwand bei diesem Gedanken so schlagartig, wie es gekommen war. Sie schüttelte sich innerlich, um den leisen Anflug von Angst zu vertreiben, der in ihrem Magen ein unangenehmes Ziehen hervorrief.

Finn hatte sein Telefonat beendet und schob das Handy zurück in seine Hosentasche. „Ungefähr eine halbe Stunde müssen wir noch durchhalten", ließ er sie wissen, während er sich sein T-Shirt überstreifte.

Lächelnd kam er zu ihr, stutzte jedoch, als er in ihr Gesicht sah.

Sein rechter Zeigefinger legte sich unter ihr Kinn und hob es an, damit sie ihn ansehen musste. „Alles in Ordnung?", fragte er mit ernster Stimme.

Kira wich seinem Blick aus und nickte. „Ja, alles in Ordnung."
„Kira!" Seine Hände legten sich um ihre Oberarme und zogen sie noch ein Stück näher zu ihm heran. „Ich sehe dir doch an, dass irgendwas nicht stimmt."
Sie atmete tief ein, ärgerte sich über ihre düsteren Gedanken und setzte ein Lächeln auf, als sie wieder zu ihm hochblickte. Das Letzte, was sie gewollt hatte, war, die wunderbare Stimmung zwischen ihnen wieder zu zerstören, auch wenn es sich bei all dem vielleicht nur um eine schöne und flüchtige Illusion handelte, die rein gar nichts mit der Wirklichkeit zu tun hatte.
„Ach, ich habe nur Hunger", versuchte sie abzuwiegeln.
„Ansonsten ist wirklich alles okay?", hakte er noch einmal nach.
„Ja, wirklich", erwiderte sie nachdrücklich. Um ihre Worte noch zu unterstreichen, stellte sie sich auf die Zehenspitzen und drückte ihm einen schnellen Kuss auf den Mund.
„Gut." Er lächelte und legte seine Arme um sie.
„Ich hätte unheimlich gerne ein Glas Wein, Finn."
„Kommt sofort." Langsam löste er sich von ihr und sah ihr abermals forschend ins Gesicht. „Essen wir im Wohnzimmer?"
Sie nickte. „Ich gehe nur noch einmal schnell ins Bad, um mein Haar ein bisschen trocken zu föhnen, dann komme ich nach."
„Alles klar."
Finn sah Kira nachdenklich hinterher, als sie sich von ihm abwandte und erneut im Badezimmer verschwand. Er spürte nur zu genau, dass sie eine Stimmung vortäuschte, die sie nicht oder nicht mehr empfand. Zumindest hatte sich in den letzten Minuten irgendetwas verändert. Es ging ihr nicht gut, und es gefiel ihm überhaupt nicht, dass sie trotzdem versuchte, ihm etwas vorzumachen.

Langsam ging er hinüber in die Küche, zog eine der Weinflaschen aus dem Korb, den Sascha heute Morgen abgeliefert hatte, und öffnete sie. Dann griff er nach zwei langstieligen Gläsern, während er nachdenklich ins Wohnzimmer ging.
Eigentlich hatte er vorgehabt, mit ihr noch einmal offen

über all das zu reden, was in den vergangenen Wochen zwischen ihnen vorgefallen war. Es drängte ihn danach, Kira endlich genau zu erklären, in welchem Zwiespalt er sich selbst befand, seit er ihr begegnet war. Vor allem aber hatte er in der letzten Stunde beschlossen, sie nicht länger über seine eigenen Gefühle im Unklaren zu lassen. Zu seiner eigenen Verwunderung ersehnte er jetzt geradezu, dass sie endlich ganz erfasste, was er wirklich für sie empfand. Er hoffte inbrünstig, dass ihn sein Empfinden nicht täuschte und sie diese Gefühle auch erwiderte.

Im Augenblick hatte er aber eher den Eindruck, dass die Situation Kira ein bisschen überforderte. So entschied er spontan, dass es für sie beide besser wäre, die leidige Geschichte ihrer Überwachung erst einmal zu vollenden. Es war ihm viel zu wichtig, dass es Kira möglichst gut ging – und augenscheinlich belastete die ganze Sache sie viel mehr, als sie zugeben wollte. Das hatte er zuvor deutlich in ihrem Gesicht lesen können. Es würde noch genug Möglichkeiten für dieses wichtige Gespräch geben, beruhigte er sich. Später, wenn dieser Job abgehakt war, könnten sie endlich unbelastet miteinander umgehen. Dann würde er offen mit ihr reden. Bis dahin galt es, die Voraussetzungen für ein gemeinsames Leben zu schaffen, indem er das Angebot von Edgar Lengrien annahm. Auch diese Entscheidung hatte er jetzt getroffen. Vielleicht war es albern, doch er legte Wert darauf, dass sie in ihm nicht mehr nur den Bodyguard ihres Vaters sah. Eine eigene Sicherheitsfirma zu leiten bot da schon eine ganz andere Basis für sein Selbstwertgefühl.

Ja, dachte er, wenn das hier erst mal vorbei ist, werde ich ihr klarmachen, dass sie zu mir gehört. Er würde Kira Lengrien nicht mehr gehen lassen, denn sie allein hatte seinem Leben wieder einen Sinn gegeben.

Das Klingeln seines Handys unterbrach seine Gedanken. Er sah auf dem Display, dass es Sascha Schellenberg war, der wahrscheinlich wissen wollte, ob sie etwas Besonderes benötigten, bevor er morgen früh die Einkäufe brachte.

Während er mit Sascha telefonierte, nutzte Finn die Zeit, um auf dem Balkon noch eine Zigarette zu rauchen.

Als Kira ins Wohnzimmer kam, stand er mit dem Rücken zu ihr und telefonierte. Deshalb bekam er auch nicht mit, dass sie schon fast hinter ihm stand. „Keine Sorge, Sascha, das ist hier wirklich nicht sonderlich anstrengend, im Gegenteil! Das ist sogar der Job meines Lebens, mein Freund!“

10. KAPITEL

„Du hast also diese Briefe eiskalt als Aufhänger benutzt, Eddie!“ Christina Sommer lachte schallend, lehnte sich in ihrem Sessel zurück und streifte sich dabei die hochhackigen Pumps von ihren Füßen. „Das darf doch nicht wahr sein!“

Für die beiden älteren Herren war es längst zu einer lieb gewonnenen Tradition geworden, sich nach dem Abendessen noch auf ein gemeinsames Glas Wein in der gemütlichen Bibliothek zusammenzusetzen und über die Ereignisse des Tages zu plaudern. Heute schloss Christina sich ihnen gerne an, nachdem Kiras Vater sie darum gebeten hatte.

Edgar Lengrien schaute einen Augenblick lang versonnen in sein Glas, doch dann prostete er der besten Freundin seiner Tochter zu und setzte ein verschmitztes Lächeln auf, das die strahlenförmigen Lachfältchen um seine Augen noch um einiges vertiefte.

„Ich habe nur meinen besten Personenschützer zu Kira auf die Insel geschickt, Tina, nicht mehr und auch nicht weniger.“

„Du kannst mir glauben, Christina, wenn diese unangenehmen Briefe nicht gekommen wären, hätte unser Eddie sicherlich eine andere Möglichkeit gefunden, sein Töchterchen mit ihrer hübschen Nase direkt auf Finn zu stoßen. Er kann ziemlich einfallsreich sein, wenn er sich einmal etwas in den Kopf gesetzt hat“, warf Werner Martinelli schmunzelnd ein.

Christina erhob sich kurz, ging hinüber zum kleinen Tischchen, auf dem die Weinkaraffe stand, und schenkte sich nach. „Aber du konntest doch überhaupt nicht wissen, dass es zwischen den beiden tatsächlich funken würde, Eddie“, sagte sie kopfschüttelnd, während sie zur kleinen Sitzgruppe zurückkehrte, sich abermals in den äußerst bequemen Sessel kuschelte und die Beine unter sich zog.

„Nein, das konnte ich natürlich nicht, aber ich habe es gehofft und es einfach darauf ankommen lassen.“ Edgar lachte kurz in sich hinein. „Nach dem, was du angedeutet hast, könnte sich meine Hoffnung ja sogar bestätigen, nicht wahr?"

„Oh, oh, ich habe nicht wirklich etwas gesagt, Edgar." Christina lachte. „Du interpretierst vielleicht auch nur zu viel in mein allgemeines Geschwafel hinein, mein Lieber. Ich kann dir nur sagen, dass ich persönlich den Kerl tatsächlich umwerfend sexy finde ... und das aus meinem Munde, man soll es nicht glauben! Also, wenn Kira ihn von der Bettkante schubsen sollte ... nein, Spaß beiseite, Eddie, ich denke, dass die zwei tatsächlich toll zusammenpassen würden."

Der ältere Mann setzte ein freches Grinsen auf. „Wie auch immer, ich kenne meine Tochter. Wenn sie und Finn sich hier im Haus zum ersten Mal begegnet wären ... nein, da hätte er es bei meiner Prinzessin wohl noch viel schwerer gehabt. Sie wäre viel zu voreingenommen gewesen, um die Augen richtig aufzumachen, da bin ich mir sicher." Er trank einen Schluck, bevor er weitersprach: „Weißt du, schon als ich Finn Andersen zum ersten Mal begegnete ..., nun, wie soll ich sagen, der Junge hatte etwas an sich, das mich im Herzen berührt hat. Ich könnte es nicht mit Worten beschreiben." Noch einmal lachte er. „Das soll jetzt keine Gefühlsduselei sein, aber anders kann ich das wirklich nicht ausdrücken." Edgar warf einen Seitenblick auf seinen langjährigen Freund. „Dir ist es doch ähnlich gegangen, oder?"

Werner nickte und verzog schelmisch den Mund. „Stimmt, was soll ich sonst sagen."

Christina hob ihr Glas und nippte daran. „Du hast vorhin erwähnt, dass du Finn Andersen das Angebot gemacht hast, in eine gemeinsame Sicherheitsfirma zu investieren?"

Edgar nickte. „Ja, aber das hätte ich ohnehin getan, Tina. Das hat rein gar nichts mit Kira zu tun, glaub mir. Ich halte in jeder Beziehung viel von ihm, auch beruflich. Und nach meiner Überzeugung braucht Finn dringend ein paar Herausforderungen, damit er mit seinem Leben und seinem Selbstwertgefühl wieder ins Reine kommt."

Christinas Lachen unterbrach ihn. „Herausforderungen! Na, die hat er ja jetzt, und nicht nur beruflicher Natur. Kira ist sicherlich eine der größten Herausforderungen in seinem Leben, wenn ihr mich fragt. Sie hat es den Männern ja noch nie sehr leicht gemacht. Ein früherer Freund von ihr hat mir mal gesagt, Kira einigermaßen zu verstehen wäre fast noch schwieriger, als einen dieser vermaledeiten Zauberwürfel zu knacken."

„Sie ist eben meine Tochter", erwiderte Edgar lachend. „Aber keine Bange, meine Liebe, Finn ist ein hervorragender Stratege, das hat er bereits zur Genüge bewiesen. Übrigens stehen mehr als zehn verschiedene Zauberwürfel auf dem Regal in seinem Büro – und er hatte sie alle in kürzester Zeit geknackt."

Werner Martinelli hob sein Glas. „Hört, hört! Darauf trinken wir."

Auch während des Essens blieb Kira etwas einsilbig, und das Gespräch ging in erster Linie von Finn aus. Er spürte natürlich, dass sie ein wenig in sich gekehrt war, und es fiel ihm schwer, sie nicht noch einmal darauf anzusprechen.

Nach dem Essen räumten sie zusammen auf, und Finn ging kurz auf den Balkon, um eine weitere Zigarette zu rauchen. Gerade als er zurück ins Wohnzimmer kam, klingelte erneut sein Handy. Er zog es aus seiner Hosentasche und meldete sich.

Kira sah ihn erwartungsvoll an, denn sie hoffte inständig, es wäre ihr Vater, der ihnen mitteilen wollte, dass ihre Gefangenschaft nun endlich beendet sei. Doch schon im nächsten Moment löste sich diese Hoffnung auch schon wieder in nichts auf.

„Lena! Was gibt es?" Finn drehte ihr den Rücken zu und ging ein paar Schritte auf und ab, während er mit Lena Grendler telefonierte. Kira registrierte, dass seine dunkle Stimme plötzlich sehr zärtlich und weich klang, und das versetzte ihr einen Stich.

„Ja, natürlich. Ähm … Liebes, das können wir doch besprechen, wenn ich …"

Kira holte tief Luft, weil es in ihrer Brust eigenartig eng wurde.

Finn entfernte sich noch ein Stück und ging zum anderen Ende des Wohnzimmers hinüber, während er weitersprach: „Okay, wenn dir das lieber ist. Ja … warte, ich schicke dir jemanden, dann brauchst du nicht selbst zu fahren. Jetzt?" Offensichtlich wartete er eine Antwort ab. „Hm, sagen wir in einer halben Stunde, ist dir das recht? ... Gut, gib den Kindern einen Kuss von mir, ja?"

Kira konnte kaum noch atmen.

Finn drückte mehrere Tasten seines Telefons und sprach dann kurz mit einem seiner Männer. Er gab ihm eine Adresse durch und bat ihn, Lena Grendler dort abzuholen und herzubringen. Erst dann wandte er sich wieder Kira zu.

„Tut mir leid, Kira, ich hoffe, es stört dich nicht, aber wir bekommen gleich Besuch. Lena möchte kurz mit mir sprechen. Da ihre Mutter gerade bei ihr zu Hause ist, kann sie mal für eine Stunde die Kinder alleine lassen. Sie sagt, am Telefon fehlt ihr die Ruhe, wenn dauernd die Kleinen hinter ihr herumwuseln. Sie ist ohnehin immer froh, wenn sie aus dem allgemeinen Chaos mal rauskommt. Ich kann das verstehen." Er lächelte.

Kira räusperte sich. „Kein Problem, ich kann ... ich kann dann ja ins Schlafzimmer gehen, wenn sie hier ist."

Er schüttelte den Kopf. „Lena meinte, das sei nicht nötig und es würde auch gar nicht lange dauern. Vielleicht braucht sie nur einen schnellen Rat von mir. Sie wollte mir am Telefon nicht sagen, worum es geht. Entspann dich, Kira, du wirst Lena mögen, glaub mir." Finn sah sie noch einen Moment lang prüfend an, dann setzte er sich zu ihr und ergriff ihre Hand. „Sag mal, darf ich heute Nacht bei dir schlafen?" Er setzte sein einnehmendes Lächeln auf, und Kira wurde sofort warm ums Herz. Sie konnte einfach nichts dagegen tun.

„Aber nur, wenn du mir versprichst, dich nicht besonders gut zu benehmen, Wachhund", antwortete sie und lachte leise.

Sein Gesicht kam näher. „Darauf kannst du wetten, meine Süße. Mir fallen da auf Anhieb ein paar Sachen ein ..." Mit dem Mund streifte er zunächst ganz leicht ihre Unterlippe, doch dann zog er Kira zu sich auf den Schoß und küsste sie leidenschaftlicher. Als sie ein bisschen auf ihm herumrutschte, brummte er leise in sich hinein, sodass sie unweigerlich kichern musste. „Okay", stellte er mit leicht belegter Stimme fest, „das sollte wohl erst mal reichen, um dich davon zu überzeugen, dass ich mich ganz und gar nicht benehmen werde, sobald wir erst wieder zusammen in dem Bett da drüben liegen."

Als es eine gute halbe Stunde später schließlich an der Tür klingelte, fühlte sich Kira schon wieder ein bisschen ausgeglichener. Nicht nur die gegenseitigen Neckereien, sondern vor allem Finns Zärtlichkeiten, aber auch der Rotwein, hatten dafür gesorgt, dass sie sich nun wieder etwas besser entspannen und damit auch ihre trüben Gedanken irgendwo in ihren Hinterkopf verdrängen konnte.

Finn erhob sich und ging hinaus in den Flur, um Lena Grendler die Tür zu öffnen. Kira hörte ihn kurz mit dem Mann sprechen, der die junge Witwe seines Freundes hergebracht hatte, dann kam er zusammen mit Lena zurück in das Wohnzimmer und Kira stand nun ebenfalls auf.

Lena Grendler lächelte ihr freundlich entgegen und reichte ihr ihre Hand zur Begrüßung. „Ich freue mich wirklich sehr, Frau Lengrien."

Kira erwiderte die herzliche Begrüßung höflich, wenn auch eher routiniert. Sie musste unweigerlich schlucken, denn Lena Grendler war ohne Frage eine der schönsten Frauen, die sie jemals zu Gesicht bekommen hatte – und in ihrer Zeit als Modezeichnerin war sie durchaus einer Menge schöner Frauen begegnet. Wie hatte Finn doch so treffend formuliert, als er über Lena gesprochen hatte? „Der klassische Schneewittchentyp". Ja, das war sie wirklich. Ihre helle Haut war vollkommen makellos und wirkte sehr zart. Die seidigen schwarzen Haare glänzten, als hätte man sie in Klavierlack getaucht, und fielen ihr offen in weichen Wellen über die schmalen Schultern. Überdies hatte Kira niemals zuvor bei einer Frau schönere Augen gesehen; sie waren so groß, hell und von einem so klaren Silbergrau, dass man nur wie gebannt hineinsehen konnte.

„Mich freut es auch sehr. Äh … bitte, sagen Sie doch Kira zu mir", versuchte Kira ihre eher kühle Begrüßung sofort ein wenig abzumildern.

Lena lächelte und wirkte dabei etwas unsicher und verlegen. „Es tut mir wirklich leid, dass ich Sie hier überfalle, aber ich wollte Finn so gerne in aller Ruhe noch ein paar Worte sagen – und es war mir wichtig, dass ich ihm dabei ins Gesicht sehen kann." Ihre herrlichen Augen wanderten kurz zu Finn. Sie lächelte milde. „Als wir uns das letzte Mal sahen, habe ich es einfach vergessen, weil andere Dinge vorrangig waren."

Kira nickte, obwohl sie rein gar nichts verstand. „Ähm, ich lasse euch dann wohl mal besser alleine …"

„Oh nein", unterbrach Lena Grendler sie schnell und legte ihr die Hand auf den Unterarm. „Bitte bleiben Sie doch, Kira. Ich möchte Sie nicht vertreiben, und mir wäre es sogar ganz lieb, wenn ich ein bisschen weiblichen Beistand hätte." Ihr Lächeln war bezaubernd. Kira hatte bisher noch nie unter mangelndem Selbstbewusstsein gelitten, aber neben dieser zarten und wunderschönen Person fühlte sie sich plötzlich alles andere als selbstsicher. Also brachte sie nur ein weiteres Nicken zustande. Ihr Blick wanderte zu Finn, und sie sah, dass seine dunklen Augen fest auf Lena gerichtet waren. Wieder fühlte sie diese befremdende Enge in ihrer Brust.

„Setzen wir uns doch", schlug er vor. „Lena, darf ich dir auch ein Glas Rotwein einschenken?"

„Oh, das wäre wirklich sehr lieb von dir, Finn."

Die beiden Frauen setzten sich, während Finn in die Küche ging, um ein drittes Glas zu holen.

„Sie müssen sehr froh darüber sein, dass gerade Finn auf Sie aufpasst, Kira", stellte Lena unbedarft fest und lächelte Kira offen an. Doch noch ehe Kira antworten konnte, war Finn auch schon zurück, und sie atmete erleichtert aus.

Er schenkte Lena ein, nahm sein eigenes Glas, das noch immer neben Kiras gestanden hatte, und setzte sich nun in einen der Sessel.

Lena griff ebenfalls nach ihrem Glas und nahm einen winzigen Schluck, dann richteten sich ihre silbrig schimmernden Augen auf Finn. „Ich wollte dir noch einmal ganz deutlich sagen, wie dankbar ich dir für all das bin, was du in den letzten

Jahren für mich und meine Kinder getan hast."

„Ach, Lena, nein." Er schnaufte und fuhr sich mit beiden Händen durchs Haar. Dann stand er auf und ging hinüber zum Balkonfenster.

„Ich weiß, dass dir das jetzt unangenehm ist, Finn, so etwas ist dir ja immer unangenehm, aber ... ich muss das einfach noch einmal ausdrücklich in Worte fassen, bevor ich ... nun ja, du weißt ja, was ich meine."

Finn kam zurück, ging direkt vor Lena in die Knie und griff nach ihren Händen.

„Liebes, es ist gut."

„Nein, das ist es nicht. Ich weiß genau, das hast du alles nicht nur wegen Michael getan, sondern, weil wir – meine Kinder und ich – dir wirklich etwas bedeuten. Ich werde das niemals vergessen."

Kira beobachtete die Szene mit gemischten Empfindungen. Sie war hin- und hergerissen zwischen dem Gefühl, jetzt lieber zu gehen, und einer drängenden Neugierde, die noch viel stärker war und sie letztlich daran hinderte, den Raum tatsächlich zu verlassen. Um ihre Unsicherheit zu überspielen, griff sie ebenfalls nach ihrem Wein und behielt das Glas in ihren Händen, nachdem sie getrunken hatte. Obwohl ihr Herz wie wild zu klopfen begann, bemerkte sie, dass die Stimme von Lena Grendler nun ein wenig zitterte. „Finn, du sollst wissen, dass ich viele Dinge ohne dich überhaupt nicht geschafft hätte. Die Schwangerschaft und die Trauer um meinen Mann, das ging nun einmal nicht gut zusammen. Du warst immer da, wenn ich nicht weiterwusste ... und ... na ja, ich muss dir gestehen, dass ich damals sogar beinahe deinen Heiratsantrag angenommen hätte."

Kira schnappte hörbar nach Luft, aber Finn und Lena waren so aufeinander konzentriert, dass keiner von beiden etwas davon bemerkte.

Lena löste ihre Hände aus denen von Finn und setzte noch einmal ihr Glas an die Lippen, bevor sie fortfuhr: „Du weißt am allerbesten, wie sehr ich Michael geliebt habe, aber ... aber jetzt will ich mit Bernd endlich ganz neu anfangen. Bitte ... bitte

Finn, bleib mein bester Freund, aber … lass das zukünftig mit dem Geld, okay?“

Sein Blick ruhte für eine Weile starr auf Lenas Gesicht, doch dann lächelte er plötzlich. „Deshalb bist du also extra hergekommen, Lena? Du wolltest mich nur darum bitten, die Überweisungen einzustellen?“

Lena Grendler stieß ein missbilligendes Geräusch aus. „Das ist doch wieder mal typisch für dich, Finn Andersen! Nein, ich wollte dir vor allen Dingen für deine treue Freundschaft danken, du Idiot, und zwar von Angesicht zu Angesicht.“ Auch sie lächelte jetzt.

„Hm.“ Finn wischte sich kurz über das Gesicht, dann erhob er sich und schließlich sah er auch Kira wieder an. „Du musst denken, wir spinnen beide total, oder?“

Kira schüttelte rasch ihren Kopf, sagte aber nichts.

„Kira kann ruhig wissen, was du wirklich für ein Kerl bist.“ Lena lachte kurz. „Ich habe ohnehin den größten Teil deines Geldes auf ein Extrakonto eingezahlt, Finn. Es ist noch fast alles da.“

„Nimm es für die Kinder, Lena, bitte! Und versprich mir hoch und heilig, dass du dich sofort an mich wendest, wenn du irgendwann noch einmal in Schwierigkeiten stecken solltest.“

Auch nachdem Lena Grendler die Wohnung schon eine ganze Weile wieder verlassen hatte, war Kira noch immer wie betäubt. Außerdem machte ihr die anhaltende Beklemmung in ihrer Brust zu schaffen. Es fiel ihr jetzt nicht mehr besonders schwer, dieses enge und quälende Gefühl als das einzuordnen, was es war: heftige Eifersucht.

Einzelne Wortfetzen des Gespräches zwischen Lena und Finn gingen ihr immer wieder durch den Kopf. Sie wusste einfach nicht, was sie davon halten sollte. Bereits auf Sameland hatte Finn ihr deutlich gemacht, dass ihn mit Lena inzwischen nichts weiter als eine Freundschaft verband. Das hatte sie ihm auch geglaubt – zumindest bis heute. Die liebevolle Verabschiedung der beiden hatte ihr Übriges dazu getan, ihr Misstrauen zu wecken. Daran änderte auch die Tatsache nichts, dass Lena ihren neuen Partner erwähnt hatte. Sie wusste nicht, warum Finn und Lena Grendler letztlich doch kein Paar geworden waren, aber nach dem heutigen Abend gab es keinen Zweifel mehr daran, dass es nicht Finns Entscheidung gewesen war. Im Gegenteil, er hatte ja offensichtlich alles dafür getan, um die wunderschöne Witwe seines besten Freundes wieder ganz für sich einzunehmen. Schließlich hatte Lena sogar einen Heiratsantrag erwähnt.

Sofort hob Kira eine Hand an ihre Brust und versuchte tief und gründlich einzuatmen, während sie sich eingestand, dass sie wieder einmal an Finns Aufrichtigkeit zweifelte. Der Gedanke brach ihr fast das Herz.

„Du sitzt ja immer noch hier herum“, stellte Finn grinsend fest, als er, nur noch mit schwarzen Boxershorts bekleidet, zurück ins Wohnzimmer kam. Er hatte die Gläser in die Küche gebracht und war anschließend im kleineren Badezimmer verschwunden, um sich bettfertig zu machen.

Kira sah auf und versuchte sich an einem Lächeln, während sie sich ein wenig zu hastig erhob. „Ja, ich … hab noch ein bisschen vor mich hin geträumt.“

„Ach ja.“ Er verzog schelmisch seinen Mund, kam zu ihr und zog sie in seine Arme. „Kam ich drin vor?“

„Was meinst du?“ Ohne dass sie es merkte, legte sie die Hände auf seine nackte Brust. Selbstvergessen spielte sie sanft mit dem dunklen Haar.

„In deinem Traum, Süße. Kam ich drin vor?“ Er grinste noch immer.

Statt ihm zu antworten, zog sie seinen Kopf zu sich herunter und küsste ihn. Sie erschrak noch nicht einmal mehr darüber, wie verzweifelt sie das tat. Finn schien kurz innezuhalten, erwiderte dann aber ihren Kuss mit der gewohnten Leidenschaft. Trotzdem strich er nicht unbedingt begierig, sondern eher sanft und zärtlich über ihre Schultern und den Rücken, fast so, als wollte er sie etwas beruhigen. Schließlich beendete er von sich aus den Kuss und sah ihr forschend in die Augen. „Alles okay mit dir?“, fragte er zögernd.

„Ja, ja natürlich!“, antwortete sie. In ihrer Hoffnungslosigkeit verschaffte sich plötzlich ein völlig verrückter Gedanke Platz in ihrem Kopf. Sie wollte ihn vergessen lassen, dass es außer ihr überhaupt noch andere Frauen auf diesem Planeten gab. Selbst wenn ihr das nur für wenige Minuten gelänge. Sie wünschte sich, dass Finn Andersen sie, Kira Lengrien, niemals wieder vergaß, auch wenn sein Herz nicht sie, sondern eine andere Frau liebte.

„Ich will dich, Finn.“ Sie presste die Lippen auf seinen Hals und glitt dann tiefer. Sie spürte, dass sein Körper sofort reagierte und wie tief er einatmete, als sie die Hand unter den Bund seiner Shorts schob. Doch er legte die Hände um ihre Oberarme und hielt sie so zurück.

„Lass uns ins Bett gehen, Süße“, flüsterte er. Dann hob er sie kurzerhand hoch und trug sie ins Schlafzimmer.

Ungefähr eine Stunde später lag Finn vollkommen entkräftet auf dem Rücken und spielte versonnen mit Kiras langem Haar. Sie ruhte halb auf ihm und döste.

„Ich sollte wohl noch mal ins Badezimmer gehen“, wisperte sie schließlich.

„Hmm.“

„Trägst du mich hin?“

„Keine Chance.“

Sie kicherte, aber er stöhnte nur. „Ich muss zugeben, dass du mich heute restlos geschafft hast“, verkündete er und stöhnte ein weiteres Mal. „Ich könnte wirklich etwas zu trinken gebrauchen, aber ich kann mich nicht mehr rühren.“

Kira kicherte noch einmal, dann hob sie ihren Kopf von seiner Brust und sah ihm ins Gesicht. „Durst hätte ich auch.“

Seine Züge waren vollkommen entspannt, und seine Augen waren geschlossen. Als er ihren Blick spürte, hob er seine Lider ein wenig an.

„Nein, ich stehe nicht auf! Für kein Geld der Welt. Ach ja, hab ich dir übrigens schon gesagt, dass dein Mund eine erotische

Offenbarung ist? In jeder Beziehung, Süße, in wirklich jeder!"
„Du hast gewonnen, alter Mann", seufzte sie und wand sich aus seiner Umarmung, um aufzustehen. „Ich muss ja sowieso noch ins Bad."

„Wasser!", stieß er flehend hervor und brachte sie damit schon wieder zum Kichern.

Finn sah Kira nachdenklich hinterher, als sie im Badezimmer verschwand. Wahrscheinlich war das, was er in der letzten Stunde erlebt hatte, der beste Sex seines bisherigen Lebens gewesen. Mehrere Male hatte sie ihn ganz nah an den Rand des Höhepunktes gebracht, nur um ihn im letzten Moment doch wieder zurückzuhalten. Er war fast wahnsinnig geworden, weil sie ihm richtiggehend verboten hatte, selbst aktiv zu werden – und als er sich dann endlich in ihr verströmen durfte, war es so gewaltig gewesen, dass er zum ersten Mal in seinem Leben eine Art Schrei ausgestoßen hatte.

Trotzdem konnte sie ihm nichts vormachen. Irgendetwas beschäftigte sie offenbar so stark, dass sie ein Ventil gebraucht hatte, um damit besser umgehen zu können, ein starkes Ventil. Er wusste das so genau, weil er dieses Gefühl selber nur allzu gut kannte.

Einige Minuten später lächelte Finn ihr träge zu, als sie – in ein großes Frottiertuch gehüllt – aus dem Badezimmer kam und sofort in der Küche verschwand. Er konnte hören, wie sie den Eisschrank öffnete, und vernahm auch das typische Geräusch von Eiswürfeln, die in ein leeres Glas fielen. Schließlich kam Kira ins Schlafzimmer zurück. In der einen Hand hielt sie eine Flasche Mineralwasser und in der anderen ein hohes Glas, in dem mehrere große Eiswürfel lagen. Ächzend hievte er sich in die Sitzposition und schob sich ein Kopfkissen in den Nacken, während sie einschenkte, einmal kurz die Eiswürfel klimpern ließ und ihm dann schließlich das volle Glas reichte. Er trank es in einem Zug aus und lächelte sie dann selig an. „Du hast mir gerade das Leben gerettet, göttliches Weib."

Sie lachte leise und setzte sich zu ihm auf die Bettkante.

„Dabei ist es doch üblicherweise dein Job, Leben zu retten, nicht wahr, Wachhund?“

Finn stellte das Glas auf dem Nachttisch ab, legte seine Hände um ihre Taille und zog sie schwungvoll ganz zurück auf das Bett, sodass sie wieder neben ihm lag. „Dir wird jedenfalls nichts passieren, solange ich in deiner Nähe bin, meine Süße, das verspreche ich dir.“ Sein Mund streifte kurz ihre Lippen. „Übrigens habe ich vor, noch viel länger genau dort zu bleiben.“

„So, so, du stehst also auch weiterhin nur mir allein zur Verfügung ... als mein persönlicher Bodyguard?“

„Hm, alles, was du willst.“ Seine Hand glitt unter das Badetuch und legte sich auf ihren Bauch. „Ich glaube, mir gefällt der schöne deutsche Begriff Leibwächter noch viel besser. Er bringt es irgendwie auf den Punkt, findest du nicht auch?“

„Unbedingt“, antwortete Kira lachend. Es gefiel ihr jedes Mal unglaublich, wenn sie mit ihm auf diese ganz spezielle Art herumalberte, denn so gelang es ihr fast zu vergessen, dass sie ihm nicht vertrauen durfte.

Nach einer Weile unterdrückte Finn ein Gähnen, er fühlte sich plötzlich unglaublich schläfrig. „Tut mir echt leid, aber dein Leibwächter braucht jetzt dringend seinen Schlaf, damit er auch weiterhin deinen kostbaren Leib so gut es nur geht bewachen kann.“

„Ich bin auch todmüde, Finn.“

„Na, dann komm endlich zu mir unter die Decke, Prinzessin.“

Der Morgen war ungewöhnlich kalt. Die Kälte war es auch, die Finn als Erstes wahrnahm, als er erwachte. Langsam drehte er sich auf die Seite, um sich an dem anschmiegsamen Körper zu wärmen, den er dort erwartete, aber der Platz war bereits leer. Kira ist offensichtlich schon aufgestanden, ging es ihm träge durch den Kopf – und dann drang plötzlich die anhaltende Stille in sein Bewusstsein vor.

Mit einem Schlag war er hellwach, und schon nach wenigen Sekunden war er aufgesprungen, damit er sich von etwas überzeugen konnte, das er eigentlich schon wusste: Kira war fort!

11. KAPITEL

Kira konnte kaum glauben, dass sie es wirklich geschafft hatte, Finn auszutricksen. Die Idee mit dem Schlafmittel war ihr zuvor ganz spontan gekommen. Schon vor ein paar Tagen hatte sie das Fläschchen mit den Tropfen in Christinas Badezimmerschrank entdeckt. Als sie nun nach dem Duschen direkt in die Küche gegangen war, um Finn ein Glas Wasser zu holen, hatte sie das Schlafmittel unbemerkt mit in die Küche genommen und es in aller Eile über die Eiswürfel getropft. So hatte er keinen Verdacht schöpfen können.

Es ist so einfach gewesen, dachte sie und lächelte, so unglaublich einfach.

Finn hatte ja ohnehin einen sehr tiefen Schlaf, aber unter normalen Umständen wäre er natürlich trotzdem aufgewacht, wenn sie versucht hätte, sich aus dem Haus zu schleichen. Seine Sensoren waren üblicherweise viel zu empfindlich, wie sie inzwischen wusste. Aber die Hoffnung, die Kira in das leichte Schlafmittel ihrer Freundin gesetzt hatte, war tatsächlich erfüllt worden.

Außerdem hatte es sich als äußerst praktisch erwiesen, dass Finn sich nach dem Besuch von Lena Grendler im Bad des Gästezimmers umgezogen hatte, denn im Gästezimmer hatte er dann auch seine Sachen abgelegt. Also hatte sie zunächst gewartet, bis Finn tief und fest eingeschlafen war, um nach einer Weile ganz vorsichtig aufzustehen. Sie hatte in der Dunkelheit ein paar ihrer eigenen Sachen zum Anziehen zusammengeklaubt und die Schlafzimmertür, so leise es eben möglich war, hinter sich zugezogen, wobei sie kaum zu atmen wagte.

Einen winzigen Moment nur hatte sie sogar überlegt, Finn im Schlafzimmer einzuschließen, so wie er es mit ihr getan hatte. Sie unterließ es dann aber doch, weil sie befürchtete, er könnte von dem Geräusch wach werden. Für einen wachen und möglicherweise sehr wütenden Finn wäre wohl auch die abgeschlossene Schlafzimmertür kein echtes Hindernis gewesen.

Im Wohnzimmer hatte sie sich in aller Eile angezogen und war ins Gästezimmer geschlichen. Seine Jeans hatte auf dem Bett gelegen. So war sie unbemerkt an den Haustürschlüssel und die Schlüssel für seinen Wagen gekommen. Nur ihr Handy hatte sie in der Eile nicht finden können, aber das störte sie nicht sonderlich. Nun saß sie also in Finn Andersens kleinem Geländewagen und fuhr bereits auf der Autobahn Richtung Norden. Wenn sie Glück hatte, würde sie gerade rechtzeitig an der Küste sein, um die erste Fähre nach Sameland zu erwischen. Dort war sie sicher, sagte sie sich, denn Finn hatte ihr ja selbst erzählt, dass Torben Brockmann die Insel verlassen hatte. Sie würde direkt zu Magda Quint gehen, denn in ihr eigenes Ferienhaus wollte sie nicht mehr zurück. Außerdem sehnte sie sich nach dem Rat und dem Beistand der älteren Frau.

Finn war außer sich vor Wut, und sie wurde auch durch die tiefe Sorge nicht abgemildert, die er gleichzeitig empfand.

Er konnte kaum fassen, wie naiv er gewesen war. Erst hatte sie ihm mit besonders heißem Sex den Kopf verdreht und danach ein Schlafmittel verabreicht. Die Sache mit dem Schlafmittel wusste er nicht nur, weil er sich auch jetzt noch ganz benommen fühlte, sondern auch, weil er inzwischen das kleine Fläschchen entdeckt hatte, das noch immer in der Küche auf der Arbeitsfläche stand. Kira hatte sich noch nicht einmal die Mühe gemacht, es verschwinden zu lassen. Wahrscheinlich hatte sie es sich sogar in den schönsten Farben ausgemalt, was er für ein Gesicht machen würde, wenn er begriff, wie leicht sie ihn ausmanövriert hatte.

Hinterhältiges Weib!

Sein Kopf dröhnte wie ein kaputter Lautsprecher. Er hatte Mühe, seine Gedanken in vernünftige Bahnen zu lenken. Deshalb verordnete er sich erst einmal eine ausgiebige Wechseldusche, bevor er seine weiteren Schritte überdachte. Erst als er schließlich vollkommen angezogen war und im Stehen einen Becher Kaffee getrunken hatte, griff er zum Telefon und informierte Edgar Lengrien.

„Teufel auch, Finn! Dieses Mädchen kostet mich noch Jahre meines Lebens.“

„Ich sollte meinen Job ein für alle Mal an den Nagel hängen, Eddie. Sie hat mich um den Finger gewickelt, und ich habe ihr vertraut. Das hätte ich nicht tun dürfen.“

„Blödsinn! Du hast eine weitere Partie verloren, aber noch nicht das ganze Spiel, mein Junge. Meine Tochter ist nicht dumm. Ich habe mir schon vorher gedacht, dass sie mit allen Mitteln versuchen wird, dir zu entwischen.“ Kiras Vater holte tief Luft, bevor er weitersprach: „Was schlägst du vor?“

Finn schnaufte und machte dann seinerseits einen sehr tiefen Atemzug. „Eddie, ich muss dir noch was sagen, das schon lange überfällig ist. Wenn du mich danach rausschmeißen willst, würde ich das absolut verstehen.“

„Was ist los, Finn?“

„Ich … also, ich …“

„Finn, bitte, stammle nicht herum, uns läuft die Zeit weg! Raus mit der Sprache!“

„Ja, also, es ist so: Es gab einen triftigen Grund, warum sie mich so leicht austricksen konnte, Edgar.“

„Und der wäre?“

„Wenn es um Kira geht, bin ich … also, ich habe mich ziemlich heftig in deine Tochter verliebt! So, nun ist es raus.“ Finn atmete noch einmal tief durch. Das Herz in seiner Brust machte gerade einem Dampfhammer Konkurrenz.

„Na bravo!“, erwiderte Edgar Lengrien nur, und Finn wusste nicht so richtig, wie er diese Antwort einordnen sollte.

„Okay, ich bin draußen, oder?“

Edgar Lengrien lachte dröhnend. „Nie im Leben, mein Junge, nie im Leben!“

„Ich verstehe nicht …“

„Was kann mir als Vater denn Besseres passieren, frage ich dich? Du bist jetzt auch noch gefühlsmäßig involviert und wirst sicherlich alles Mögliche dafür tun, um sie gesund und munter wieder nach Hause zu holen. Was also schlägst du nun vor, Finn? Du wirst sie uns doch wieder zurückholen, oder?“

Finn fühlte die Erleichterung warm durch seinen Körper strömen. Diese Reaktion hätte er niemals von Edgar Lengrien erwartet. „Natürlich werde ich sie zurückholen! Darauf kannst du dein gesamtes Vermögen verwetten, Chef!"

„Gut, so will ich dich hören. Was brauchst du?"

„Sascha Schellenberg, ein schnelles Auto und sonst nicht allzu viel. Sascha weiß schon, was er sonst noch mitbringen muss. Ich werde ihn gleich selbst kontaktieren. Edgar, sie hat übrigens mein Auto genommen. Ich habe irgendwie das starke Gefühl, dass sie nach Sameland gefahren ist. Frag mich bitte nicht, warum. Sobald wir unterwegs sind, werde ich Magda anrufen, um meine Vermutung zu erhärten. Es wäre aber gut, vorsichtshalber die Passagierlisten der Flughäfen und so weiter zu überprüfen. Übernehmt ihr das?"

„Natürlich, aber ich glaube, du hast recht mit deiner Vermutung. Ich habe komischerweise auch sofort an die Insel gedacht. Also, du kümmerst dich jetzt darum, Kira zurückzubringen, alles klar? Du bekommst alles, was du brauchst, Finn! Wenn du zusätzlich noch etwas benötigst, lass es mich wissen. Ich will meine Tochter zurück, verstanden!"

„Ich will sie auch zurück, Edgar, und wie ich das will, verdammt noch mal!"

Die Fähre erreichte pünktlich um sieben Uhr morgens Sameland. Kira fuhr langsam über die Rampe und parkte Finns Geländewagen direkt gegenüber von Magdas Inselladen. Um diese Zeit war nicht viel los hier am Anleger. Für die Touristen war es zu früh, und die Einheimischen saßen entweder am Frühstückstisch oder gingen bereits ihrer Arbeit nach. Die Fischer sind sicherlich noch draußen auf dem Meer, dachte Kira, denn im Hafen lagen kaum Boote.

Nachdem sie den Motor abgestellt hatte, ließ sie ihren Kopf zurück an die Nackenstütze sinken und stieß einen langen Seufzer aus. Dann klappte sie die Sonnenblende herunter und warf einen schnellen Blick in den Spiegel. Glücklicherweise hatte ihre Handtasche noch auf der Kommode im Flur gestanden. So hatte sie zumindest die notwendigsten Mittel zur Verfügung, um sich ein bisschen zurechtzumachen, bevor sie Magda unter die Augen trat. Ihr Magen knurrte vernehmlich. Sie brauchte dringend einen starken Kaffee, denn schließlich hatte sie in dieser Nacht kein Auge zugemacht.

Sie tuschte sich ein bisschen die Wimpern und strich einige Male mit einem getönten Pflegestift über ihre Lippen, dann zog sie eine einfache Spange aus dem Seitenfach ihrer Handtasche hervor und hielt damit ihr Haar im Nacken zusammen. Einen tiefen Atemzug später stieg sie aus dem Auto aus und überquerte die schmale Straße.

Der Inselladen war schon geöffnet, aber nicht Magda, sondern Elke Quint stand heute hinter dem Verkaufstresen. Irgendwie war Kira froh darüber, gerade einen der Wochentage erwischt zu haben, an denen Magdas Schwägerin sich um den Laden kümmerte. Zum Glück waren auch gerade keine Kunden im Laden.

„Kira! Welche Überraschung!"

„Guten Morgen, Elke, äh … ich wollte zu Magda, ist sie oben?"

„Ja, natürlich. Geh nur gleich hier durch den Laden nach oben. Magda wird sich sicherlich freuen, dich zu sehen, mein Kind. Ich habe sie schon gehört, sie ist also wach."

Kira lächelte dankbar und schlüpfte durch die Hintertür des Ladens direkt in das Treppenhaus. Doch als Magda Quint ihr dann die Tür öffnete und sie mit großen Augen anstarrte, hatte Kira sofort einen dicken Kloß im Hals und ihre Augen begannen zu brennen.

„Ich brauche deine Hilfe, Magda", brachte sie gerade noch hervor, bevor sie hemmungslos anfing zu schluchzen.

„Kira! Um Gottes willen, was machst du denn wieder hier auf der Insel? Oh … oh, nicht weinen, Kindchen, komm rein."

Magda griff nach Kiras Hand und zog sie über die Schwelle der Haustür. „Setz dich, meine Kleine, hast du schon gefrühstückt?"

Während Kira sich die Wangen trocknete und laut die Nase schnäuzte, schüttelte sie ihren Kopf. „Hast du vielleicht einen

Kaffee für mich?"

„Natürlich kriegst du deinen Kaffee, Kind! Wir frühstücken jetzt erst mal vernünftig zusammen, okay? Dabei kannst du mir dann in Ruhe erzählen, was dich wieder nach Sameland getrieben hat. Komm mit in die Küche, wir machen es uns dort ein bisschen gemütlich. Ich habe auch noch nichts gegessen."

Bei frischem Toast, selbst gemachter Erdbeermarmelade und einer Kanne Kaffee erzählte Kira ihrer mütterlichen Freundin schließlich all das, was in den vergangenen Tagen passiert war. Sie ließ auch ihre erneute körperliche Beziehung zu Finn nicht aus und beendete ihren Bericht schließlich mit dem Abend zuvor und dem Besuch von Lena Grendler.

„Ich kann machen, was ich will, Magda, ich kann ihm einfach nicht widerstehen. Der Mann ist … ach, was soll ich sagen, du hast ihn ja selbst auch kennengelernt."

„Ja, das kann man wohl sagen", entgegnete Magda ein wenig nachdenklich. Insgeheim rechnete sie schon damit, dass jeden Augenblick das Telefon klingeln würde und Finn sich bei ihr nach Kira erkundigte. „Du bist ihm also wieder davongelaufen, ja?"

Kira nickte. „Ich habe ihm letzte Nacht ein Schlafmittel verabreicht, damit er nicht so leicht aufwacht, wenn ich mich aus der Wohnung schleiche. Ich habe noch nicht einmal Kleidung zum Wechseln dabei, weil ich Angst davor hatte, ich könnte ihn versehentlich doch noch aufwecken. Ja, und dann habe ich sein Auto genommen und bin einfach losgefahren. Meinen Wagen hatte er ja wegbringen lassen, also musste ich seinen nehmen. Ich … ich hab es einfach nicht mehr ausgehalten, Magda. Immer in seiner Nähe zu sein … und dann diese Frau …"

„Du sprichst wahrscheinlich von Lena Grendler?"

„Ja, genau die meine ich! Schneewittchen persönlich stand da plötzlich vor mir. Glaub mir, er hatte nur noch Augen für diese hinreißende Person! Es war einfach … furchtbar. Selbst wenn ich vorher noch Zweifel gehabt haben sollte … nachdem ich beobachtet habe, wie liebevoll er mit ihr umging und wie er sie angesehen hat …"

Magda lächelte nachsichtig und legte ihre Hand über Kiras. „Du liebst ihn wirklich sehr, nicht wahr?"

„Oh ja, das tu ich wohl." Kira seufzte, um den trockenen Schluchzer zu unterdrücken, der sich schon wieder in ihrer Kehle breitmachen wollte. „Es ist einfach so ungerecht. Ich verliebe mich rasend schnell in diesen Mistkerl, und für ihn bin ich nichts weiter als ein Job und ein willkommenes Betthäschen!"

„Entschuldige, Kira, aber du täuscht dich gewaltig in Finn Andersen", warf Magda mit ruhiger Stimme ein.

Kira schüttelte nur ihren Kopf. „Nein, Magda, ich täusche mich nicht. Weißt du, was er erst gestern zu seinem Kollegen am Telefon gesagt hat, als er dachte, ich würde nicht zuhören?"

„Na?"

„Er sagte, ich wäre der Job seines Lebens, Magda! Der Job seines Lebens! Das waren seine Worte. Dieser hemmungslose Schuft! Er sagte das ungefähr eine halbe Stunde, nachdem er mit mir im Bett war! Das erklärt doch alles! Ich bin so dumm gewesen, mich überhaupt wieder mit ihm einzulassen, so unsagbar dumm!"

Magda erhob sich kurz, um noch einmal die Kaffeekanne zu holen und nachzuschenken. Dann setzte sie sich wieder auf ihren Platz und blickte Kira eine kleine Ewigkeit lang einfach nur direkt ins Gesicht.

„Was ist denn, Magda, wächst mir ein Pickel auf der Nase?"

„Nein, meine Kleine, deine Nase ist perfekt, aber du bist so unglaublich blind. Da wollte ich nur mal eben sichergehen, dass du überhaupt noch erkennst, was direkt vor dieser wunderhübschen Nase passiert. Meine Güte, und ich habe tatsächlich mal gedacht, es würde sich für den Jungen alles ganz schnell in Wohlgefallen auflösen, wenn ich ihn allein an die Nordspitze schicke."

Kira hielt die Luft an und stutzte. „Wie meinst du das denn nun schon wieder, Magda? Du sollst doch nicht immer so kryptisch daherreden."

Die ältere Frau lächelte eine Weile still in sich hinein, bevor sie antwortete:

„Okay, ich werde dir jetzt meine Meinung sagen, aber auch einige Dinge, die ich sicher weiß – und zwar aus erster Quelle, wenn du mich richtig verstehst. Ich wollte es eigentlich nicht, aber nun muss es wohl sein, damit du nicht noch mehr gravierende Fehler machst, meine Liebe."

Kira verdrehte ihre Augen. „Na, dann sag mir mal deine Meinung. Ich glaube, den Rest habe ich noch nicht wirklich verstanden."

„Um schon einmal das Wichtigste vorwegzunehmen, Finn Andersen liebt dich, Kira – und zwar so absolut, dass es einer alten Frau wie mir die Tränen der Rührung in die Augen treibt."

„Jetzt bist du aber gewaltig auf dem Holzweg. Er hat ..."

„Lass mich bitte ausreden, wenn ich schon das Vertrauen eines wirklich sehr guten Freundes missbrauchen muss!"

„Oh ... äh, ja natürlich. Tut mir leid."

„Ich habe nicht nur einmal mit Finn über dich gesprochen. Er hat sich mir anvertraut und erzählt, was er für dich fühlt. Der Mann hat dich gesehen und war sofort schwer verliebt, so einfach ist das. So etwas soll ja vorkommen im Leben. Jedenfalls war es bei ihm so, auch wenn er einige Zeit gebraucht hat, um es sich selbst einzugestehen. Aber er hatte eben auch diesen Job und damit deinen Vater am Hals. Mach endlich die Augen auf, Kira! Finn ist ein überaus verantwortungsvoller Mensch. Er wollte einfach keine Fehler machen, verstehst du? Zunächst hat er noch versucht, dir zu widerstehen. Er wollte seinen Gefühlen für dich nicht nachgeben, doch er steckte schon viel zu tief drin, um ihnen und damit auch dir entkommen zu können."

Kira starrte in ihren halb vollen Kaffeebecher und schluckte hörbar. „Finn liebt mich? Da bist du dir ganz sicher?"

„Mädchen, hast du dir nur einmal die Mühe gemacht, über die unglaubliche Situation nachzudenken, in der er steckt, seit er dir begegnet ist? Ganz zu schweigen von seinen eigenen Dämonen, die ihn jagen wie der Teufel die arme Seele. Und wenn du über diesen Aspekt nachdenkst, sollte dir auch klar werden, warum Lena Grendler diese besondere Rolle in seinem Leben spielt. Es ist die Verantwortung, Kira! Finn Andersen hat diesen übergroßen Beschützerinstinkt. Der ist ihm wahrscheinlich schon in die Wiege gelegt worden. Da kommt er nicht raus. Er fühlt sich einfach für jeden Menschen verantwortlich, der ihm irgendwie am Herzen liegt. Sein Verhalten hat überhaupt nichts damit zu tun, dass diese Lena traumhaft aussieht, sondern ganz allein damit, dass Finn es schlichtweg nicht ertragen konnte, ihr Leid und das ihrer beiden Kinder mit anzusehen, ohne selbst etwas dagegen zu tun. Vor allem auch, weil er sich so vehement als den allein Schuldigen an eben diesem Leid betrachtet. Das allein hat ihn seit dem Tode seines Freundes angetrieben und am Leben gehalten, aber es hat ihn gleichzeitig auch wahnsinnig gequält. Wie wir beide wissen, hat er Lena Grendler sogar einen Heiratsantrag gemacht. Wäre diese Frau damals verzweifelt genug gewesen, diesen Antrag tatsächlich anzunehmen, Kira, dann hätte Finn Andersen alles nur Menschenmögliche dafür getan, sie und ihre Kinder glücklich zu machen. Ja, er hätte es sicherlich auch aus Liebe getan. Aber das wäre eine vollkommen andere als die Liebe zu dir gewesen. Wenn du ehrlich bist, weißt du es auch selbst."

Magda machte eine Pause und trank den Rest ihres Kaffees aus. Da Kira keinen einzigen Mucks von sich gab, sondern nur still vor sich hin weinte, sprach Magda Quint schließlich weiter: „Für mich grenzt es an ein Wunder, dass er mit diesem Riesenpaket auf den Schultern überhaupt noch imstande war, sich zu verlieben und du seinen Gefühlspanzer knacken konntest. Der Junge war nämlich psychisch ganz schön angeschlagen."

Magda ließ Kira ein wenig Zeit, all die Dinge zu verarbeiten, über die sie soeben gesprochen hatte. Als sie fortfahren wollte, klingelte das Telefon.

„Das wird Finn sein, wenn ich mich nicht irre. Du rührst dich nicht von der Stelle, hast du gehört!" ordnete Magda mit fester Stimme an.

„Ja … ja klar. Aber ich … ich kann jetzt auf keinen Fall mit ihm sprechen." Kira liefen die Tränen in Strömen über die Wangen.

Schon eine Minute später kam Magda zurück in die Küche. „Er ist bereits unterwegs, um dich zu holen. Ich hoffe, du wirst diesem Mann niemals wieder davonlaufen, denn ein besserer wird dir vom Schicksal wahrscheinlich nicht mehr präsentiert werden."

Am späten Vormittag erreichte Finn die Insel. Er saß auf dem Beifahrersitz eines sehr schnittigen schwarzen Sportwagens. Sascha Schellenberg ließ den auffallenden Flitzer die Rampe hinunterrollen. Er bog sofort nach links zu den Parkplätzen ab, denn schon von Weitem hatten sie dort Finns Geländewagen stehen sehen.

„So sieht man sich wieder", bemerkte Finn lakonisch, nachdem sie aus dem Sportwagen ausgestiegen waren. Dann klopfte er wie zur Begrüßung einmal kurz auf die Motorhaube seines eigenen Autos.

„Wo müssen wir hin?", wollte Sascha wissen.

Finn deutete mit einer Kopfbewegung hinüber zum Inselladen. „Komm lieber mit, Sascha, es kann sein, dass sie ein bisschen Theater macht. Ich weiß nicht so genau, ob ich mich heute wirklich in der Lage sehe, ruhig genug zu bleiben, um angemessen auf die Dame zu reagieren. Meine Nerven sind, gelinde gesagt, momentan nicht unbedingt die stärksten."

Sascha Schellenberg nickte nur, dann folgte er seinem Boss.

Finn war noch gut mit den Gepflogenheiten auf der Insel vertraut. Deshalb wusste er natürlich auch, dass der Inselladen von Magda Quint irgendwann im Laufe des Vormittags für einige Stunden geschlossen wurde. Unter der Woche öffnete sie üblicherweise erst wieder am frühen Nachmittag. Hier auf der Insel wusste jeder Einheimische, dass man Einkäufe entweder am frühen Morgen oder aber erst am Nachmittag erledigen konnte. Auch die Touristen gewöhnten sich sehr schnell daran.

Wie Finn es erwartet hatte, war der Laden also bereits geschlossen. Deshalb betraten die beiden Männer das Haus durch den Nebeneingang des Gebäudes.

Als Erstes hörten sie ein leises Stöhnen, dann sahen sie, dass Magdas Wohnungstür halb offen stand.

Finn spürte sofort eine Art Panik, die seinen Verstand für Sekundenbruchteile regelrecht auszuschalten schien. Ehe er sich versah, war Sascha auch schon durch die Tür und kniete neben einer offensichtlich verletzten Magda Quint, die am Boden ihres Wohnzimmers lag und aus einer Kopfwunde ziemlich stark blutete.

„Wir brauchen einen Arzt, Finn, vielleicht sogar einen Rettungshubschrauber, ich weiß nicht."

Doch Finn raste schon durch die kleine Wohnung, nur um festzustellen, ob Kira noch hier war. Auch wenn er schon in der Sekunde daran gezweifelt hatte, als er Magda blutend am Boden liegen sah.

„Finn! Einen Arzt! Gibt es hier auf der verdammten Insel einen Arzt?"

„Ja, ja, natürlich! Warte ... sieh dort im Telefonregister nach. Darin müsstest du die Nummer vom alten Dr. Sander finden. Der kann in wenigen Minuten hier sein. Ich kümmere mich solange um Magda."

Finn kniete sich neben die ältere Frau, deren Augenlider sich jetzt langsam hoben. Offenbar war sie inzwischen wieder zu sich gekommen.

„Finn! Gut, dass du endlich da bist, mein Junge." Ihre Stimme klang zittrig, aber sie war offenbar klar und bei Bewusstsein, denn sie hatte ihn schließlich gleich erkannt. Zumindest das löste ein wenig von seinem inneren Druck.

„Beweg dich nicht, Magda, wir holen schon den Doc. Wie geht es dir?", fragte Finn leise.

„Es ging mir schon besser", flüsterte sie schwach.

„Wo ist sie, Magda? Wo ist Kira?"

„Kira ...!"

„Was ist hier passiert, Magda, wo ist sie?", wiederholte er die

Frage, die am heftigsten in ihm brannte.

„Torben“, antwortete sie kaum hörbar und schloss kurz wieder die Augen. Finn schickte ein kurzes Stoßgebet zum Himmel, dass sie jetzt nur nicht wieder das Bewusstsein verlieren möge. Magdas Augenlider flatterten ein wenig, aber dann sah sie ihn wieder direkt an. „Er war plötzlich da. Ich habe die Tür aufgemacht, weil ich dachte, du wärest es …, ich dumme Pute hab nicht nachgesehen … weil er doch gar nicht auf … Sameland war. Und dann … dann war er auch schon hier drin und gab mir eins über den Schädel. Er … er hat sie mitgenommen. Gott, ich fühle mich, als hätte ich eine ganze Flasche Anisschnaps intus. Ist … ist noch nicht lange her, Finn … noch nicht lange her.“

„Hat er sie verletzt, Magda? Hat er Kira etwas angetan?“

„Ich … ich weiß nicht genau … er hat sie irgendwie betäubt … glaub ich.“

„Streng dich jetzt nicht noch mehr an, Magda. Der Doc ist gleich hier.“ Fragend sah Finn zu Sascha Schellenberg hoch, der inzwischen mit Dr. Sander telefoniert hatte und nun zustimmend nickte. Finn stand auf.

„Sascha, ich werde kurz rüber in den Gasthof gehen. Bleib du hier bei Magda, bis der Arzt bei ihr ist, okay? Ich hole dich dann hier wieder ab, alles klar?“

„Alles klar, Boss!“

Olaf Brockmann raufte sich die Haare, als Finn ihm kurz und knapp erklärte, was passiert war.

„Torben ist erst heute Morgen wieder zurückgekommen. Er muss die Fähre um neun Uhr genommen haben, also die zweite heute. Ich habe ihn kaum zu Gesicht bekommen, weil er gleich in seinem Zimmer verschwunden ist. Seit er … seit das mit Kira passiert ist, lässt er niemanden mehr an sich heran, auch mich nicht.“

„Wo zum Teufel kann er sie hingebracht haben, Olaf? So wie Magda die Sache beschreibt, kann er noch nicht lange mit ihr weg sein. Die 11-Uhr-Fähre, mit der wir gekommen sind, hat keine Passagiere von Sameland mitgenommen. Das haben wir noch beobachten können. Und in den zwei Stunden dazwischen hat keine andere Fähre die Insel verlassen."

„Aber hier auf Sameland kann man sich eigentlich nicht richtig verstecken, Finn. Vielleicht ist er mit ihr zurück zu ihrem Haus? Da oben kommt doch sonst kaum jemand hin."

Finn schüttelte den Kopf. „Das glaube ich nicht, so durchgeknallt ist er auch wieder nicht. Er kann sich doch denken, dass ich gerade dort zuerst suchen würde."

„Ja, du hast recht. Außerdem steht sein Wagen vor der Tür, und er wird sie ja kaum zu Fuß über die ganze Insel schleppen, das wäre selbst hier viel zu auffällig." Plötzlich schien Olaf Brockmann etwas einzufallen. „Verdammt!", rief er plötzlich und rannte vor die Tür des Gasthofes und dann ein gutes Stück auf den kleinen Hafen zu. Finn folgte ihm auf dem Fuße. Schließlich blieb Olaf etwas atemlos stehen und starrte hinaus auf die Ostsee.

„Das Boot ist weg, Finn! Torben hat den Kutter genommen!"

In Finns Kopf brauten sich bereits die schlimmsten Szenarien zusammen. Sein Puls raste, und ihm brach der kalte Schweiß aus. Doch sein Gehirn arbeitete bereits auf Hochtouren.

„Kannst du mir ein Boot besorgen, Olaf? Ein möglichst schnelles Boot – und ich brauche es sofort!" Finn suchte mit Blicken sogleich die See ab, aber weit und breit war nichts zu sehen.

„Gib mir fünf Minuten!" Olaf Brockmann rannte los, während Finn bereits sein Handy aus der Hosentasche zog und Sascha anrief.

„Ist mit Magda alles in Ordnung? Gut! Komm sofort runter zum Hafen, Sascha! Ich brauche dich jetzt hier."

Kira wagte es noch nicht, die Augen zu öffnen, denn sie hatte eine unglaubliche Angst davor, was sie sehen könnte, wenn sie es doch tat. Das Letzte, woran sie sich erinnern konnte, war, dass Torben plötzlich in Magdas Wohnung gestanden und Magda im selben Augenblick blutend auf dem Boden gelegen hatte. Danach erinnerte sie sich an nichts mehr.

Schmerzen hatte sie keine, wie sie sofort erleichtert bemerkte. Doch sie fror erbärmlich und hatte einen ekelhaften Geschmack im Mund. Obendrein war ihre Kehle wie ausgedörrt.

Die Kälte war das Schlimmste, denn sie schlotterte bereits am ganzen Leib. Plötzlich nahm sie die unverkennbare Bewegung der See wahr, die sich in ihrem Körper fortsetzte, und hörte das leise Klatschen der Dünung an der Bordwand. Der Schreck fuhr ihr so heftig in die Glieder, dass sie nun doch die Augen öffnete. Zunächst bemerkte sie, dass ihre Arme nackt waren. Sie konnte fühlen, dass die Jeans, die sie heute Morgen getragen hatte, verschwunden war. Als sie ihren Kopf ein wenig anhob und an sich heruntersah, stellte sie fest, dass sie stattdessen nur ein hauchdünnes schneeweißes Seidenkleid trug. Eine heftige Übelkeit stieg ihr die Kehle hoch. Sie atmete einige Male tief ein und aus, um zu verhindern, dass sie sich erbrach.

„Schön, dass du endlich wach bist, mein Schatz", sagte eine männliche Stimme, die sie sofort als die von Torben Brockmann erkannte. „Ich habe mir schon Sorgen darüber gemacht, dass du vielleicht unsere große Stunde verschlafen könntest."

Kira wandte ihm ihren Kopf zu und registrierte erst jetzt, dass ihre Hände mit einer dünnen Kunststoffleine am Stahlrahmen der breiten Koje gefesselt waren, auf der sie lag. Nun erkannte sie auch, wo sie sich befand. Als Jugendliche war sie sehr oft auf diesem Boot gewesen. Der einzige Raum des Kutters war ihr durchaus vertraut, auch wenn er damals noch nicht so ordentlich, so frisch renoviert ausgesehen hatte. Torben Brockmann saß nur einige Schritte von ihr entfernt auf einer gepolsterten Holzbank und lächelte sie milde an.

„Ich …" Sie musste sich räuspern und ihre Zähne schlugen vor Kälte heftig aufeinander. „Ich brauche etwas zu trinken, Torben, bitte! Und mir ist so unsagbar kalt."

„Ja, es ist wirklich verdammt kalt hier draußen. Ich habe mir auch schon einen Pullover überziehen müssen, aber leider kann ich den Ofen nicht anheizen. Tut mir leid, mein Schatz."

Soweit ihre gefesselten Hände es zuließen, setzte sie sich ein bisschen auf.

„Torben, bitte!“

Er erhob sich kurz und füllte ein sauberes Teeglas mit Wasser aus einer Flasche, die hinter ihm auf der Arbeitsfläche der kleinen integrierten Kombüse stand. Dann kam er zu ihr und hielt ihr den Becher an die Lippen, damit sie trinken konnte. Gierig trank sie alles aus. Dann sah sie ihm direkt in die hellblauen Augen, aber sein Blick wirkte seltsam fremd. „Bring mich sofort zurück an Land, hörst du!“

Anstatt ihr zu antworten, schüttelte er nur seinen Kopf und lächelte sie fast nachsichtig an, bevor er das leere Glas auf dem kleinen Tisch der Kajüte abstellte.

„Torben, bitte, ich möchte sofort wieder zurück. Du ... du bist doch mein Freund.“ Ihre Augen füllten sich mit Tränen, aber auch das ließ ihn vollkommen unberührt.

„Ich wollte niemals nur dein Freund sein. Das habe ich dir doch schon einmal deutlich gesagt.“ Seine Schultern strafften sich leicht, dann wandte er sich ihr wieder zu. „Willst du mit mir leben, Kira? Willst du mich heiraten und meine Kinder zur Welt bringen?“

Kira ließ sich erschöpft zurück auf das Kissen sinken.

„Das hatten wir doch alles schon, Torben. Du weißt genau, dass ich das nicht will. Ich liebe dich nicht, verdammt noch mal.“

„Siehst du, deshalb bist du jetzt hier. Ich kann nicht zulassen, dass dich ein anderer Mann bekommt, mein Schatz, denn du gehörst nur mir ganz allein.“

Kira spürte, wie sich ihre Angst zu lähmender Panik auswuchs. Sie hatte Mühe, das starke Zittern zu unterdrücken, das jetzt nicht mehr nur von der Kälte verursacht wurde. Eigenartigerweise führte diese Panik aber dazu, dass ihre Tränenflut abrupt versiegte. Sie atmete tief und gründlich ein und aus, schloss kurz die Augen und zählte in Gedanken langsam bis zwanzig. Als sie noch ein kleines Mädchen gewesen war, hatte ihr Vater ihr oft gesagt, dass das in jeder noch so unangenehmen Lebenslage helfen würde, wieder einen einigermaßen klaren Kopf zu bekommen.

„Okay … okay, Torben“, brachte sie schließlich durch ihre klappernden Zähne hervor, „dann bring mich zurück nach Sameland, und wir reden noch einmal in Ruhe über alles.“

„Zu spät, Prinzessin, dafür ist es zu spät. Du hast mir deine Meinung schon vor einigen Tagen deutlich gemacht, als ich dich in deinem Haus besuchen wollte, um dir zu zeigen, was Liebe wirklich bedeutet. Dabei hatte doch alles so gut angefangen. Ich wusste, dass dein Vater dich nach Sameland schicken würde, wenn er ein paar kleine Drohbriefe bekäme. Ja, ich wusste es – und habe recht behalten. Es lag einfach auf der Hand, dich auf die Insel zu schicken, nicht wahr? In einer so großen Stadt wie Hamburg wäre es doch deutlich schwieriger gewesen, auf dich aufzupassen, besonders weil du es ja überhaupt nicht magst, wenn er dir seine Bodyguards an die Fersen heftet.“

„Du hast diese Briefe geschrieben?“

„Selbstverständlich habe ich sie geschrieben, was denkst du denn? Das war wirklich schlau von mir, oder? Ich wollte dich auf Sameland haben, und das habe ich geschafft. Ich weiß doch, wie wichtig dir die Meinung deines Vaters ist, mein Schatz. Sicherlich wärest du auch so früher oder später wieder auf die Insel gekommen, aber ich wollte und konnte einfach nicht mehr länger auf dich warten.“ Er runzelte die Stirn. „Aber du hast unser Glück mit Füßen getreten, indem du diesen … diesen Eindringling mir vorgezogen hast. Ich kann wirklich nicht zulassen, dass dieser unerträgliche Macho dich bekommt, Kira. Er ist einer von diesen arroganten Typen, die nur sich selbst lieben können. Er würde dich benutzen, solange es ihm passt und dann wegwerfen wie eine leere Bonbontüte.“

Kira schluckte und schüttelte den Kopf. Der Gedanke an Finn löste in ihrer Brust einen heftigen Schmerz aus und ließ sie tief einatmen. „Du kennst ihn überhaupt nicht, Torben.“

Er machte eine abwertende Bewegung mit der Hand, so als wollte er ihren Einwand einfach wegwischen. Schließlich kam er zu ihr und setzte sich auf die Kante der Koje. Dass sie vor ihm zurückwich, so weit es nur irgend ging, schien er nicht zu bemerken. „Sag mir, ob mein Bruder dich jemals gehabt hat, Kira.“

Sie schnappte nach Luft. „Sag mal, spinnst du? Was geht dich das an?"

„Ich muss das wissen, mein Schatz. Sag es mir!"

„Nein, Torben, nein, ich habe niemals etwas mit Olaf gehabt, okay! Bist du jetzt zufrieden?"

„Das ist gut … obwohl, wenn ich es mir genau überlege, ist es auch nicht mehr wirklich wichtig, denn jetzt wird es nicht mehr lange dauern, und du wirst für alle Zeiten mit mir verbunden sein."

Ihre Pupillen weiteten sich. „Wie … wie meinst du das?"

„Sieh dich doch an. Habe ich dir nicht ein wunderschönes Hochzeitskleid für unseren großen Tag ausgesucht, mein Schatz? Es ist aus echter Seide, musst du wissen. Ach, es war wirklich ein Fest, dass ich es dir selbst anziehen durfte."

Ihre Übelkeit kam zurück, und sie kämpfte einige Sekunden dagegen an. Sie wollte nicht weiter darüber nachdenken, dass er vielleicht sogar ihre nackte Haut berührt hatte, während sie bewusstlos gewesen war.

„Ich werde dich aber nicht heiraten, Torben, dazu kannst du mich nicht zwingen."

„Oh doch, das kann ich, Kira. Nur im Tode werden wir für alle Zeiten zusammen sein können, du und ich." Er wandte kurz seinen Kopf ab und blickte zur geschlossenen Kajütentür. „Ich muss nur noch schnell etwas erledigen. Danach kann ich mich endlich zu dir legen und dich auf ewig in meinen Armen halten. Wir sind weit genug draußen auf dem Meer. Kurz bevor du aufgewacht bist, habe ich den Anker geworfen. Die Stelle ist wirklich perfekt. Die Fischer sind im Hafen, und anderen Schiffsverkehr gibt es hier kaum. Hier wird uns niemand stören können. Es wird nur eine kleine Explosion geben, mein Schatz, keine Angst. Dein schöner Körper wird bestimmt keinen Schaden nehmen, und wir werden noch genug Zeit haben, um den gemeinsamen Übergang zu genießen. So, nun musst du mich aber ein paar Minuten entschuldigen. Ich bin gleich wieder bei dir, Kira."

Sein anhaltend gespielt nachsichtiges Lächeln war irritierend und unglaublich nervtötend.

„Und du sagst, du liebst mich!“, schrie sie ihm voller Verzweiflung hinterher. „Würdest du mich wirklich lieben, würdest du mir niemals etwas antun! Nein! Du liebst mich nicht, Torben Brockmann, du bist einfach nur geisteskrank!“

An der Kajütentür blieb er noch einmal kurz stehen und sagte, ohne sich zu ihr umzudrehen: „Beruhige dich doch, mein Schatz, und zerre nicht so an deinen Fesseln, deine zarte Haut könnte Schaden nehmen.“

Das Boot, das Olaf Brockmann ihnen besorgt hatte, war ein wahrer Glücksgriff: ein offenes hochseetaugliches Sportboot mit einer winzigen Kajüte unter Deck. Olaf Brockmann hatte es von einem Einheimischen ausgeliehen. Nachdem Olaf seinem Nachbarn versichert hatte, es ginge um Leben und Tod, hatte der Besitzer keine weiteren Fragen gestellt. Das ist irgendwie typisch für die Leute auf Sameland, dachte Finn.

Olaf hatte ihm den Schlüssel zugeworfen und ein wenig schief gegrinst. „Der Tank ist voll. Das hübsche kleine Ding ist allerdings einige Hunderttausend Mäuse wert. Ich hoffe, ihr seid gut genug versichert, Finn.“

„Mach dir keine Sorgen. Mein Kumpel Sascha hier hat einen Bootsführerschein und wird das Baby hüten, als wäre es sein eigenes.“

„Viel Erfolg, … und Finn?“

„Ja.“

„Wenn Kira tatsächlich in Gefahr sein sollte … tu, was auch immer du tun musst, um sie von ihm wegzuholen.“

Finn nickte Olaf Brockmann wortlos zu und sprang an Deck. Sascha Schellenberg saß bereits in einem der beiden Schalensitze und hatte den Motor gestartet. Kaum hatte Finn sich neben ihm niedergelassen, gab er Gas.

„Richtung Nord-Ost würde ich sagen!“ Finn musste schreien, um das Geräusch des aufheulenden Motors zu übertönen. „Weg vom Land, Sascha, er ist sicherlich mit ihr aufs offene Meer rausgefahren.“

Sascha Schellenberg nickte. „Ja, der Meinung bin ich auch. Was der Kerl auch immer vorhat, es kann nichts Gutes sein, Boss."

Nach knapp einer Stunde drosselte Sascha die Geschwindigkeit und blickte seinen Vorgesetzten zweifelnd an. „Ich will ja nicht unbedingt den Teufel an die Wand malen, Finn, aber irgendwie habe ich das dumme Gefühl, wir suchen hier die berühmte Nadel im Heuhaufen."

Finn nickte und rieb sich das Gesicht, dann fluchte er laut und fischte sich eine Zigarette und ein Feuerzeug aus der Innentasche seiner Lederjacke. „Vielleicht wäre ein Hubschrauber besser gewesen. Verdammt, Sascha, ich habe keine Ahnung, was wir hier überhaupt machen. Ich hatte vorhin das sichere Gefühl, dass wir das Richtige tun, aber jetzt kommen mir echte Zweifel. Wie sollen wir mitten auf dem Meer einen einzelnen gottverfluchten Kutter finden?"

„Ich kann jedenfalls weit und breit nur Wasser und Himmel sehen, und das, obwohl die Sicht perfekt ist", stellte Sascha hörbar entmutigt fest.

Finn zündete seine Zigarette an und schloss einen kurzen Moment lang die Augen. Er hatte grauenvolle Angst davor, Kira zu verlieren. Allein der Gedanke, dass Torben Brockmann ihr irgendetwas antun könnte, verursachte ihm eine solche Übelkeit, dass er kaum noch atmen konnte. Deshalb versuchte er, diese Vorstellung vehement zu verdrängen. Er musste unbedingt einen klaren Kopf behalten, egal wie!

„Hör mir zu, Sascha, ich liebe diese Frau. Ich muss weitersuchen, und ich muss sie finden! Ich kann nicht anders, verstehst du? Es geht nicht, ich kann mich jetzt nicht so einfach in die Knie zwingen lassen. Ich muss sie finden, weil ich … weil ich sonst nicht weiterleben kann! Hast du mich verstanden?"

Sascha Schellenberg schluckte trocken und nickte schließlich. „Wir werden sie finden, Boss!", versprach er mit fester Stimme.

Finn nahm noch einen langen Zug von seiner Zigarette und warf sie danach über Bord. „Gut, fahr weiter. Behalte die Richtung bei, aber mach dann und wann mal den einen oder anderen kleinen Schlenker. So decken wir ein größeres Gebiet ab, okay?"

„Geht klar."

Kaum zehn Minuten später entdeckten sie die Rauchsäule.

„Himmel, nein!", schrie Finn. „Hol alles aus der Kiste raus, Sascha!"

„Was hast du getan?", schrie Kira. „Oh Gott, Torben, was hast du nur getan!"

Die Erschütterung der Explosion, die irgendwo am anderen Ende des Bootes stattgefunden haben musste, ging Kira durch und durch. Der Kutter schwankte heftig, und es knackte nun überall im Gebälk. Das Schiff war überwiegend aus Holz, das wusste sie – und sie konnte bereits deutlich das Feuer riechen, das irgendwo auf dem Boot ausgebrochen sein musste.

„Mach mich sofort los! Hörst du, du geistesgestörtes Monster! Mach mich los!"

„Du bist wirklich entzückend in deiner Wildheit, mein Schatz." Torben lächelte noch immer. Langsam kam er auf sie zu, doch dann hielt er inmitten der Bewegung inne. Seine Miene versteinerte sich plötzlich. Kira brauchte in ihrer grenzenlosen Verzweiflung eine Weile, bis sie die Veränderung in seinem Verhalten wahrnahm, doch dann hörte sie es auch: ein kräftiges Motorengeräusch, das immer lauter wurde.

Finn!

Sie wusste es einfach, ja, sie war ganz sicher, dass es Finn war.

„Fahr längsseits an den Kutter ran, sobald wir da sind, Sascha, aber sobald ich an Bord bin, gehst du wieder auf gebührenden Abstand, hast du verstanden? Ich will nicht, dass dir oder dem kostbaren Baby hier etwas passiert." Finn zog seine Lederjacke aus, legte das Pistolenholster ab und krempelte die Ärmel seines Hemds bis über die Ellenbogen nach oben um. Dann prüfte er den Sitz seines Jagdmessers, das er am Gürtel trug.

„Du willst doch nicht ohne Waffe da rauf?", warnte ihn Sascha. „Der Typ ist völlig verrückt, vergiss das nicht."

„Ich habe das Messer, das wird reichen. Brockmann ist mir körperlich unterlegen, und ich will kein unnötiges Risiko eingehen."

„Hmm, in der Regel weißt du ja, was du tust."

„Du wirst meine Anweisungen befolgen, Sascha. Sobald ich auf dem Kutter bin, bringst du dich und dieses Boot in Sicherheit. Du wirst kein risikoreiches Wagnis eingehen und nicht den Helden spielen, kapiert! Auch nicht, wenn irgendwas schieflaufen sollte. Dieses Boot ist alles, was wir haben, um wieder an Land zu kommen. Ich werde sie da rausholen!" Er zögerte kurz, bevor er weitersprach: „Ach, das hatte ich fast vergessen …" Er holte den Bernstein aus seiner Hosentasche und gab ihn Sascha. „Ich möchte ihn nicht verlieren. Pass gut darauf auf und … wenn hier tatsächlich irgendwas anders laufen sollte als geplant, gib den Stein Magda Quint, okay?"

Der jüngere Mann warf nur einen kurzen Blick auf den Bernstein, dann nickte er und schob ihn in seine eigene Hosentasche. Schließlich drosselte Sascha die Geschwindigkeit und drehte bei. „Der halbe Kahn brennt bereits, und das Heck liegt schon verteufelt tief. Das Feuer wirst du nicht mehr löschen können, Finn. Du musst sie wirklich so schnell wie möglich da runterholen", bemerkte er, während Finn sich zum Entern fertig machte.

„Das werde ich, darauf kannst du wetten!"

Kira schrie aus Leibeskräften um Hilfe, als das Motorengeräusch immer näher kam.

„Halt endlich deinen Mund, ich muss nachdenken", fuhr Torben sie barsch an, aber sie ignorierte ihn und schrie einfach weiter.

Torben zog hektisch eine der Kombüsenschubladen auf und griff sich ein langes, dünnes Messer. Dann postierte er sich hinter der halb geöffneten Kajütentür.

Kira schnappte nach Luft und riss nun wie verrückt an ihren Fesseln, die jedoch keinen Deut nachgeben wollten.

Der Qualm des Feuers hatte inzwischen die Kajüte erreicht und trieb ihr bereits die Tränen in die Augen. Dann hörte sie beklommen, wie das Motorengeräusch wieder leiser wurde, und sie fragte sich voller Verzweiflung, ob sie sich womöglich getäuscht haben könnte.

Doch als dann Finn leibhaftig wie aus dem Nichts auftauchte und sie ihn durch den immer dichter werdenden Qualm die kurze Treppe zur Kajüte herunterspringen sah, erschien es ihr wie ein Traum.

Aber er war tatsächlich da!

Ihre Warnschreie kamen indes zu spät. Sie musste hilflos mit ansehen, wie Torben Brockmann wie von Sinnen mit dem Messer auf Finn einstach. Voller Angst sah sie nur Sekunden später das Blut, das Finns Hemd bereits rot färbte, auch wenn er selbst es nicht zu bemerken schien. Die beiden Männer kämpften noch eine Weile verbissen miteinander, bevor es Finn gelang, Torben das Messer mit geübten Handgriffen zu entwenden und ihm abschließend einen gepfefferten Kinnhaken zu verpassen. Torben Brockmann flog ein gutes Stück rückwärts und stieß beim Fallen mit dem Kopf gegen den Seitenholm der Sitzbank. Noch während er fiel, war Finn auch schon bei Kira, zog sein eigenes Messer aus dem Gürtel und schnitt ihr wortlos die Fesseln durch. Um nicht die Fassung zu verlieren, sah er ihr nur einmal flüchtig ins Gesicht. Dann hob er sie kurzerhand hoch. Bevor er mit ihr auf den Armen die Kajüte verließ, warf er noch einen schnellen Blick zurück auf Kiras Entführer, doch der lag noch immer bewusstlos am Boden. Unter seinem Kopf bildete sich eine kleine Blutlache; sie vermischte sich bereits mit dem Seewasser, das unterdessen von oben in die Kajüte lief.

An Deck angekommen, stand Finn bereits bis zu den Waden im ansteigenden Seewasser, und gleichzeitig leckten die Flammen nun auch oben am Führerhaus. Er begriff sofort, dass Sascha nicht mehr direkt an den sinkenden Kutter heran manövrieren konnte, ohne Gefahr zu laufen, dass das Sportboot ebenfalls Schaden nahm.

„Finn, lass mich runter."

Endlich sah er sie an, und sie spürte, wie sich sein Brustkorb weitete, da er tief Luft holte. Seine Miene wirkte ehern und sein

Blick bohrend.
„Ich lass dich nicht los."
„Finn, du bist verletzt!"
Doch er schien kaum auf das zu achten, was sie sagte. Sie konnte fühlen, dass jeder Muskel seines Körpers angespannt war.
„Wir müssen hier runter, Kira, sofort!"
„Ja."
„Wir müssen ins Wasser, schaffst du das?"
„Natürlich, ich kann sehr gut schwimmen, Finn." Sein Blick wirkte gehetzt. Offenbar widerstrebte es ihm, ihr diese Bürde auch noch zuzumuten.
„Oh Gott, Süße, du bist doch jetzt schon eiskalt."
Weil er noch immer zögerte, beschloss sie, dass er einen kleinen Motivationsschub ganz gut gebrauchen könnte.
„Bring mich hier weg, Finn! Bring mich nach Hause!"
Für einen winzigen Moment wurde sein Blick weich. Dann stellte er sie neben sich, ergriff ihre Hand und sprang zusammen mit ihr in die See.
Kaum zwei Minuten später war Sascha Schellenberg mit dem Sportboot da, ließ die Heckleiter ins Wasser und zog zuerst Kira zu sich ins Boot. Gleich danach reichte er auch Finn seine helfende Hand.
„Gut, euch beide zu sehen, Boss!"
Auch Sascha schien kaum auf das blutdurchtränkte Hemd von Finn zu achten, sondern sprang sofort zurück auf den Fahrersitz, um wieder genügend Sicherheitsabstand zum brennenden Kutter zu bekommen.
Noch ehe Kira sich versah, hatte Finn sie in die kleine Kajüte des Bootes geschleppt und riss ihr das nasse Seidenkleid und ihre Unterwäsche vom Körper.
„Du musst warm werden, Liebes. Du musst unbedingt wieder warm werden!"
Nach kurzer Suche fand er in einem der eingebauten Schränke ein paar Handtücher und rubbelte sie trocken. Danach wickelte er sie in die flauschige Wolldecke, die auf einer Eckbank gele-

gen hatte. „Ich bin gleich wieder bei dir, hörst du! Ich werde dir gleich etwas Heißes zu trinken machen, nur noch ein paar Minuten. Schaffst du das noch?“

Kira nickte. Ihre Zähne schlugen jetzt so hart aufeinander, dass an Sprechen kaum noch zu denken war. Trotzdem fühlte sie jetzt endlich die ungeheure Erleichterung in sich hochkommen.

„Was … haa… hast du … vvv… vor, Finn?“

„Ich muss Torben da rausholen.“

„Nein!“ Sie schrie es fast. „Geh nicht … n… noch einmal dorthin, Finn!

„Ich muss, Süße, der Mann wird sonst sterben.“

Bevor sie noch etwas erwidern konnte, war er wieder nach draußen verschwunden.

„Wir müssen den Kerl da rausholen, Sascha.“

Doch sein jüngerer Kollege runzelte nur die Stirn und deutete in Richtung des brennenden Kutters. „Da ist nichts mehr zu machen. Als du eben unten warst, gab es eine Art Verpuffung, und der Kahn ist praktisch in der Mitte durchgebrochen.“

Finn blickte sich um. Was er sah, waren nur noch ein paar qualmende Wrackteile, die auf dem Meer trieben.

„Fahr trotzdem noch mal näher ran, wir müssen nachsehen, ob er sich irgendwie retten konnte.“

„Okay.“

Einige Minuten später hatten sie sich davon überzeugt, dass Torben Brockmann mitsamt seinem alten Kutter untergegangen war.

„Geh runter zu deinem Mädchen, und zieh dir endlich die nassen Klamotten aus. Ich werde uns unterdessen zurück nach Sameland bringen.“

„Ja, du hast recht, Sascha. Ich schau mal nach, ob es hier an Bord Tee oder so was gibt. Ich bringe dir dann auch einen rauf.“

„Mach dir keine Umstände. Sobald wir an Land sind, werde ich mir einen schönen heißen Kaffee genehmigen, darauf kannst du wetten.“ Der junge Mann grinste. „Ach, und Boss?“

„Was ist?“

„Du blutest wie ein abgestochenes Schwein, guck mal lieber gleich nach, ob es was Ernstes ist. Unter Jürgen will ich nämlich nicht unbedingt arbeiten, damit das klar ist, also bleib besser am Leben!“

Zu seiner großen Überraschung hatte Kira bereits einen Kessel auf die Gasflamme der kleinen Kochstelle gestellt. Daneben stand eine Glaskanne, in die sie schon zwei Teebeutel gehängt hatte. Sie selbst hockte inzwischen auf der Eckbank, und ihre Beine hatte sie angezogen, sodass sie nun vollkommen in die wärmende Decke eingehüllt war.

„Hey!“, sagte sie etwas unsicher, als er näher kam und die Tür hinter sich zuschob.

Finn sah sie einen Moment lang an und setzte ein aufmunterndes Lächeln auf.

„Alles in Ordnung mit dir?“ Er brachte es noch nicht fertig, sie direkt zu fragen, ob Torben Brockmann ihr etwas angetan hatte.

Kira nickte, dann glitt ihr Blick an ihm herunter. „Zieh dich aus.“

„Ich liebe es, wenn du das zu mir sagst, Süße.“ Sein ironisches Grinsen geriet etwas schief, und sie konnte sehen, dass sich jetzt kleine Schweißperlen auf seiner Stirn bildeten, obwohl er noch immer die nassen Sachen trug und eigentlich frieren musste. Sie erhob sich und hielt dabei mit einer Hand die Decke fest, damit sie ihr nicht von den Schultern rutschte.

„Mach keine dummen Witze, Finn, lass mich lieber nachsehen, wie schlimm du verletzt bist.“

„Nicht schlimm“, sagte er lakonisch, während er gemächlich sein Hemd aufknöpfte. „Er hat mich kaum erwischt. Das Wasser kocht, Kira. Mach du den Tee fertig, ich kümmere mich um den Kratzer. Du brauchst dringend etwas Heißes zu trinken.“

Er wandte sich von ihr ab und suchte in den Klappschränken auf der anderen Seite der Kajüte nach Verbandszeug. Sie konnte nur seinen breiten Rücken sehen, als er das nasse Hemd auf den Boden warf und an sich hinuntersah. Sie trat hinter ihn und legte ihm ihre freie Hand auf die Schulter. „Finn Andersen! Sei kein Baby und lass mich nachsehen, wie schlimm es ist."

Er seufzte und drehte sich langsam zu ihr um. Kira schnappte nach Luft, als sie den klaffenden Schnitt kurz über seiner linken Hüfte sah, aber sie erkannte auch, dass Torbens Messer tatsächlich nur eine Fleischwunde hinterlassen hatte und zum Glück nicht sehr tief eingedrungen war. „Das muss sicherlich genäht werden", konstatierte sie. „Setz dich da hin, ich werde dich erst mal verbinden. Es blutet nicht mehr ganz so stark."

„Das Salzwasser", sagte er. „Das unfreiwillige Bad in der Ostsee war für diesen Kratzer vielleicht gar nicht mal so schlecht. Hmm, das wird wohl eine weitere Narbe geben."

„Ja." Ihr Blick hob sich, und sie sah ihm kurz ins Gesicht. Dann steckte sie entschlossen die Wolldecke, so gut es eben ging, über ihrem Busen fest, damit sie beide Hände frei hatte, und öffnete den Erste-Hilfe-Kasten. Mit angestrengter Miene konzentrierte sie sich schließlich auf ihre Aufgabe. Vorsichtig säuberte sie die Wundränder und bedeckte danach den Schnitt mit einigen keimfreien Kompressen, die sie mit mehreren Pflasterstreifen an den Seiten befestigte. Zum Schluss brachte sie noch einen schützenden Verband an. Dabei musste sie immer wieder die Arme um seine Mitte legen.

„Ist ganz nett, wenn du mich so bemutterst, Kira", sagte er und grinste zu ihr herunter.

Sie reagierte nicht darauf und fixierte die Enden des Verbandmulls. „Du solltest auch deine Jeans ausziehen, Finn, sie ist klatschnass. Du wirst dich noch erkälten. Ähm … ich schenk uns mal den Tee ein."

Während Kira sich weiter um den Tee kümmerte, zog Finn noch ein paar Schubladen und Schränke auf und fand schließlich einen kleinen Stapel Freizeitklamotten. Die Auswahl bestand in erster Linie aus Jogginghosen, dicken Strümpfen und Pullovern, also genau das, was sie in ihrer Situation auch gebrauchen konnten. Finn musste schmunzeln, als Kira sich in eine viel zu weite Jogginghose hüllte und dankbar ein paar dicke Wollsocken über ihre eiskalten Füße streifte. Einige Minuten später waren sie beide warm eingepackt, saßen auf der Eckbank und tranken gesüßten starken und heißen Tee, der sie nun auch von innen wärmte. Sie sprachen noch immer nicht ernsthaft miteinander, aber dann trafen sich plötzlich ihre Blicke über den Rand der Teetassen hinweg, und Kira stieß unerwartet ein heftiges Schluchzen aus.

Finn war sofort bei ihr und riss sie in seine Arme. „Es ist gut", flüsterte er in ihre feuchten Haare. „Alles ist wieder gut, Liebling. Es ist vorbei." Er ließ sie eine Weile weinen, dann beruhigte sie sich wieder.

„Er hat mir dieses schreckliche Kleid angezogen, während ich bewusstlos war, Finn!"

„Ja."

„Er hat auch die Briefe geschrieben, er hat es mir gestanden."

„Torben hat die Briefe an deinen Vater geschrieben?"

„Ja, das hat er getan. Er wollte damit erreichen, dass mein Vater mich auf die Insel schickt, damit ich in Sicherheit bin." Sie stieß ein bitteres Lachen aus. „Er kannte uns zu gut, meinen Vater und mich."

„Hmm, er hat also darauf spekuliert, dass du nach Sameland kommst. Sein Plan ging ja auch zunächst auf."

Kira nickte. „Aber er hat nicht mit dir gerechnet."

„Nein, das hat er wohl nicht", erwiderte er grimmig.

„Und als er begriffen hat, dass ich ihn niemals lieben werde, wollte er, dass ich mit ihm auf seinem Kutter sterbe."

„Ich weiß, Liebes. Die Situation war eindeutig."

„Ich …"

„Hat er dir sonst …", der Rest seines Satzes blieb in der Luft hängen. Sie verstand sofort, weshalb er sich mit dieser Frage so quälte.

„Nein, Finn! Nein, das hat er nicht getan."

Er schloss kurz die Augen und drückte sie noch einmal fest an sich.

„Oh Finn, ich hätte nicht weglaufen dürfen! Ich hätte dir

vertrauen müssen."

„Ja, das wäre für uns alle wohl weit weniger aufreibend gewesen." Sein Lächeln und seine Nähe schickten endlich die ersehnte Wärme durch ihren Körper.

Sie hob ihren Kopf und drückte ihm kurz ihre Lippen auf den Mund. „Verzeihst du mir?"

„Da gibt es nichts zu verzeihen." Seine Stimme war rau, und seine dunklen Augen fixierten ihren Blick – und weil er in dieser Sekunde nichts lieber getan hätte, als ihr zu sagen, wie sehr er sie liebte, presste er ungestüm seinen Mund auf ihre Lippen.

Zwanzig Minuten später erreichten sie Sameland.

Der umsichtige Dr. Sander hatte sich bereitgehalten und nahm sie in Empfang. Nachdem Magda Quint versorgt war, hatte er seine Tasche geschnappt und sich einfach auf eine der Bänke am Hafen gesetzt und abgewartet, ob er vielleicht noch einmal gebraucht wurde. Seinen Beruf hatte Dr. Henry Sander immer schon sehr ernst genommen.

Sobald er das Boot kommen sah, erhob er sich und half den beiden jüngeren Männern beim Festmachen. Als Kira von Bord kam, drückte er sie kurz und herzlich an seine hagere Brust. „Schön, dass du gesund und munter bist, Mädchen." Dann glitt sein wacher und kluger Blick über die beiden Männer, die neben ihr standen. „Jemand verletzt?"

Finn grinste schief. „Ich glaube, ich könnte eine schnelle Nadel ganz gut gebrauchen, Doc."

„Na dann mal los, mein Junge. Wo hätten Sie es denn gerne?"

„Erst mal muss ich wissen, wie es Magda geht."

Der Doktor winkte lächelnd ab. „Eine kleine Platzwunde auf der Stirn und eine leichte Gehirnerschütterung. Unsere Magda haut so schnell nichts um. Sie liegt oben in ihrer Wohnung und wartet auf erlösende Nachrichten von euch. Irgendjemand sollte ihr Bescheid geben, dass alles in Ordnung ist."

„Dann lassen Sie uns doch gemeinsam zu ihr gehen. Dort können Sie dann auch gleich an mir herumbasteln, wenn Sie wollen."

Nachdem eine sehr erleichterte Magda Quint Kira, Finn und auch den davon vollkommen überraschten Sascha in ihre Arme geschlossen hatte, sah sich Dr. Sander Finns Schnittwunde genau an und versorgte sie fachgerecht. „So, mein Junge, zwölf wunderschön gleichmäßige Stiche. Ich bin sehr zufrieden mit mir, muss ich sagen." Dr. Sander zwinkerte Finn zu. „Aber das war ja nicht gerade deine erste Blessur, wie ich sehen konnte." Der Übergang zum vertraulichen Du erschien auch Finn irgendwie selbstverständlich, und er freute sich darüber. Die Eigenheiten und Mentalitäten der Sameländer wusste er inzwischen recht gut einzuordnen.

„Danke, Doc! Großartige Arbeit!" Finn grinste.

„Na, das will ich meinen. Brauchst du noch ein Schmerzmittel?"

„Nein danke, geht schon."

„Na ja, im Augenblick ist noch die Betäubung wirksam, aber im Laufe der nächsten Stunden wird es sicherlich ein wenig zwiebeln, Junge. Nur einen Millimeter tiefer, und der Kerl hätte dir echte Probleme bereiten können."

„Im Notfall werfe ich zur Nacht ein paar Schmerzpillen ein. Ich habe noch welche zu Hause."

„Okay. Wenn ich mir deinen Körper so ansehe, nehme ich an, du kennst dich sowieso aus. Aber ich erfülle meine Pflicht gerne gründlich, deshalb sage ich es dir noch mal: Achte auf Fieber, Veränderungen an der Wunde, größere Schmerzen und so weiter. Sollte irgendwas davon auftreten, ab zum Arzt, oder am besten gleich in eine Klinik, verstanden?"

„Verstanden, Doc."

Noch während der Doktor Finns Wunde zu Ende versorgte, hatte Kira mit ihrem zutiefst erleichterten Vater telefoniert und einen schnellen Bericht abgegeben. Nur wenig später genossen sie dann alle zusammen ein gutes und reichhaltiges Essen im Gasthof von Olaf Brockmann.

Die Nachricht vom Tode seines Bruders hatte Olaf verhältnismäßig gefasst aufgenommen. Man sah ihm die tiefe Trauer zwar an, aber er versicherte Finn mehrere Male, dass er ihm keinerlei Vorwürfe machte und ihm auch nicht die Schuld daran gab. Andererseits war er auch sehr froh, dass Kira nichts Schlimmeres passiert war.

„Vielleicht hat seine aufgewühlte Seele jetzt endlich Ruhe gefunden", hatte er zu Kira gesagt und dabei heftig geschluckt. „Ich bin vor allem froh, dass es dir gut geht, Prinzessin. Mein Bruder war offensichtlich ziemlich krank. Ich mache mir Vorwürfe, dass mir seine Veränderung nicht schon viel früher aufgefallen ist, aber wir haben uns in den letzten Monaten nicht mehr sehr gut verstanden und deshalb eher wenig miteinander geredet. Leider."

„Ach Olaf, wir haben es doch alle nicht bemerkt."

„Ja, aber ich bin ... ich war sein Bruder, sein Zwilling, Kira! Ich hätte aufmerksamer sein müssen. Vielleicht wäre er dann heute noch am Leben."

„Weißt du, Olaf", mischte sich Finn in das Gespräch der beiden ein, „ich habe gerade in der letzten Zeit die Erfahrung gemacht, dass man nicht alles kontrollieren kann. Es gibt Dinge, die kann kein Mensch verhindern. Gegen das Schicksal kommen wir alle nicht an. Es wird immer wieder vorkommen, dass wir wichtige Alarmzeichen übersehen – auch oder gerade bei denen, die uns nahestehen. Wir sind doch nur Menschen und haben auch alle unsere Schwächen."

Kira hob ihren Kopf und sah ihn an, dann lächelte sie.

Nach dem Essen fuhr Sascha Schellenberg mit Finns Geländewagen kurz zu Kiras Haus, denn ihr war eingefallen, dass dort noch eine verblichene Jeans und ein altes T-Shirt zu finden sein mussten. Die Sachen hatte sie damals bei der Renovierung ihres Hauses getragen, und seither lagen sie unten in ihrem Kleiderschrank.

Als Sascha zurück war, zog Kira sich bei Magda um und fühlte sich in ihren eigenen Sachen sofort um einiges wohler. Finns junger Kollege hatte auf dem Boden des Kleiderschranks sogar noch ein Paar uralte Turnschuhe entdeckt.

Finn hatte seine Jeans bei Olaf in den Trockner geworfen, während sie gegessen hatten. Da sein eigenes Hemd aber voller Blut gewesen war, trug er jetzt ein T-Shirt von Olaf Brockmann, das der ihm freundlicherweise überlassen hatte. Den Rest seiner Sachen warf Finn in den Kofferraum seines Autos. Dann verabschiedeten sie sich schließlich von Magda, Dr. Sander und Olaf Brockmann und mussten ihnen versprechen, bald wieder von sich hören zu lassen.

Sascha Schellenberg klemmte sich abermals hinter das Lenkrad des schwarzen Sportflitzers, während Kira und Finn sich in den kleinen Geländewagen setzten. Da Finn durch seine frisch genähte Schnittwunde noch etwas eingeschränkt war, ließ er Kira fahren.

Kaum waren sie auf der Fähre, nickte Finn in seinem Sitz auch schon ein und Kira ließ ihn schlafen. Er erwachte erst wieder, als sie in Hamburg von der Autobahn fuhr und nur noch einige Minuten Fahrtzeit übrig blieben.

Finn gähnte, streckte sich vorsichtig und sah sich – noch immer leicht benommen – um. „Herrje, wir sind ja schon gleich bei dir zu Hause!"

Kira lächelte kurz zu ihm rüber. „Ja, du hast über zwei Stunden sanft und selig gepennt, Finn."

„Upps!" Er lachte, hielt sich dann aber seine Seite. „Autsch."

„Tut es sehr weh?", fragte sie besorgt.

„Nur wenn ich lache", antwortete er grinsend.

Sie schmunzelte. „Scherzkeks!"

Edgar Lengrien, Werner Martinelli und auch Christina Sommer standen schon mit erleichterten Mienen bereit, um die Heimkehrer willkommen zu heißen. Es gab zunächst ein so lautes und aufgeregtes Durcheinander, dass Finn sich insgeheim zurück in die Abgeschiedenheit von Christina Sommers Wohnung wünschte. Nach dem ersten Ansturm der Wiedersehensfreude verschwand Finn kurz in seinem Büro, um sich etwas frisch zu machen und sich saubere Sachen anzuziehen. Christina hatte seine persönlichen Kleidungsstücke aus ihrer Wohnung holen und in weiser Voraussicht dorthin bringen lassen.

Kira hingegen hatte sich schon kurz zuvor in ihr eigenes Apartment zurückgezogen, um zu duschen.

Seit sie aus dem Auto gestiegen waren, hatte Finn kaum noch ein persönliches Wort mit ihr wechseln können. Es wurmte ihn jetzt, dass er die ganze Fahrt über geschlafen hatte. Er wollte und musste endlich wieder mit Kira alleine sein – und das so schnell wie möglich! Denn er hatte ihr einiges zu sagen.

Zuvor galt es aber noch, im Kreise aller Beteiligten ein umfangreiches Abendessen zu überstehen. Sogar Sascha Schellenberg wurde praktisch dazu genötigt, an dieser Zusammenkunft teilzunehmen. Er hielt sich recht tapfer, wie Finn erfreut feststellte.

Immer wieder suchte Finn während des Essens Kiras Blick, aber sie wurde so sehr von ihrem Vater, Christina und Werner mit Beschlag belegt, dass sie seine brennenden Blicke kaum erwidern konnte.

Erst nach dem Kaffee beugte sich Kira kurz zu ihrem Vater und drückte ihm einen Kuss auf die Wange. „Ihr werdet Finn und mich jetzt entschuldigen müssen, Paps. Der Tag war furchtbar anstrengend, und wir sind wirklich müde. Außerdem wird es Zeit, dass Finn endlich Ruhe bekommt, damit er sich vernünftig von seiner Verletzung erholen kann."

Edgar Lengriens Blick glitt von seiner Tochter kurz zu seinem Sicherheitschef, dann nickte er. „Ich nehme an, Finn wird bei dir übernachten, oder?"

Kira nickte nur, und Finn musste sich räuspern, denn er fühlte sich plötzlich wie ein unreifer Teenager, der sein Mädchen unter den gestrengen Augen des Vaters zum allerersten Mal von zu Hause abholte. Es war eine Sache, dass er Edgar Lengrien heute Morgen am Telefon darüber informiert hatte, wie er inzwischen zu Kira stand, aber es war eine ganz andere, ob sein Chef diese Tatsache auch akzeptieren würde. „Ich kann natürlich auch zu mir nach Hause fahren, wenn dir das lieber ist, Edgar."

„Rede keinen Unsinn, mein Junge! Meine Tochter ist längst alt genug, um zu entscheiden, wer in ihrem Bett schläft." Kiras Vater lächelte ihm aufmunternd zu, und das wischte Finns Bedenken sofort vom Tisch.

Kira grinste noch immer, als sie in ihrer Einliegerwohnung angekommen waren.

„Was ist so komisch?", fragte Finn angestrengt, während er sich in der gemütlich eingerichteten Wohnung ein wenig umsah. Er war noch nie hier oben gewesen, und jetzt wunderte er sich insgeheim ein bisschen darüber, dass ihm alles irgendwie vertraut vorkam. Kira hatte offenbar, genau wie er selbst, eine Schwäche für den nordischen Einrichtungsstil. Seit Jahren schon hatte er vorgehabt, seine Wohnung neu zu gestalten, und das Ergebnis wäre wohl sehr ähnlich ausgefallen.

„Du!", antwortete sie verschmitzt lächelnd auf seine Frage. „Du warst total süß eben – so verlegen."

„Blödsinn, ich war doch nicht verlegen. Das hier ist das Haus deines Vaters, ich wollte nur auf Nummer sicher gehen."

„Klar wolltest du das." Sie lachte. „Ach Finn, du bist so was von anständig."

„Anständig?" Er kam langsam auf sie zu. „Im Augenblick fühle ich mich ganz und gar nicht anständig."

„Du ...", sie wurde sofort ernst und schluckte trocken. „Deine Verletzung, Finn! Denk an die hübsche Naht, die der Doktor dir verpasst hat."

Sein linker Mundwinkel zog sich leicht nach oben. „Auf welche Weise wir dieses kleine Hindernis umgehen, können wir auch später noch erörtern. Jetzt setz dich dort auf dein hübsches Sofa. Ich muss mit dir reden. Was ich dir zu sagen habe, beschäftigt mich momentan sogar noch mehr als meine Libido, das soll schon was heißen."

Kiras Herz begann heftiger zu schlagen. „Okay." Langsam ging sie hinüber zu ihrem Sofa und setzte sich. Dann sah sie ihn erwartungsvoll an. Auch er war nervös, das konnte sie sehen – und sie hoffte inständig, dass das ein gutes Zeichen war.

„Warum setzt du dich nicht zu mir?"

„Lass mich nur noch ein paar Minuten hier auf und ab wandern. Ich muss dich nämlich etwas sehr Wichtiges fragen – und wenn ich dabei hin- und herlaufe, kann ich einfach besser denken." Sein Lächeln wirkte unsicher.

Kira schluckte, ihr wurde heiß. „Was willst du mich fragen, Finn?"

Er räusperte sich gründlich. „Also ... ich habe vor einiger Zeit ein sehr verlockendes, berufliches Angebot bekommen."

„Ach ja?"

Da Kira ein vollkommen anderes Thema erwartet hatte, fühlte sie einen Anflug von Enttäuschung in sich aufkeimen.

„Lass mich bitte ausreden, Kira, und unterbrich mich nicht."

Sie nickte und holte tief Luft. „Ich bin ja schon still. Sprich weiter."

„Das Angebot, das ich bekommen habe, würde mich in die Selbstständigkeit führen. Ich hätte mein eigenes kleines Sicherheitsunternehmen und könnte meinen Kundenkreis deutlich ausweiten. Außerdem wäre es mir endlich möglich, mich noch mehr um die Entwicklung von Sicherheitssystemen zu kümmern. Und das ist genau, was mir richtig gut gefallen würde." Er sah sie an und ließ sich plötzlich doch neben ihr nieder. „Jetzt kommst du ins Spiel", sagte er ernst.

„Ich verstehe nicht ..."

„Es war dein Vater, der mir dieses Angebot gemacht hat. Er würde mich unterstützen, indem er in meine Firma investiert und mir weiterhin die Räumlichkeiten hier im Haus zur Verfügung stellt."

„Das ist doch wunderbar, Finn!"

„Ja, das wäre es ohne Frage, wenn ich dieses Angebot leichten Herzens annehmen könnte, doch das hängt eben entscheidend von dir ab ... ja also, was ich die ganze Zeit sagen wollte ..." Er schluckte vernehmlich. „Du kennst meine Vergangenheit, Kira, und du weißt inzwischen auch, dass ich ganz schön kompliziert sein kann. Ich habe nicht nur äußerlich einige Narben davongetragen. Gerade die, die man nicht sofort sieht, würden ein Leben mit mir sicherlich nicht zu einem reinen Zuckerschlecken machen. Aber ich liebe dich über alles, und ich würde wirklich alles dafür tun, um dich glücklich zu machen. Ich würde dir treu sein und dich ein Leben lang lieben, das kann ich dir schon jetzt hoch und heilig versprechen, denn dessen bin ich mir sicher.

Um es auf den Punkt zu bringen: Kira Julie Lengrien, damit du mir nicht so schnell wieder weglaufen kannst, würde ich sogar so weit gehen, einen dunklen Anzug anzuziehen und dieses Versprechen noch einmal hochoffiziell in einer Kirche und vor der ganzen Welt zu wiederholen. Das heißt ... wenn du mich denn überhaupt willst und zu diesem Anlass ein tolles Kleid trägst, damit ich mich nicht alleine verkleiden muss."

Schon bei seinen ersten Sätzen hatten sich ihre Augen mit Tränen gefüllt, aber sie ließ ihn trotzdem ausreden, weil sie spürte, wie wichtig ihm das war.

Als er sie schließlich erwartungsvoll anblickte, sah sie ihm einige Sekunden lang aufgewühlt in die dunklen Augen. Dann legte sie ihre Hände auf seine Wangen und küsste ihn voller Zärtlichkeit.

„Das war hoffentlich ein Ja ...?", fragte er lächelnd.

„Das ist absolut ein Ja, Finn Andersen. Ja, ich will dich haben! Und ich werde bei der Gelegenheit, die du erwähnt hast, ein wirklich umwerfendes Kleid tragen, damit du in deinem dunklen Anzug nicht etwa besser aussiehst als ich. Darauf kannst du dich verlassen."

Er grinste. „Hast du nicht irgendwas vergessen?"

Sie lachte kurz und glücklich, bevor sie nickte. „Ich liebe dich auch, und wie ich das tue!"

Finns Blick intensivierte sich, doch seine Miene wurde wieder ernst. Dann zog er sie an sich und vergrub sein Gesicht seitlich in ihrem Haar. „Ich bin fast verrückt geworden vor Angst", flüsterte er. „Gott, Süße, du wirst niemals wissen, wie viel Angst ich um dich hatte."

„Du irrst dich, Finn", widersprach sie, „ich habe es in deinen Augen gesehen, als wir oben an Bord des Kutters standen. Über uns das Feuer und unter uns das steigende Wasser. Und plötzlich wusstest du einfach nicht mehr weiter, weil du mir nicht noch mehr aufbürden wolltest. Du hast verzweifelt nach einer Möglichkeit gesucht, mir diesen Sprung ins Meer zu ersparen, dabei war es die einzige Möglichkeit für uns. Ich glaube, am liebsten wärest du einfach mit mir davongeflogen, habe ich recht? Doch, Liebling, in diesem Moment, da oben auf dem Kutter, habe ich wirklich alles in deinen Augen gesehen, glaub mir."

EPILOG

Das Sommerfest von „Lengrien & Martinelli“ lief seit einigen Stunden auf vollen Touren. Das Wetter war schon den ganzen Nachmittag über herrlich gewesen, und der Tag ging nun langsam, aber sicher in einen wunderbar warmen Sommerabend über. Der parkähnliche Garten hinter der Lengrien-Villa sah prächtig aus, mit all den weißen Pavillons, den flatternden bunten Wimpeln, dem hübschen Pferdekarussell und den gemütlich angelegten Grillplätzen. Seit es dämmerte, kam auch die wunderschöne Beleuchtung zur Geltung und tauchte die gesamte Szenerie in ein warmes und festliches Licht. Auf einem großen schneeweiß lackierten Holzpodest, das gleichzeitig als Tanzboden diente, spielte eine Countryband und sorgte für die richtige Stimmung. Die Tanzfläche wurde deshalb auch ausgiebig genutzt.

Kira hatte sich ein Glas eiskalte Erdbeerbowle aus dem „Saloon“ geholt und stand nun ein wenig abseits vom wilden Treiben unter einer alten Eiche, um ihren Gedanken für einige stille Momente freien Lauf lassen zu können.

In den vergangenen zwei Monaten hatte sich ihr Leben vollkommen verändert. Dank Finn war sie so glücklich wie noch nie.

Vor drei Wochen war er endlich zu ihr in die Lengrien-Villa gezogen, aber sie waren sich seither auch darüber einig, dass dies nur eine vorübergehende Lösung sein konnte. Kira kannte ihren zukünftigen Ehemann inzwischen gut genug, um zu erkennen, wie wichtig es für ihn war, so bald wie nur möglich ein eigenes Haus zu besitzen. Er arbeitete viel, sein Kundenkreis wuchs bereits. Selbstverständlich war er ziemlich stolz auf die ersten kleinen Erfolge, die seine Firma verzeichnen konnte. Manchmal konnte sie es kaum fassen, wie ausgeglichen und glücklich Finn inzwischen wirkte und wie wunderbar das Leben mit ihm war.

Kiras Blick glitt über die feiernden Menschen. Sie freute

sich an der ausgelassenen Fröhlichkeit, die man überall spüren konnte.

Sämtliche Gäste hatten dem Wunsch ihres Vaters entsprochen und trugen Westernkleidung. Die meisten Männer hatten sich für Jeans, Lederwesten, karierte Hemden, Cowboystiefel und natürlich den obligatorischen Stetson entschieden. Die Kleidung der Frauen bestand vorwiegend aus weit schwingenden und gerüschten Petticoats in hübschen Farben und den dazu passenden Blusen mit teilweise sehr gewagten Dekolletés. Selbstverständlich trugen auch die Damen allesamt Cowboystiefel, wenn auch häufig in wirklich auffallenden Designs.

Auf der Tanzfläche tanzten Lukas Andersen und Anna Brockmann ganz versunken miteinander und sahen hinreißend dabei aus, wie Kira neidlos anerkennen musste. Man konnte den beiden auf Anhieb ansehen, wie verliebt sie waren.

Einige Meter daneben hatten auch Christina und Sascha ihren Spaß. Seit Stunden schon klebten die beiden geradezu aneinander. Kira musste unweigerlich lächeln, als sie sah, dass Sascha sich gerade auf ein Knie niederließ, um Christinas erdbeerroten Petticoat tanzen zu lassen. Es war wieder einmal typisch für ihre Freundin, dass sie heftig mit einem Mann flirtete, der eigentlich einige Jährchen zu jung für sie war.

Als Kiras Blick weiterschweifte, entdeckte sie plötzlich Finn, der mit einem halb gefüllten Bierkrug in der Hand an einer Gartenlaterne lehnte und offensichtlich schon seit einiger Zeit in ihre Richtung blickte, um sie zu beobachten. Sofort machte ihr Herz einen kleinen Sprung. Er sah einfach umwerfend attraktiv aus. Im Gegensatz zu den meisten anderen Männern trug er keine Jeans und auch keine schwarze Lederweste, sondern eine sehr enge weiche sandfarbene Wildlederhose zu glänzend schwarzen Cowboystiefeln, die sogar mit silberfarbenen Sporen ausgestattet waren. Sein schwarzes Seidenhemd saß wie angegossen, und um den Hals hatte er sich lässig ein ebenfalls schwarzes Halstuch geknotet.

Finn hatte im Laufe des Tages immer mal wieder zu tun gehabt, aber nun schien sich alles eingespielt zu haben. Die Mitarbeiter, die heute für die Sicherheit sorgten, hatten offenbar alles im Griff, sodass auch er sich endlich ein kaltes Bier gönnen konnte. Selbst auf diese Entfernung konnte Kira sehen, dass er ihren Blick erwiderte und ihr zulächelte.

Gemächlich nahm er schließlich noch einen tiefen Schluck von seinem Bier, dann stellte er den Krug auf einem Tisch in seiner Nähe ab und kam auf sie zu. Die Sporen an seinen Stiefeln klirrten leise bei jedem seiner Schritte, und sehr zu ihrem eigenen Erstaunen brachte das ihr Blut in Wallung.

„Hey, wollen wir auch mal deinen Petticoat wippen lassen, Lady?", fragte er grinsend, als er bei ihr angekommen war.

„Meine Mutter hat mich immer vor Männern gewarnt, die gefährlich aussehen und silberne Sporen tragen, Cowboy." Sie klimperte gekonnt mit ihren Wimpern und schenkte ihm einen kecken Blick aus ihren tiefblauen Augen.

„Hat deine werte Mutter dir denn auch verraten, dass es gerade diese Männer sind, die ziemlich gut im Sattel sitzen?"

Sein verwegenes Grinsen ging ihr durch und durch.

Fast ein wenig träge legte er eine Hand an den Stamm der alten Eiche, an der sie lehnte, und beugte sich zu ihr herunter. „Und diese Männer können dir so ganz nebenbei auch besonders gut beibringen, wie man wilde Hengste zureitet, süße Lady." Sein Grinsen vertiefte sich und seine Lippen streiften ihr Ohrläppchen. „Ich habe einen ziemlich widerstandsfähigen Oberschenkel, wie du ja weißt", raunte er ihr zu.

„Finn! Du bist unmöglich." Sie lachte, und auch er ließ ein leises Lachen hören.

„Ich trage außerdem eine verdammt enge Hose, Süße, und ich kann mich jetzt unmöglich so vor den Gästen sehen lassen."

„Oh", seufzte sie theatralisch und sah aufreizend an ihm herunter. „Ja, was können wir denn da nur machen, Cowboy? Es ist nämlich so, dass ich sehr bald heiraten werde, und ich bin meinem Zukünftigen unbedingt treu."

„Dein Zukünftiger ist wahrlich ein glücklicher Mann!" Sein Grinsen wurde noch eine Spur breiter. „Tja, dann muss ich wohl zum allerletzten Mittel greifen und es mit einem Geschenk probieren." Er griff in seine Hemdtasche und zog eine lange goldene Kette heraus, an der ein wunderschöner goldklarer Bernstein hing. Kira sah sofort, dass er wie ein Herz geformt war.

„Oh ..." Mehr brachte sie nicht hervor. Die Neckereien, die sie noch bis eben ausgetauscht hatten, waren vergessen.

„Ich habe den Stein auf Sameland gefunden. Oben, an der Nordspitze", erklärte er. „Siehst du, er sieht aus wie ein Herz und hat zwei sichtbare Einschlüsse. Ich fand ihn, kurz nachdem mir endgültig klar wurde, dass ich dich liebe und niemals mehr damit aufhören würde. Letzte Woche habe ich es für dich einfassen lassen. Für mich ist dieses Bernsteinherz ein echtes Symbol, Kira, und ich würde mich wirklich freuen, wenn du es dann und wann trägst."

Kira starrte fassungslos den Stein an. Ihre Augen wurden groß und füllten sich fast augenblicklich mit Tränen „Du hast diesen Bernstein an der Nordspitze gefunden?"

Er nickte. „Ja ... ähm, aber du wirkst irgendwie ... irritiert. Gefällt er dir nicht?"

„Oh Finn, wie kann mir dieses Herz nicht gefallen? Es ist wunderschön, und ich freue mich so sehr darüber! Ich werde es ganz oft tragen, darauf kannst du dich verlassen. Ich danke dir! Es ist nur ..." Kira versagte die Stimme, und sie musste sich räuspern.

„Himmel, was ist denn los, Süße, du bist ja ganz und gar aus dem Häuschen."

Sie löste ihren Blick von dem Stein und sah zu ihm auf, direkt in seine dunklen Augen. „Du wirst mir kaum glauben, wenn ich es dir erzähle."

Er lächelte und wischte behutsam eine einzelne Träne von ihrer Wange. „Lass es doch einfach darauf ankommen, Liebes."

Mit ihrem Zeigefinger berührte sie fast zärtlich das Bernsteinherz, das jetzt ganz in seiner Handfläche lag. „Versprich mir, dass du dich nicht lustig machen wirst!"

„Versprochen."

„Ich war noch ein kleines Mädchen, vielleicht fünf oder sechs Jahre alt. Wir waren alle zusammen auf Sameland. Mein Vater,

Onkel Werner, Christina, ihre Eltern und ich. Eines Nachmittags marschierten wir Mädchen zusammen mit meinem Vater zur Nordspitze. Wir gingen oft dorthin, wenn wir auf der Insel waren. Die Nordspitze war immer ein Lieblingsplatz von meinem Vater, musst du wissen. Er setzte sich dann stets auf einen der weißen Felsen und schaute den Wellen zu, während Christina und ich eine Weile im Sand spielten oder Muscheln sammelten.“ Sie schluckte und holte tief Luft, bevor sie weitersprach: „An diesem besagten Nachmittag suchten wir Mädchen mal wieder Muscheln – und plötzlich hatte ich einen Stein in meiner Hand. Er glänzte in der Sonne, und ich fand damals, dass er wie der tägliche Honigklecks auf meinem Frühstücksbrötchen aussah. Ganz aufgeregt lief ich zu meinem Vater, um auch ihm meinen Fund zu zeigen. Er staunte, hielt ihn ins Licht und erklärte mir ganz feierlich, dass ich tatsächlich einen echten Bernstein gefunden hätte, dass er mir Glück bringen würde und ich gut auf ihn aufpassen müsste.“

Finn zog hörbar seinen Atem ein. „Du hast dort ebenfalls einen Bernstein gefunden? Das ist ja …“

„Ja, aber ich war noch nicht ganz fertig mit meiner Geschichte. Ich habe meinen Bernstein nämlich auch wieder verloren, Finn.“

„Wie bitte?“

Kira nickte. „Ja, noch am gleichen Nachmittag. Es ist mir immer ein Rätsel geblieben, wie das passieren konnte, denn ich hatte ihn wirklich ganz tief in meine Hosentasche gesteckt. Aber als ich dann später bei Onkel Werner im Haus war und ihn dort suchte, war er verschwunden. Ich habe die ganze Nacht deswegen geweint, denn mein Papa hatte mir ja eingeschärft, dass ich gut darauf aufpassen müsste. Er konnte mich kaum trösten, weil ich mir einredete, ich hätte mit dem Stein auch mein Glück wieder verloren. Wir sind sogar am nächsten Tag noch einmal den gleichen Weg gegangen und haben alles abgesucht, aber der Stein blieb verschwunden. Ich habe diesen Bernstein niemals ganz vergessen. Jedes Mal in all den Jahren, wenn ich an der Nordspitze war, habe ich mich dabei erwischt, dass ich nach ihm suchte. Das ist albern, ich weiß."

„Aber du willst mir jetzt nicht erzählen, dass ich dann so viele Jahre später deinen Bernstein gefunden habe?", fragte Finn zweifelnd und schmunzelte leicht.

Kira zuckte mit den Schultern. „Ich war noch so klein, Finn. Ich kann mich eigentlich nur noch daran erinnern, dass mein Stein zwei kleine schwarze Flecken hatte, die man nicht wegwischen konnte." Sie lachte kurz auf. „Ich kann dir heute auch nicht mehr sagen, ob er wie ein Herz geformt war. Ich weiß nur noch, dass er flach in meiner Hand lag und es sich herrlich anfühlte, wenn ich die Finger darüber schloss. Aber es soll ja die verrücktesten Zufälle im Leben geben."

„Dann könnte dies also tatsächlich dein Bernstein sein", stellte Finn verblüfft fest.

„Selbst wenn es derselbe Stein sein sollte, so oder so ist es jetzt *unser* Stein, Finn." Sie lächelte, und wieder löste sich eine einzelne Träne aus ihren Wimpern. Während Finn ihr tief in die Augen sah, legte er Kira das Schmuckstück um. Dann ließ er seinen Mund kurz über ihre vollen Lippen gleiten. „Ich liebe dich wie verrückt", flüsterte er, und sein heißer Atem war wie ein zärtliches Streicheln.

„Ich liebe dich auch", hauchte sie, und noch einmal strichen ihre Fingerspitzen über das Bernsteinherz, das sich jetzt warm und glatt an den Ansatz ihres Busens schmiegte.

„Darf ich daraus schließen, dass du nie wieder das Bedürfnis haben wirst, geschnetzelten Wachhund in Machosoße zu servieren, Süße?", fragte er verschmitzt.

„Das kann ich nicht versprechen", antwortete sie und küsste ihn zärtlich. „So ein gemeinsames Leben kann ja sehr lang sein."

Schließlich griff Finn nach ihrer Hand. „Wo wir gerade beim Thema sind … gleich ist es Mitternacht. Dein Vater wird also jede Minute die bevorstehende Hochzeit seiner einzigen Tochter mit einem gewissen Finnegan Andersen ankündigen, schon vergessen?"

Sie lachte glücklich. „Natürlich nicht!"

„Na, dann komm mal mit mir und füge dich tapfer in dein

Schicksal, Liebste."

Doch Kira hielt Finn noch einmal zurück. „Sag mal, hältst du es tatsächlich für möglich, dass Magda meinen Vater doch noch überreden kann, Onkel Werners Haus zu kaufen und mit ihr den größten Teil des Jahres auf Sameland zu leben? Sascha hat mir vorhin verraten, dass in dieser Sache sogar schon diverse Wetten laufen."

Finn grinste breit und zog seine rechte Augenbraue hoch. „Ich habe den Höchstbetrag auf Magda gesetzt. Beantwortet das deine Frage?"

– ENDE –

DANKSAGUNG

Zunächst danke ich meinem Agenten Ingo Stein dafür, dass er an mich und dieses Buch geglaubt hat. Ich fühle mich bei Interpill Media wirklich sehr gut aufgehoben.

Stefanie Kruschandl, meiner Redakteurin und Lektorin, danke ich für die wundervolle und sehr fruchtbare Zusammenarbeit. (Steffi, ich hatte *fast* immer großen Spaß!)

An dieser Stelle darf ich auch meinen zweiten Lektor, Jan Möller, nicht vergessen. Mit seiner Umsicht und dem Blick fürs Wesentliche hat er dem Roman den letzten Schliff gegeben. Danke!

Ein ganz besonderer Dank geht an meine Freundin Sylvia, die es wie niemand sonst verstanden hat, mich zu motivieren. Ohne sie wäre die Geschichte von Kira und Finn wohl nicht zu Ende geschrieben worden. (Ja, Sylle, der Hubschrauber wäre wirklich toll gewesen, das hat dann schließlich auch Finn erkannt. Dieser Satz von ihm war natürlich speziell für dich!)

Danke auch an meine Freundinnen Brita, Carmen, Petra und Suse, die mir stets geduldig zuhören und mich immer wieder ermutigt haben.

Des Weiteren danke ich den wirklich tollen „Inselfrauen“ für ihren Zuspruch und ihre Freundschaft. Ganz besonders muss ich Helga danken, die dafür gesorgt hat, dass Finn den Bernstein findet.

Zu guter Letzt geht mein innigster Dank an meine Söhne, Lenny und Robin (sie wissen schon wofür), vor allem aber an meinen einzig wahren Helden, meinen Peter, der mit seiner unerschütterlichen Ruhe, Fürsorge und Geduld meine Leidenschaft für das Schreiben unterstützt und es immer wieder auf besondere Weise versteht, mir seine Liebe zu zeigen.

Linda Lael Miller
Die McKettricks aus Texas:
So nah und so fern
Band-Nr. 25574
8,99 € (D)
ISBN: 978-3-89941-981-8
eBook: 978-3-86278-152-2
368 Seiten

Linda Lael Miller
Die McKettricks aus Texas:
Weil du es bist
Band-Nr. 25581
8,99 € (D)
ISBN: 978-3-86278-302-1
eBook: 978-3-86278-388-5
368 Seiten

Emilie Richards
Bis zur letzten Lüge
Band-Nr. 25568
8,99 € (D)
ISBN: 978-3-89941-970-2
eBook: 978-3-86278-138-6
544 Seiten

Emilie Richards
Das Geheimnis der Perle
Band-Nr. 25536
8,95 € (D)
ISBN: 978-3-89941-876-7
eBook: 978-3-86278-078-5
384 Seiten

Susan Wiggs
Bewahre meinen Traum
Band-Nr. 25563
8,99 € (D)
ISBN: 978-3-89941-963-4
eBook: 978-3-86278-130-0
448 Seiten

Susan Wiggs
Das Geheimnis meiner Mutter
Band-Nr. 25559
8,99 € (D)
ISBN: 978-3-89941-955-9
eBook: 978-3-86278-116-4
464 Seiten

Suzanne Brockmann
Im Netz der schwarzen Witwe
Band-Nr. 25580
8,99 € (D)
ISBN: 978-3-86278-301-4
eBook: 978-3-86278-386-1
304 Seiten

Julia Quinn
Geküsst von einem Duke
Band-Nr. 25584
7,99 € (D)
ISBN: 978-3-86278-305-2
368 Seiten